Alain Lefrançois

D1352955

Lu, avril 2012.

LA JEUNESSE MÉLANCOLIQUE
ET TRÈS DÉSABUSÉE D'ADOLF HITLER

DU MÊME AUTEUR

Dieu et nous seuls pouvons, *Le Seuil, 1991*

Un loup est un loup, *Le Seuil, 1996*

En avant comme avant !, *Le Seuil, 2001*

Même le mal se fait bien, *Stock, 2008*

Michel Folco

La jeunesse mélancolique et très désabusée d'Adolf Hitler

roman

Stock

Ouvrage publié sous la direction de
Hervé Hamon

ISBN 978-2-234-06472-0

© Éditions Stock, 2010

L'homme est mauvais, depuis toujours…
la femme aussi d'ailleurs.

1

« Du côté paternel comme maternel, ses ascendants venaient d'une très pauvre région marginale de l'Autriche-Hongrie, un pays couvert de sombres forêts situées entre le Danube et la frontière de Bohême. Le Waldviertel était habité par une population essentiellement paysanne où les mariages entre sujets du même sang avaient engendré de multiples liens de parenté, une mentalité étroite et arriérée. »

Joachim Fest, *Hitler*, tome I

Vendredi 20 mai 1871.
Spital am Wald.
Province du Waldviertel. Cisleithanie.

Le premier événement appelé à bouleverser de fond en comble l'existence de Klara Pölzl (onze ans) se produisit en début de matinée ; le second en fin de soirée.

La fillette sortait ses vaches et passait devant la ferme des Hiedler (numéro 36) lorsqu'elle vit son grand-père maternel Nepomuk, vêtu de ses beaux habits, en train de cogner sur Rolfie avec un manche de pelle.

— Pourquoi tu le bats, grand-père ? Il est gentil Rolfie.
— Il peut plus chasser mais il mange quand même.

Prenant soin de ne pas se salir, Nepomuk souleva le vieux chien inanimé et le jeta à l'arrière du char à bœufs.

Klara renifla ses larmes.

— Tu l'emmènes où ?

— Je vais le jeter dans la mare. Les poissons vont le manger, comme ça il servira à quelque chose.

— C'est pour ça que t'es habillé en dimanche ?

— Mais non, nigaude, c'est mon neveu que je vais chercher à Weitra… et arrête de pleurnicher ! Occupe-toi plutôt de tes vaches. Regarde, elles sont presque chez les Rörbachter.

Le char à bœufs du vieux paysan s'ébranla. Klara remit les deux vaches sur le droit chemin en leur distribuant des claques sonores sur la croupe.

Cette année, le printemps s'était déclaré tardivement, le blé venait à peine de faire son grain et les arbres leurs bourgeons. Dans le ciel, le soleil luttait contre les nuages et, faute de vent, il perdait. Cinq cents pas plus loin, dominant le village, s'étendait le pré clôturé des Pölzl. Sa superficie aurait été suffisante pour nourrir deux bovins, mais le terrain, excessivement caillouteux, ne produisait que soixante kilos d'herbe ; or, une bonne laitière devait brouter chaque jour un minimum de cinquante kilogrammes.

Klara poussa le portail de bois et s'effaça pour laisser passer les deux Holstein. Sans hésitation, celles-ci allèrent là où elles s'étaient arrêtées de paître la veille.

La fillette entra dans la cahute qui servait de remise à outils et d'abri en cas de pluie ; munie d'un seau et d'une pelle, elle s'en alla épierrer le coin de pré que lui avait indiqué Baptist Pölzl, son père. La consigne était de fouiller le sol et d'en extraire tout ce qui relevait de la matière minérale solide ; avant de déposer la pierraille dans le seau, elle devait la débarrasser de sa précieuse terre. Le but de Baptist Pölzl était de libérer la terre de ses cailloux et d'inciter son terrain à produire cinquante kilos d'herbe supplémentaires.

Quand le soleil fut à son zénith, Klara déjeuna à l'ombre du plus grand des sapins : un morceau de fromage de chèvre, une patate cuite, une pincée de sel, une pomme mûre.

Lorsqu'un chien aboya au loin dans le hameau, elle versa quelques larmes en songeant à Rolfie : elle ne se souvenait pas d'un jour sans avoir caressé sa grosse tête au poil dru. Mais pourquoi le fait de ne plus pouvoir chasser avait-il suffi à le condamner ? Elle frémit à la pensée qu'un jour, si elle ne servait plus à rien, on la cognerait à mort pareillement.

La journée passa, et quand l'ombre du grand sapin atteignit la clôture, Klara regroupa ses vaches pour les conduire au ruisseau qui coulait dans le bois en contrebas.

Elle lava ses mains terreuses dans l'eau courante, puis elle but une gorgée d'eau froide qui lui tira un long frisson. Depuis le réveil, elle se sentait fiévreuse et son bas-ventre était douloureux, comme la fois où elle avait mangé des cerises vertes. Elle inspecta sa poitrine naissante et s'inquiéta de voir ses mamelons anormalement gonflés et douloureux.

Désaltérées, les Holstein firent demi-tour, impatientes de rentrer à l'étable pour s'y faire traire.

Klara approchait du hameau quand elle vit un attroupement devant la ferme de son grand-père Nepomuk. Elle le reconnut en compagnie de tante Walburga, de son mari, de leur marmaille et même de quelques voisins rassemblés autour d'un inconnu plutôt grand, sanglé dans un bel uniforme à boutons dorés. Pour en avoir vu à Weitra, la fillette reconnut la tenue des douaniers impériaux et royaux, nombreux dans cette région frontalière à la Bohême.

— Approche, Klara, viens saluer ton oncle, dit Nepomuk en l'apercevant derrière ses vaches.

Doté d'une impressionnante moustache Kaiser et de non moins impressionnants favoris à la Franz Josef, Aloïs

Schicklgruber prit la pose en se déhanchant, la main sur le pommeau de son sabre. Y aurait-il songé, il se serait lissé la moustache avec son autre main.

— Qui est-ce ?

La voix était grave, bien posée.

— C'est Klara, la fille aînée de Johanna... Tu te souviens quand même de Johanna ? Vous avez gardé les oies ensemble ! Eh bien, elle a épousé Baptist Pölzl et il lui a fait trois filles.

— Elle a de beaux yeux, la coquine, dit Aloïs en embrassant la gamine sur les deux joues, la chatouillant de sa moustache et de ses favoris parfumés au tabac hollandais.

Il y eut des rires tandis que le visage de Klara prenait une couleur crête de coq. Elle allait s'esquiver vers ses bêtes lorsqu'il y eut un étrange silence.

Rampant plus que marchant, recouvert d'une épaisse croûte de boue qui s'était craquelée en séchant, Rolfie avançait, ses grands yeux amicaux fixés sur son maître.

Incrédule, Nepomuk s'approcha de l'animal qui remua faiblement son fouet. Aucun doute, il s'agissait bien de Rolfie.

— *Gott im Himmel !* Pourtant il était mort quand je l'ai jeté dans la mare.

Maugréant entre ses dents, il prit la cognée fichée dans un billot de chêne et retourna tuer son vieux chien. Dévié par les longs poils, le taillant d'acier ne trancha que partiellement le cou. Encore raté !

Rolfie jappa comme Klara ne l'avait jamais entendu japper.

Mortifié par sa maladresse (on va penser que je vieillis), Nepomuk allait assener un dernier coup lorsque Aloïs l'écarta d'un impérieux : « Poussez-vous, tonton, laissez-moi faire », abrégeant d'un coup de sabre les souffrances de l'infortuné animal, brisant la lame Solingen sur une grosse pierre sous-jacente.

La fillette courut rejoindre les vaches qui mugissaient devant la porte de l'étable. Tout en les trayant elle s'efforça de deviner ce que pouvait bien être une coquine. Son seau à lait rempli, elle traversa la cour en évitant d'approcher les canards qui s'ébattaient dans les flaques de purin suintant d'un gros tas de fumier. À l'exception de Johanna, sa sœur bossue de trois ans sa cadette, personne ne lui prêta attention lorsqu'elle entra dans la salle commune de la ferme des Pölzl (numéro 34).

Assise sur le sol, sa petite sœur Theresia, trois ans, jouait à rien. Non loin d'elle, les mains blanchies par la farine, sa mère, Johanna Pölzl (née Hiedler), préparait des quenelles au fromage en écoutant son amie Ursula conter combien avait été grande sa surprise en reconnaissant sous l'uniforme de *Finanzwachoberaufseher* le petit Aloïs Schicklgruber.

— Personne ici n'aurait imaginé qu'il puisse si haut monter !... Quand je pense que tu gardais les oies avec lui. Je suis sûre que tu oseras pas le tutoyer quand tu le verras !

— Il a tellement changé ?

— Ah, ça, ma pauvre Johanna, je te garantis que tu vas pas le reconnaître. Il a des moustaches grandes comme ça et un accent viennois à te donner des frissons.

Klara vit sa mère prendre un air rêveur.

— Il doit avoir près de trente ans... l'âge de se marier, si c'est pas déjà fait.

Ursula eut un rire de gorge.

— En tout cas il n'a pas d'alliance, j'ai bien regardé. Par contre je plains l'élue ! Il a une façon de dévisager les femmes qui en dit long... pour moi c'est un coureur.

Johanna perdit son air pensif.

— De toute façon, s'il veut se marier, c'est pas ici qu'il le fera. Faudrait être bête pour épouser une paysanne quand on a le choix à la ville... Raison de plus s'il s'est fait une bonne situation comme tu dis... Tu es certaine d'avoir vu des galons d'assistant contrôleur ?

Sans perdre un phonème de ce qui se disait, Klara versa une partie du lait mousseux dans la baratte. Se penchant vers sa sœur elle lui souffla :

— Moi aussi je l'ai vu, et y m'a dit que j'avais des beaux yeux… Grand-père Nepomuk m'a dit que c'était notre oncle.

Elle allait lui parler de Rolfie lorsque leur père, Baptist Pölzl, entra en même temps qu'une riche odeur de purin.

Klara le rejoignit près de l'évier et lui versa de l'eau sur les mains pendant qu'il se savonnait avec le savon fabriqué par Johanna (restes de graisse, bouts de lard et peaux de porc mélangés à de la potasse, de la soude caustique et de l'eau claire). À Spital, on achetait seulement ce qu'on ne pouvait fabriquer soi-même.

— Combien de seaux, aujourd'hui ?

— Cinq, papa.

— C'est bien.

Klara rosit de plaisir. Le plus pénible avait été de porter les seaux remplis de pierres jusqu'au muret en construction, à l'autre bout du pré.

— J'ai vu passer Schicklgruber tout à l'heure ! J'ai cru voir un revenant, grogna Baptist en regardant sévèrement son épouse, comme s'il la soupçonnait d'avoir quelque part de responsabilité dans ce retour.

— Je sais, Ursula l'a vu aussi. Paraît qu'il est douanier.

Baptist grimaça en se séchant les mains. N'ayant aucun héritier mâle, la ferme et les terres de Nepomuk Hiedler, son vieux grigou de beau-père, devaient se partager entre ses trois gendres, Josef Rommeder, lui-même, Baptist Pölzl, et Leopold Sailer (veuf depuis 1858). Cette subite réapparition compliquait tout.

— Je suis sûr qu'ils mijotent quelque chose…

Baptist s'assit en bout de table. Comme pour lui donner raison, des brandons crépitèrent sous le fait-tout. Johanna

14

délaissa les quenelles pour lui servir son premier bock de bière de la journée.

— Vous auriez dû voir comment le curé est venu le saluer, ils se sont même parlé en latin, ajouta Ursula dans l'espoir de relancer le sujet.

Le regard de Baptist la fit battre en retraite.

— Bon, eh bien je m'en retourne, il se fait tard... Moi aussi j'ai une famille à nourrir.

Pour Klara ce fut l'illumination : coquine était un mot latin.

Demain, je demanderai à monsieur le curé ce que ça veut dire, se promit-elle en dressant la table, tandis que sa sœur allait chercher de l'eau au puits.

Josef Rommeder, le mari de Walburga, entra en ôtant son chapeau.

— Je suppose que tu sais qui est de retour. Le vieux nous invite à la veillée.

En épousant Walburga, l'aînée des trois filles de Nepomuk Hiedler, Josef s'était installé chez son beau-père et il lui avait succédé par contrat dans la direction de la ferme.

Baptist lui proposa une bière.

— Je te remercie mais j'ai juste le temps d'enterrer Rolfie avant le dîner. Tu sais comment est le vieux quand on est en retard à table.

— Rolfie est mort ?

Josef lui conta la fin du vieux chien de chasse et, quand il arriva au rôle joué par Aloïs, Baptist grimaça de plus belle.

— Je me rappelle qu'il fallait toujours qu'il fasse l'inté-ressant. Apparemment il n'a guère changé !

Plus tard, pendant le dîner, Baptist ronchonna en lançant des regards assassins en direction de l'épais mur mitoyen séparant sa ferme de celle de son beau-père.

— Je donnerais cher pour entendre ce qu'ils se disent en ce moment.

— Quelle que soit ta réponse, cette conversation restera entre nous, dit Nepomuk en regardant son neveu avaler d'un trait son verre d'alcool de prune.

— Je vous écoute, tonton.

— Ce que j'ai à te dire est très simple : Dieu n'a pas voulu que j'aie de fils. J'ignore pourquoi, mais c'est ainsi. Je n'ai donc personne pour perpétuer mon nom : aussi, en souvenir des années passées à t'élever à la place de ce vaurien de Georg, je voudrais que tu prennes le nom d'Hiedler… qui te revient de droit, d'ailleurs.

Aussi impassible que le banc sur lequel il était assis, Aloïs bourra lentement sa pipe avant de répondre par une autre question.

— Comment allez-vous vous y prendre ?

Nepomuk sortit son oignon du gousset et tripota le remontoir, marquant ainsi son agacement.

— Il suffit de certifier sous serment que mon frère Georg a toujours voulu te reconnaître, mais que les circonstances l'en ont empêché.

Aloïs craqua une allumette contre l'un des seize boutons de cuivre de son uniforme, puis il tira sur sa pipe.

— Je suis flatté, puff, puff, puff, par votre proposition, tonton, mais Georg ne peut pas être mon père puisque ma mère ne le connaissait pas lorsque je suis né.

La surprise se lut sur le visage buriné du vieil homme.

— Mais… qu'est-ce que tu racontes là ? Ce n'est pas ce que ta mère m'a dit quand elle t'a amené ici, je ne comprends pas…

— Elle a menti pour que vous m'acceptiez, ce que vous n'auriez jamais fait si vous aviez su que j'étais le bâtard d'un autre !

Nepomuk se versa un verre de schnaps et l'avala.

— Si Georg n'est pas ton père, c'est qui alors ?

Le front d'Aloïs se plissa, ses sourcils se rapprochèrent, lui donnant un air sévère.

– Ça, c'est mon affaire ! Disons que je suis le fils de mes propres œuvres, puff, puff, puff. Vous comprenez, tonton, si j'avais suivi vos conseils, je serais cordonnier à l'heure qu'il est. En fait et à vrai dire, je me suis fait tout seul.

Dehors, la nuit était tombée, les cheminées du hameau fumaient et les grenouilles de l'étang coassaient en chœur. Aloïs se servit un verre de prune et le huma avant de le boire. Désignant le plancher sous lequel se trouvait la salle commune, il dit sentencieusement :

– *Tarde venientibus ossa* (Qui vient tard à la table ne trouve que des os). Et si on allait manger, tonton ?

***

Comme le feu dans l'âtre, la veillée tirait paisiblement à sa fin. Assise auprès de sa sœur assoupie contre son épaule, Klara ne quittait pas son oncle du regard, charmée par sa voix aux inflexions dépourvues de cet accent rugueux qui, disait-on, faisait saigner les oreilles des étrangers.

Après leur avoir raconté comment, au terme d'un labeur acharné, il était devenu fonctionnaire impérial et royal, Aloïs poursuivit le récit de son existence en l'émaillant de plaisantes anecdotes sur la vie à Vienne et sur les contrebandiers de tout poil qu'il avait été amené à appréhender. Il affirmait que le nombre des fraudeurs augmentait indubitablement pendant la pleine lune. Ursula acquiesça gravement.

– Ma tante est sage-femme à Weitra, eh bien, d'après elle, c'est pareil pour les enfants, il en naît beaucoup plus à cette période.

Chacun médita l'information ; durant ce court silence, on entendit les braises crépiter et quelques rats faire la sarabande dans le grenier.

L'un des gosses assis en tailleur sur le plancher leva la main pour demander :

— Le curé y nous a dit que la Terre était ronde comme une orange, mais mon père, lui, il dit qu'elle est plate.

— Bien sûr qu'elle est plate ! intervint Nepomuk avant qu'Aloïs puisse répondre. Réfléchis, voyons, si la Terre était ronde, ça voudrait dire que ceux qui sont de l'autre côté vivent la tête en bas, comme les mouches au plafond. Allons, allons, le curé ferait mieux de s'occuper de son catéchisme.

— Sauf votre respect, tonton, il est peut-être temps de combler quelques lacunes à votre ignorance, se permit d'ironiser Aloïs. Depuis Herr Colomb, tout le monde sait que la Terre est ronde, et depuis Herr Galilée, tout le monde sait que c'est la Terre qui tourne autour du soleil, et non l'inverse.

Dépité par la désinvolture avec laquelle Aloïs avait accueilli sa proposition de changement de patronyme, Nepomuk décida de ne pas ménager celui qu'il considérait toujours comme son neveu.

— Tu viens de perdre une belle occasion de te taire, mon garçon. Comme quoi on peut être instruit et dire quand même des âneries. C'est à croire qu'à force de vivre en ville on ne comprend plus la nature et on ne sait plus lire le ciel.

Les trois gendres approuvèrent à l'unisson. Il n'y avait qu'à suivre l'ascension matinale du soleil, son parcours dans le ciel et sa descente en fin de journée derrière le bois des Felber pour savoir avec certitude qui tournait autour de qui !

Peu enclin à dépenser sa salive pour tenter de convaincre des individus au front aussi bas, Aloïs tira sur sa pipe et projeta la fumée grise vers le plafond aux poutres noircies par des milliers de veillées.

Pourquoi suis-je revenu ? s'interrogea-t-il en sachant la réponse. Il était revenu pour mesurer le temps passé, mais aussi pour leur montrer qu'il n'était, qu'il n'avait jamais été, l'un des leurs. En fait, il n'avait que mépris pour cette engeance envieuse, avare, médisante, dont l'intérêt principal consistait à s'épier, à se jalouser, à se détester, génération après génération, avec une opiniâtreté qui forçait l'admiration... Seuls la nécessité et l'intérêt les avaient réunis en hameau, mais au moindre prétexte ils étaient prêts à tout pour se nuire. C'était comme si le malheur d'autrui était leur seul divertissement. Décidemment, non, non et non, il ne les aimait pas.

Son mutisme fut interprété comme une capitulation et détendit l'atmosphère : les femmes en profitèrent pour se lever et regrouper leur progéniture. Klara réveilla sa petite sœur Johanna et suivit ses parents à regret.

Elle traversait la cour obscure lorsqu'elle sentit quelque chose de tiède couler le long de sa cuisse droite. Elle toucha, renifla ses doigts et s'effraya à l'odeur de sang.

– *Mutti, Mutti*, je saigne.

Son front était brûlant, pareil à la truffe d'un chiot malade.

– Ce n'est rien, n'aie pas peur, c'est normal, la rassura sa mère après qu'elle l'eut examinée à la lueur de la lampe à pétrole. Ça va passer... mais ça reviendra tous les mois.

***

Aloïs ne se formalisa pas lorsque tonton Nepomuk, prétextant que toutes les chambres de la ferme étaient occupées, l'installa dans la buanderie, lui aménageant un lit sommaire en retournant une table et en jetant une paillasse dessus.

Seul, Aloïs alluma sa huitième pipe de la journée, puff, puff, puff, contrarié à la vue de son sabre brisé ; il allait devoir remplacer la lame à ses frais.

Lorsque la cloche de l'église sonna onze fois, il prit la lampe à pétrole et sortit en passant par la salle commune qui débordait de vieux souvenirs, tel ce moellon qui saillait du mur près de la cheminée et sur lequel il avait affûté les couteaux.

Il traversa la cour, poussa le battant et entra dans la grange, plus ému qu'il ne voulait l'admettre à la vue du recoin où, huit années durant, il s'était endormi sur sa paillasse, la miniature de Zwettl sous sa veste roulée en oreiller, rêvant à son père et à l'existence qu'il mènerait lorsque celui-ci viendrait le chercher. Aujourd'hui, Nepomuk y entreposait son charbon de bois.

Posant la lampe au sol il retrouva les gestes d'autrefois pour escalader les bottes de foin. Il se hissa jusqu'à la poutre latérale et se déplaça prudemment dessus afin d'atteindre la panne faîtière où, vingt et un ans auparavant, il avait gravé avec son alène de cordonnier : ALOÏS TRICOTIN.

En équilibre à six mètres du sol, les dents serrées par l'effort exigé par son inconfortable position, harcelé par une pensée non désirée (n'oublie pas que l'épée de Damoclès est suspendue à un crin de cheval), il mit autant d'acharnement à effacer l'inscription qu'il lui en avait fallu pour la graver, la veille de sa fuite, le premier jour du mois de juin 1850.

Revenu dans la buanderie, il récupéra son sabre brisé, son sac de voyage, son képi vert frappé de l'aigle bicéphale, et, sans un mot d'explication, sans même éteindre la lampe à pétrole, il s'en alla dans la nuit, comme il l'avait fait vingt et un ans plus tôt.

2

« La forme actuelle du nom de Hitler n'est apparue
que très tard et elle est le résultat d'un véritable salmi-
gondis de formes voisines. Il existe beaucoup de Hitler
juifs, ce qui a incité certains chercheurs à attribuer au
Führer une origine juive. C'est une erreur. »

Konrad Heiden, *La Jeunesse de Hitler*

Aloïs disposait seulement de trois souvenirs concernant
le docteur Carolus Tricotin, son père.

Le premier datait du jour de ses quatre ans, le 7 juin 1841.
Il revoyait vaguement un grand moustachu chapeauté qui lui
avait offert un ours en peluche et une boîte très lourde contenant cinquante soldats de plomb de l'armée impériale et
royale. Ce même jour, il les avait conduits à Zwettl où ils
avaient posé tous les trois pour le miniaturiste local.

Sa mère lui parlait souvent de Carolus Tricotin, rappelant
ses origines franco-piémontaises, exhibant la miniature,
décrivant le bel immeuble dans la Berggasse où il vivait
(numéro 19), les animaux empaillés de son laboratoire privé
(il veut faire le docteur), de la qualité du linge de maison
(après avoir été pensionnaire au Paradis perdu, Maria Anna
avait été la lingère des Tricotin jusqu'au jour où elle était
tombée enceinte).

— Il m'a fait le serment qu'une fois ses études de médecine achevées, il te reconnaîtrait et nous irions vivre avec lui, à Vienne. En attendant, tu ne dois rien dire à personne, tu m'entends, Aloïs, à PERSONNE. Et maintenant jure-le-moi.

Le deuxième souvenir remontait au 7 juin 1842, jour de son cinquième anniversaire. Cette fois, c'était par la fenêtre qu'Aloïs avait entrevu son père ; il avait reconnu son visage pour l'avoir si souvent consulté sur la miniature, il revoyait le gâteau et les cinq bougies fichées en cercle dessus, et il le revoyait se faire malmener par Georg Hiedler, le pithécanthrope waldviertélien que venait d'épouser sa mère. Aloïs se souvenait que son père avait crié avant de battre en retraite :

— Maria Anna ! Aloïs ! *Ich bin es, dein Karolus !*

Encore aujourd'hui, les raisons qui avaient poussé sa mère à épouser ce *Vazierender* de Georg Hiedler restaient pour lui un mystère.

***

Georg Hiedler, né à Spital et journalier sans emploi fixe (*Vazierender*), avait séjourné une dizaine d'années dans la capitale impériale. Après avoir admirablement raté tout ce qu'il avait entrepris à Vienne, Georg Hiedler était rentré au pays. Renonçant par avance à se réfugier à Spital chez son frère Nepomuk, il avait déniché de justesse un emploi auprès du meunier de Strones, un hameau de trente-neuf maisons dans le Waldviertel, proche de Weitra.

La première fois qu'il avait croisé Maria Anna, il avait d'abord cru à une étonnante ressemblance, puis, après l'avoir observée de plus près, il l'avait formellement reconnue comme Fräulein Tout-Sauf-Ça, une pensionnaire du Paradis perdu, un pouf qu'il avait fréquenté chaque fois qu'il en avait eu les finances. Les renseignements qu'il recueillit dans le village confirmèrent l'aubaine : non seulement Maria Anna avait du bien, mais elle vivait seule avec son petit bâtard chez les Trummelschlager.

— Tu m'épouses ou je dis tout, à tout le monde...

Maria Anna eut beau l'implorer à genoux, gémir en se tordant les mains, rien n'y fit, Georg demeura intraitable.

— J'ai cinquante ans et j'en ai jusque-là de travailler au moulin. Tu dois me comprendre, Fräulein Tout-Sauf-Ça, tu es ma dernière carte.

Aloïs avait cinq ans lorsque sa mère épousa Georg Hiedler, et sept ans et six mois lorsque celui-ci disparut : le soir il était là, le lendemain il n'y était plus. Maria Anna pleura abondamment la disparition de ses économies, envolées en même temps que son maître chanteur de mari.

Irrémédiablement brouillée avec ses parents les Schicklgruber, ne possédant aucun autre moyen de subsistance, Maria Anna quitta la chambre qu'elle louait aux Trummelschlager et accepta un emploi de bonne-gouvernante chez un lointain parent, Herr Sillip, veuf de fraîche date, du hameau de Klein Motten (dix maisons). Herr Sillip, ne supportant pas la présence d'une jeunesse gigotante qui lui rappelait un âge qu'il ne retrouverait jamais, exigea que la mère se défît de son fils.

Maria Anna se rendit alors à Spital où vivait Nepomuk Hiedler, le frère cadet de Georg, et elle le persuada d'accepter son neveu en pension.

Le 8 janvier 1847, Aloïs (dix ans) travaillait comme apprenti cordonnier chez les Ledermüller, lorsque le père Hansen, le curé de Spital, vint le prévenir du décès par consomption de sa mère.

Le lendemain, Nepomuk attela sa carriole et conduisit celui qu'il croyait être son neveu à Döllersheim (cent vingt maisons), lieu de la mise en terre.

La courte cérémonie terminée, le père Zahnschrim présenta au gamin une petite sacoche de cuir contenant la miniature de Zwettl dans son écrin. Le curé y avait ajouté une mèche de cheveux gris retenus par un ruban noir et jaune.

— Ce sont les cheveux de ta mère, c'est moi qui les ai coupés… J'ai pensé que ça te ferait plaisir.

Sur le chemin du retour, Nepomuk le questionna sur le contenu de la sacoche, mais Aloïs observa un mutisme obstiné.

— Quel fichu cabochard tu fais ! Tu es bien comme ton père, va !

Ce n'était pas la première fois que Nepomuk le comparait à Georg et cela mettait Aloïs hors de lui.

En juillet de cette même année, le bedeau de Döllersheim lui rapporta qu'au début du mois de juin un inconnu s'était présenté au village et avait insisté pour que l'on pose une dalle sur la tombe de Maria Anna, puis qu'on érige dessus une croix en fer forgé qui lui avait coûté vingt *Krones*.

Les idées en ébullition, Aloïs en déduisit finement que son père, loin de l'avoir abandonné, le recherchait et, tôt ou tard, ne manquerait pas de le retrouver. En attendant, afin qu'il n'ait pas à rougir de son fils lorsque viendrait ce jour, Aloïs se présenta au presbytère où le père Hansen apprenait à lire, écrire et compter à tous ceux qui en manifestaient le désir. Il apprit l'alphabet et la table des multiplications à la vitesse d'un épervier fondant sur sa proie, découvrant qu'il prenait du plaisir à comprendre. Dès qu'il sut écrire, Aloïs transcrivit son nom, le vrai, ALOÏS TRICOTIN, sur la poussière du chemin, sur une vitre embuée, sur une motte de beurre, prêt à tout effacer au cas ou quelqu'un approcherait. Chaque soir avant de s'endormir sur sa paillasse dans le recoin de la grange, il contemplait la miniature, posant parfois son index sur le visage de Carolus, se prenant à rêver éveillé… demain, il serait là… il le verrait bavardant avec tonton, puis il l'entendrait dire : « Prépare-toi, je t'emmène ! » Mais avant de partir, Aloïs lui demanderait de faire un dernier tour dans le hameau, afin que tous les voient ensemble, main dans la main, et qu'ils comprennent une bonne fois pour toutes qu'il n'avait jamais, jamais, jamais été l'un des leurs.

Les mois passaient et Carolus se faisait attendre.

Las de patienter, Aloïs prit l'initiative. Il se fabriqua une paire de chaussures et un havresac de cuir dans lequel il rangea ses outils de cordonnier, ses quelques vêtements, la miniature de Zwettl, la mèche de cheveux de sa mère, un beau morceau de lard, un morceau de fromage, trois oignons, une miche de pain noir.

Fin prêt, il quitta Spital dans la nuit du 1er au 2 juin 1850 et parcourut les cent vingt kilomètres le séparant de Vienne en trois jours, ses chaussures de cuir à la main pour ne pas les user.

À l'aube du sixième jour, il se chaussa et entra dans la capitale de l'Empire austro-hongrois par la porte ouest, éberlué par l'épaisseur des murailles, l'enchevêtrement des rues, la hauteur des maisons, le vacarme du trafic, le va-et-vient de la foule. Il interrogea timidement plusieurs passants avant d'en trouver un qui daigne lui indiquer la direction de la Berggasse.

Le troisième souvenir d'Aloïs datait du 7 juin 1850, jour de son treizième anniversaire.

Arrivé au numéro 19 – un immeuble bourgeois, à la belle façade décorée de lions sculptés et de bustes héroïques – le gamin resta comme paralysé devant la plaque de cuivre signalant que le docteur Karolus Trikotin exerçait au premier étage.

Le cœur battant la charge face à cette nouvelle preuve d'existence, l'esprit submergé d'émotions contradictoires (fallait-il l'appeler monsieur ou papa ?), Aloïs franchit le porche lorsqu'il entendit des bruits de pas dans l'escalier. Pris de panique, il fit demi-tour et s'éloigna à grande vitesse, ne s'arrêtant que devant les eaux sales du Donaukanal devant lequel venait mourir la Berggasse. Il erra un long moment avant de se décider à revenir sur ses pas, à monter l'escalier menant au premier étage, à tirer sur la clochette de la porte d'entrée. Des pas se firent entendre, des verrous claquèrent (trois), la porte s'ouvrit sur une femme en bonnet et tablier de domestique.

— Qu'est-ce que tu veux ?

— Je veux voir le docteur.

— Le docteur ne reçoit plus après 15 heures.

Aloïs trépigna sur le palier, comme s'il avait envie.

— Je suis pas malade, je dois le voir, c'est très important.

La bonne hésita, soupira, faillit hausser les épaules, lui tourna le dos, se dirigea vers une porte close. Aloïs la suivit, marchant à petits pas sur un parquet qui sentait bon l'encaustique à la cire d'abeille. Tout ce qu'il voyait, même le portemanteau, semblait coûteux, voire luxueux.

La bonne cogna trois *toc* contre le battant.

Un « *herein* » assourdi lui répondit.

Le cœur du gamin s'emballa comme s'il voulait s'échapper de sa cage thoracique. La bonne ouvrit la porte :

— C'est point un malade, Herr Doktor, c'est juste un petit paysan qui insiste pour vous voir.

Aloïs fit un pas en avant.

Une vaste pièce lumineuse, les murs cachés par des bibliothèques débordantes de livres, un grand bureau près d'une fenêtre donnant sur une cour intérieure ombragée par quelques arbres rabougris.

Assis derrière le bureau, en chemise à col ouvert, un moustachu au visage blême, au front moite, aux joues barrées de cicatrices de Mensur, le regardait, les yeux ronds, incrédule, proche du sauve-qui-peut.

La bonne partie, Aloïs dit d'une traite :

— Je viens de Spital. Je suis parti avant-hier et j'ai tout fait à pied. Je suis venu parce que je veux vivre avec mon vrai père (*mit meinem wirklichen Vater*).

Aloïs avait tout imaginé sur cette rencontre, sauf ce qui arriva.

– De quoi ? Comment ? Hein… Tu te trompes, je ne suis pas ton père, alors va-t'en, allez, allez, va-t'en, va-t'en !

Tout en évitant de croiser son regard, le docteur Tricotin lui montra la porte.

– Et si j'apprends que tu colportes de pareilles bêtises, je ferai appel à la police pour qu'elle t'en dissuade, allez, *raus, raus* !

Tel un Gaulois recevant le ciel en plein occiput, Aloïs se sentit assommé. Mordillant sa lèvre inférieure, il transforma son désespoir naissant en grosse colère. Tirant de sa poche la miniature de Zwettl, il la jeta rageusement sur le bureau et sortit en claquant la porte derrière lui.

Courant à la vitesse d'un dératé, il se retrouva devant les eaux usées du Donaukanal. Et maintenant ?

Il marchait comme un somnambule dans le quartier populaire de Favoriten quand une odeur de cuir s'échappant d'une échoppe de cordonnier lui fit lever la tête. Il entra et dit sans préambule :

– Je cherche un emploi.

Pour preuve de son savoir-faire, il se déchaussa et posa ses chaussures sur le comptoir ainsi que son havresac.

– J'ai mes outils et c'est moi qui les ai faits, ajouta-t-il en produisant une besaiguë, une alène, une gouge, un ébourroir et un lissoir.

Pris à l'essai en échange de deux repas par jour et d'un coin dans l'atelier pour y déplier une paillasse, Aloïs patienta six mois avant que maître Trecher consentît à lui verser quelque argent. Argent aussitôt employé à l'achat d'un cahier, d'un crayon, d'un dictionnaire et d'un petit livret d'une soixantaine de pages intitulé *Les Cent Locutions latines et fondamentales pour permettre à quiconque de briller en société.*

Parce que Aloïs était un ouvrier consciencieux, habile de ses dix doigts et d'une docilité exemplaire, Herr Trecher ne lui tint pas rigueur de son air perpétuellement maussade, ni de la mauvaise habitude qu'il avait de lire tard dans la nuit (le matin, l'atelier empestait la bougie), pas plus qu'il ne lui en voulait lorsque le gamin émaillait ses propos d'agaçants *Quid novi* (Quoi de neuf ?), ou de *Vade retro, Satanas* quand on lui proposait de quitter ses livres et de se distraire.

Trois mois après son dix-huitième anniversaire, à l'insu de son employeur, Aloïs se présenta au concours de l'administration impériale et royale des Finances. Il fut reçu.

— *Alea jacta est*, me voilà désormais fonctionnaire impérial et royal, déclara-t-il avec une moue méprisante que maître Trecher ne lui avait jamais vue.

Moins d'un quart d'heure plus tard, Aloïs Schicklgruber quittait pour toujours l'échoppe du cordonnier.

3

Pater semper incertus est.

(L'identité du père est toujours incertaine.)

Septembre 1873.
Spital am Wald.

Nepomuk fortifiait ses arbustes en les arrosant de sang de bœuf délayé dans de l'eau tiède lorsque Walburga le héla.

— *Vater !* Une lettre pour toi.

Il la rejoignit en essuyant ses mains sur son pantalon. Qui pouvait donc lui écrire ? Ne sachant pas lire, le vieux paysan tourna et retourna la lettre avant de se rendre au presbytère demander de l'aide au père Hansen.

La dernière lettre reçue au village datait de sept ans ; le sous-officier Felber avertissait sa famille qu'il avait été blessé par les Prussiens à Königgrätz.

— C'est votre neveu Aloïs, Herr Hiedler, il prend de vos nouvelles et il vous invite à son mariage à Braunau am Inn. Il dit que votre présence sera un honneur.

Nepomuk fronça ses épais sourcils.

— Quand il a lieu, ce mariage ?

Le père Hansen s'étonna.

— Demain ! Vous n'aurez jamais le temps de vous y rendre ! Il aurait dû vous prévenir plus tôt…

Le vieil homme retourna à sa ferme en ruminant sur la précédente visite de son neveu, deux ans plus tôt. Pourquoi revenir si c'était pour s'enfuir en pleine nuit, comme un voleur de poules, sans même éteindre la lampe à pétrole ? Et maintenant cette invitation impossible à honorer ; Braunau am Inn était à trois jours de diligence de Spital.

— Ma main au feu qu'il l'a fait exprès. Il a seulement voulu me dire qu'il se mariait... *Aber warum ?*

***

— Klara ! Klara !

Johanna cria si fort que les vaches interrompirent leur rumination.

Klara se redressa, sans lâcher la poignée de cailloux qu'elle venait de déterrer. Pour que sa sœur hurle ainsi, il fallait que quelque chose de grave fût arrivé.

— L'oncle Aloïs se marie ! Il vient de l'écrire à grand-père.

Laissant échapper ses cailloux, Klara pleura à gros sanglots. Sa sœur la prit dans ses bras et la berça jusqu'à ce qu'elle fût calmée. Les vaches reprirent leur rumination.

***

La nouvelle se répandit dans le village et les ragots fleurirent comme pâquerettes au printemps.

— Il paraît que c'est la fille unique de l'un de ses supérieurs, un inspecteur du monopole impérial et royal des Tabacs...

— Elle va bientôt fêter ses cinquante ans et ça lui en fait quatorze de plus que lui !

— C'est qu'elle doit avoir une belle dot ! Ah, il est pas né de la dernière pluie le Schicklgruber !

— Paraît aussi que c'est une souffreteuse qui pourra pas lui donner d'enfants.

– À moi, on m'a dit qu'elle était si maigre que pour maigrir plus il faut qu'elle perde un os.

– C'est le vieux Hiedler qui doit pas être content. Paraît qu'il a même pas été invité au mariage !

– Mais non, tu n'y es pas, il a été invité mais la lettre est arrivée trop tard, c'est tout.

– *Ach so !*

***

Cinq mois plus tard, une deuxième lettre arrivait à Spital annonçant la venue d'Aloïs. Nepomuk se reprit à espérer.

***

Leur panier rempli de cèpes, les sœurs Pölzl sortaient du sous-bois lorsque Johanna aperçut le char de leur grand-père se profiler sur la route de Weitra : quelqu'un était assis à ses côtés, quelqu'un en uniforme. Elles coururent.

Bien que plusieurs années se fussent écoulées, Klara reconnut son oncle, le trouvant plus impressionnant que jamais.

Aloïs ôta sa pipe en écume de sa bouche et demanda :

– Qui est cette belle enfant ?

– C'est Klara, voyons ! La fille de Johanna. Remarque, c'est normal que tu la reconnaisses plus, elle a beaucoup forci depuis ta dernière visite.

Se désintéressant de la bossue et de la petite Theresia, Aloïs toisa la jeune fille d'un air approbateur, lisant dans ses yeux bleus qu'il lui plaisait.

– Approche, ma jolie, que je te voie mieux… Quel âge as-tu aujourd'hui ?

– Je vais avoir seize ans… mon oncle.

Aloïs nota la taille fine sous la robe, les hanches évasées, le teint frais, la bouche charnue, la chevelure brune qui mettait en valeur ses yeux azur ensoleillé. Il n'hésita plus.

– Mon épouse est souffrante et j'ai besoin de quelqu'un

31

pour tenir mon ménage. Quelqu'un de sérieux en qui je puisse avoir une entière confiance. Cela te plairait-il de travailler chez moi ?

— Oh oui, mon oncle !

— Eh bien c'est réglé ! décréta-t-il en frappant de son sabre le plancher du char, tel un commissaire-priseur tapant de son marteau. Je passerai chez tes parents ce soir.

Le lent véhicule s'éloignait en brinquebalant quand Klara entendit son oncle se féliciter de sa bonne fortune.

— Vous voyez, tonton, je n'ai pas encore posé le pied dans le village et j'ai déjà trouvé ce que je cherchais. *Veni vidi vici.*

— Mais tu n'es pas venu que pour ça ? s'inquiéta Nepomuk.

— Si… Pourquoi cette question ?

Il n'y eut pas de veillée ce soir-là, et quand sonna l'heure du coucher, Nepomuk lui lança en guise de bonne nuit :

— Au cas où tu aurais décidé de filer comme la dernière fois, n'oublie pas d'éteindre la lampe… au prix où est le pétrole.

***

Klara n'ayant jamais dépassé le marché de Weitra, le voyage jusqu'à Braunau fut une succession de premières fois. L'étape de Linz, soixante et une mille âmes et capitale de la Cisleithanie, l'épata à un point tel que son oncle consentit à mettre à profit les deux heures de changement d'attelage pour la visiter. Les trottoirs étant tous pavés, Klara s'étonna de marcher aussi longtemps sans fouler la terre ferme, sans même la voir.

— Ne t'inquiète pas, ils l'ont mise en dessous, la rassura Aloïs.

Arrivée sur la place Franz-Josef, elle tomba en admiration devant l'imposante Dreifaltigkeitssäule, la colonne de la Trinité, haute de vingt-quatre mètres.

— Et ça, mon oncle, c'est quoi ?

— Ça, ma jolie, c'est pour nous rappeler que la ville a échappé à la peste, à l'incendie et à l'invasion turque. Il y a la même à Vienne.

— C'est Dieu qui l'a faite ?

— Mais non, nigaude, c'est un sculpteur qui a taillé la pierre.

— Alors avant c'était que de la pierre ?

— Oui, un gros morceau.

— Et comment le sculpteur il a su qu'il y avait la colonne dedans ?

— Dedans quoi ?

— Dedans la pierre.

Aloïs secoua la tête avec une pointe d'accablement.

— Ne te fais pas plus bête que tu ne l'es déjà.

Le lendemain, la diligence entra dans Braunau et les déposa devant la Gasthof Steif, domicile des Schicklgruber depuis leur mariage. L'auberge avait l'avantage d'être située proche du poste des Douanes et du pont-frontière reliant l'autrichienne Braunau am Inn à la bavaroise Simbach am Inn.

Pendant que Klara et Herr Steif s'occupaient des bagages, Aloïs monta au premier étage saluer son épouse.

Plongée dans l'obscurité, la chambre aux volets clos sentait le renfermé et la valériane. Anna reposait dans son lit, invisible sous la couette.

— Qui est là ? grommela une voix faible.

— C'est moi, je suis de retour avec une bonne surprise.

Traversant la chambre, il ouvrit la fenêtre et rabattit les volets.

Klara entra dans la pièce et vit une femme au teint crayeux, aux cheveux gris, au menton pointu, aux lèvres minces.

— Anna, voici Klara Pölzl, ma nièce. C'est elle qui va s'occuper de vous et de la maison.

Tournant lentement la tête vers la jeune fille, Anna la fixa de ses yeux anormalement cernés.

– Ça va être pratique, n'est-ce pas ? Vous n'aurez plus à sortir le soir pour faire vos cochonneries, vous allez les faire à domicile, sous mon propre toit ! Ah, misérable ! Quand Dieu vous punira, vous ne pourrez plus jouer les innocents ! Et toi non plus, petite gourgandine, tu n'as pas honte ?

Victime d'un subit accès de toux, Anna n'eut que le temps de se saisir du crachoir de porcelaine posé sur la table de nuit. Une fois son souffle revenu, elle tendit à Klara le récipient à demi rempli de glaires sanguinolentes qui indiquaient combien elle était gravement phtisique.

– Vide-le.

***

En accord avec le propriétaire de l'auberge, Klara fut logée sous les combles, dans un réduit doté d'une lucarne s'ouvrant sur la Stephanskirche. Ayant toujours partagé sa chambre et son lit avec Johanna, il lui fallut plusieurs jours pour s'habituer à s'endormir seule.

Affable, courageuse à la tâche, d'une humeur égale qui la faisait chantonner tandis qu'elle balayait le couloir, préparait les repas ou vidait les vases de nuit, Klara sut se faire apprécier de tous jusqu'à gagner la confiance de sa maîtresse.

Comme toutes les bergères, Klara avait souvent rêvé d'être remarquée, puis épousée par un prince charmant de passage dans le Waldviertel : devenue jeune fille, son rêve s'était plus modestement limité à attendre un mari aisé qui l'élèverait au-dessus de sa condition. Ses ennuis commencèrent lorsque les traits de ce mari idéal prirent ceux de son oncle, la culpabilisant pour toujours : une culpabilité qui ne fit que croître lorsqu'elle se surprit à souhaiter la disparition d'Anna.

4

« Je n'ai rien su de la famille de mon père. La coutume n'était pas aux histoires familiales. [...] Seuls les parents que nous avions du côté de notre mère étaient pour nous de véritables parents. [...] Je n'ai connu aucun parent du côté de mon père, si bien que ma sœur Angela et moi nous sommes souvent dit : nous ne savons rien du tout, notre père doit quand même bien avoir eu de la famille. »

Interrogatoire de Paula Hitler à Berchtesgaden,
le 26 mai 1945.

Braunau am Inn.

Planté devant le miroir ovale de la table de toilette, en chemise et bretelles pendantes, Aloïs se rasait à la lumière de la lampe à pétrole, l'esprit concentré sur son souci quotidien, le manque d'argent. Ses problèmes de trésorerie dataient du jour où il s'était offert un rucher, un passe-temps dispendieux qu'affectionnait la haute bourgeoisie.

L'horloge des Steif sonnait la demie de cinq heures quand il s'attabla dans la cuisine de l'auberge, répondant distraitement au *Grüss Gott mein Onkel* de Klara. La jeune fille posa devant lui une omelette au lard et un pot de café. Aloïs mangea lentement, affichant l'expression préférée de ceux qui réfléchissent à des sujets difficiles à résoudre (où trouver de l'argent ?).

À deux pas en retrait, Klara l'observait, prête à devancer ses désirs. Ce tête-à-tête matinal était le meilleur moment d'une journée exclusivement consacrée au travail.

Repu, Aloïs bourra sa première pipe. Aussitôt, Klara lui présenta une boîte d'allumettes, en disant :

— Le tailleur est passé hier pour dire que votre uniforme est prêt.

— Je sais, puff, puff, puff.

Il regrettait d'avoir cédé à la vanité en commandant un nouvel uniforme en prévision des prochaines cérémonies du 13 août, date anniversaire de Sa Majesté impériale et royale François-Joseph. L'ancien aurait fait l'affaire tout aussi bien. Depuis, il retardait l'échéance en disparaissant de la vue du maître tailleur. Mais cette situation ne pouvait se prolonger : ses maîtresses alimentaient déjà les commérages, aussi ne tenait-il pas à s'attacher de surcroît une réputation de mauvais payeur. Les distractions étaient rares dans ce petit bourg dépourvu de théâtre, et les nouvelles, surtout les mauvaises, voyageaient à la vitesse d'un coup de poing sur le nez.

— Quand il revient, dis-lui de passer me voir aux Douanes.

— Bien, mon oncle.

**

« Ayez des abeilles,
Vous aurez des beaux fruits. »

Un dicton si vrai qu'Aloïs n'avait eu aucune difficulté à convaincre l'arboriculteur Herr Mittelmayer d'accueillir dans son verger sa demi-douzaine de ruches. Grâce au butinage des ouvrières, l'arboriculteur avait vu sa production de fruits augmenter de vingt pour cent.

L'aurore se levait lorsque Aloïs entra dans le verger. Il bourra sa deuxième pipe et l'alluma en contemplant ses six ruches peintes en bleu (la couleur préférée des abeilles), impeccablement alignées sous l'auvent. Évitant les mouvements brusques qui auraient alerté les sentinelles postées au trou d'envol, Aloïs inspecta la ruche Lili, puis les ruches Olga, Paula, Angela, Gertrud et Ida, baptisées d'après le nom de ses maîtresses successives.

Si dans un premier temps son engouement pour l'apiculture avait relevé de la pose, il s'était vite pris au jeu ; s'abonnant aux revues, achetant des ouvrages, rencontrant d'autres apiculteurs, développant un profond respect pour ses abeilles, particulièrement pour leur impitoyable organisation qui ne laissait aucune place aux oisifs et aux parasites. Il suffisait d'assister en automne au massacre généralisé des bourdons pour comprendre.

L'une de ses premières constatations fut de découvrir le nombre indécent de mammifères, de volatiles, de reptiles, d'insectes de toutes sortes qui raffolaient non seulement du miel, mais parfois des abeilles : ainsi, deux visites quotidiennes au rucher n'étaient pas superflues si l'on voulait éviter les mauvaises surprises.

L'été dernier, un sphinx atropos s'était introduit dans Gertrud, trompant la vigilance des sentinelles en imitant le cri d'une reine, les plongeant dans une sorte de stupeur respectueuse.

À l'approche des grandes miellées, un *Galleria mellonella* avait réussi à pondre ses œufs à l'intérieur d'Angela : les larves s'étaient nourries de la cire des rayons, creusant des galeries qui, sans son intervention, auraient anéanti l'essaim entier.

Aloïs se demandait parfois ce qu'il représentait pour elles. L'avaient-elles seulement distingué des autres phénomènes de la nature tels la grêle, la neige, ou le vent ?

Son inspection terminée, il retourna à l'auberge passer son uniforme, répondant par des hum, hum aux jérémiades d'Anna, toujours alitée mais rarement muette : ces derniers mois, elle ne se levait que pour s'alimenter et aller à confesse.

Le bourdon de Saint-Étienne sonnant huit heures, Aloïs franchit le porche du bâtiment des Douanes et pénétra dans la cour où le personnel du poste, aussi impeccablement aligné que ses ruches, attendait le lever du drapeau.

En fin de matinée, il reçut un billet du père Raedecker l'invitant à lui rendre visite (J'ai sous les yeux un objet qui vous intéressera au plus haut point).

À l'heure du déjeuner, Aloïs traversa le pont-frontière et entra dans Simbach, saluant au passage ses homologues bavarois. Il marcha jusqu'à l'église où le père Gustav Raedecker le reçut avec un large sourire. Apiculteurs avertis, ils s'appréciaient et se rendaient régulièrement visite.

— Herr Schicklgruber, regardez, dit l'ecclésiastique en montrant une ruche flambant neuve.

— On dirait une Debeauvoys ?

— Non, c'est une copie allemande bien supérieure.

Soulevant le toit, le père montra les rayons amovibles.

— Vous voyez, avec ce système, les ouvrières n'ont plus à reconstruire les rayons après chaque récolte, ils sont réutilisés tels quels, vous imaginez le gain de temps et de miel !

Les avantages du procédé étaient si évidents qu'Aloïs comprenait mal la violente polémique que cette nouveauté suscitait dans le monde apicole, divisant les apiculteurs entre fixistes et mobilistes : les premiers invoquaient la sacro-sainte tradition, les seconds le simple bon sens.

— J'ai l'intention de m'équiper entièrement, ajouta le père Raedecker qui n'avait aucun souci d'argent, lui.

Aloïs rêvait de l'imiter, mais où trouver les fonds pour acheter six mobiles ? Comme il était exclu qu'il s'abaisse à se rendre chez un prêteur sur gages, ses choix étaient limités.

Sans une pensée pour Anna qui l'attendait, il accepta l'invitation du curé à partager son repas.

Fasciné par son ingénieuse simplicité, Aloïs inspecta le mobile avec cette minutie qui le caractérisait chaque fois qu'il visait un passeport italien. Il avait beau faire et refaire ses comptes, rien n'en sortait. Sa solde annuelle de cent quatre-vingts florins faisait d'Aloïs l'un des fonctionnaires les mieux payés du bourg : mais ses dépenses excédaient ses gains et, sans la dot d'Anna, il eût été contraint de réduire son train de vie depuis longtemps. Trois ans après son mariage, la dot était quasiment épuisée.

***

Son service terminé et peu pressé de subir les inévitables récriminations d'Anna (Avec quelle roulure as-tu déjeuné cette fois ?), Aloïs marcha jusqu'à son rucher pour une seconde inspection. Celle-ci terminée, il ne put se résoudre à rentrer chez lui.

Hier, il avait rendu visite à Olga, la bonne de l'apothicaire, ce soir il prit la direction de l'Altes Weinhaus où travaillait Ida, une serveuse de vingt ans originaire du Tyrol.

En attendant qu'elle eût terminé son service, il but deux bières, dîna, lut le *Warte am Inn*, fuma une pipe d'Extra-Choice hollandais.

Les douze coups de minuit sonnant, il quitta le lit d'Ida, se vêtit à la lueur d'une chandelle, alluma son énième pipe et parcourut à pas nonchalants les cent soixante mètres séparant l'Altes Weinhaus de la Gasthof Steif.

— Vous avez vu l'heure ? l'apostropha Anna d'une voix perçante capable de réveiller l'étage. Avec quelle souillure avez-vous encore traîné ?

La routine.

Sans lui répondre, sans même soupirer, il passa derrière le paravent et se dévêtit. Une puissante odeur se répandit dans la chambre, mélange de transpiration, de sperme, de parfum bon marché.

Victime d'une terrible quinte de toux, Anna avala la cuillère de sirop de laudanum que lui proposa Aloïs pour la calmer.

Épouser une vieille fille en échange d'une confortable dot (cinq cents florins) lui avait paru à l'époque une fine opération rondement menée ; pourtant, dès sa nuit de noces, il avait déchanté. La mariée était vierge comme il se devait, mais le fait qu'elle le fût depuis plus de quarante-neuf ans avait compliqué leurs rapports.

Élevée dans une famille de fervents catholiques, tout ce qu'Anna connaissait de l'amour physique relevait de la furtive observation des animaux domestiques, aussi fut-elle totalement surprise par les exigences de son vigoureux autant qu'imaginatif époux (Voyons, mon ami, vous n'y songez pas, seuls les chiens se comportent ainsi ! Ou encore : Allons donc, vous ne vous attendez pas à ce que je vous fasse une chose pareille ?). Trois semaines plus tard, tout Braunau savait qu'Aloïs avait installé un second lit dans sa chambre, comme il était clair qu'il recommençait à coucher avec des serveuses, des cuisinières, des nourrices, des soubrettes et bien sûr des lingères.

— Cette fois, c'en est trop, s'écria Anna, je vais me plaindre à mon père. Je vais lui apprendre la façon dont vous me traitez.

Aloïs fut tenté de saisir sa femme par les cheveux, de la tirer hors du lit et de l'expulser de son existence, de préférence par la fenêtre. Pourtant, il se borna à simuler l'indifférence en lui tournant le dos pour enfiler sa chemise de nuit.

— Vous n'êtes qu'un rustre, un sale paysan à peine dégrossi ! Oh, comme je regrette… comme je regrette !

Aloïs la menaça de son index dressé.

– Ajoutez un seul mot, un seul et…

Sa voix froide comme un ventre de reptile la fit se recroqueviller sous la couette.

Des coups légers retentirent contre la porte. Aloïs ouvrit. Klara était sur le seuil, en chemise de nuit, pieds nus, une chandelle à la main.

– J'ai entendu Frau Anna tousser. Je viens voir si elle a besoin de moi, mon oncle.

Il la rassura d'un sourire.

– C'est passé. Tu peux retourner te coucher. Merci, ma jolie.

Aloïs refermait le battant lorsque tout s'éclaircit dans son esprit fatigué : tonton Nepomuk ! Comment ne pas y avoir pensé plus tôt ?

***

De sa belle écriture penchée, Aloïs rédigea une demande de congé spécial pour raisons familiales. Sa requête acceptée, il partit pour Weitra.

Pareil aux deux fois précédentes, Nepomuk et son char à bœufs l'attendaient à sa descente de diligence. Ils se donnèrent l'accolade en se complimentant sur leur bonne mine respective. Durant le trajet jusqu'à la ferme ils bavardèrent de tout sauf du motif de sa visite. Nepomuk fit le récapitulatif des divers événements survenus au village (Mon gendre Baptist s'est payé une troisième vache) et Aloïs lui raconta comment il avait récemment découvert des diamants dissimulés dans les cigares d'un diplomate roumain.

À la ferme, pendant que Walburga leur servait de la bière, Aloïs offrit à son tonton un pot de propolis pour ses rhumatismes ainsi qu'un pot de miel de cinq cents grammes. Nepomuk reconnut à la transparence du miel vierge, du

41

miel de premier choix, celui-là même qui s'égouttait tout seul des gâteaux. Il trempa l'index dans le pot et goûta.

— Il est bon.

— Précisément, ce que j'ai à vous proposer concerne mes abeilles.

Nepomuk écouta sans l'interrompre, hochant parfois la tête d'un air approbateur. Quand son neveu eut terminé, il dit :

— Si je comprends bien, tu me proposes une association ?

— En quelque sorte. Avec ces six nouvelles ruches, je peux doubler ma production de vierge, et vous n'ignorez pas combien il se vend cette année.

Nepomuk termina sa bière puis s'essuya la bouche et les moustaches d'un revers de main.

— J'ai mieux à te proposer.

Les sourcils d'Aloïs prirent la forme d'accents circonflexes (^^).

— Deviens officiellement mon neveu et je te garantis un minimum de deux mille cinq cents florins à ma mort. Avec un dixième versable le jour de la légalisation, ce qui peut être fait demain ou, au plus tard, après-demain… si tu es d'accord bien sûr.

Aloïs eut peine à dissimuler sa surprise. L'offre était généreuse. Il se donna la nuit pour y déceler un piège.

Avant le dîner, pipe au bec, les idées en ébullition, il se promena jusqu'au pré des Pölzl, qu'il trouva fermé par un muret de pierres récupérées.

Il était venu pour emprunter cinquante florins, et voilà qu'on lui en donnait deux cent cinquante, avec la promesse d'en recevoir dix fois plus à la mort du vieux ; un vieux qui fêterait ses soixante-dix ans l'année prochaine. Avec deux cent cinquante florins, Aloïs pouvait s'acheter douze ruches et autant d'accessoires qu'il était nécessaire. Il pouvait même s'offrir la ruche à feuillets dont il rêvait depuis si longtemps. Une ruche qui se visitait comme les pages d'un livre, permettant une observation précise de ce qui se passait à l'intérieur… Et avec deux mille cinq cents florins, il pourrait s'acheter une jolie ferme pour y accueillir son rucher.

Et tout cela au prix d'un simple changement de patronyme, d'un ou deux mensonges à un curé et de quelques signatures. Après tout, que lui importait de s'appeler Schicklgruber ou Hiedler, puisque aucun des deux n'était le bon !

Ce soir-là, ce furent les enfants de Josef et Walburga qui dormirent dans la buanderie, tandis qu'Aloïs s'installait dans leur grand lit du premier étage.

***

Le lendemain à l'aube, Aloïs Schicklgruber dans son uniforme neuf, Nepomuk Hiedler, son gendre Josef Rommeder et deux amis de ce dernier, Johann Breiteneder et Engelbert Paukh, vêtus de leurs meilleurs habits noirs, montaient dans l'omnibus pour Weitra.

Cinq heures plus tard ils arrivaient, moulus, à Döllersheim.

Le père Josef Zahnschrim se trouvait dans la sacristie. Il était occupé à repeindre, ô coïncidence, une statue en plâtre de saint Nepomuk, chanoine de Prague noyé pour avoir refusé de dévoiler au roi les secrets de la reine appris en confession. Depuis sa canonisation, ce saint était invoqué contre les dangers de l'eau et les faux témoignages.

Refusant d'y voir un mauvais augure, Nepomuk salua le curé et lui exposa son affaire, contraint de la répéter d'une voix plus forte, le vieil ecclésiastique étant dur des deux oreilles.

Quand il comprit enfin ce qu'on attendait de lui, le père Zahnschrim secoua la tête avec réprobation.

– La loi est claire à ce sujet. Si le père de l'enfant illégitime reconnaît sa paternité et désire être porté sur les registres, il doit le faire en personne et en présence de trois témoins attestant qu'il est bien celui qu'il dit être. Or, non seulement vous n'êtes que le frère de ce Georg Hiedler, mais vous me dites qu'il est décédé depuis vingt ans ! Pourquoi n'a-t-il pas reconnu l'enfant lorsqu'il a épousé la mère ?

– Je jure solennellement sur la tête de saint Nepomuk ici présent que mon frère Georg est bien son père ! Il me l'a dit et redit des centaines de fois… Et pas qu'à moi, d'ailleurs, vous n'avez qu'à le leur demander, affirma Nepomuk avec un geste englobant Aloïs, son gendre et ses deux amis.

– Ma mère, puff, puff, puff, me l'a encore répété sur son lit de mort, monsieur le curé, mentit sans sourciller Aloïs, pressé d'en finir.

Les trois autres faux témoins surenchérirent à l'unisson.

– C'est vrai de vrai, monsieur le curé, à nous aussi elle l'a dit, et pas qu'une fois.

Circonspect, le père Zahnschrim chaussa ses bésicles et sortit de l'armoire aux archives le gros registre des mariages étiqueté 1842, dans lequel il vérifia l'authenticité du mariage de Maria Anna avec Georg Hiedler. Ceci vérifié, il sortit le registre étiqueté 1837 et l'ouvrit au mois de juin, trouvant l'acte de naissance d'Aloïs.

Nepomuk choisit cet instant pour poser au pied de la statue une pièce en or de dix florins. Touché au vif par cette généreuse contribution (l'équivalent de six mois de quêtes), le père Zahnschrim consentit à les croire. Il s'attabla au-dessus du registre, il ouvrit l'encrier, prit un porte-plume, hésita, soupira puis barra le ILLÉGITIME inscrit trente-neuf ans plus tôt par son prédécesseur, ajoutant dessous, en lettres capitales, LÉGITIME, puis il barra de deux traits le ~~SCHICKLGRUBER~~ et demanda qu'on lui répète le nom du père avant d'écrire, dans la case REMARQUES :

Il est confirmé par les soussignés que GEORG HITLER, bien connu d'eux, accepte la paternité de l'enfant Aloïs, conformément aux déclarations de la mère, et désire que son nom soit consigné sur les registres des baptêmes de cette paroisse.

Le seul des témoins à savoir lire, Aloïs, nota que le curé avait écrit HITLER au lieu de HIEDLER, mais il jugea inutile de le signaler.

Nepomuk et ses trois faux témoins signèrent d'une croix. Le père Zahnschrim inscrivit chaque nom au-dessous des croix correspondantes et, prudemment, ne signa ni ne data l'acte.

***

Suivant la procédure, le vieux curé informa par courrier la capitainerie (*Bezirkshauptmannschaft*) de Mistelbach dont il dépendait administrativement : dans le but de vérifier la légalité de la procédure, cette dernière engagea un échange de lettres avec l'administration des Finances de Braunau, avec le Secrétariat épiscopal de Sankt-Pölten et auprès de l'administration centrale de Vienne.

Les réponses furent toutes identiques.

En raison de cet acte de légitimation, le douanier impérial et royal Aloïs Schicklgruber est autorisé à porter dorénavant le patronyme de son père : HITLER.

5

« L'intelligence chez la femme, n'est pas une chose essentielle. Ma mère, par exemple, eût fait piètre figure dans la société de nos femmes cultivées. Elle a vécu rigoureusement pour son mari et pour ses enfants. C'était son seul univers. Mais elle a donné un fils à l'Allemagne. »

Adolf Hitler, *Monologe im Führerhauptquartier*,
nuit du 10 au 11 mars 1942.

1880
Braunau toujours sur l'Inn.

La santé d'Anna se dégradait lentement.

Elle ne se levait plus et semblait réserver ses forces restantes pour accabler son époux les rares fois où il se montrait (généralement pour changer de vêtements). Ses motifs de mécontentement abondaient. Pas une semaine sans qu'une âme charitable vienne lui faire le récit circonstancié des dernières turpitudes d'Aloïs.

Dans son coin, plus effacée et dévouée que jamais, Klara attendait son heure, telle une araignée sa mouche. Au fil des jours, elle s'était persuadée que, sitôt Anna morte, c'était elle qui deviendrait la *Hausfrau* de son oncle. Pour se punir de telles pensées, elle refaisait le ménage à fond, briquait les

46

escaliers, même lorsque ce n'était pas nécessaire, récurait les lieux d'aisances, chassant la saleté avec une obstination digne d'un policier traquant un criminel, acquérant sans l'avoir recherché une réputation d'employée modèle.

Un matin de février, Herr Steif embaucha une nouvelle aide-cuisinière de dix-neuf ans nommée Franziska Matzelsberger que tout le monde appela Fanni.

Klara lui fit bon accueil jusqu'au soir où elle reconnut le pas de son oncle s'arrêter dans le couloir et gratter à la porte du réduit voisin du sien où logeait la nouvelle. L'oreille collée contre la mince cloison, la respiration courte, elle entendit des bruits significatifs qui lui enflammèrent les joues et le bas-ventre. Elle ne put trouver le sommeil qu'après avoir entendu les pas de son oncle s'éloigner dans le couloir.

Le lendemain, très perfidement et tout en lui servant son thé matinal, Klara prévenait Anna.

L'indignation de la malade dépassa de très loin le point de non-retour. Retrouvant un semblant d'énergie, elle se dressa sur son séant et ordonna à Klara de se rendre chez maître Steiner, son notaire.

— Dis-lui de venir immédiatement.

Puis elle toussa si fort et si longuement que Klara dut également courir chercher le docteur Sudermann.

Le notaire conseilla à Anna d'engager une procédure de séparation de corps, le médecin lui enjoignit de s'éloigner de l'Inn et de s'installer dans un endroit moins humide pour ses bronches. Anna obéit aux deux.

Aloïs était dans son bureau du rez-de-chaussée à dresser la liste des futures promotions quand un planton lui annonça que Herr Steif insistait pour lui parler au plus vite. Pressentant un ennui d'importance, Aloïs songea à son rucher (Pourvu qu'il ne lui soit rien arrivé !).

— Faites excuse, Herr Zollamtsofficial, j'ai pris sur moi de vous déranger, mais j'ai pensé que vous devriez savoir que votre dame, Frau Schicklgruber, est présentement en train de déménager.

Soulagé pour ses abeilles, Aloïs se composa une mine sévère pour rappeler au propriétaire de l'auberge qu'il fallait désormais dire Frau Hitler quand on parlait de son épouse.

— Herr Steif, dites à Klara de faire le ménage à fond et d'aérer en grand la chambre dès qu'elle sera libérée… et dites-lui aussi d'accoler de nouveau les deux lits !

Dans la soirée, Klara reçut la consigne d'obéir à Fanni comme si elle était la *Hausfrau*.

— Oui mon oncle.

En soirée, Fanni quittait son réduit et s'installait dans la chambre d'Aloïs.

Ce nouveau scandale fit grand bruit dans la petite ville, jusqu'au père Ignaz Probst qui y fit allusion dans son sermon dominical.

Fanni attendit d'être enceinte pour exiger de son amant le renvoi de Klara.

— Je suis capable de tenir ton ménage aussi bien qu'elle, et puis j'aime pas comme elle te regarde.

***

Baptist et Johanna Pölzl apprécièrent avec modération le retour inopiné de leur fille aînée. Seule sa petite sœur Theresia et Johanna la bossue l'accueillirent les bras ouverts et des larmes plein les yeux.

— Si après cinq ans en ville, tu n'as pas été foutue de te faire épouser, je me demande ce que nous allons faire de toi ici, se plaignit sa mère, ajoutant, soupçonneuse :

— Tu as encore ta fleur ?

Klara rougit jusqu'aux épaules. Bien sûr qu'elle était vierge, pour qui la prenait-on ? Et ce n'était pas faute de soupirants, surtout la première année, mais à force de refus, ils s'étaient lassés et avaient passé le mot aux autres.

Elle retrouva son ancienne chambre, et dès le lendemain elle était redevenue fille de ferme.

***

La neige tombait depuis deux jours sur Braunau lorsque Fanni mit difficilement au monde un gros garçon de trois kilos six cents. L'accouchement l'affaiblit considérablement, aussi le docteur l'obligea-t-il à rester alitée. Aloïs écrivit à Spital et réclama le retour en urgence de sa fausse nièce.

Dix mois après son éviction, Klara réoccupait son réduit sous les combles, bien décidée à ne plus jamais s'en laisser déloger.

Appliquant cette même habileté qui lui avait si bien réussi avec Frau Anna, la jeune fille sut rassurer Fanni et gagner sa confiance, n'hésitant pas à prendre son parti contre son oncle au sujet de l'enfant. Outre qu'Aloïs avait fait preuve d'une grande répugnance à lui donner son prénom, il n'avait pas bronché d'un cil quand le père Probst avait écrit ILLÉGITIME sur le registre des naissances.

— Tu oublies trop facilement que je suis toujours marié, et Anna est bien trop cul-bénit pour divorcer !

— Mais ça ne t'empêche pas de le reconnaître.

— Parce que tu trouves qu'on ne jase pas suffisamment ? D'ailleurs, je ne vois pas ce qu'il y a de déshonorant à être un bâtard, n'en ai-je pas été un trente-neuf ans durant ?

***

Comme le lui avait ordonné le docteur Sudermann, Anna s'installa dans un vallon proche de Braunau, à l'abri des brumes de l'Inn.

Les mois passés à ne respirer que du bon air de campagne autrichienne améliorèrent sensiblement sa santé, au point qu'elle se leva à nouveau, toussa moins et retrouva même un semblant d'appétit.

La nouvelle de la naissance d'Aloïs junior l'atteignit de plein fouet, la réexpédiant *illico presto* au fond de son lit. Sa toux reprit et il fallut faire appel au docteur Sudermann.

Par Klara, Aloïs sut qu'Anna rappelait à quiconque lui prêtant oreille que, lorsque les autorités religieuses prendraient connaissance des actes parfaitement contre nature qu'il avait exigés d'elle le soir de leurs noces, leur mariage serait annulé et, mieux encore, il serait mis en demeure de rembourser la totalité de la dot.

Ce dernier point conforta Aloïs dans sa résolution de prendre les devants. Bien sûr il n'était pas question d'assassiner sa femme, mais il n'était pas disposé non plus à attendre que la tuberculose s'en charge. Consulté, le docteur Sudermann s'était montré formel : malgré son état critique, Anna pouvait encore vivoter quelques années avant d'expirer.

— Par contre, Herr Schicklgruber… pardon, Herr Hitler… c'est son cœur qui me préoccupe. Il n'est guère solide et il est impératif de lui éviter toute émotion forte.

***

Fanni s'était à peine remise de son laborieux accouchement, quand elle se découvrit à nouveau grosse.

— *Bis repetita*, déclara sobrement Aloïs en se curant les dents avec une allumette taillée au canif, ajoutant un large sourire tout à fait inhabituel.

Prévenue, Anna défaillit, mais comme à la longue elle s'était mithridatisée, elle ne défaillit qu'un petit peu seulement. On manda le médecin qui lui prescrivit un repos prolongé dépourvu de visites, donc de mauvaises nouvelles.

Pour la plus grande joie de sa jeune maîtresse, Aloïs proposa de se rendre à la paroisse Saint-Étienne afin de reconnaître le petit Aloïs Matzelsberger. Ensuite, sous prétexte qu'il se devait de célébrer l'événement, il convia à un grand banquet ses collègues douaniers, dont Carl Wessely,

50

en poste à Simbach et avec qui il était lié d'amitié ; il convia également ses voisins, ses amis apiculteurs (tous des mobilistes), sans oublier la famille de Fanni au complet (huit personnes). La fête eut lieu au relais Post, le meilleur hôtel de la vieille petite ville. À la fin du repas, des musiciens hongrois apparurent et on valsa jusqu'à l'aube.

Aloïs chargea Klara de se rendre chez Anna et de lui relater, sans épargner un seul détail, le déroulement de la fête.

— Et quand elle croira avoir tout entendu, tu lui remettras ça de ma part.

Il lui tendit deux factures : la première concernait le banquet, la seconde l'achat d'un cercueil en sapin avec poignées de cuivre ouvragées. Les factures étaient au nom d'Anna et attestaient que les sommes avaient été débitées de ses avoirs.

— Ah mais, mon oncle, c'est qu'elle va le prendre très mal, et vous savez ce que le docteur a dit…

Emprisonnant son menton entre deux doigts (le pouce et l'index), Aloïs la contraignit à lever la tête et à le regarder au fond des yeux.

— Si tu ne veux pas, je peux demander à quelqu'un d'autre.

Klara empocha les deux factures, noua son fichu et sortit.

***

Tout en déchiquetant son mouchoir de ses ongles trop longs, Anna pleurait, balbutiant de pitoyables *Mein Gott ! Mein Gott !*

— Tu es certaine qu'il y avait les parents de cette traînée ? Et qu'ils ont dansé toute la nuit ? *Oh mein Gott !!!*

Un hoquet la secoua comme un prunier, puis un deuxième et un troisième lui coupèrent le souffle, la faisant ressembler tout à coup à un poisson qui s'étouffe de ce qui nous fait vivre.

51

Suivant à la lettre les instructions de son oncle, Klara attendit la fin de la crise pour déplier les factures et les lui montrer.

La vue des sommes, la vue de son nom figurant sur chacune des factures, arrêta le cœur d'Anna, qui refusa obstinément de repartir. Quand trop est trop, c'est vraiment trop.

La bouche figée dans un O majuscule d'horreur, Anna rendit l'âme (si tant est qu'il existât pareille chose).

Le docteur ne vit jamais les factures mais conclut fort justement à un arrêt cardiaque, après quoi il signa le permis d'inhumer.

***

La *Zollbeamtengattin* Anna Hitler (née Glassl) fut enterrée religieusement le 8 avril 1883.

Quarante-quatre jours plus tard, le 22 mai, Aloïs Hitler épousait Franziska Matzelsberger, et le 28 juillet, cette dernière accouchait d'une fille, Angela.

Soudain, tout alla mal et, début septembre, la jeune mariée se mit à tousser d'une manière si caractéristique que l'on évoqua une punition divine.

Le 10 août 1884, Franziska Hitler, dite Fanni, née Matzelsberger, expirait suite à une phtisie que le docteur Sudermann qualifia de galopante.

La nuit précédant la mise en terre, Klara reconnut le pas de son oncle dans le couloir, puis devant sa porte.

— *Spiritu promptus est, caro autem infirma*, avait-il déclaré en entrant dans le réduit.

— Sainte Vierge, vous qui avez conçu sans pécher, faites que je pèche sans concevoir, supplia Klara en s'abandonnant dans les bras de son soi-disant oncle.

6

« La volonté et le libre arbitre sont des leurres, notre vie nous échappe, elle est en réalité mue par des forces obscures et irrépressibles : l'inconscient. »

Le professeur Sigmund Freud, un soir de grosse déprime.

Braunau am Inn

La Sainte Vierge n'exauça point Klara : fin octobre 1884, elle attendait un heureux événement.

Le visage d'Aloïs s'allongea d'une aune. Heureux ? On aurait difficilement choisit plus mauvais moment. De récents échos en provenance de l'Office central des douanes de Linz colportaient que sa vie privée commençait à susciter un certain agacement chez ses supérieurs. Cette fois ce serait pire, selon l'opinion générale, Klara était sa nièce.

Acculé, Aloïs admit qu'il n'avait pas le choix : il lui fallait épouser Klara.

***

Les yeux arrondis, le père Probst secoua sa grosse tête, provoquant une pluie de *Pityriasis capitis* sur sa soutane noire.

— Quoi ? Tu es enceinte de ton oncle !

Klara hocha affirmativement la tête, s'intéressant aux dalles pas très propres de la sacristie.

— Mais on va se marier, monsieur le curé, il me l'a dit ce matin.

— Alors ça, c'est le bouquet ! Eh bien, ma fille, sache que vous ne pouvez pas vous marier !

Klara porta la main à son cœur pour en comprimer les battements désordonnés.

— Mais pourquoi ?

— Tu oses me demander pourquoi ? Mais enfin, petite malheureuse, vous êtes du même sang ! Ton grand-père était le frère de son père. C'est un TRÈS grave péché que vous avez commis, ma pauvre fille ! Un péché qui risque de te mener droit en enfer ! Ah, je n'aimerais pas être à ta place… Quant à lui, il y a longtemps que la sienne est réservée chez Satan.

Bouleversée, l'esprit en vadrouille, Klara sortit de l'église en oubliant son signe de croix. Elle retrouva Aloïs attablé dans la Gasthof Steif qui buvait une bière, tout en fumant sa pipe et lisant la *Warte am Inn*.

À ses traits défaits, Aloïs comprit que la réponse du curé était négative. En effet, elle l'était. Apprendre qu'une place lui était réservée chez Satan lui tira un mince sourire ; par contre, le reste du récit l'affligea.

— Sèche tes larmes, ma fille, et garde confiance. Ce n'est pas un petit prêtre de province qui va décider si je peux ou non t'épouser. Je vais écrire à son évêque.

***

Très Révérend Évêque,
Ceux qui avec une très humble dévotion ont apposé leur signature ci-dessous sont décidés au mariage. Mais ainsi qu'il en ressort de l'arbre généalogique joint à

cette supplique, ils en sont empêchés par l'interdiction canonique d'alliance entre collatéraux, l'un au troisième degré et l'autre au deuxième degré. Ils présentent donc l'humble requête que le Très Révérend Évêque leur accordera une dispense en raison des faits suivants : le fiancé est veuf depuis le 10 août de cette année, comme on peut le constater sur le certificat de décès ci-joint, et il est le père de deux mineurs, un garçon de deux ans et demi (Aloïs junior) et une fille d'un an et deux mois (Angela). Or ces deux enfants ont besoin d'une nourrice, leur père étant de par sa situation de fonctionnaire des Douanes hors de chez lui toute la journée et souvent la nuit, et par conséquent dans l'impossibilité de s'occuper de leur éducation. La fiancée a pris soin de ces enfants depuis la mort de leur mère, et ils lui sont très attachés. On peut donc assurer sans crainte qu'ils seront bien élevés et que le mariage sera heureux. En outre, la fiancée est dépourvue de bien et il est peu probable qu'elle ait jamais une autre occasion de faire un si bon mariage.

Pour ces raisons, les soussignés renouvellent leur humble requête pour la gracieuse obtention de dispense de l'interdiction d'alliance.

Braunau am Inn, le 27 octobre 1884.

Aloïs Hitler, fiancé ; Klara Pölzl, fiancée.

Il se relut, cacheta la lettre et la porta lui-même au bureau des postes impériales et royales de Braunau.

***

Le refus de l'évêché plongea Aloïs dans un état de fureur destructrice qu'il eut du mal à réprimer. Klara se cacha le visage dans les mains et pleura.

— Cesse de pleurnicher, je n'ai pas tiré toutes mes cartouches.

Son service accompli, il traversa le pont et se rendit chez le père Raedecker, le curé de Simbach, le seul ecclésiastique qu'il supportait sur cette planète.

— J'aimerais vous soumettre un problème qui dépasse mes compétences.

— Je suis au courant de votre affaire, on ne parle que de ça ici. Cette fois, admettez-le, vous avez quelque peu exagéré ! Il s'agit de votre nièce, tout de même !

— Précisément, elle ne l'est pas ! Nous n'avons aucun lien de parenté, mais comme c'est un secret, je ne peux pas en faire état.

L'œil du père Raedecker s'alluma : il adorait les secrets (les secrets languissent d'être racontés), surtout ceux concernant la famille.

— Expliquez-vous, mon cher.

— Pas avant d'avoir goûté à votre schnaps.

Après le verre d'eau-de-vie, Aloïs bourra sa pipe, l'alluma, et conta son histoire, commençant par l'accord réglé avec Nepomuk, concluant par les motifs qui l'avaient inspiré.

— N'étant pas le fils de Georg, je ne suis pas l'oncle de Klara.

— Connaissez-vous votre père ?

Aloïs se permit de ricaner.

— J'ai fait le serment à ma mère de ne jamais révéler son identité.

Le curé but, prit la bouteille et la montra à Aloïs, qui opina du chef.

— Oui, merci.

Le curé remplit le verre d'Aloïs, puis le sien.

— Votre mère vous a-t-elle expliqué pourquoi cela devait rester un secret ?

— Vous répondre serait précisément le briser.

– Bien sûr... Montrez-moi votre dossier et vérifions ensemble si nous pouvons trouver une solution.

Ce fut l'ecclésiastique qui la trouva.

Après avoir traduit la requête en latin, il la soumit à l'arbitrage de Sa Sainteté, tout là-bas à Rome.

***

La réponse du tribunal pontifical arriva après une attente de trois semaines. C'était une réponse positive : Sa Sainteté accordait la dispense au couple.

Klara tomba à genoux en remerciant le Seigneur tout-puissant d'avoir, pour une fois, exaucé ses prières quotidiennes.

Pipe fumante au bec, Aloïs marcha d'un pas alerte jusqu'à la Stephanskirche.

– Le père confesse, dit le bedeau circonspect à la vue du douanier fumant dans l'église.

Ôtant son képi, étouffant sa pipe, Aloïs fit quelques pas dans la travée. Il repéra le confessionnal et se plaça à la suite des bigotes qui attendaient leur tour. Elles répondirent à peine à son salut et ne manquèrent pas de s'interroger sur le contenu de cette enveloppe décorée du sceau pontifical qu'il utilisait en guise d'éventail.

Quand son tour arriva, Aloïs se glissa à l'intérieur du meuble et, d'une voix de stentor, lut dans son intégralité la lettre du tribunal pontifical.

***

Le mariage d'Aloïs Hitler et de Klara Pölzl fut célébré le 7 janvier 1885. Étaient présents ce jour-là tonton Nepomuk, prévenu à temps cette fois, et les Pölzl, mal à l'aise dans leurs habits neufs. Aloïs était en grand uniforme d'officier des Douanes. Klara était enceinte de quatre mois.

La cérémonie fut réduite au minimum et le père Ignaz Probst mit un point d'honneur à ne jamais croiser le regard du marié.

N'ayant pas jugé utile de demander un congé spécial pour l'occasion, Aloïs se changea et reprit son service au pont-frontière, tandis que Klara rentrait à l'auberge s'atteler à la préparation du repas de midi.

***

Leur premier enfant naquit en début de matinée, le 17 mai 1885.

– Il s'appellera Gustav, décréta Aloïs en songeant au père Raedecker.

La mère aurait préféré Adolf, qu'elle jugeait plus distingué, mais elle ne fut pas consultée.

Fin décembre, Klara était derechef enceinte. Cette fois, naquit une fille qu'Aloïs prénomma Ida, pour des raisons qui lui étaient propres.

L'appartement se révélant trop étroit pour cette bruyante marmaille perpétuellement affamée, il loua trois grandes pièces lumineuses avec vue sur la Salzburger Vorstadt, au deuxième étage de la Gasthof zum Pommer.

Trois mois après la naissance d'Ida, Klara était enceinte.

– Encore ! *Verdammt* ! Tu es aussi fertile qu'une reine !

Aloïs faisait allusion à une abeille capable de pondre quotidiennement quelque deux mille cinq cents œufs.

***

Le troisième enfant vint au monde le 8 septembre 1887 et fut baptisé Otto, en hommage au prince de Bismarck pour qui Aloïs avait une admiration certaine.

Une colonie de bacilles diphtériques s'introduisit avec beaucoup de malice dans la gorge du nouveau-né qui suffoqua en moins de quatre jours. Klara surmontait péniblement ce foudroyant coup du sort lorsque Gustav présenta des symptômes identiques et mourut en huit jours.

Deux mois après l'enterrement d'Otto, deux semaines après celui de Gustav, ce fut le tour d'Ida d'être étouffée par le croup.

Dieu lui faisait-il atrocement payer ses péchés passés, ou bien étaient-ce les ectoplasmes réunis d'Anna et de Fanni qui se vengeaient ?

Les regards appuyés du père Probst lors des trois enterrements lui confirmèrent l'origine divine de ces disparitions. Il suffisait de voir l'insolente bonne santé d'Aloïs junior et d'Angela, les enfants de Fanni, pour comprendre que Klara était personnellement visée.

Excédé de la voir pleurer chaque fois que son regard se portait sur les berceaux vides, Aloïs les entreposa dans les combles, les recouvrant avec la bâche qu'il utilisait pour protéger ses bagages lors de ses déplacements en diligence.

Bien qu'affecté par ces trois deuils successifs, il ne changea en rien ses habitudes. Son emploi du temps resta hermétiquement cloisonné entre le service de l'Empereur, sa famille, ses maîtresses, ses bavardages politiques avec Carl Wessely et ses ruches à rayons mobiles qui, désormais, lui rapportaient quelques florins.

7

« Cela me fait penser à mon père. Il m'arrivait de lui dire : "Mon père, pense donc…" Il me coupait aussitôt la parole : "Mon fils, je n'ai pas besoin de penser, je suis fonctionnaire." »

Adolf Hitler, *Libres propos sur la guerre et la paix*, nuit du 1er au 2 janvier 1942.

12 août 1888.
Simbach am Inn.

— Vous avez lu ? s'indigna Aloïs en brandissant haut son exemplaire de *La Mouche à miel*, la revue linzoise de référence sur l'apiculture.

— Vous savez bien qu'ici nous la recevons plus tard.

— Nous ne pouvons pas laisser passer une pareille ignominie !

Tandis qu'Aloïs avalait une lichette de schnaps à la prune en guise d'apéritif, le prêtre prit connaissance de la lettre de lecteur publiée *in extenso* dans la prestigieuse revue. Il s'agissait d'un plaidoyer enflammé en faveur des Étouffeurs et de leur terrible méthode asphyxiante.

— Avez-vous remarqué, Herr Hitler, comment chaque année, à l'approche des grandes miellées d'automne, cette revue s'ingénie à relancer une polémique. Souvenez-vous, l'an passé, il était question des mobilistes *versus* les fixistes…

Aloïs approuva en hochant du chef.

– Ça ne va pas se passer comme ça ! Je vais leur écrire une réponse carabinée. À ce propos, puis-je vous emprunter votre Sirand ? Je ne retrouve plus le mien.

Midi sonnait à la pendule du presbytère : la bonne apparut, annonçant le *Mittagessen*.

La discussion roula bientôt sur le darwinisme. Le père Raedecker l'abominait tandis qu'Aloïs admettait avoir quelques faiblesses pour certaines de ses théories.

– Dieu nous a créés à Son image. Diriez-vous que Dieu ressemble à un singe ?

– Sauf votre respect, Dieu n'est pas crédible dans cette fable, dit Aloïs en mâchant, et il ne l'est guère plus dans la Genèse.

Il pointa sa fourchette vers son vis-à-vis.

– Comment pouvez-vous faire le monde et tout ce qu'il y a dessus en six jours ? Quand on sait combien de temps met un arbre à pousser !

– Mais, Herr Hitler, Dieu n'est pas concerné par le Temps, puisque c'est lui qui l'a créé.

– Ah oui, c'est vrai, j'avais oublié.

***

Le *Traité d'apiculture* de Sirand ouvert devant lui, Aloïs recopiait la conclusion de sa lettre-réponse.

« Aux ignorants qu'on fasse bonne guerre
N'y manquez pas savants apiculteurs
Moquez-vous de tous ces étouffeurs
Qu'ils disparaissent de la terre. »

Il posa son porte-plume, ôta ses lunettes, prit sa pipe éteinte dans le cendrier. Sa montre marquait 21 h 10. Il faisait chaud malgré les deux fenêtres ouvertes sur la Salz-burgerstrasse et aucun souffle d'air ne venait rafraîchir la moiteur de la chambre. Sa pipe ranimée, Aloïs tira dessus et suivit des yeux les épaisses volutes odoriférantes qui s'élevaient vers le plafond.

Sa lettre était terminée : sans mâcher ses mots, il avait répliqué point par point aux spécieuses justifications des Étouffeurs, les traitant de vils ingrats, allant jusqu'à les accuser de basse cupidité.

Les Étouffeurs étaient des apiculteurs professionnels pour qui seule la production de miel comptait. Chaque année, ils asphyxiaient leurs ruches au soufre, détruisant des dizaines de milliers d'abeilles pour ne pas devoir leur abandonner un tiers de la récolte, le minimum indispensable à la survie d'une ruche durant l'hivernage. Cette technique existait depuis l'Égypte ancienne et ne devait sa persistance qu'à l'existence des innombrables essaims sauvages qu'il suffisait de capturer pour repeupler les ruches sans bourse délier.

Dans un post-scriptum un poil péremptoire adressé au rédacteur en chef de la revue, Aloïs exigeait que sa lettre-réponse fût publiée dans le numéro suivant.

Coinçant le tuyau de sa pipe entre ses dents pour libérer ses mains, il chaussa ses lunettes, regroupa les feuillets épars sur le bureau, puis, le front plissé par la concentration, il se relut.

Jugeant son introduction moyenne, il rajouta en exergue : « Que penser d'un arboriculteur qui couperait ses arbres pour en cueillir les fruits ? »

Attiré par la flamme de la lampe à pétrole, un papillon de nuit vola au-dessus du verre et s'abattit en grésillant. Au même instant, la porte de la chambre s'ouvrit sur Klara qui serrait contre elle une robe bleu ciel à fleurs blanches. Elle plaqua le vêtement contre ses seins alourdis par les gros-sesses.

— Qu'en penses-tu, mon oncle ?

Soupir agacé de l'intéressé.

— Combien de fois faut-il te dire de ne plus m'appeler oncle ?

Ignorant la rebuffade, Klara sourit.

— C'est la robe que je vais porter demain à la messe. Tu en penses quoi ?

Le tout-Braunau serait présent pour le cinquante-huitième anniversaire de Sa Majesté impériale et royale, aussi Klara voulait-elle faire bonne apparence. Après tout, elle était l'épouse de la troisième notabilité de la ville. Même le directeur de l'école gagnait moins que son époux.

— Hum, hum... eh bien... elle te va à ravir... c'est très bien.

Il n'avait pas le cœur de lui dire qu'elle ressemblait à ce qu'elle était : une jeune godiche endimanchée.

Comme elle ne partait pas, il eut un regard sévère.

— Quoi encore ?

L'émotion aidant, elle le vouvoya.

— Je pensais que vous pourriez engager une bonne.

— Une bonne, pour quoi faire ?

— Anna et Fanni en avaient bien une !

Klara trouvait injuste de ne pas bénéficier du même avantage. Une bonne la déchargerait du plus gros des travaux domestiques et lui laisserait le loisir de se socialiser avec les autres épouses. Elle pourrait même apprendre à jouer au whist !

Aloïs soupira. Lui expliquer qu'elle ne serait jamais acceptée dans le cercle des femmes de notables était sans intérêt.

— Je verrai. Je vais y réfléchir.

Klara osa insister.

— J'ai pensé à ma sœur Johanna... Avec sa bosse elle ne trouvera jamais de mari et elle ne coûtera pas cher.

Aloïs appréciait modérément d'avoir une belle-sœur bossue. Bien sûr, il savait qu'il n'existait aucun lien de sang

63

entre lui et les Pölzl, mais les gens l'ignoraient, et les gens ne manqueraient pas de gloser sur les brassages génétiques sévissant dans le Waldviertel.

— Je t'ai dit que j'y réfléchirais. Maintenant, laisse-moi, je veux terminer ma lettre avant d'aller dormir.

Voulant chasser un moustique qui voletait, Aloïs eut un mouvement d'agacement, son coude heurta l'encrier qui se renversa. L'encre se répandit sur la table, puis sur le plancher, éclaboussant ses chaussures et le bas de son pantalon. Il explosa :

— *Ach ! Scheisse !* Regarde ce que tu m'as fait faire !

***

Au troisième rang derrière le chef de la police et sa famille, l'air faussement recueilli, Aloïs attendait la fin de la cérémonie. La nef de la Stephanskirche était bondée et, pour combattre la chaleur, les femmes agitaient leur éventail, pareilles à des ouvrières ventilant de leurs ailes une ruche surchauffée.

À ses côtés, les yeux clos, Klara priait avec ferveur, implorant le Seigneur tout-puissant de lui pardonner. Je sais que j'ai péché, Seigneur, mais j'ai suffisamment expié en perdant mes trois petits… Tous les trois, Seigneur ! Pourquoi ne pas m'en avoir laissé un ? Seigneur, Seigneur, faites que j'en aie un autre !

La dernière fois qu'Aloïs avait accompli son devoir conjugal remontait à plusieurs mois. Pouvait-elle décemment réclamer un tel service à Dieu ? Était-Il indiqué pour exaucer ce genre de supplique ? N'était-il pas plus approprié de faire appel aux services d'une sage-femme versée dans la science des aphrodisiaques ?

La messe finie, l'église se vida. Klara rentra à l'auberge pour se changer et préparer le déjeuner d'Aloïs junior et d'Angela, tandis qu'Aloïs senior se rendait à l'hôtel de ville

64

pour la traditionnelle allocution du *Bürgermeister*. De nombreux toasts furent levés en direction du grand portrait de l'Empereur suspendu dans la salle.

Le pas incertain, Aloïs rentra chez lui pour passer son uniforme de service. La vue de Klara agenouillée, reins cambrés, frottant énergiquement les taches d'encre imprégnées dans le bois du plancher l'enflamma, tel un tison entrant en contact avec de l'amadou. Sans quitter des yeux le postérieur qui tressaillait sous la robe au rythme de la paille de fer, Aloïs se pencha et, d'un geste brusque, rabattit robe et jupon par-dessus la tête de Klara, la plongeant dans l'obscurité.

— S'il vous plaît, mon oncle, les enfants sont dans la maison, s'écria celle-ci, la voix assourdie sous les vêtements.

— Ne bouge pas, ordonna-t-il en immobilisant ses hanches un peu grasses et moites.

Il la pénétra sans ménagement, s'imaginant en soudard pillant une ferme piémontaise, en pirate investissant un galion aux cales remplies de négresses à peine nubiles, en chevalier teutonique caracolant sur le champ de bataille après la victoire.

— *Heil dem Kaiser !* grogna-t-il, en concluant d'un ultime coup de reins qui ébranla sa partenaire de la racine des cheveux à la pointe des orteils.

Se réajustant, il constata avec irritation qu'il s'était râpé les genoux sur le plancher. L'air digne, il quitta la chambre sans rien ajouter.

— Merci, Seigneur ! Merci de m'avoir exaucée, fredonna la jeune femme en allant se placer les jambes en l'air sur le lit afin que le sperme atteignît les ovaires plus rapidement.

Dix minutes plus tard, elle reprenait le frottage des taches d'encre imprégnées dans les lattes.

***

Dès qu'elle se sut prise, Klara vécut dans la crainte de perdre cette nouvelle vie qui croissait en elle.

Elle tripla le nombre de ses prières, quadrupla son budget cierges, et remercia tous les jours le Seigneur tout-puissant.

— Si c'est un garçon, nous l'appellerons François-Joseph, si c'est une fille ce sera Paula, déclara laconiquement le père en descendant l'un des berceaux du grenier.

François-Joseph en l'honneur de l'Empereur, Paula en l'honneur de la nouvelle femme de chambre du relais Post.

***

Fin septembre, Aloïs reçut une lettre du notaire de Weitra annonçant le décès de Nepomuk Hiedler, ce 17 septembre 1888.

Conformément à la volonté du défunt, la somme de deux mille deux cent cinquante florins est à votre disposition à mon étude.

Son autorisation de congé spécial acceptée, Aloïs partit pour Weitra, mais, cette fois, personne ne l'attendait à sa descente de la diligence. Il loua une carriole et sa première visite fut pour l'étude du notaire. Tout en lui comptant ses florins, le notaire lui apprit que les héritiers avaient été désagréablement surpris en découvrant que, sous la mention « Liquidités », « Néant » était écrit.

La deuxième visite fut pour la tombe de Nepomuk, au-dessus de laquelle il se recueillit, plus ému qu'il ne l'aurait souhaité. Quant à sa troisième visite, elle fut pour la ferme de Baptiste et Johanna Pölzl.

Le lendemain, lorsque Aloïs reprit la diligence pour Braunau, Johanna Pölzl, la bossue, était du voyage.

8

« La photo d'Adolf enfant dérange parce qu'elle
montre un Hitler innocent, un Adolf avant qu'il
devienne Hitler. Une photo qui entraîne la question de
la transformation de ce poupin à l'air candide en
assassin de masse. »

Ron Rosenbaum, *Pourquoi Hitler ?*

20 avril 1889.
Braunau am Inn.

Klara rêvait qu'elle perdait au whist lorsqu'une douleur
pointue l'éveilla. Sa sœur Johanna – qui redonnait de l'éclat
aux meubles en les lavant à la bière chaude – se redressa.

– Tu as mal ?

– Je crois que ça y est !

Du liquide amniotique coula le long de ses cuisses. Une
nouvelle contraction lui arracha un cri.

– Va chercher Frau Pointecker.

La jeune bossue releva ses jupes à deux mains pour courir
plus vite.

Le quatrième enfant de Klara naquit quarante minutes
plus tard, à 18 h 30. Dehors la pluie tambourinait contre les
vitres.

— C'est un mâle, annonça la sage-femme en tranchant le cordon ombilical qu'elle rangea avec le placenta pour le revendre à l'apothicaire Müller.

Frau Pointecker s'apprêtait à prendre congé de l'accouchée quand la pluie redoubla d'intensité. S'approchant de la fenêtre, elle examina les gros nuages couleur encre violette qui cachaient le ciel.

— On dirait que le mauvais temps se gâte.

***

— Adolf ? Mais quelle drôle d'idée ! Pourquoi Adolf ? voulut savoir Aloïs lorsque Klara l'implora de renoncer à François-Joseph.

— J'aime bien ce prénom, c'est tout. Pour une fois tu pourrais me laisser choisir.

Aloïs eut beau chercher, il ne connaissait personne portant ce prénom. Il haussa les épaules.

— Si tu y tiens tant que ça…

L'enfant fut baptisé dans l'après-midi du 22 par le père Ignaz Probst, et, pour la première fois, Aloïs eut la vanité d'annoncer cette cinquième naissance dans la *Warte am Inn*. L'idée était de faire savoir à tous ce qu'il était encore capable d'accomplir en dépit de ses cinquante et un ans révolus.

— Je vieillis, se dit-il en découpant le faire-part du journal et en le rangeant dans le tiroir où il conservait les exemplaires du *Journal officiel* (le *Verordnungsblatt*) qui mentionnaient toutes ses promotions, les documents concernant son changement de patronyme, l'exemplaire de *La Mouche à miel* contenant sa lettre-réponse aux Étouffeurs…

***

Début mars, Aloïs et Klara déposaient le petit Adolf (onze mois) chez le photographe Helmut Helle afin qu'il l'immortalise sur plaque.

Plus tard, Aloïs inscrivit sur le dos cartonné de la photographie : Adolf Hitler, 9 mars 1890.

**

Au printemps 1891, après six mois d'âpres négociations, l'Autriche et l'Allemagne signaient un accord révolutionnant les échanges commerciaux entre les deux empires. En septembre, cet accord s'étendit à l'Italie, à la Suisse, à la Belgique. De fait, l'administration des Douanes impériales et royales dut recruter et former des fonctionnaires à ces nouvelles réglementations.

Aloïs fut promu inspecteur en chef avec un salaire annuel de deux mille six cents *Kronen*. Braunau (trois mille cent quarante habitants) étant une trop petite ville pour bénéficier d'un tel poste, Aloïs fut transféré dans le nord, à Passau (dix sept mille habitants), le plus important centre d'échanges douaniers entre l'Allemagne et l'Autriche, situé en Bavière, au confluent du Danube vert pâle, de l'Inn blanc azuré et de l'Ilz noir et trouble.

Dans un premier temps, il se rendit seul à Passau préparer sa nouvelle existence. Après avoir pris possession de son logement de fonction, il trouva à Haibach, côté autrichien, un grand verger approprié pour ses ruches. Ceci réglé, il prit le train pour Vienne et, deux mois durant, il se familiarisa aux nouvelles taxes et aux nouvelles procédures.

Contre toute attente, cette flatteuse promotion lui causa plus d'amertume que de satisfaction. Faute d'une éducation académique, il savait que cette promotion était la dernière de sa carrière, et il supportait mal de ne plus avoir d'autre perspective que celle de vieillir. Toute une vie d'efforts acharnés pour en arriver là ! Vous seriez moins pressé si vous saviez ce qui vous attend ! avait-il envie de crier aux jeunes douaniers ambitieux et dynamiques qu'il côtoyait chaque jour.

***

Début septembre, la famille Hitler au complet – Aloïs (cinquante-cinq ans), Klara (trente-deux ans), Aloïs junior (dix ans), Angela (neuf ans), Adolf (trois ans) et Johanna (vingt-neuf ans) – emménagea dans un grand appartement du centre de Passau, proche de l'Office des douanes autrichiennes côté allemand.

***

Il fallut un petit mois à Aloïs pour reconstituer le tissu d'habitudes tressé vingt années durant à Braunau.

5 heures. À l'exception de Johanna levée dès 4 h 30 pour allumer le feu et préparer le *Frühstück* (omelette au lard et pot de café), tout le monde dormait dans l'appartement. Aloïs mangea en silence.

À 5 h 30, la pipe au bec, il alla visiter son rucher côté autrichien, à une demi-heure à pied de Passau.

Quand 7 heures sonnèrent à l'église, il retourna chez lui côté allemand. Klara et les enfants le saluèrent, il leur répondit brièvement en s'attablant en tête de table. Après avoir coincé la pointe de sa serviette entre col et cou, il attaqua son second petit déjeuner (patates à la graisse d'oie, saucisses et Seidel de trois décilitres pour se rincer la bouche).

7 h 55, il passa son uniforme et sortit, la pipe au bec.

Sur le chemin, il entra dans la Gasthaus Alte Heimat, il salua les habitués, prit le journal de Passau sur le comptoir, s'assit près de la fenêtre, chaussa ses lunettes, lut les nouvelles du Reich. Frida la servante posa devant lui un verre de vin blanc Nussberger.

– *Guten Tag*, Herr Hitler.

– *Guten Tag*, Fräulein Frida.

70

Il s'intéressa à un article en troisième page qui racontait la journée historique du 28 octobre 1492 vécue par deux compagnons de Cristobal Colomb, Luis de Torres et Rodrigo de Xeres. Ils avaient à peine débarqué à Cuba quand ils virent de la fumée blanche sortir des lèvres des indigènes qui venaient à leur rencontre : ce jour-là, l'Europe découvrait le tabac (puff puff puff).

8 h 20, Aloïs interrompit sa lecture, éteignit sa pipe, ôta ses lunettes, paya, sortit en coiffant son képi décoré de l'aigle à deux têtes.

Cinq minutes plus tard, il franchissait le porche du bâtiment des Douanes et débutait sa journée au service de l'Empereur.

12 h 30. *Mittagessen*. Aloïs junior et Angela étant à l'école, le petit Adolf ayant déjà mangé, ainsi que sa mère Klara et sa tante bossue Johanna (les enfants l'appelaient Hannitante), Aloïs mangea seul (bœuf bouilli et haricots en sauce).

13 heures, pipe au bec, nouvelle halte à la Gasthaus Alte Heimat où il but un verre de vin blanc en échangeant quelques propos avec les habitués.

13 h 25, il entra dans le bâtiment des Douanes et reprit son service.

À 17 h 30, pipe au bec, il retourna inspecter son rucher pour la dernière fois du jour. Avec l'autorisation du propriétaire, il avait fait construire un abri en planches dans lequel il entreposait son matériel d'apiculteur ; un abri trop petit pour accueillir l'extracteur, le maturateur et le cérificateur qui lui manquaient. Aussi, il ne se passait pas un jour sans qu'Aloïs songeât à la propriété qu'il achèterait lorsqu'il prendrait sa retraite : une propriété qui l'adouberait *gentleman farmer* et servirait d'écrin à son rucher.

18 h 45, pipe au bec, il quitta le verger et se rendit dans la Weinstube de Haibach Aux Trois Fleuves retrouver ses collègues autrichiens ainsi qu'une poignée de paysans du

coin. Détendu, enjoué, enfumé, un *Krügel* d'un demi-litre à la main, les joues rouges, Aloïs se montra sous son meilleur jour. Il lui arriva même de rire en se tapant sur les cuisses quand l'un d'eux suggéra de vacciner les enfants contre la corruption en leur inoculant le vice.

Une heure et deux *Krügel* plus tard, il rentra chez lui pour l'*Abendessen*, le seul moment de la journée où il pouvait s'intéresser au devenir de ses enfants. Adolf, trop petit, était déjà couché, Angela n'était qu'une fille, restait Aloïs junior qu'Aloïs senior destinait à la fonction publique.

— Qu'as-tu appris aujourd'hui ?

— Mon ami Wolfgang a été puni parce qu'il a fait le clown.

Aloïs senior remua sur sa chaise, signe d'irritation.

— Ce n'est pas ce que je t'ai demandé.

— Alors c'est quoi que vous m'avez demandé, papa ?

— *Himmel !* Tu n'écoutes donc pas quand on te parle ?

Aloïs junior baissa la tête sur son assiette de riz aux petits pois sur lequel reposait un filet de porc rôti relevé de cumin.

Aloïs senior posa sa fourchette, se souleva de sa chaise et expédia une gifle sur la tête baissée de son gamin, lui faisant mal tout en le décoiffant.

— Tu viens de passer sept heures à l'école, qu'as-tu appris aujourd'hui ?

Frottant son crâne douloureux, Aloïs junior bafouilla quelques mots incertains :

— Eh bien, je sais pas, moi, qu'est-ce que vous voulez que je vous dise, papa ?

Aloïs senior regarda Klara qui mangeait lentement son *Risibisi*.

— Mon fils est un imbécile ! Je me demande de qui il tient ça… Je n'aurais jamais dû te reconnaître, *Dummkopf* ! Ta mère n'était pas bête, pourtant, elle savait même lire et écrire…

Habituée, Klara continua ses mastications en se gardant d'intervenir.

À 21 heures sonnantes, Aloïs senior quitta la table et retourna boire un dernier *Krügel* au Alte Heimat, fumant sa dernière pipe en donnant son avis sur tout et sur rien.

À 22 heures, il rentra chez lui, embrassa Klara sur les deux joues, et se coucha, toujours du côté gauche, le plus proche de la fenêtre.

***

Adolf était devenu un gamin couvé, turbulent, suralimenté, d'une nature plutôt enjouée dès l'instant où on ne le contrariait pas. Sa mère comme Hannitante l'adulaient jusqu'à l'idolâtrie. Son père n'étant pratiquement jamais là, l'enfant était libre de dire et faire ce qui lui passait par la tête en toute impunité.

Il n'avait pas encore cinq ans lorsqu'il remarqua le ventre anormalement arrondi de sa mère. Après s'en être inquiété auprès de l'intéressée, celle-ci lui caressa la joue en expliquant qu'il s'agissait d'un signe du Seigneur annonçant la venue d'une sœur, peut-être d'un frère.

Le gamin connut alors son premier désordre intestinal. Son ventre s'emplit de gargouillements qui s'autoexpulsèrent avec un bruit de pétarade.

— Dis-lui tout de suite que j'en veux pas, répliqua-t-il sèchement, tirant un sourire à son père qui pensait la même chose mais n'osait pas le dire.

L'enfant naquit le 24 mars 1894. Aloïs déclara :

— Il s'appellera Edmund.

Une semaine plus tard, contre toute attente, Aloïs recevait une nouvelle affectation, obligeant la famille à déménager une fois de plus, pour Linz.

9

« Quittant enfin à cinquante-six ans la vie active, mon père n'aurait cependant pu supporter un seul jour d'oisiveté. Il acquit aux environs de la petite bourgade de Lambach, en Haute-Autriche, un bien qu'il mit en valeur. Le cycle de sa longue carrière laborieuse le ramenait ainsi à ses origines familiales. De cette époque datent mes premières idées personnelles. »

Adolf Hitler, *Mein Kampf*

Le 25 juin 1895, après quarante années de service, Aloïs Hitler prit sa retraite.

Après la visite de plusieurs propriétés dans la région de Linz, le nouveau retraité jeta son dévolu sur le Rauscher-Gut, une belle grande ferme située sur une éminence d'où l'on avait une vue panoramique sur les monts environnants. Le terrain de quatre hectares, couvert d'arbres fruitiers et de noyers, était traversé par une rivière à l'eau pure où allaient boire les lapins.

Aloïs junior fut inscrit comme pensionnaire à la *Realschule* de Linz (avec pour mission incompressible de réussir tous ses examens), et Aloïs et sa famille emménagèrent au Rauscher-Gut.

Le lendemain matin, Angela et Adolf accompagnaient leur père jusqu'à la *Volksschule* du village de Fischlham.

– Pourquoi Edmund y vient pas ? demanda Adolf en jetant un mauvais regard vers son petit frère que sa mère serrait sur son giron.

– Voyons Adi, il n'a qu'un an, il est trop jeune.

Pas du tout convaincu par un tel argument, Adolf parcourut le chemin jusqu'à l'école primaire, le front plissé, les intestins en ébullition.

***

Le *gentleman farmer* de fraîche date fit construire un auvent capable d'accueillir vingt-cinq ruches (toutes mobiles), et se piqua ensuite d'exploiter lui-même son domaine.

Appliquant la méthode qui lui avait si bien réussi lorsqu'il voulait devenir fontionnaire, Aloïs lut tout ce qui pouvait se lire sur le sujet, prit des quantités ahurissantes de notes et s'informa auprès de ses voisins chaque fois que le besoin s'en fit sentir. Puis, le poing fermé sur son front pour s'aider à réfléchir, il se rendit à la foire de Lambach am Traun, il acheta un taureau reproducteur et proposa aux locaux de monnayer les saillies de l'animal cornu. De nombreux éleveurs répondirent favorablement à son offre et se présentèrent au Rauscher-Gut avec leurs vaches. Quelques jours plus tard, les éleveurs étaient de retour et réclamaient une nouvelle saillie, prétextant que la précédente n'avait pas pris. Certains se présentant plusieurs fois, Aloïs finit par réaliser que ce n'était jamais avec la même vache (*Ach*, si j'étais encore en uniforme, ces bouseux n'auraient jamais osé !).

La facilité avec laquelle il avait été berné le déconsidéra définitivement auprès des locaux. Oh, certes, nul n'osait se moquer en sa présence, mais on ne se gênait pas dès qu'il avait le dos tourné. Plus grave encore, Aloïs supportait mal cette nouvelle vie familiale à plein temps ; il se découvrait allergique à la présence continuelle d'enfants braillards, chamailleurs, indisciplinés, toujours dans ses bottes, et qui débordaient d'une énergie parfaitement écœurante. Circonstances aggravantes, la plus proche *Gasthaus* se trouvait à Lambach am Traun, à douze kilomètres du Rauscher-Gut ; ainsi, Aloïs passait toutes ses soirées à domicile, à s'ennuyer comme un caillou sur le bord d'un chemin où personne ne passe, à boire et à fumer plus qu'à son habitude, à s'irriter pour des riens, à distribuer des gifles à la moindre broutille ; les enfants prirent l'habitude de se taire et de baisser les yeux dès qu'ils l'apercevaient.

***

En octobre 1895, Adolf remarqua le ventre à nouveau rebondi de sa mère.

— Encore ! s'exclama-t-il.

Son propre ventre se mit à gargouiller, pareil à un évier qui se vide mal.

Dans la nuit du 21 janvier 1896, Klara accoucha d'une fillette de trois kilos deux cents grammes baptisée Paula.

***

L'hiver 1895-1896 fut particulièrement rude.

La rivière gela, les trois cents arbres fruitiers aussi ; pire, en février, Apis, le taureau étalon, mourut sans qu'Aloïs comprenne pourquoi. Comme si cela ne suffisait pas, en avril, le directeur de la *Realschule* de Linz lui annonçait que son fils, Aloïs Hitler junior, venait de s'échapper, laissant derrière lui une lettre criblée de fautes d'orthographe.

« Je veu pas être douanier, je veu être cloune dans un cirk. Adieu vous me verez plus jamé. »

La veille, le cirque italien Trempolino avait donné une représentation sur la Franz-Josef Platz. La nationalité du cirque déplut énormément à Aloïs, qui se lança alors dans une violente tirade contre cette race de perfides hypocrites qu'étaient les Italiens, surtout les Piémontais.

– Qui a pu lui donner une idée aussi saugrenue ?

– Il n'a que treize ans, vous verrez, il reviendra.

– Moi aussi j'avais treize ans quand je suis parti et je ne suis pas revenu ! À partir de tout de suite, je ne veux plus entendre son nom prononcé dans cette maison.

Le lendemain, Aloïs se rendait chez son notaire de Linz et réduisait au minimum légal l'héritage d'Aloïs junior.

***

Depuis la fuite de Junior, Adolf recevait quotidiennement l'attention exclusive de son père.

– Félicitations, mon fils, tes notes sont excellentes, continue ainsi et tu monteras bien plus haut que moi dans la hiérarchie… ce qui me serait arrivé si j'avais eu ta chance !

En effet, dès son premier jour à l'école primaire, Adolf s'était révélé bon élève et sa vivacité à comprendre avait été remarquée par le maître.

– Votre fils est mon meilleur élève, Herr Hitler, avait décrété Herr Mittermaier.

– Il tient ça de moi, avait dit Aloïs sans rire.

***

En juillet 1896, bien écœuré par son expérience ratée de *gentleman farmer*, mortifié jusqu'au noyau d'avoir découvert ses limites après les avoir autant surestimées, Aloïs revendit sa belle propriété à perte.

Il loua le troisième étage de l'unique *Gasthaus* Leingartner de Lambach (deux mille trente-deux habitants), et s'y installa avec les siens.

En face de l'immeuble, de l'autre côté de la route, s'élevait l'imposante et très vénérable abbaye des Bénédictins du XIe siècle qui dominait la petite cité.

Adolf entra au cours préparatoire que donnait les bénédictins du monastère, et Angela, qui savait déjà lire, écrire et un peu compter, fut affectée aux innombrables corvées domestiques.

***

Le 21 avril 1897, pour le huitième anniversaire de son fils, en récompense de ses excellents résultats scolaires, Aloïs offrit à Adolf une jolie écritoire en noyer au couvercle décoré du portrait de l'Empereur et de l'aigle bicéphale.

— Décidemment, je te le dis comme je le pense, mon fils, te voilà destiné à une brillante carrière de haut fonctionnaire. Tiens, je vais te donner une première leçon qui te fera brûler les étapes. Sache que, dans notre admirable administration impériale, chaque document est soumis à onze formalités bureaucratiques qu'il est préférable d'apprendre par cœur le plus tôt possible…

Les mains dans le dos, Aloïs arpenta la pièce en les énumérant.

— Tout document doit d'abord être *präsentiert*, puis *exhibiert*, puis *indiziert*, puis *prioriet*, puis *konzipiert*, puis *revidiert*, puis *approbiert*, puis *mundiert*, puis *kollationniert*, puis *expediert* et enfin *registriert*.

Le doigt sur la page de son livre, Adolf secoua la tête négativement.

— Ah non alors, moi je veux devenir prêtre et chanter dans toutes les messes.

Sa voix claire et forte avait été remarquée par le père Grüner, le chef de la chorale du monastère, qui l'avait convié à se joindre aux chanteurs. Depuis, trois fois par semaine, Adolf pratiquait le chant liturgique avec bonheur.

Aloïs soupira, se gratta le bout du nez, puis reprit son cadeau, décidé à se le faire rembourser là où il l'avait acheté.

Adolf retourna à sa lecture : il lisait le premier tome de *La Guerre franco-allemande de 1870-1871,* rédigé par la Section historique du grand état-major prussien et qui faisait partie de la modeste bibliothèque de son père. Il prit ainsi conscience pour la première fois qu'il existait plusieurs catégories d'Allemands, et que certaines étaient bien mieux loties que d'autres.

Plus tard, il s'en étonna auprès de ses nouveaux camarades de classe.

— Puisqu'on est nous aussi des Allemands, pourquoi on n'est pas dans le Reich ?

— On est des Allemands, mais on est aussi des Autrichiens, et c'est point pareil, rétorqua Fritz Jetzinger d'une voix assurée.

Son père était un commandant d'infanterie à la retraite, encarté au Alldeutsches, et qui se flattait d'avoir lu en entier *De l'origine des espèces.*

— Mon père dit que, si ça continue comme ça, on va être en minorité dans notre propre pays... et alors on sera obligés d'apprendre le tchèque, ou le hongrois, ou le ruthène, ou le croate, ou le serbe, ou le roumain, ou le slovaque, ou l'italien...

— Moi j'ai entendu mon père raconter que les ouvriers de l'usine de locomotives de Linz étaient presque tous des Tchèques ! dit Markus Leingartner, le fils aîné de l'aubergiste.

Adolf agrandit ses yeux excessivement bleus et brillants.

— Alors pourquoi les usines les acceptent ?

— Parce qu'ils sont d'accord pour être moins payés qu'un vrai Autrichien allemand.

— Faut les voir tous les dimanches sur la Franz-Josef... Ça grouille comme des poux autour de la colonne de la Trinité...

10

« Le fanatisme est la seule forme de volonté qui
puisse être insufflée aux faibles et aux timides. »

Friedrich Nietzsche

— J'espère que personne ne va se dégonfler.

— Uff, uff, uff ! s'exclamèrent les quatre Braves en brandissant le poing droit dans la direction de l'ennemi, invisible
pour l'instant.

Rassuré, Loup-Très-Méchant passa sa meute en revue ;
étaient présents Crotale-Réjoui (Josef Schönefeld, fils du
marchand de tabac), Puma-Bien-Futé (Markus Leingartner,
fils de l'aubergiste), Caribou-Jamais-Content (Bernhard
Zoebl, fils du meunier), Bison-Blindé (le gros Hans Schulze,
fils du boulanger). À l'instar de leur chef, tous portaient une
coiffe plus ou moins emplumée : des éclairs vindicatifs
étaient tracés à la craie sur leurs joues.

— J'espère que personne n'a oublié ce qu'il doit faire ?

Son plan s'inspirait directement de la guerre franco-
prussienne de 1870 (le tome II, chapitre 7 sur « Les embuscades ») : il consistait à profiter de l'effet de surprise pour
fondre sur l'ennemi en l'attaquant en son centre avec tous
les effectifs disponibles. Mais aujourd'hui, ils n'allaient pas
se contenter d'une banale victoire. Loup-Très-Méchant

avait donné l'ordre de faire des prisonniers, un prisonnier pouvant être une pèlerine arrachée à l'ennemi, une casquette tombée pendant la bataille, une chaussure perdue dans la fuite...

— C'est qu'on n'a jamais joué comme ça, s'étonna Crotale-Réjoui.

— Je sais, mais c'est idiot de seulement gagner.

— Et on en fait quoi des prisonniers ?

— On les rend en échange d'une rançon.

L'idée de rançon fit l'unanimité, seul Puma-Bien-Futé laissa percer un petit bout de scepticisme.

— L'ennemi connaît ces nouvelles règles ?

— Bien sûr que non. Sinon c'est plus une mauvaise surprise !

— Ils vont nous traiter de tricheurs et ils refuseront de payer.

Le visage de Loup-Très-Méchant se ferma à double tour.

— Ils seront obligés de payer, sinon on jette les prisonniers dans la Traun.

— Mais on leur a dit qu'on se battrait à la loyale ! C'est même toi qui...

À la loyale signifiait sans arme ni traîtrise.

— Je sais, mais comme ça on profite de l'effet de surprise inhérent à toute bonne embuscade. L'important c'est de gagner, non ?

Pour être certain de bénéficier de cet indispensable élément, Loup-Très-Méchant avait réuni sa meute quinze bonnes minutes avant l'heure convenue avec l'ennemi.

— Elles ne sont pas très grosses, dit-il après avoir soupesé quelques-unes des mottes de terre arrachées pour la circonstance dans le verger-potager des bénédictins. Il faudra les tremper dans l'eau pour les alourdir. Howgh ! J'ai parlé !

— Uff, Uff, Uff, grondèrent les quatre guerriers en agitant à nouveau le poing, signe de défi caractéristique des Apaches du Rio Pecos lorsqu'ils rencontrent des Kiowas.

À la queue leu leu, chef de meute en tête, les gamins longèrent la berge de la Traun, trempèrent au passage leurs mottes dans les eaux grises, s'engagèrent sur le chemin pentu menant au verger-potager. Le muret franchi, ils se dissimulèrent dans le cabanon où les pères jardiniers entreposaient leur outillage. Crotale-Réjoui fut placé en guetteur. L'attente commença.

L'idée de faire des prisonniers pour les rançonner était née dans l'esprit de Loup-Très-Méchant après que Grizzly-Mal-Léché (Fritz Jetzinger, le fils du commandant d'infanterie à la retraite) avait sèchement refusé de lui prêter *À la poursuite des Mescaleros*, sous prétexte qu'il ne l'avait pas fini (Je viens à peine de le commencer !). Pire encore, cet opus des aventures de Winnetou avait été acheté à Munich ; or, les conditions douanières étaient telles que le livre ne franchirait pas la frontière avant plusieurs semaines. Loup-Très-Méchant ne voulait pas attendre. Ainsi lui était venue l'idée de l'embuscade, des mottes de terre, des prisonniers et des nouvelles règles.

Les grillons s'interrompirent, les oiseaux s'envolèrent des arbres fruitiers.

— *Achtung, sie kommen !* souffla le guetteur en les rejoignant.

Ils sortirent du cabanon surchauffé et Loup-Très-Méchant dit :

— Tout le monde à son poste de combat. Howgh ! J'ai parlé à nouveau !

— Uff, uff, uff !

— Moi, j'ai envie de pisser, gémit Caribou-Jamais-Content.

— Trop tard, les voilà.

Grizzli-Mal-Léché avançait sans méfiance dans l'allée centrale, suivi de son sorcier Œil-de-Chouette (Johann Bauer, le fils de l'apothicaire, le seul à porter des lunettes) et de ses trois lieutenants : le Scalpeur-Fou (*alias* Peter Rechenberger, fils du barbier) Bronco-l'Indomptable (Erich

Preisinger, fils du maréchal-ferrant) et Pue-du-Bec (Rudolph Weinberger, fils du notaire, le seul dans cette fine équipe à ne jamais se laver les dents).

Loup-Très-Méchant retint son souffle (comme il fallait le faire avant de tirer au fusil) puis il surgit de sa cachette, visa Grizzli-Mal-Léché et lança sa motte boueuse hurlant un entraînant « À l'attaque ! »

D'autres mottes de terre vrombirent dans l'air chaud, provoquant des cris stridents, tous de protestation.

— À toi Bison-Blindé ! ordonna Loup-Très-Méchant.

Bison-Blindé chargea en poussant de puissants HEY, HEY, HEY, le cri de guerre des Cheyennes de la Wachita.

Déroute générale et fuite en désordre en abandonnant le chef Grizzli-Mal-Léché qui se remettait mal d'avoir reçu en plein visage une motte alourdie. Un peu de sang coulait de son nez écorché.

— Bandes de traîtres ! On devait se battre à la loyale !

Loup-Très-Méchant ricana.

— On s'est battus à la britannique !

— Mais tu avais dit à la loyale !

— Justement, c'est comme ça à la britannique !

Loup-Très-Méchant faisait allusion aux méthodes utilisées contre les Boers du Transvaal par le corps expéditionnaire anglais, plus soucieux de résultat que d'élégance. Peu de temps auparavant, ils avaient abusé du drapeau blanc pour tranquillement massacrer un détachement de Boers qui se rendait sans méfiance, drapeau blanc en tête… et quand ils n'attaquaient pas les ambulances pour achever les blessés, ces pragmatiques Britanniques attaquaient Johannesbourg en poussant devant eux des femmes et des enfants boers en guise de boucliers !

— Tenez-le bien pendant que je le fouille, dit Loup-Très-Méchant en palpant et repalpant en vain son prisonnier : le livre n'y était pas. Enlevez-lui ses chaussures.

Grizzli-Mal-Léché voulut s'insurger lorsque Bison-Blindé le maîtrisa sans forcer son talent. À dix ans, il pesait soixante-cinq kilos même pas mouillé.

– Maintenant, si tu veux récupérer tes chaussures, tu dois payer une rançon. Howgh !

Les traits du prisonnier se figèrent sous les salissures de boue et le brillant filet de sang.

– Quoi ? Hein ! On n'a jamais joué comme ça ! Je suis pas d'accord du tout !

– Tu n'as pas le choix, tu es mon prisonnier, je fais de toi ce que je veux et ce que je veux c'est *À la poursuite des Mescaleros*. C'est ça la rançon.

Grizzli-Mal-Léché se rebiffa avec panache.

– Jamais !

– Où est-il ? D'habitude, tu l'as toujours sur toi !

– Plutôt mourir, sale félon !

Loup-Très-Méchant mima un air de sincère désolation.

– Bon, tu l'auras voulu. Allez, aidez-moi, on va le mettre sur la fourmilière.

Comme tous ceux qui étaient présents, Grizzly-Mal-Léché avait lu *Dans les griffes pointues des Kiowas*.

– Tu vas pas faire ça ?

Ça n'étant rien d'autre que le supplice favori des Kiowas lorsqu'ils voulaient faire parler un prisonnier récalcitrant.

Grizzly-Mal-Léché eut beau se défendre comme un vrai Brave, il ne put empêcher ses ennemis de lui lier poignets et chevilles et de le traîner jusqu'à un petit trou dans le sol d'où sortaient et entraient des centaines d'insectes à six pattes.

– Tu ne veux toujours rien dire ? insista Loup-Très-Méchant en sortant de sa poche une boîte métallique contenant un peu de miel, preuve à la fois de grande préméditation et de grande mansuétude lorsqu'on sait que les Kiowas, eux, faisaient saigner leurs prisonniers pour attirer les fourmis.

Tant de bienveillance échappa à son bénéficiaire, qui commença à supplier, à menacer, jusqu'à enfreindre les règles fondamentales.

— Arrête, Adolf, arrête ! Je joue plus ! C'est sérieux, je le dirai à mon père…

Ramassant une brindille, Loup-Très-Méchant l'imprégna de miel qu'il badigeonna sur les orteils du gamin.

Grizzly-Mal-Léché hurla.

— Johann, Johann, vite, va chercher l'arme secrète !

Loup-Très-Méchant ricana derechef.

— Menteur, trouve autre chose… Alors, il est où ce livre ?

— Je l'ai laissé dans ma chambre, je voulais pas l'abîmer.

L'affaire se compliquait. Si Grizzly-Mal-Léché disait vrai, seul Grizzly-Mal-Léché pouvait récupérer le livre… Mais si on le relâchait, on devait lui restituer ses chaussures, faute de quoi on prenait le risque de voir les parents interférer. Mais si on lui rendait ses chaussures, il ne reviendrait pas avec la rançon et ce serait l'échec.

Indécis, Loup-Très-Méchant donna l'ordre de se replier à l'ombre dans le cabanon. Il cherchait une solution quand l'ennemi contre-attaqua. Projeté avec force, un grand bocal de verre éclata aux pieds des Braves, libérant une bonne vingtaine de guêpes furibondes. Tous se précipitèrent en même temps vers la sortie, sauf Grizzly-Mal-Léché trop ligoté pour les imiter.

**

— Parce que vous trouvez naturel de s'en prendre aux femmes, aux enfants et aux vieillards ? demanda Aloïs, exaspéré par le tour pris par la conversation.

— S'il est prouvé qu'ils participent à la guerre, pourquoi pas ?

Toutes les tables de la *Gasthaus* étaient occupées en cette fin d'après-midi dominical, et comme il faisait encore chaud, les serveuses s'épuisaient à renouveler les lourds *Kruge* dépourvus de faux col.

– Avec leurs allures de gentlemen, ces Anglais se conduisent comme des barbares... Souvenez-vous de leurs exploits pendant la guerre d'Indépendance américaine...

Personne ne releva ; de toute évidence, le sujet barbait. Herr Zoebl, le meunier, fit un commentaire sur la chaleur ambiante et bientôt on ne parla plus du Transvaal. Écœuré, Aloïs se leva et prit congé de la compagnie, peu convaincu par les « Tu t'en vas déjà ? »

Vendre le Rauscher-Gut et venir à Lambach n'avait rien résolu. Ses abeilles lui manquaient et les quelques connaissances qu'il s'était faites n'étaient pas des plus raffinées... Comment vieillir paisiblement quand on se découvrait chaque jour plus faible, plus démuni, plus coupé du monde actif ? C'était comme si les portes de la vie, derrière lui, se fermaient les unes après les autres. Aloïs monta l'escalier en s'aidant de la rampe, et quand il poussa la porte de l'appartement, Klara donnait le biberon à Paula, Hannitante repassait du linge, Edmund pleurait, assis dans une flaque d'urine ; Angela et Adolf étaient absents.

Aloïs prit une pipe au râtelier, la bourra, s'installa dans son fauteuil près de la fenêtre. Il déployait la dernière livraison du *Alldeutsche* avec l'intention de ne pas rater une ligne lorsque le bambin ajouta des glapissements suraigus à ses pleurnichements.

– Fais-le taire ! C'est insupportable... et en plus, regarde, il baigne dans sa pisse !

– Je sais, admit Klara sans interrompre son biberonnage, mais depuis quelque temps il fait dans sa culotte dès qu'il me voit s'occuper de sa sœur. On le dirait jaloux !

– Jaloux, à quatre ans ? Ne dis donc pas de sottises. Qu'il se taise, c'est tout ce que je demande.

À cet instant, la porte s'ouvrit : Adolf apparut, décoiffé, trempé jusqu'à l'os, défiguré.

Klara déposa précipitamment Paula et son biberon sur la table de repassage.

– *Mein Gott*, Adi ! Qu'est-ce que tu t'es fait au visage ?

Bien qu'il eût couru très vite en zig comme en zag, trois guêpes l'avaient rattrapé. Une l'avait piqué à la joue gauche, une autre sur l'aile du nez et la dernière sur le menton, triplant leur volume habituel. Afin d'échapper aux autres vespidés, il s'était jeté dans la Traun et s'était laissé dériver bien au-delà du pont avant de reprendre pied.

– On jouait près de la rivière quand on a été attaqués par un essaim de guêpes ! J'ai dû plonger dans la rivière pour leur échapper.

Sa mère ouvrit un pot de propolis et en appliqua sur les boursouflures.

Son père l'examina de plus près. Si les piqûres étaient bien celles de guêpes (des piqûres d'abeilles n'auraient pas autant enflé), en revanche, il était formel, les guêpes ne faisaient pas d'essaim en juillet.

– Ce sont bien des guêpes qui t'ont piqué, mais ce n'était pas un essaim. Il faut toujours que tu exagères !

– C'était un essaim, howgh ! J'ai parlé ! répliqua Adolf, ajoutant un coup de menton agacé.

– Tu mens ! Les guêpes n'en forment pas en cette saison… et je t'ordonne de cesser tes ridicules onomatopées !

– On jouait sous un arbre et, badaboum, elles nous sont tombées dessus, et c'était un essaim ! s'obstina le garçon indigné de ne pas être cru sur parole.

Il regarda sa mère qui lui sourit tendrement. Fort de cet appui, il en rajouta une louche.

– Vous ne voulez jamais me croire ! J'étais avec Schönefeld, Leingartner, Schultze et Zoebl, et eux aussi ont été piqués.

– J'ignore pourquoi tu t'enferres dans tes mensonges, mais je connais un moyen qui saura te faire dire la vérité.

Aloïs tapota le large ceinturon qui encerclait son ventre rebondi de buveur de bière. Le gamin regarda sa mère, qui l'encouragea des yeux, plus ou moins consciente qu'elle l'incitait à tenir tête, ce qu'elle-même n'avait jamais osé faire.

— C'était un très gros essaim... au moins trois cents guêpes, sans doute plus, j'ai pas eu le temps de toutes les compter.

Aloïs poussa un tel soupir qu'une latte du plancher se fendilla sur toute sa longueur. Ce garnement mentait avec un aplomb digne d'un contrebandier italien. Qu'avait-il fait à la vie pour qu'un gamin de dix ans, bientôt onze, le sien de surcroît, lui tienne tête aussi effrontément ?

Quand comprendrait-il qu'un futur fonctionnaire se devait d'apprendre à obéir et à saluer bas ? La flexibilité d'échine était l'une des qualités requises à la réussite d'une carrière digne de ce nom.

Aloïs débouclait sa ceinture lorsqu'il y eut trois péremptoires *toc* contre la porte.

Hannitante ouvrit et laissa entrer Herr Jetzinger suivi de son fils aîné Fritz au visage boursouflé.

L'ancien commandant de la Kaiser Königliche Armee ne perdit pas de temps en préambule.

— Herr Hitler, votre fils ici présent a volé les chaussures du mien. Je viens les récupérer.

L'index dénonciateur, il désigna Adolf.

— Et sache qu'aucune rançon ne sera payée, petit voyou.

Peu ému, Adolf chercha les yeux de Grizzly-Mal-Léché sans les trouver, celui-ci préférant les garder baissés sur ses pieds nus. En mêlant les adultes au jeu, Fritz avait commis l'irréparable.

— Accusez-vous mon fils d'être un voleur, Herr Jetzinger ?

— Constatez par vous-même !

Le commandant à la retraite pointa l'index vers les pieds nus de son fils.

Adolf protesta avec véhémence.

— On ne lui a rien volé du tout ! On les a gagnées, ses chaussures ! Et si on avait perdu, c'est moi qui n'aurais plus de chaussures. Howgh, j'ai parlé.

C'en fut trop pour Fritz, et pourtant il avait des difficultés à articuler, une guêpe l'ayant piqué à la lèvre inférieure.

— Menteur ! On a toujours dit jamais les affaires, et c'est toi qui as changé les règles !

— Adolf ! As-tu oui ou non volé ces chaussures ?

— Je les ai gagnées ! Et si j'avais voulu, j'aurais pu prendre aussi sa *Lederhose* !

Le visage d'Aloïs s'empourpra, moustaches et favoris compris. Reconnaissant tous les mauvais signes, Klara tenta une diversion.

— Mais enfin, Adi, tu as quatre paires de chaussures, pourquoi as-tu fait une chose pareille ?

D'un geste agacé, Aloïs lui fit signe de se taire.

— Où sont ces chaussures ?

Ce fut le tour d'Adolf de baisser la tête. Il les avait perdues dans la Traun, en même temps que sa superbe coiffe de sachem en plumes de coq (les plumes de poule étaient réservées aux squaws), une coiffure qu'il serait compliqué de remplacer, les propriétaires des poulaillers étant sur le qui-vive.

— Je les ai perdues en plongeant dans la rivière.

— Des chaussures à deux *Kronen* pratiquement neuves ! s'indigna Herr Jetzinger.

Très digne, Aloïs fouilla dans sa poche gousset et sortit deux pièces d'une *Krone*.

— Voici de quoi remplacer les chaussures de votre fils, Herr Jetzinger.

Le vieux militaire les prit à regret, comme déçu de ne pas avoir rencontré plus de résistance.

— Quelle punition comptez-vous lui infliger ?

— Je vais y réfléchir, Herr Jetzinger… Au fait, que vouliez-vous dire tout à l'heure en parlant d'une rançon ?

— Votre fils s'est conduit comme un bandit de grand chemin. Il exigeait un livre en échange des chaussures. On est en droit de se demander d'où lui sont venues de pareilles idées.

Tous les regards convergèrent vers Adolf, qui prit un air modeste sous ses boursouflures.

— Dans le chapitre sur les embuscades que j'ai trouvé dans le livre sur la guerre de 1870.

Il désigna l'étagère près de la cheminée où s'alignaient les quatorze livres constituant l'entière bibliothèque de son père.

Aloïs montra la porte restée ouverte.

— Je ne vous retiens pas, Herr Jetzinger, le bonjour chez vous.

Edmund choisit l'instant où le battant se refermait pour recommencer à brailler, vite imitée par Paula.

Avec des gestes lents qui ne faisaient que souligner sa fureur contenue, Aloïs déboucla son ceinturon.

— Tu sais ce qui t'attend. Va te préparer.

Tel le Mescalero marchant sur le chemin du poteau de torture, Adolf se rendit dans sa chambre, baissa sa culotte de peau et s'allongea sur le lit, les intestins gargouillant d'appréhension : de combien de coups allait-il écoper cette fois ? Dix, comme le jour où il avait pris au râtelier la pipe de marine au long tuyau pour la transformer en calumet de la paix ? Quinze, comme la fois où il avait effrayé le cheval du livreur de bière en voulant le prendre au lasso ? Le record absolu, dix-huit, était détenu par Aloïs junior, lorsqu'il avait mis accidentellement le feu à la grange du Rauscher-Gut, l'un des rares dimanches où il n'était pas collé à son pensionnat.

Il entendit sa mère dans l'escalier intercéder en sa faveur.

– Je t'en prie, Aloïs, avec tout ce qu'il a déjà enduré aujourd'hui.

– Tu ne comprends donc rien à rien, ma pauvre fille ! Ce pisse-froid de Jetzinger s'est montré d'une grande mansuétude ! Il s'agit d'un VOL et d'une tentative d'extorsion de bien... Il aurait pu tout aussi bien se rendre au commissariat et porter plainte !

Aloïs entra dans la chambre, la boucle du ceinturon dans la main droite.

Adolf enfonça son visage dans l'oreiller et serra les fesses : le premier coup était toujours douloureux.

– AAAAïïïïïïïïïïïïïeeeeeeeeee ! hurla-t-il quand la lanière de cuir de première qualité cingla son postérieur dans toute sa largeur.

– Pas si fort, je t'en supplie, mon oncle, pas si fort ! implora Klara qui n'osait pas dépasser le seuil de la chambre.

Le deuxième coup lui tira un grognement indigné considérablement étouffé par l'oreiller, mais le troisième lui fit si mal qu'il ne put retenir ses larmes.

Au dixième coup, Aloïs fit une pause.

– Ces dix coups sont pour avoir volé.

Il se remit à frapper, onze, douze, treize...

– Et ça c'est pour ton essaim de guêpes en juillet !

– C'était un essaim !

Les mâchoires soudées par une froide colère qui faisait ressortir dramatiquement ses muscles maxillaires et modifiait sa physionomie, Aloïs accentua la force de ses coups.

Cambrant les reins sous la douleur, Adolf rejeta la nuque en arrière et hurla si fort qu'on l'entendit trois étages plus bas.

– C'ÉTAIT UN ESSAIM !

– Il n'y a pas d'essaim de guêpes en juillet.

Ne pouvant frapper plus fort sans se démettre l'épaule, Aloïs frappa plus vite.

Adolf allait capituler lorsqu'il perdit tout contrôle de ses sphincters qui en profitèrent pour libérer l'entier contenu de son intestin grêle.

Son père eut un haut-le-corps suivi d'un haut-le-cœur qui le fit reculer. Une odeur peu engageante emplit la petite chambre.

— *Mein Gott !* Il ne bouge plus ! Tu l'as tué cette fois ! Il faut appeler le docteur !

— Apporte-lui plutôt un pot de chambre, dit Aloïs en vérifiant la propreté de son ceinturon avant de le remettre autour de sa taille.

Aloïs sorti, Klara se précipita. Elle lui caressa le front mouillé de sueur, en murmurant dans sa trompe d'Eustache :

— Tu en as reçu au moins vingt !

Ouvrant un œil strié de rouge, Adolf rectifia d'une voix mourante :

— Vingt-quatre, maman.

Le record absolu était pulvérisé, mais à quel prix ! Adolf avait la sensation de s'être assis dans une lessiveuse d'huile bouillante. Après qu'elle l'eut torché avec un linge trempé dans de l'eau tiède, Klara appliqua du propolis partout où la peau était déchirée. Remerciant la Providence d'être allongé sur le ventre, ce délicat attouchement sur son fessier le fit inexplicablement bander ; et, comme chaque fois, une inexplicable douleur éteignit son plaisir naissant, le laissant frustré d'il ne savait même pas quoi.

11

« Il me serait difficile aujourd'hui, sinon impossible, de dire à quelle époque le nom de juif éveilla pour la première fois en moi des idées particulières. Je ne me souviens pas d'avoir entendu prononcer ce mot dans la maison paternelle du vivant de mon père. Je crois que ce digne homme aurait considéré comme arriérés des gens qui auraient prononcé ce nom sur un certain ton. Il avait, au cours de sa vie, fini par incliner à un cosmopolitisme plus ou moins déclaré, qui non seulement avait pu s'imposer à son esprit malgré ses convictions nationales très fermes, mais avait déteint sur moi. »

Adolf Hitler, *Mein Kampf*

Novembre 1898.
Leonding.

Après de nombreuses recherches, Aloïs dénicha une jolie maison à étage au 16 de la Michaelsbergstrasse, dans le village de Leonding (deux mille huit cents habitants), à une lieue à peine de Linz où la plupart de ses collègues de Braunau et de Passau s'étaient retirés. La maison à étage était entourée d'un grand jardin d'une demi-acre où poussaient une vingtaine de pommiers. Aloïs fit construire un auvent accolé à la maison et installa dessous douze ruches mobiles.

Le 23 février 1899, la famille Hitler quitta Lambach et emménagea à Leonding. Klara, qui n'avait jamais été consultée, s'étonna de découvrir son nouveau foyer à deux pas du cimetière.

– Comme ça, lorsque je serai mort, tu n'auras que la route à traverser pour fleurir ma tombe.

La voyant se signer afin de conjurer une telle éventualité, Aloïs rit avec bonhomie.

– Pour tout te dire, l'ancien propriétaire était le fossoyeur municipal. C'est pour ça que je l'ai acheté une bouchée de pain.

Angela, qui allait avoir seize ans, eut droit à sa chambre, Adolf (neuf ans) dut partager la sienne avec Edmund (cinq ans), tandis que Paula (trois ans) continua de dormir dans la chambre de ses parents (soixante-deux ans et trente-neuf ans) ; quant à Hannitante (trente-six ans), elle occupa le débarras du rez-de-chaussée.

Le lendemain matin, Adolf se présentait à la *Volksschule* de Leonding où son père l'avait inscrit.

Contrarié d'avoir été, une nouvelle fois, arraché à ses habitudes, contrarié d'avoir été brutalement séparé de ses Braves, Adolf se montra maussade, à la maison comme à l'école, ne desserrant les dents que pour répondre à ses nouveaux professeurs sur un ton ennuyé, ponctuant ses phrases de mystérieux Uff, uff, uff qui en laissaient plus d'un perplexe ; mais comme ce qu'il faisait était bien fait, il lui était beaucoup pardonné.

Un matin, Adolf se présenta à la *Volksschule* muni d'une longue corde à nœud coulant.

– C'est un lasso utilisé par les cow-boys en Amérique pour faire des prisonniers ! Howgh !

Durant la récréation de 10 heures, il ébaudit son assistance en réussissant (à la troisième tentative) à entraver la chienne du directeur qui faillit le mordre à la main. Un autre jour, Adolf sortit de son cartable ce qu'il nomma un tomahawk, une pierre plate trouvée sur la rive du vieux fleuve et qu'il avait solidement fixée à une moitié de manche à balai déjà décoré de plusieurs plumes de pintade. En guise de mode d'emploi, il ouvrit *Winnetou, l'homme de la prairie*, et lut d'une voix forte et claire quelques passages bien sentis sur l'utilité d'avoir un tomahawk.

« Si vous consentez à partir, nous nous séparerons en frères ; si vous refusez, nous déterrerons le tomahawk de guerre. Je suis Intchou-Tchouna, chef de tous les Apaches. J'ai parlé. Howgh ! »

Howgh étant une expression indienne équivalent à peu près à : *amen*, ainsi soit-il, c'est mon dernier mot, etc.

Une semaine plus tard, la meute dissoute de Loup-Très-Méchant était reconstituée.

***

Dès la première nuit dans sa nouvelle chambre, Adolf remarqua la lumière qui filtrait de la cloison le séparant de la chambre d'Angela. La puberté aidant, il profita qu'Edmund était endormi pour monter sur l'unique chaise de la pièce et coller un œil entre les deux planches mal ajustées. Ce qu'il vit lui empourpra les joues et provoqua une érection. Aussitôt, l'extrême étroitesse de son prépuce transforma le plaisir naissant en une douleur décourageante.

Bien qu'il n'en comprît pas les raisons, il s'était accoutumé à ce phénomène. Était-ce normal ? Cette douleur faisait-elle partie de son développement, au même titre que la perte de ses dents de lait ?

Il assista chaque soir au coucher d'Angela, et ses nouvelles connaissances en physiologie féminine grandirent son prestige auprès de ceux qui, à ce jour, avaient cru que

95

les lèvres d'un vagin, semblables à une bouche, étaient horizontales. Afin de mieux illustrer son propos et de dissiper les derniers doutes, Adolf avait dessiné de mémoire les organes génitaux de sa demi-sœur sur son ardoise, poussant le réalisme jusqu'à inclure les quelques poils frisottés qui s'y multipliaient depuis un an.

Terriblement impressionné, Martin Ungerer, le fils du menuisier, arracha une page de son cahier de brouillon.

— Dessine-m'en un, s'il te plaît, Adolf. Je veux le montrer à mon cousin qui croit qu'il sait tout.

Adolf allait l'obliger quand il lui vint une meilleure idée.

— Tu me donnes quoi en échange ?

— Qu'est-ce que tu veux ?

— Tes crayons de couleur.

— Euh… c'est beaucoup.

Adolf lui rendit la page arrachée. Le gamin se récria.

— Non, tiens, les voilà, allez dessine, s'il te plaît, Adolf.

Les six crayons étaient aux trois couleurs des pangermanistes, noir, rouge et or.

Adolf terminait son dessin quand déjà un autre élève lui tendait une feuille vierge.

— À moi aussi, Adolf, tu m'en fais un, mais plus grand, et je te donne mes buvards neufs… Y en a six ! dit Peter Kohner, le fils du postier de Leonding.

— Et moi, si tu m'en fais un en couleurs, je te donne mon taille-crayon Krupp, dit Anton Wiedmann, le fils du propriétaire du Tabak-Trafik sur la place.

— Et moi, j'ajoute mon double décimètre !

— Et moi, je te donne vingt *Heller* si tu m'en fais un avant tout le monde, proposa Helmut Stiefler, le fils de la Gasthof Stiefler.

Les progrès d'Adolf en dessin se révélèrent foudroyants, et les bonnes notes qui les récompensèrent l'encouragèrent à essayer l'aquarelle, puis la peinture à l'huile.

***

Un dimanche après-midi, profitant de l'absence d'Angela invitée à un mariage, Adolf s'introduisit dans sa chambre et fouilla les tiroirs, s'attardant sur celui réservé aux sous-vêtements. Il était en arrêt devant une brassière bleu pâle qu'il examinait avec la perplexité d'un archéologue confronté à un parchemin atlante lorsque la porte d'en bas s'ouvrit et des voix résonnèrent dans le couloir. Adolf n'eut que le temps de se glisser sous le lit, et déjà Angela et deux de ses amies, Hildegard et Gertrud, entraient dans la chambre en piaillant.

Le nez dans les moutons de poussière (preuve scientifique qu'Angela négligeait son ménage), le gamin s'efforça de ne pas éternuer, très inquiet à l'idée d'être découvert. Pourvu qu'aucune de ces gourdes n'ait la maladresse de laisser échapper quelque chose qui roulerait sous le lit. Son ventre gargouilla dangereusement.

Sur la base de leurs caquetages surexcités, il comprit qu'Angela était revenue pour passer sa meilleure robe dans l'espoir de susciter l'attention de Conrad Winter, le fils du grainetier, la coqueluche de ces demoiselles, un braconnier impénitent dont les nombreux démêlés avec le garde champêtre étaient suivis comme un feuilleton par la population de Leonding.

– Ce que j'aime, c'est quand il redresse sa mèche, ah, oui, quand il la redresse comme ça, moi, je fonds.

Elles éclatèrent de rire à l'unisson et, pendant un instant, Adolf se crut dans un poulailler. Sans comprendre ce qui pouvait tant les amuser, il étira sa jambe droite menacée d'ankylose.

– Moi, dit Hildegard, ce n'est pas le geste qui me plaît, c'est la mèche, je trouve qu'elle lui donne un air à la fois romantique et distingué.

97

— C'est vrai que ce n'est pas un bouseux ou un ouvrier qui se coifferait comme ça, approuva Angela dont il ne voyait que les mollets.

— Je me demande si la sienne est aussi longue que sa mèche... Vous riez, mais ma grand-mère elle dit que les hommes qui ont un gros nez, ou des grands pieds, en ont aussi une longue.

Baissant la voix, Gertrud ajouta quelque chose qu'il ne put entendre. Elles gloussèrent.

— Ce que je comprends pas, c'est comment de toute petite et toute molle, elle devient aussi grosse et aussi dure que tu le dis.

— C'est un os que les hommes ont dans le ventre et qui sort au bon moment.

— Un os, tu crois ?

— C'est ma grand-mère qui me l'a dit. Elle m'a dit aussi que, chez certains, l'os ne se dresse jamais vraiment et ceux-là il faut les éviter car ils font toujours des mauvais maris...

— Comment on peut les reconnaître ?

— C'est ça le problème, on peut pas.

La voix de Gertrud se fit pédante.

— Il paraît qu'ils l'ont pas tous de la même longueur, ni de la même grosseur d'ailleurs. Ma grand-mère m'a raconté que c'était les Juifs qui avaient les plus grosses, tellement grosses qu'on était obligé de leur en couper un bout au moment de la naissance !

Un silence pensif suivit cette déclaration ; puis Angela se déclara prête et bientôt le trio quitta la petite chambre. Adolf attendit que les bruits de pas s'estompent dans l'escalier avant de sortir de sa cachette et d'aller s'enfermer dans les cabinets, le seul endroit à posséder un verrou intérieur. Il se palpa longuement le bas-ventre sans trouver la trace d'un os, même petit... Il aurait souhaité le localiser afin d'en vérifier la longueur, le diamètre, la rigidité... Et puis il y avait cette intrigante histoire de Juifs qu'il n'avait pas très bien comprise... Quel morceau leur coupait-on exactement ?

Ce qu'Adolf savait des Juifs datait de son séjour à Lambach, où, deux années durant, il avait suivi les cours de catéchisme du père Manfred Hitzmann, un ancien missionnaire bénédictin d'une grande érudition. D'emblée, le vieil homme leur avait désigné les Juifs comme le peuple déicide qui avait condamné à mort Notre Seigneur Jésus-Christ... Selon lui, la dispersion et les souffrances du peuple errant étaient autant de preuves de la Grande Colère de Dieu et de l'Exacte Vérité du Christianisme (Rendez-vous compte, mes chers enfants, leur sentiment de culpabilité est tel que, deux mille ans après les événements du Golgotha, il leur est encore interdit de mentionner le nom de Jésus de Nazareth, qu'ils désignent hypocritement par le terme de *cet homme*...). En revanche, le père Hitzmann n'avait jamais un mot sur le Juif d'aujourd'hui. C'était comme s'il n'y en avait plus, et quand Adolf avait demandé à son père ce qu'il en pensait, celui-ci lui avait répondu :

— Mon fils, combien de fois faut-il te répéter que je n'ai pas besoin de penser, je suis fonctionnaire.

Adolf s'était alors rabattu sur sa mère et sur Hannitante.

— Tout ce que je peux te dire, c'est qu'ils sont responsables à cent pour cent de la mort de Jésus.

— C'est tout ? Rien d'autre ?

Sa mère eut une moue indécise.

— À Lambach, à ma connaissance, il n'y en avait pas... mais il y en avait plusieurs à Passau, comme Herr Lanzmann, le pharmacien dans la Steinweg.

— Et aussi le fripier au bout de la Theresienstrasse, compléta Hannitante de sa voix cassée.

***

Si l'arrivée des hirondelles annonçait la fin de l'hiver, l'apparition du photographe dans la cour de l'école de Leonding signifiait la fin de l'année scolaire.

Les élèves empilèrent des bancs le long du mur et, l'une après l'autre, les classes défilèrent pour la traditionnelle photo. Quand vint le tour de sa classe, le professeur disposa ses quarante-sept élèves sur six rangs superposés, et se plaça au centre, lançant un virulent :

– Plus personne ne bouge !

Adolf, les bras croisés, s'était placé à l'exact sommet de la pyramide (plus haut était impossible), dépassant d'une bonne tête tous les autres. À l'instant où le photographe appuyait sur le déclencheur, il bougea pour redresser d'un geste désinvolte la mèche brune qui, depuis peu, barrait son front. Il fallut refaire la photo.

12

« La capitale de la Haute-Autriche avait alors un assez bon théâtre, où l'on jouait à peu près tout le répertoire. C'est là que je vis pour la première fois de ma vie *Guillaume Tell* et, quelques mois après, *Lohengrin*, mon premier opéra. Du premier coup je fus conquis. Mon enthousiasme juvénile pour le maître de Bayreuth ne connut pas de limites. »

Adolf Hitler, *Mein Kampf*

Leonding.

— *Das ist gut !* déclara Aloïs après avoir épluché le carnet scolaire d'Adolf.

Comme à Fischlham et à Lambach, son fils était dans les trois premiers de la classe.

— Persiste ainsi et tu passeras ton *Abitur* les doigts dans le nez ! Ah, si j'avais pu passer le mien, c'est une retraite de haut fonctionnaire que je toucherais aujourd'hui... Persiste, mon fils, et tu réussiras, j'en ai la certitude.

Adolf haussa les épaules.

— Je préfère être un artiste peintre.

Aloïs eut un rire à tonalité sarcastique.

— Voilà qui est nouveau. C'est donc pour ça que je te vois gribouiller sans arrêt ?

101

Il désigna la liasse de feuilles dépassant des poches d'Adolf.

– N'oublie pas : *Ars longa, vita brevis* (L'art est long, la vie courte). Tu peux, dès maintenant, t'entraîner à manger des cailloux et à dormir à la belle étoile.

Adolf fut tenté de lui énumérer les avantages acquis grâce à ses gribouillages, mais le moment eût été mal choisi, de plus il n'était pas sûr de la réaction de son père découvrant leur inspiration. En effet, lorsque l'engouement suscité par sa première œuvre intitulée *La Fente d'Angela* avait fléchi, il avait mis sur le marché *Les Fesses d'Angela*, de face ou de profil, au choix. Après les fesses, il y eut *Les Seins d'Angela*, un franc succès, puis *La Brassière d'Angela*, un succès d'estime, et enfin *La Petite Culotte d'Angela*, entièrement exécutée à l'encre de Chine et qui faisait un malheur jusque dans les classes supérieures. Avec ses gains, Adolf achetait les romans de Karl May au fur et à mesure de leur parution.

– Je suis certain que Léonard de Vinci, ou même Rembrandt, n'ont jamais mangé des cailloux !

– Quel vaniteux tu fais ! Le voilà qui se compare à Léonard de Vinci et à Rembrandt ! *Multi sunt vocati, pauci vero electi* (Beaucoup sont appelés, peu sont élus).

Avec un geste balayeur, Adolf répliqua :

– Vous oubliez, mon père, *Audaces fortuna juvat* (La fortune sourit aux audacieux), et aussi *De gustibus et coloribus non disputandum* (Des goûts et des couleurs, il ne faut pas discuter).

Aloïs prit une grande respiration. En quarante années de service, aucun de ses subalternes ne s'était avisé à lui parler ainsi.

– À Lambach tu voulais devenir abbé, ensuite tu as voulu être fermier dans le Transvaal, il n'y a pas si longtemps tu avais décidé de devenir Peau-Rouge dans les montagnes Rocheuses… et aujourd'hui tu veux devenir artiste peintre.

En attendant ta prochaine lubie, nous allons faire comme si tu étais destiné à la carrière de fonctionnaire. À la rentrée de septembre, je t'inscrirai à la *Realschule* de Linz et tu continueras de me faire honneur en obtenant ton *Abitur*. Et maintenant, *raus*.

***

Le XXe siècle commençait à peine lorsque Edmund se sentit mal. Son nez moucha, il toussa, puis il grelotta de fièvre. Le médecin grimaça.

– C'est la rougeole, il faut l'isoler.

Edmund expira dans l'après-midi du 2 février 1900 : pour éviter la contagion, on l'enterra le jour même. Klara crut voir dans ce nouveau malheur un regain de vengeance divine. Le Seigneur tout-puissant allait-Il lui reprendre ses deux enfants restants ?

Pour Adolf, cette subite disparition eut pour effet immédiat de le laisser seul occupant de la chambre, ce qu'il souhaitait depuis longtemps. Il put ainsi agrandir en toute tranquillité plusieurs failles dans la cloison et renouveler entièrement la perspective de ses connaissances en anatomie féminine.

***

Un malheur ne venant jamais seul, le 7 avril de cette même année, Aloïs senior recevait des nouvelles non sollicitées d'Aloïs junior ; elles étaient mauvaises.

Junior était à Berlin ; il avait renoncé à sa carrière de clown et avait quitté le cirque Trempolino en emportant la recette. Il se trouvait donc en prison. La police berlinoise réclamait à son homologue autrichien des renseignements avant de le livrer aux juges. Aloïs s'en désolidarisa en faisant suivre une copie de l'acte dans lequel il reniait son premier fils.

***

Au matin du 17 septembre, après une heure de marche dont une partie longeait le vieux fleuve jusqu'à Urfahr, Adolf traversa le pont métallique et entra dans Linz. Il arriva dans la Steingasse, une rue étroite du centre de Linz où se trouvait la *Realschule*. Cette fois, son air maussade et distant qui lui avait si bien réussi à Leonding tomba à plat. Pire, dès son premier jour, sa mèche lui attira toutes sortes de quolibets (Eh, le bouseux, donne-nous l'adresse de ton coiffeur pour qu'on l'évite à coup sûr !). Ceci dit, les lycéens l'encerclèrent et le questionnèrent, appliquant une grande méfiance à chacune de ses réponses.

— Hitler, Hitler, c'est pas un peu tchèque, ça ?

— Pas du tout, c'est du pur germain !

— Et d'où tiens-tu ton accent ?

— J'ai habité en Bavière, à Passau.

— Quelle est la profession de ton père ?

— Inspecteur en chef des Douanes à la retraite, et le tien ?

Sa question fut ignorée.

— Tu es donc partisan des Habsbourg !

Adolf secoua la tête négativement.

— Moi, non, mais mon père, oui, et c'est normal puisqu'il est fonctionnaire et que les fonctionnaires ont prêté serment à l'Empereur.

— Ce n'est pas vrai ! Nos professeurs aussi ont prêté serment, et ça ne les empêche pas d'être de vrais nationalistes. La preuve, notre professeur d'histoire est aussi le chef de la cellule de l'Alldeutsches de Linz.

Des trois partis pangermanistes qui sévissaient en Cisleithanie, l'Alldeutsches de Georg von Schönerer était de loin le plus radical.

— Tu es des nôtres ou pas ?

— Oui.

104

– Alors maintenant tu dois le prouver.

Adolf redressa sa mèche.

– Comment ?

– D'abord, tu dois toujours porter nos couleurs. Tu en as sur toi ?

– Non.

L'un des élèves lui présenta un choix de bleuets en papier et de rubans en tissu noir-rouge-or. Les nationalistes allemands avaient adopté les couleurs noir-rouge-or en référence aux couleurs panallemandes de 1848 ; quant au bleuet, symbole du nationalisme, c'était la fleur préférée de l'empereur d'Allemagne, Guillaume Ier.

– Cinquante *Heller* le bleuet, une *Krone* le ruban.

Pour gagner du temps, Adolf questionna :

– Pourquoi le ruban est plus cher ?

– Il est en tissu et il dure plus longtemps.

Une *Krone* était l'exacte somme qu'il détenait dans sa poche : quatre pièces en nickel de vingt *Heller*, et deux de dix *Heller* du même métal.

– Je prends le bleuet, dit-il, plongeant la main dans sa poche, choisissant à tâtons deux pièces de vingt et une de dix.

Il le fixait à sa boutonnière quand on le lui déconseilla.

– Non, pas ici, c'est interdit, tu le portes seulement dehors.

Adolf aplatit le bleuet et le glissa entre les pages de son livre de grammaire.

– Ensuite, tu dois connaître par cœur les paroles de « Die Wacht am Rhein », et de « Deutschland über alles ».

– C'est tout ?

– Non, il ne faut plus jamais scander Hoch hoch hoch ! mais Heil heil heil !

– Compris… C'est tout ?

– Non, tu dois verser cinq *Kronen* pour le Südmark, et cinq pour le Schulverein.

Dix *Kronen* ! Adolf s'autorisa une objection.

— Nous avons déjà donné pour le Südmark : ils quêtent trois fois par an à Leonding.

Le Südmark était une association d'Allemands autrichiens qui collectait des fonds destinés aux braves paysans allemands vivant dans les îlots linguistiques de l'Empire, les Sudètes entre autres. Une partie de ces fonds servait à acheter des terres destinées à agrandir ces îlots et à recevoir de nouvelles implantations de colons. Quant à l'association Schulverein, elle finançait la construction et le personnel des écoles et des jardins d'enfants dans ces mêmes régions bilingues de l'Empire.

— C'est donc bon pour le Südmark, mais tu dois payer cinq *Kronen* pour le Schulverein.

Adolf montra ses paumes vides.

— Je n'ai pas autant d'argent sur moi, mais je fais le serment solennel de vous les donner demain. Howgh, j'ai parlé !

— Hum, hum… Dans ce cas, pour te faire pardonner, tu es nommé volontaire d'office pour la prochaine collecte du Schulverein.

La cloche sonna. Les élèves se rassemblèrent en rangs par deux devant leurs professeurs.

Le premier cours auquel Adolf assista fut un cours de français, donné par le professeur Karl Huemer.

— Souvenez-vous, mes enfants, que le français est la seule langue dans laquelle les mots viennent dans le même ordre que celui dans lequel on les pense.

Pour les nationalistes de la classe, cette langue étant celle de l'ennemi héréditaire juré, il était hors de question de l'apprendre, aussi ils n'écoutaient pas, et passaient leur temps à rêvasser, bayant aux corneilles tout en regardant les mouches voler.

Une heure plus tard, le professeur d'histoire Leopold Poetsch prenait la place du professeur Huemer.

— En ce premier jour de rentrée, j'insiste sur le fait que vous allez devoir travailler de votre mieux afin que nous ne perdions pas notre rôle dirigeant en Autriche. Le mieux vous réussirez dans vos études, le mieux vous serez utiles au combat national que nous menons depuis tant d'années et qui a pour seul but de sauvegarder notre suprématie de purs Germains.

Le professeur consulta la liste des élèves, puis ajouta sur un ton conciliant :

— Naturellement, ce que je viens de dire ne s'applique pas aux six membres d'obédience hébraïque qui nous font le dubitatif honneur d'étudier parmi nous cette année.

Après le français, après l'histoire, ce fut le tour du professeur de mathématiques Max Röhrbacher.

— Avant d'aller plus avant, mes chers enfants, retenez bien que dix figures seulement suffisent à représenter TOUS les nombres du monde...

Après le français, après l'histoire, après les mathématiques, sonna l'heure du *Mittagessen*, servi à la cantine de la *Realschule*. Adolf fut autorisé à s'asseoir à la table réservée aux élèves noir-rouge-or qui faisait face à la table accueillant les jaune-noir, les couleurs des partisans des Habsbourg.

Le lundi il y avait du goulasch au menu, ce qui donnait aux noir-rouge-or l'occasion de protester bruyamment contre un plat si peu national-allemand ; mais comme ils avaient faim et que le goulasch était la spécialité de la cuisinière, ils terminèrent leur assiette sans en laisser une miette.

De 13 heures à 14 h 30, le professeur Stenger leur enseigna les sciences naturelles.

— La chair de poule est chez l'homme le vestige du temps où il possédait une fourrure naturelle...

De 14 h 45 à 16 heures, cours d'instruction religieuse administré par le révérend père Schwartz.

— Pour ce premier jour, vous allez noter les cinq mystères du dogme chrétien, ainsi nous n'aurons plus à y revenir puisque ce sont des mystères.

Il ferma le poing droit et dressa le pouce.

— Premier mystère : le mystère de la sainte Trinité.

Il dressa l'index.

— Deuxième mystère : le mystère de la double nature du Christ (il est Dieu et homme).

Et ainsi de suite jusqu'à l'auriculaire.

— Troisième mystère : le mystère de l'Immaculée Conception. Quatrième mystère : le mystère de l'Eucharistie. Cinquième mystère : le mystère de l'existence du Mal sur la Terre.

En fin de journée, les oreilles bourdonnantes, la cervelle endolorie par tant de nouveautés assenées en si peu de temps, bleuet de papier à la boutonnière, Adolf rentra à Leonding, marchant le long du Danube, réfléchissant aux cinq *Kronen* promises pour le Schulverein, élaborant une stratégie pour convaincre son père, puis, si cela ne suffisait pas, sa mère et Hannitante.

***

Cette année-là, lorsque le photographe fit sa rituelle apparition, Adolf se relégua lui-même dans un coin de la photo, presque en dehors. Sa mèche avait disparu, ses cheveux étaient ras et son air contrit était de mise avec un carnet scolaire catastrophique. Il était avant-dernier et il allait devoir redoubler son année (Peut mieux faire, manque de concentration). Il appréhendait la réaction de son père (surtout les gifles), et pour se rassurer, il se disait : Peut-être va-t-il enfin comprendre que je ne suis pas fait pour être fonctionnaire ?

***

Redoubler son année se révéla moins éprouvant qu'Adolf ne l'avait imaginé. D'abord, il se retrouva parmi des élèves plus jeunes ; ensuite, trois venaient de Leonding et avaient fait partie de sa meute.

Bientôt, les professeurs constatèrent l'apparition dans la cour de récréation d'un nouveau jeu ; il s'agissait d'agiter une longue corde appelée lasso et de pousser d'insolites Uff, uff, uff. La recrudescence de porteurs de mèche, particulièrement parmi les élèves, fut dûment notée : une mode capillaire d'autant plus incompréhensible qu'aucun chanteur, musicien, comédien ou même homme politique de renom ne se coiffait ainsi.

Lorsqu'en fin d'année le photographe photographia sa classe, Adolf avait repris la place centrale, au-dessus de tous les autres, et sa mèche était si longue qu'il devait la coincer derrière l'oreille pour l'empêcher de glisser. Seules ses notes, toutes matières confondues, restaient mauvaises, d'aucuns diraient désastreuses.

**

À l'occasion de son douzième anniversaire, Adolf reçut une montre et un billet pour aller voir *Guillaume Tell* au théâtre de Linz, chaperonné par sa demi-sœur Angela et son fiancé Leo Raubal, un fonctionnaire des Impôts qu'il prit en grippe au premier coup d'œil.

Renfrogné durant le premier acte, Adolf s'anima lorsque Guillaume Tell, le nationaliste helvète, refusa de saluer le chapeau du bailli aux couleurs des Habsbourg. Tel un asticot extrait de son trou, Adolf s'agita sur son siège au moment où Hermann Gessler ordonnait à Tell de tirer à l'arbalète sur une pomme posée sur la tête de son fils cadet Walter.

— *Schweinehund !* s'écria-t-il, rouge de colère, agitant le poing droit en direction du bailli, suscitant quelques rires dans l'assistance ainsi qu'un *chuuuuut* embarrassé venant de son futur beau-frère, fervent monarchiste qui trouvait l'attitude du bailli parfaitement légitime.

Lorsque Guillaume Tell arma son arbalète, Adolf donna un coup de coude à Angela.

— Regarde, regarde, pourquoi il met une deuxième flèche de côté ?

Assistant au drame pour la première fois, Angela lui répondit par un haussement d'épaules.

— Je sais pas, Adi.

La pomme traversée, l'infect Gessler demanda à Guillaume Tell pourquoi il avait glissé dans sa chemise un second carreau. Tell admit volontiers que, s'il avait manqué la pomme et blessé son fils, il aurait aussitôt occis le bailli.

Adolf applaudit des deux mains en sautant sur son fauteuil et en poussant plusieurs Heil ! Heil ! Heil !

Quatre heures plus tard (la version longue durant sept heures, le metteur en scène avait privilégié la version courte), tandis que les spectateurs quittaient le théâtre, Leo Raubal stigmatisa la conduite d'Adolf, lui jurant solennellement que, s'il ne faisait pas amende honorable, ce serait la dernière fois qu'il l'accompagnerait au théâtre.

— Plutôt apprendre le tchèque ! répliqua Adolf, lui tournant le dos et rentrant seul à Leonding, malgré les rappels peu convaincants d'Angela.

Les jours suivants, après avoir bricolé un cintre pour le faire ressembler à une arbalète, Adolf reproduisit les scènes principales dans la cour de la *Realschule*, choisissant pour le rôle du fils Tell le petit Wilhelm Müller, le fils du pharmacien de la Herrengasse avec qui il quêtait pour le Südmark et le Schulverein.

Parallèlement à ces activités, il persuada son père de lui payer un abonnement annuel à la bibliothèque municipale, où il lut tout ce qu'il put trouver sur Guillaume Tell, et par extension sur Schiller et sur Rossini.

Pour Noël, il demanda à sa mère de lui offrir un billet pour une représentation de *Lohengrin*, ensuite il obtint de son père l'autorisation de s'y rendre seul.

Si *Guillaume Tell* avait été une surprise, *Lohengrin* fut une passion. Trois heures trente-huit durant, la cervelle en éruption, cramponné des deux mains à son fauteuil, la bouche à demi ouverte, oubliant parfois qu'il devait respirer, Adolf fut subjugué par ce qu'il voyait, entendait, ressentait, s'efforçant de n'en rien oublier. Ankylosé, il était rentré à Leonding mains dans les poches, traversant le pont métallique en fredonnant un passage du premier acte, le moment où le chevalier arrive, juché sur sa nacelle en forme de coquillage tirée par un joli cygne au plumage d'une immaculée blancheur. Le pont franchi, il avait marché jusqu'à la Marktplatz d'Urfahr en chantonnant le passage où la haïssable Elsa trahissait son serment et questionnait le chevalier sur sa race et ses origines (Moi, elle ne m'aurait pas eu !). Il entra dans la Michaelsbergstrasse en sifflotant, assez mal, le passage où le chevalier déclarait s'appeler Lohengrin et se désignait comme l'un des gardiens du Graal ; Adolf allait enchaîner sur le passage où le cygne se transformait en prince Gottfried lorsqu'il se retrouva devant chez lui. Il se tut et monta se coucher.

Le lendemain, à la bibliothèque municipale, il dressa la liste de tous les ouvrages concernant Richard Wagner (vingt-huit) et entreprit de les lire, débutant en toute logique par *Ma vie*, une autobiographie en trois volumes. Par ricochet, il s'intéressa aux légendes médiévales allemandes, le fonds commun de tous les opéras de Wagner.

Adolf buta sur ses limites lorsqu'il voulut apprendre le solfège afin de pouvoir lire et siffler *Tristan et Isolde*, *Les Maîtres chanteurs*, *Tannhäuser*, *Le Vaisseau fantôme*, et tous les autres purs chefs-d'œuvre desquels il ignorait la plus petite note.

Ses progrès n'étant pas assez rapides, il se découragea et dut se contenter d'améliorer son sifflement ; le seul instrument de musique qu'il maîtrisait à l'aide de sa bonne oreille et de sa bonne mémoire.

***

En 1902, les hirondelles quittèrent le pays plus tôt que de coutume, les oignons se fabriquèrent une troisième pelure et, à la Toussaint, les feuilles des hêtres se révélèrent humides au toucher : autant de signes prédisant un hiver long et rigoureux. Pour s'y préparer, Aloïs doubla son stock de charbon. Il était en train de l'emmagasiner dans la cave lorsque sa vue se brouilla : il se sentit mal et s'effondra sur le sol de terre battue.

Il reprit connaissance dans son lit et s'étonna de voir le médecin à son chevet.

— Vous n'êtes plus un jeune homme, Herr Hitler. Il faut être raisonnable et éviter les efforts violents ou prolongés… Reposez-vous ! C'est de votre âge, vous l'avez bien mérité.

Le médecin attendit d'être seul avec Frau Hitler pour afficher un air moins placide.

— Cette fois, votre époux a eu beaucoup de chance mais, désormais, évitez-lui toute contrariété comme tout effort prolongé.

Klara envisagea aussitôt le pire : que deviendrait-elle si Aloïs venait à disparaître ? Elle y avait déjà songé lorsqu'en janvier son père, Baptist Pölzl, était mort d'une attaque similaire. Dans tous les cas, j'irai vivre à la ville, se dit-elle en raccompagnant le médecin. Klara ne s'était jamais accoutumée à cette vue quotidienne sur le cimetière : chaque fois qu'elle ouvrait la fenêtre de sa chambre, son cœur se serrait à la vue de la tombe d'Edmund.

13

« J'avais treize ans quand je perdis subitement mon
père. Une attaque d'apoplexie le terrassa en pleine
vigueur et termina sans souffrance sa carrière terrestre,
nous plongeant tous dans la plus profonde douleur. »

Adolf Hitler, *Mein Kampf*

Samedi 3 janvier 1903.
Leonding.

Le front plissé, Aloïs sortit dans le jardin et s'enfonça
jusqu'aux chevilles dans la neige tombée durant la nuit.
L'auvent qui protégeait ses ruches était déformé par
endroits : plus grave, les branches des pommiers mena-
çaient de se briser sous le poids de leur gaine de neige.

Il commença par déblayer le toit de l'auvent avec la pelle
à charbon, mais rapidement l'effort l'essouffla. La mort dans
l'âme, il renonça et retourna dans la cuisine où Angela, Adolf
et Paula mangeaient de bon appétit, servis par Klara et Hannitante. Ils le saluèrent la bouche pleine et le chiot qu'il avait
offert à Adolf jappa en remuant joyeusement son fouet.

Aloïs s'assit et attendit que Klara lui serve son *Frühstück*
(ce matin, omelette aux pommes de terre truffée de lardons
gros comme des auriculaires).

– Père, demanda Adolf, est-il vrai qu'il existe des serpents qui se roulent en boule pour mieux dévaler les pentes et surprendre leurs victimes ?

Aloïs avait en horreur les questions dont il n'avait pas les réponses.

– Ce que je peux te dire, c'est que, si tu lambines, tu vas être en retard.

Le garçon prit un air supérieur, particulièrement agaçant.

– Nous sommes samedi, père, et nous n'avons pas cours le samedi…

Aloïs fut mortifié par un tel oubli… aussi mortifié que le jour où il avait découvert son premier cheveu blanc.

– Parfait, dit-il pour se donner une contenance, tu vas pouvoir déblayer l'auvent du rucher, et tu battras aussi les arbres pour les débarrasser de la neige. Je veux que ce soit fait avant midi.

Il craignait un subit vent du nord qui gèlerait tout sur son passage, comme cela s'était déjà passé au Rauscher-Gut. Adolf se renfrogna. Il avait envisagé un tout autre programme pour son samedi.

– Oui, père, dit-il, pensant non.

Le petit déjeuner terminé, Aloïs alluma une pipe et la fuma en programmant sa matinée : d'abord renouveler sa provision de tabac chez Wiedmann, ensuite acheter le *Linzer Tagespost* et le lire en sirotant une bière accompagnée d'un verre d'Ofner.

Aloïs se couvrit chaudement, Klara l'aida à passer son manteau. Après un dernier regard vers ses arbres fruitiers, il sortit et traversa la Michaelsbergstrasse pour couper par le cimetière.

Au loin sur la route de Linz, il aperçut un *brougham* se frayer silencieusement un chemin dans la neige.

***

Adolf observait Wolfie dévorer sa pâtée en un temps record. Son père avait été formel en le lui offrant :

— Si tu veux devenir son maître, sois le seul à le nourrir. Mais je t'avertis, ça ne marche pas avec les humains.

Au lieu d'obéir et d'aller débarrasser les arbres de leur gangue neigeuse, Adolf préféra remonter dans sa chambre et continuer la lecture du *Squelette de la mine d'or*.

« L'orage est noir, mais c'est de l'eau claire qui en tombe, j'ai parlé, howgh ! gronda Winnetou le Mescalero en brandissant son tomahawk.

Uff, uff, uff ! scanda la centaine de Braves prête à attaquer le convoi. »

En bas, on frappa contre le battant de la porte : resté dans la cuisine, Wolfie se mit à aboyer.

***

— Va ouvrir, dit Klara, en saisissant le chiot qui voulait suivre Paula. Ça doit être Angela qui a encore oublié sa clef.

Klara ferma la porte et libéra le chien, qui gratta le battant en aboyant furieusement devant la résistance.

— *Mutti*, *Mutti*, appela la fillette dans le vestibule.

Wolfie sur ses talons, Klara la rejoignit et, ô surprise, découvrit sur son pas de porte un inconnu au visage coincé entre un bonnet en poil de castor et un imposant manteau de fourrure qui descendait au-delà des mollets. Le chiot se précipita sur cette quantité de poils, mais la fillette réussit à le retenir par le collier.

— Va l'enfermer chez Adi, dit avec douceur Klara avant de se tourner vers le visiteur.

— Excusez-le, ce n'est qu'un chiot qui n'a pas encore appris à obéir.

L'homme souleva son bonnet en poil et se présenta. Son nez était cassé et un bouton de fièvre rouge en illuminait la pointe.

— Permettez-moi de me présenter, *gnädige* Frau, je m'appelle Marcello Tricotin et je sollicite un entretien avec M. Aloïs Hitler.

Quel drôle d'accent. Quel drôle de bonhomme.

— C'est mon époux... mais il n'est pas là pour le moment... Entrez, je vous prie... Il fait froid ce matin, n'est-ce pas ?

Avant de passer le seuil, l'homme racla la neige de ses demi-bottes fourrées sur l'arête du gros caillou placé là à cet effet.

Soudain, Klara sut ce qui la préoccupait : à part le nez cassé et les moustaches, le visiteur ressemblait à un Aloïs jeune !

Elle le précéda dans la cuisine.

— Confiez-moi votre fourrure, vous serez mieux à votre aise, Herr Tricotin.

Le visiteur sortit de sa fourrure, et Klara la suspendit au portemanteau dans le couloir. Revenu dans la cuisine, elle lui désigna une chaise sur laquelle il s'assit avec prudence.

— Aimeriez-vous une tasse de café ? Je viens d'en faire.

— Volontiers, madame.

Pendant qu'elle s'occupait de la cafetière, Klara le vit passer en revue la cuisine, s'attardant sur l'étagère aux quatorze gros livres et sur le râtelier en acajou qui accueillait la collection de pipes d'Aloïs.

— C'est curieux, mais votre visage ne m'est pas étranger, Herr Tricotin... Nous sommes-nous déjà rencontrés ?

— Euuuh, à vrai dire, non, madame, c'est la première fois que je viens en Autriche... mais mon père, lui, a vécu de nombreuses années à Vienne.

L'homme baissa la tête.

— Je suis italien, madame, et je suis maître d'école dans mon village.

Il releva la tête et ajouta :

— Monsieur votre mari sera-t-il absent longtemps ?

— Je ne pense pas, mais si votre entretien est urgent, vous pouvez peut-être le trouver à la Gasthof Stiefler, sur la place. Ce n'est pas loin d'ici.

— Je connais cette Gasthof, mais je ne suis pas sûr de pouvoir reconnaître votre mari.

— Mon fils vous y accompagnera, et si mon époux n'y est pas, vous n'aurez qu'à revenir l'attendre ici.

Paula entra dans la cuisine.

— Tu arrives bien, va chercher Adi, j'ai besoin de lui.

Klara servit le café à son visiteur puis désigna le pot de miel posé à côté de la tasse.

— Il vient de nos ruches, dit-elle avec un geste vers la fenêtre aux vitres embuées.

***

Adolf avait repris sa lecture sous la surveillance rappro-chée de Wolfie, qui remuait la queue chaque fois qu'il tournait une page.

Paula, une fois de plus, entra dans la chambre sans frapper.

— C'est maman qui veut que tu viennes, elle dit qu'elle a besoin de toi.

Il leva les yeux de son livre.

— À qui as-tu ouvert tout à l'heure ?

— À un monsieur dans un manteau en poils longs comme ça.

— Tu dérailles, ma pauvre fille, il n'y a pas de bêtes qui ont des poils aussi longs.

Il se leva sans lâcher son livre, plaçant son médius entre les pages en guise de marque-page. Wolfie reprit ses aboiements.

— On le connaît, ce visiteur ?

Paula hocha la tête négativement.

— Non, on le connaît pas.

Suivi du chiot, Adolf dévala bruyamment les escaliers. Il s'arrêta et passa les doigts entre les poils de l'énorme manteau qui occupait trois patères à lui seul. Ils n'étaient pas aussi longs que le disait Paula, mais ils étaient très longs quand même. Il se demanda à quel animal ils avaient appartenu.

Entrant dans la cuisine, il vit un inconnu soulever gauchement une tasse pleine de café fumant. Il vit aussi le nez cassé et le bouton de fièvre éclairant l'apex.

— Adolf, voici M. Tricotin qui veut rencontrer papa. Quand nous aurons terminé notre café, tu le conduiras chez Stiefler, et si ton père y est, tu le montreras à monsieur.

Adolf haussa les épaules, signe qu'il acceptait. Il s'attendait à pire comme corvée. Il s'assit sur le tabouret près de la fenêtre et reprit sa lecture.

— Pourquoi y touche son nez sans arrêt, y s'est fait piquer par une abeille ? dit Paula, contente de voir sa mère et son frère sourire.

— Qu'a-t-elle dit ? demanda le visiteur.

— Oh, c'est sans importance, répondit Klara confuse.

Le doigt posé sur la ligne qu'il lisait, Adolf leva la tête.

— Ma petite sœur demande si c'est une abeille qui vous a piqué le nez. Elle dit ça parce que ici nous avons du propolis contre les piqûres.

Sans se soucier de la réponse, il retourna à sa lecture.

L'homme but sa tasse de café, puis, après les politesses d'usage, il se leva et passa dans le corridor. Sans arrêter pour autant sa lecture, Adolf laissa sa mère lui agrafer sa pèlerine tandis que Paula maintenait Wolfie qui gigotait, voulant suivre son jeune maître.

Dans la rue, une fois la porte refermée derrière eux, Adolf questionna Marcello Tricotin.

— C'est la peau de quel animal, *mein Herr* ?

— Du loup gris des Carpates.

— Et combien de loups ont été tués ?

— Cinq… peut-être six.

Tout en traversant la rue, Adolf le toisa de haut en bas.

— D'où venez-vous pour parler notre allemand avec un tel accent ?

— Je suis un Italien du Piémont.

Adolf grimaça.

— Aïe, aïe, aïe, mon père n'aime pas les Italiens… Il dit qu'on ne peut pas leur faire confiance.

L'homme trébucha sur rien du tout.

— On ira plus vite en coupant par le cimetière, décida Adolf en entrant dans le *Friedhof* enneigé.

— Ton père t'a-t-il expliqué pourquoi il ne pouvait pas faire confiance aux Italiens ?

Le gamin s'arrêta au milieu de l'allée, reconnaissant sur la neige les traces de pas laissées par les chaussures de son père tout à l'heure. Je suis un fameux pisteur, se dit-il avec satisfaction.

— Mon père a été officier supérieur des Douanes pendant quarante ans. Il connaît les étrangers par cœur et sur le bout des doigts.

Il s'immobilisa devant une tombe au pied d'un cyprès de belle taille.

— C'est mon petit frère qui est là. Lui, c'est la rougeole qui l'a eu.

Marcello Tricotin écarquilla les yeux en soulevant ses sourcils.

— Lui ?

— Oui, j'ai déjà eu deux frères et une sœur qui sont morts de la diphtérie... mais c'était du temps où on habitait Braunau... et moi j'étais pas encore né...

Comme pris d'une subite impulsion, il ôta ses gants tricotés par Hannitante, il dénoua son cache-col (tricoté par Hannitante), il enleva sa pèlerine (achetée par sa mère à Linz), il gigota pour sortir de son tricot (tricoté par sa mère), il déboutonna sa chemise de coton (achetée à Linz) et il apparut torse nu, la chair fumante.

— Il fait moins deux ! Rhabille-toi, sinon tu vas contracter une pneumonie, voire pire !

Déjà frissonnant, Adolf roula ses vêtements dans la pèlerine.

— Chez les Peaux-Rouges d'Amérique, c'est une preuve de grand courage que de ne pas montrer sa douleur. Tous les jours, je m'entraîne à résister au froid... Vous ne direz rien à ma mère, hein ?

— Je ne lui dirai rien, mais rhabille-toi quand même.

Adolf reprit son chemin en marchant dans les traces de son père.

— De toute façon, vous pouvez lui dire tout ce que vous voudrez, c'est moi qu'elle croira, j'ai parlé. Howgh !

Pour une fois il ne s'était pas trompé, il l'avait dit dans le bon sens.

— Si tu tombes malade, cela prouvera quoi ?

— Ça prouvera que je ne suis pas assez entraîné.

Serrant les dents pour les empêcher de claquer, Adolf fit quelques pas supplémentaires puis se rhabilla à toute vitesse.

— En quelle classe es-tu ?

Le visage d'Adolf se ferma.

— Je suis dans la classe où je suis.

Au risque de se rompre le cou, il caracola sur le chemin menant sur la place de Leonding où se trouvait la Gasthof Stiefler.

Saluant les habitués d'un hochement de tête, Aloïs s'installa à sa table habituelle près du grand poêle de faïence.

– *Grüss Gott*, Herr Hitler, le salua la serveuse en posant devant lui un verre de bière et un verre de vin blanc.

Tout en bourrant sa pipe, il suivit des yeux la généreuse chute de reins de la serveuse retournant vers le comptoir ; parfois, pareil à un courant d'air ranimant les braises d'un feu mal éteint, le désir se manifestait, vivace, fugitif.

Aloïs déplia le *Linzer Tagespost* et parcourut la une. Bien que la guerre du Transvaal se fut achevée l'année précédente à l'avantage des Anglais, il ne se passait pas un mois sans que de nouvelles révélations s'étalent dans les journaux. Aujourd'hui, par exemple, il y avait une pleine page sur les camps dits de concentration dans lesquels vingt-six- mille trois cent cinquante femmes, enfants, vieillards avaient péri suite aux mauvais traitements, à la faim, au typhus. Le chiffre était d'autant plus choquant que les pertes des Boers tués au combat s'élevaient à seulement six mille deux cents.

Il but une gorgée de bière, tira sur sa pipe d'écume et reprit sa lecture, s'interrompant à la vue de son fils qui entrait dans la *Gasthaus*. Aloïs songea à ses pommiers, puis il remarqua le drôle d'individu qui disparaissait presque sous un luxueux manteau en peau de loup gris… un manteau que son œil expert d'ancien douanier évalua à plus de cent *Kronen*.

– Qu'as-tu encore fait ? Tu as cassé des branches ?

– Mais non, j'ai rien cassé du tout ! Je n'ai même pas commencé. C'est maman qui m'envoie.

Adolf désigna l'individu derrière lui.

– Il veut vous parler.

Avant d'y être convié, l'homme en fourrure s'assit sur la chaise libre face à Aloïs.

Adolf vit son père plisser le front, froncer les sourcils et s'arrêter de fumer, trois mauvais signes.

— Toi, rentre à la maison et déblaie-moi cette neige avant midi… et ne casse aucune branche, allez, exécution !

Le gamin fit demi-tour, entendant l'Italien dire :

— *Grüss Gott*… euuuh… voilà… je m'appelle Marcello Tricotin et…

Adolf n'entendit pas la suite, pas plus qu'il ne vit Marcello déposer sur la table la miniature de Zwettl.

Traversant la place d'un pas vif, il se rendit vers l'atelier du maréchal-ferrant devant lequel stationnait un brougham de location immatriculé à Linz.

Le temps de lire trois pages et l'Italien jaillissait de la *Gasthof* pour traverser la place en se frottant la nuque.

— Pour courir si vite, c'est que vous l'avez mis drôlement de mauvaise humeur.

— Je n'ai pas eu le temps de lui expliquer quoi que ce soit. Il a de suite explosé comme une vieille chaudière.

Adolf donna un coup de pied dans la neige et s'en alla en lançant par-dessus son épaule :

— Moi, je vous l'avais dit qu'il n'aimait pas les Italiens.

***

— *Grüss Gott*… euuuh… voilà… je m'appelle Marcello Tricotin et mon père s'appelait… euuuh… Carolus Tricotin.

Le cœur d'Aloïs rata plusieurs pulsations.

— Voilà, euuuh, je suis le fils de Carolus Tricotin… vous vous souvenez de lui, n'est-ce pas ? Ce qui veut dire… en quelque sorte… que nous sommes frères… enfin, demi-frères.

Aloïs connut des difficultés à respirer. Sa pipe trembla entre ses doigts. L'Italien se leva et sortit de sa fourrure pour la déposer sur le dossier de la chaise voisine. Ensuite, comme dans un rêve (un mauvais), Aloïs le vit tripoter le bouton qui poussait au bout de son nez cassé.

— Je vous cherche à travers tout le pays depuis plus de quatre mois. Je suis même allé jusqu'à Döllersheim, et j'ai failli aller à Strones... Nous avons beaucoup de choses à nous dire... enfin, moi surtout, ou plutôt mon père, enfin je veux dire notre père.

Il fit apparaître un écrin de velours grenat qu'il ouvrit et posa devant Aloïs, entre le *Bockbier* et le verre d'Ofner.

D'abord cet exécrable accent italien, et maintenant, ÇA ! Aloïs regarda la miniature sur ivoire de Zwettl et vit son père en haut-de-forme, peint debout à côté de sa mère qui tenait dans ses bras un bambin dodu, lui ! Chaque détail retrouvé amplifiait ses émotions. Il s'attarda sur le visage de sa mère, puis sur l'élégant costume de Carolus Tricotin, preuve de son statut social, preuve à laquelle Aloïs s'était rattaché pour se convaincre qu'il était différent de toutes les pécores du Waldviertel, dégénérées par des siècles de consanguinité.

Tout ce qu'Aloïs trouva à dire le surprit lui-même :

— Où avez-vous volé ça ?

Celui qui se présentait comme son demi-frère se gratta à nouveau le bout du nez.

— Je n'ai rien volé... c'est mon père... enfin je veux dire notre père... qui me l'a confié avant de mourir... car il est mort et je peux vous certifier par écrit que ses dernières pensées ont été pour vous.

— Pour moi !!!

Ainsi il était mort. Et au lieu de se faire oublier, il avait l'invraisemblable culot de le relancer, cinquante-trois ans trop tard, par demi-frère interposé ! Lâche jusqu'à son dernier souffle...

L'espace d'un clignement d'œil, Aloïs se retrouva le 7 juin 1850, à Vienne, dans le vestibule de la Berggasse, avec, dans les narines, l'odeur de l'encaustique à la cire d'abeille du parquet…

Le regard planté dans celui de l'homme qui se disait son demi-frère, Aloïs implosa de tous ses neurones disponibles.

— De quoi ? Comment ? Hein… Tu te trompes, je ne suis pas ton père, alors va-t'en ! Et si j'apprends que tu colportes de pareilles bêtises, je ferai appel à la police, allez, *RAUS* ! *RAUS* !

Pas un mot ne manquait, pas une virgule, jusqu'au léger accent italien qu'affectionnait Carolus lorsqu'il parlait allemand ; c'était terrifiant.

Marcello Tricotin se leva si brusquement qu'il renversa sa chaise. Il prit son manteau et l'enfila en marchant vers la sortie.

— *Ja ! Ja ! Raus !* aboya Aloïs tout en ramassant la miniature et en la lançant sur le fuyard, satisfait de voir qu'il avait bien visé.

Subitement sa vision se brouilla et quelque chose d'irrésistible comprima sa poitrine. Une voix féminine toute proche dit :

— Herr Hitler, ça ne va pas ?

Aloïs voulut se lever mais une douleur inouïe le lui interdit. Il ouvrit la bouche et retomba sur son siège, la tête rejetée en arrière. Il n'eut pas de dernière pensée, juste une dernière douleur et puis plus rien.

***

Hannitante balayait les escaliers, Klara et Paula épluchaient des légumes dans la cuisine, Adolf lisait dans sa chambre, Wolfie ne le quittait pas des yeux, quand un brouhaha de voix se fit entendre dans la rue ; bientôt des coups retentirent contre la porte d'entrée.

Hannitante alla ouvrir et s'inquiéta devant les mines

124

compassées du médecin, d'Ingrid la servante de la Gasthof Stiefler, et de quelques voisins.

— Qu'est-ce que c'est ? demanda Klara en sortant de la cuisine, un épluche-patates à la main.

Elle pâlit en voyant le médecin ôter son chapeau.

— Frau Hitler, il faut être courageuse. Dieu a rappelé votre mari à ses côtés... Il n'a pas eu le temps de souffrir.

Hannitante poussa un *oh* stupéfait. Klara ne bougea pas d'un cil.

— Où est-il ?

— Herr Stiefler est en train de le transporter ici.

Sans prendre le temps de passer son manteau, sans penser à déposer l'épluche-patates, Klara partit en courant.

***

— Adolf, Adolf, descends !

— Encore ! explosa le gamin, excédé d'être interrompu au moment précis où il allait découvrir l'identité du squelette dans la mine d'or.

Il fut tenté de désobéir, mais le ton inhabituel de Hannitante l'incita à quitter son lit.

Le couloir était plein de gens qui parlaient à voix basse.

— Mon pauvre petit, ton père vient de mourir. Va vite rejoindre ta mère, elle est partie à sa rencontre dans la rue, dit Hannitante avec un geste vers la Michaelsbergstrasse.

Sentant tous les regards converger vers lui, Adolf détala sans sa pèlerine, plus pour leur échapper que par réel empressement, Wolfie sur ses talons. Courant dans la neige, il pensa à la corvée à laquelle il venait d'échapper, et, de suite après : Je vais enfin faire ce qui me plaît !

La carriole sur laquelle on avait déposé Aloïs était tirée et poussée par une demi-douzaine de villageois, Herr Stiefler en tête. Adolf vit son père gisant sur le dos, les yeux et la bouche ouverts. Klara marchait à ses côtés, tenant à deux mains celle du défunt.

Adolf régla son pas sur celui de sa mère, qui eut un sourire triste, serrant un peu plus la main déjà rigide du mort. Il lui en voulut qu'elle ne le gronde pas sur son absence de pèlerine. Au même instant il remarqua l'épluche-patates posé à côté de l'épaule de son père.

Reconnaissant le corps, des passants se signèrent, puis saluèrent la déjà veuve. Adolf lançait des regards curieux sur son père, s'étonnant de ne rien éprouver de désagréable. Je devrais être triste… Alors qu'il ne l'était pas, pire, il pensait : C'est bien fait, et bon débarras !

Il baissa la tête pour dissimuler son absence d'émotion.

Aussi loin qu'il remontait dans ses souvenirs, il n'avait jamais aimé son père. À Braunau comme à Passau, celui-ci n'était jamais là, et laissait Klara s'occuper des enfants. Ainsi, cinq années durant, Adolf avait été couvé, choyé, conforté par sa mère et par Hannitante qui ne lui avaient jamais dit *nein*.

Tout avait changé le jour où son père avait pris sa retraite. Dès lors, il était là, en permanence, tous les jours, et toujours de mauvaise humeur, avec une nette propension à la punition corporelle. La vie de rêve d'Adi s'était écroulée, tel un échafaudage mal construit : la voix trop forte de son père, ses constantes réprimandes, ses gifles brutales, ses humiliants coups de ceinture l'avaient définitivement éveillé à la vraie vie parmi les autres.

La Michaelsbergstrasse étant en pente, il y eut une halte à la hauteur de la petite caserne des pompiers ; pendant un instant on entendit les respirations saccadées des hommes qui reprenaient leur souffle.

— Où voulez-vous que nous le déposions, Frau Hitler ? demanda Herr Stiefler une fois arrivé devant le numéro 16.

Klara lâcha à regret la main d'Aloïs et reprit l'épluche-patates. Sa sœur répondit pour elle :

— Mettez-le sur la table de la salle à manger, ce sera plus simple pour faire sa toilette.

Quatre hommes (les plus jeunes) soulevèrent Aloïs et le transportèrent en grimaçant sous le poids. Sa montre glissa de son gousset et se balança au bout de sa chaîne, frôlant le sol.

— Tu veux que j'aille prévenir Angela ? dit Hannitante.

Angela était à Linz chez les Raubal. Elle devait épouser Leo en septembre.

— Non, j'ai besoin de toi ici, il y a tellement à faire... et puis elle a le temps d'apprendre une aussi mauvaise nouvelle.

Tandis que les hommes se réunissaient dans la cuisine pour parler du défunt en buvant sa meilleure eau-de-vie, les femmes se mettaient à la disposition de la veuve. Deux vieilles qui avaient l'habitude s'offrirent pour la délicate besogne de la toilette mortuaire.

— Il faut vite lui fermer les yeux et la bouche avant qu'on ne puisse plus. Avec ce froid, il est déjà bien raide, grommela la plus âgée.

D'abord, la mâchoire fut bloquée avec un foulard noué au-dessus de la tête, puis des morceaux de coton trempés dans de l'eau chaude relâchèrent les muscles releveurs des paupières.

Le curé se présenta au moment précis où la plus jeune des vieilles, aidée d'une cuillère en bois, introduisait un gros morceau d'étoupe dans le fondement du mort. Bien qu'il en eût, le curé fit un demi-tour droite et alla boire un verre de schnaps dans la cuisine.

Comme à un signal donné, la maison des Hitler se vida à l'heure du *Mittagessen*.

Herr Stiefler prit congé de la veuve en lui remettant un paquet enveloppé dans une page du *Tagespost*.

— Cela appartenait à votre défunt, Frau Hitler.

127

L'air absent, Klara prit le paquet et le déposa sur un coin du buffet.

Un homme en chapeau melon la salua.

– Helmut Sorge, du *Linzer Tagespost*, Frau Hitler... Toutes mes condoléances... C'est pour la chronique nécrologique.

Puis ce fut le tour du fossoyeur (*Totengräber*), Herr Mathias Meyer.

– Penser à la tombe c'est bien, mais avez-vous songé aux faire-part, Frau Hitler ?

Ce jour-là, le déjeuner fut servi avec une heure et quart de retard. Au moment de s'asseoir, Klara désigna à son fils la chaise vide en tête de table.

– C'est la tienne, maintenant.

La famille mangeait en silence quand un craquement semblable à un coup de feu annonça qu'une branche de pommier venait de céder sous le poids de la neige.

***

Les visites reprirent en début d'après-midi : presque tout Leonding défila au 16 de la Michaelsbergstrasse.

Revêtu de son uniforme des Douanes impériales et royales, deux pièces en argent de cinq *Kronen* posées sur les paupières, Aloïs était allongé dans un grand cercueil entouré de quatre chandeliers de bronze aux cierges allumés. En prévision de la veillée funéraire, des chaises étaient disposées le long des murs et les volets de l'unique fenêtre étaient fermés.

Vêtue de la robe de deuil qu'elle portait pour la sixième fois, Klara, encadrée de Paula et d'Adolf, serrait des mains en recevant les condoléances. Hannitante était partie à Linz prévenir Angela et acheter de la charcuterie et du vin.

Adolf portait la culotte courte et la veste noire que sa mère lui avait achetées lors du décès d'Edmund. Désormais, il était le seul homme de la famille.

Minuit sonnait à la pendule. Fatiguée au point de ne pas trouver le sommeil, Klara suivit sa sœur dans la cuisine et accepta une tasse de tisane à la valériane. Elle vit alors le paquet entouré de papier journal laissé sur le buffet. Elle le déplia et la vue de la pipe à demi consumée d'Aloïs lui tira une larme. Il y avait aussi sa blague à tabac qui portait tous les signes d'un usage intense. Puis elle vit l'écrin de velours.

— Qu'est-ce que c'est ? demanda Hannitante en déposant le pot de tisane sur la table.

Avec son ongle, Klara releva la languette de cuivre et ouvrit l'écrin. Apparut la miniature de Zwettl, brisée en quatre morceaux. Les deux sœurs regardèrent longuement les visages peints sur l'ivoire.

— Lui, on dirait le visiteur de ce matin, dit Klara en posant l'index sur Carolus Tricotin.

Hannitante hocha la tête, l'équivalent pour elle d'un haussement d'épaules.

— Comment veux-tu que je le sache, je ne l'ai pas vu…

Elle eut un geste en direction du salon où était exposé le mort.

— Par contre, change les moustaches, redresse le nez et c'est son portrait tout craché.

***

Les nerfs moyennement détendus par la valériane, Klara se coucha. Son cœur se serra devant la chambre désespérément vide. Les vieilles qui s'étaient occupées de la toilette mortuaire avaient déposé sur le bureau d'Aloïs le contenu de ses poches : quelques pièces de monnaie, son trousseau de clefs et sa grosse montre qui, elle, tictaquait encore.

Klara fit ce qu'elle n'avait jamais osé faire en dix-huit années de mariage : elle prit le trousseau de clefs et, à la troisième tentative, elle déverrouilla le tiroir du bas dans lequel Aloïs serrait ses affaires personnelles.

Elle fut déçue de ne trouver que du papier, en majorité imprimé : des factures (acquittées), les actes notariés du Rauscher-Gut, tous les documents afférant à sa retraite (Klara les mit de côté en prévision du marathon administratif consécutif au décès du fonctionnaire), toutes les *Verord-nungsblätter* annonçant ses promotions (de la première en 1855, à la dernière en 1895), plusieurs exemplaires de *La Mouche à miel* où était publiée sa lettre-réponse aux Étouffeurs ; au fond du tiroir, dans une enveloppe jaunie, elle trouva une mèche de cheveux gris enrubannés ainsi qu'une coupure de journal d'une publicité :

Après un Extra-Ordinaire Voyages d'Études à l'Étranger,
Le Docteur Karolus Trikotin est heureux d'annoncer
Qu'il met à la disposition du public son Savoir Étendu
Et ses Méthodes résolument Modernes autant qu'In-
dolores.
Prix de la consultation élevé.

Elle se souvenait que le nom donné par le visiteur ce matin était Tricotin, or Herr Stiefler affirmait que, peu de temps avant sa mort, Aloïs et ce même Tricotin se disputaient au point de s'envoyer des objets au visage. Et que penser de ces trois personnages peints sur ivoire ?

Klara referma le tiroir, passa sa chemise de nuit, dénoua ses cheveux, se coucha. À peine était-elle sous la lourde couette que ses narines s'emplirent de la forte odeur d'Aloïs. Elle se releva, ralluma la lampe, ouvrit l'armoire et changea la parure de lit.

Dehors, la neige recommença à tomber et, durant la nuit, d'autres branches de pommier se brisèrent avec des craquements secs que personne n'entendit.

14

« Le talent c'est le tireur qui atteint un but que les
autres ne peuvent toucher. Mais le génie, c'est celui qui
atteint un but que les autres ne peuvent même pas voir. »

Arthur Schopenhauer

Le lendemain, dimanche 4 janvier 1903.

Les traits tirés par le manque de sommeil, Klara écoutait les condoléances récitées des voisins en hochant la tête.

Le dénommé Marcello Tricotin entra dans la pièce, l'air plus égaré que jamais, paraissant stupéfait par ce qu'il découvrait. Après avoir regardé le corps avec des yeux ronds, il s'approcha du guéridon et prit dans l'assiette l'un des cent faire-part livrés ce matin par le fossoyeur Herr Meyer.

Leonding, 3 janvier 1903.
Plongés dans un profond chagrin, nous annonçons, de notre part et de la part de toute la famille, le décès de notre cher et inoubliable époux, père, beau-frère, oncle.
ALOÏS HITLER
Directeur des Douanes impériales et royales en retraite, qui s'est soudain endormi dans la paix du Seigneur, le

131

samedi 3 janvier 1903, à 10 h 30 du matin, dans sa soixante-cinquième année.

Les funérailles auront lieu le lundi 5 janvier 1903, à 10 heures du matin.

Angela Hitler   Klara Hitler son épouse Aloïs Hitler

Paula   Adolf

ses filles   ses fils

Klara le vit empocher le faire-part et aller saluer Adi, qui se tenait près du cercueil et ne lui répondit pas. Puis il s'approcha, tripotant à deux mains son bonnet en peau de castor. Il s'inclina.

— Je vous prie, madame, d'accepter mes sincères condoléances.

Klara eut un geste vers la porte.

— Suivez-moi, *mein Herr*, j'ai quelque chose à vous montrer.

Klara le précéda dans la cuisine où Hannitante découpait de fines tranches de saucisson.

— Voici Johanna, ma sœur.

Klara ouvrit alors l'un des tiroirs du buffet et sortit les morceaux de la miniature de Zwettl.

— C'est Herr Stiefler qui les a récupérés par terre. Mon mari vous l'aurait lancé dessus.

Elle le vit porter la main à la nuque, la mine embarrassée.

— Elle appartenait à mon père.

— Herr Stiefler dit que mon mari a eu son embolie juste après.

L'homme se dandina dans sa fourrure.

— Quand je l'ai quitté, il était en colère, mais il était toujours vivant.

— Et pourquoi était-il en colère ?

— Je ne sais trop... mais disons qu'il a commencé à s'énerver lorsque je lui ai montré cette miniature.

— Lui, je le remets, bien sûr, dit Klara en posant le doigt sur l'enfant, et elle, ce doit être Maria Anna sa mère, mais lui avec le haut-de-forme, qui est-ce ?

— C'était mon père... et c'était aussi le sien... enfin, c'est une histoire compliquée.

— J'en étais sûre ! J'ai jamais cru grand-père quand il racontait que c'était l'oncle Georg ! s'exclama Hannitante en se versant un verre de schnaps (Ça s'arrose !).

Comme sous le coup d'une grosse émotion, Marcello Tricotin s'assit, choisissant la même chaise que la veille.

— Cette miniature a été faite à Zwettl, en 1841... À cette époque, mon père, enfin notre père, était étudiant à Vienne... étudiant en médecine.

« Donc mon oncle n'a jamais été mon oncle... et donc il n'y a jamais eu de péché mortel... et donc ce n'est pas pour ça que Dieu a tué mes quatre enfants ! »

— Comment ils se sont rencontrés ?

— À ma connaissance, elle était lingère dans la famille... et mon père avait dix-neuf ans... il lui a fait un enfant qu'il n'a pas reconnu... et c'est en quelque sorte pour s'en excuser qu'il m'a envoyé jusqu'ici.

— Pourquoi n'est-il pas venu lui-même ?

— Il est mort, madame... Ce n'est qu'au dernier jour de sa vie qu'il m'a fait faire le serment de retrouver mon demi-frère. Avant cela, j'ignorais tout de son existence.

Hannitante se versa un deuxième verre de schnaps et demanda :

— Mais alors pourquoi l'oncle Georg l'a-t-il reconnu ?

L'homme sortit un calepin de la poche intérieure de son manteau.

— Oui, mais d'après les registres paroissiaux de Döllers-heim, la reconnaissance en paternité s'est faite en 1876, or en 1876 Georg Hiedler était mort depuis dix-neuf ans.

— C'est donc l'oncle Nepomuk qui a tout manigancé encore une fois.

— Alors on le verra plus, papa ?

— Non, puisqu'il est mort.

— Alors c'est comme avec Edmund qu'on voit plus depuis qu'il est mort ?

— Oui, c'est pareil.

Adolf posa un bras protecteur sur sa petite sœur (il l'appelait *die Kleine*). Il avait consacré une partie de sa nuit à dresser une liste des avantages et inconvénients de sa nouvelle situation. À part le chagrin qu'il éprouvait pour l'évidente tristesse de sa mère, il ne trouvait que des avantages. Il était désormais le chef de famille et l'enterrement prévu ce lundi lui donnait un excellent prétexte pour ne pas se présenter à l'examen d'arithmétique ; examen auquel il était certain d'échouer.

Présentement, il était mécontent de ce qu'il voyait : l'une des vieilles qui avait fait la toilette mortuaire avait glissé un chapelet entre les mains croisées sur le ventre du mort. Or, son père n'avait jamais caché ses sentiments anticléricaux. Lorsque Adolf avait rouspété, la vieille l'avait rabroué, et pour une fois sa mère n'avait pas pris son parti.

— Pourquoi il a des pièces de monnaie sur les yeux ? demanda Paula.

Comme le défunt, Adolf n'aimait pas les questions auxquelles il n'avait pas de réponse.

— C'est une superstition sans importance, mais je peux te dire qu'ici, dans cette maison, papa est le seul à ne pas savoir qu'il est mort.

Paula eut un sourire confiant. Elle n'avait rien compris, mais elle se fiait au ton paisible de son frère.

Le visiteur d'hier apparut dans son impressionnante fourrure en loup gris. Adolf décida de l'ignorer et de ne pas répondre à son salut. Du coin de l'œil, il vit l'Italien présenter ses condoléances à sa mère en usant de ce drôle d'accent qui émoussait ce qui était rugueux dans la langue de Richard Wagner. Il eut la surprise de voir sa mère et l'étranger quitter la pièce. Qui était-il ? Que venait-il faire ici ? Après tout, son père était mort juste après lui avoir parlé ! Que s'étaient-ils dit ?

L'arrivée du maire Josef Mayrhofer fit diversion. Il se signa devant la dépouille de son partenaire d'auberge, puis il s'adressa à Adolf d'une voix pressée.

— Où est ta mère ?

— Elle doit être dans la cuisine, *mein Herr*.

— Va lui dire que j'ai ma vache Frieda qui est malade, aussi je ne peux pas rester longtemps.

Adolf entraîna die Kleine avec lui. Dans le couloir, avant d'entrer dans la cuisine, il s'approcha du battant et tendit l'oreille : « … la reconnaissance en paternité s'est faite en 1876, or, en 1876, Georg Hiedler était mort depuis dix-neuf ans. »

Après un court silence, il entendit Hannitante s'exclamer :

— C'est donc l'oncle Nepomuk qui a tout manigancé encore une fois.

Des bruits de voix le contraignirent à ouvrir la porte. En un coup d'œil panoramique, il vit sa mère pensive, il vit Hannitante avaler cul sec un verre de schnaps, il vit l'Italien emballer quelque chose dans du papier journal.

— Herr Mayrhofer est ici, maman. Il demande s'il peut te présenter ses condoléances tout de suite car il a une vache malade et il ne peut pas rester.

Klara sortit, caressant au passage les cheveux de son fils qui se laissa faire avec habitude.

L'Italien prit dans la poche de sa fourrure un paquet enveloppé dans un papier brun et le lui tendit.

— Voilà, c'est pour toi.

— Pour moi ?

Adolf déplia le papier d'emballage : il vit trois livres de Karl May qui sentaient bon le papier neuf.

— J'espère que tu ne les as pas lus.

Adolf montra *Sur la piste des Comanches*.

— J'ai déjà lu celui-là, mais ça ne fait rien, je le relirai… Je vous remercie, monsieur, c'est bien aimable à vous, pour un Italien.

Après un instant d'hésitation, l'homme sortit un second livre de sa poche et l'offrit à Paula.

— Tiens, celui-là est pour toi.

Paula prit le livre, le feuilleta, dit :

— Merci beaucoup, monsieur, c'est un beau livre… même s'il est bien mince et qu'il a pas d'images.

Tandis que l'Italien réclamait à Hannitante une rasade de schnaps, Adolf retira des mains de sa petite sœur le livre au titre alléchant : *L'Art d'avoir toujours raison* d'Arthur Schopenhauer.

— Rends-le, c'est à moi qu'y l'a donné.

— C'est juste pour le voir, Paula, après je te le rends.

Adolf l'ouvrit et lut au hasard : « Je le dis, tu le dis, mais cet autre l'a également dit : après tant de dires, on ne trouve plus que des on-dit. »

En voilà une drôle d'idée d'offrir un livre pareil à une fillette d'à peine sept ans… Cependant, le nom de Schopenhauer lui parut familier.

La porte s'ouvrit et Angela apparut. En l'absence de sa mère et en tant que chef de famille, Adolf la présenta au visiteur.

— Voici Angela, monsieur, c'est ma sœur.

L'Italien reposa son verre, se leva, prit la main de la jeune fille et lui fit un baisemain empoté.

— Enchanté, mademoiselle.

— C'est un Italien qui a connu papa, prévint Adolf.

Angela prit les assiettes de charcuterie, une dans chaque

136

main, et repartit suivie d'Hannitante chargée, elle, des verres et de la bouteille d'eau-de-vie.

L'Italien montra le faire-part à Adolf.

– Qui est Aloïs ?

– C'est mon demi-frère, et c'est le frère germain d'Angela.

– Il est ici aujourd'hui ?

Adolf se renfrogna.

– Non, il n'est pas ici aujourd'hui.

Sa mère de retour, Adolf s'esquiva. Dans sa chambre il trouva Wolfie en train de ronger les pieds en bois du lit. Au milieu de la pièce, gisait un livre à la couverture déchiquetée en plusieurs endroits : *La Vie d'un génie*, une biographie critique de Richard Wagner qu'il avait empruntée la semaine dernière à la bibliothèque.

– Wolfie ! Misérable ! Regarde ce que tu as fait de mon livre qui n'est même pas le mien !

Soudain la mémoire lui revint : c'était précisément dans ce livre qu'il avait lu le nom de Schopenhauer. Il prit l'ouvrage et retrouva le passage où l'auteur affirmait que, sans la lecture du *Monde comme volonté et comme représentation*, Richard Wagner n'aurait jamais composé *Tristan et Isolde*.

Un bout de langue coincée entre les dents (signe de concentration), Adolf inscrivit Arthur Schopenhauer en tête des auteurs qu'il allait devoir se procurer et lire au plus vite. Afin de souligner l'urgence, il ajouta dessous une phrase attribuée à Richard : « La découverte de la philosophie de Schopenhauer reste le moment le plus important de mon existence. »

Un bruit répétitif, rythmé, étouffé, capta son attention. Cela venait du dehors. Il essuya la buée sur la vitre de la fenêtre et regarda. Il vit deux hommes armés de pioches qui creusaient difficilement la terre gelée du cimetière. Ouvrant la fenêtre, il dessina la scène. Plus tard, il ébaucha plusieurs projets de stèle funéraire, allant de la simple croix de granit au gisant de bronze grandeur nature.

En bas, dans la cuisine tiède, Klara ne savait que penser. Son cœur battait la charge. Elle manquait d'air. Hannitante aussi.

Avant de prendre congé, l'Italien lui avait remis une enveloppe brune à l'en-tête de l'hôtel Sacher de Vienne :

— Je devais les remettre à votre époux de la part de mon père, enfin de notre père, mais il ne m'en a pas laissé le temps.

Marcello était parti à grandes enjambées, comme pour s'en aller plus vite. L'enveloppe contenait cinquante billets de cent *Kronen* et cinq billets de mille *Kronen*, soit, dix mille *Kronen*, soit dix annuités de pension d'Aloïs ! Hannitante ouvrait des yeux ahuris en secouant la tête au risque d'ébranler son chignon.

— Moi, c'est le premier billet de mille *Kronen* que je vois.

— Oh, moi, je savais même pas qu'il en existait !

— En tout cas, ça, c'est la preuve !

— La preuve ?

— Oui, la preuve absolue que ce qu'il a dit sur l'oncle Aloïs est vrai de vrai.

— Et c'est aussi la preuve absolue que j'ai pas fait de péché mortel en me mariant avec lui. Et ça, Dieu, Il le savait forcément… Alors pourquoi Il m'a tué quatre enfants ?

— Oui, pourquoi Il t'a pris quatre enfants sur six ?

***

Aloïs fut enterré à moins de cinquante pas de son avant-dernière demeure. Tout ce qui comptait à Leonding (une quarantaine de personnes) était présent, donnant une impression de foule dans ce petit cimetière.

Le cercueil quitta le 16 de la Michaelsbergstrasse à 8 heures sonnantes, porté à l'épaule par le douanier à la retraite Karl Wessely (ils s'étaient connus à Braunau), par le douanier en activité Emmanuel Lugert (ils s'étaient connus à Passau), par Josef Mayrhofer, l'actuel *Bürger-meister* de Leonding, et enfin par Anton Schmidt, de Spital, l'époux de Theresia Pölzl la sœur cadette de Klara et de Johanna.

Il y eut un flottement dans le cortège lorsqu'il fallut choisir le chemin : il y avait celui qui contournait le cimetière, passait devant la Gasthof Stiefler, arrivait sur le parvis, et il y avait le raccourci qui passait à travers le cimetière et débouchait directement devant l'église. Le cercueil de chêne étant pesant et les porteurs n'étant plus de la prime jeunesse, le raccourci, avec l'assentiment de la veuve, fut préféré.

Main dans la main entre sa mère et Paula, les jambes nues frigorifiées par la bise, Adolf ne dit mot, ni durant la messe ni durant la mise en terre, bien trop occupé à réfléchir à ce que serait, désormais, sa nouvelle existence.

***

Au mois d'août, alors qu'il poursuivait le gros chat des Müller, Wolfie passa sous la roue avant puis sous la roue arrière d'un *Einspänner* venant d'Urfahr. Adolf éprouva une tristesse supérieure à celles ressenties lors des deuils d'Edmund et de son père.

***

Huit mois plus tard, le 14 septembre au matin, Angela épousait Leo. Le soir même, elle s'installait à l'hôtel Zum Waldhorn, *Bürgerstrasse*, dans la chambre louée par l'administration des Impôts à l'usage du fonctionnaire Leo Raubal. Adolf, s'étant déclaré très malade, resta dans sa chambre à essayer de lire du Schopenhauer dans le texte.

15

« À la *Realschule* je fis bien connaissance d'un jeune Juif avec lequel nous nous tenions tous sur nos gardes, mais simplement parce que différents incidents nous avaient amenés à n'avoir dans sa discrétion qu'une confiance très limitée. D'ailleurs, ni mes camarades, ni moi, nous ne tirâmes de ce fait des conclusions particulières. »

Adolf Hitler, *Mein Kampf*

— Tu comprends, Balduin, à la bataille d'Eckmühl les cuirassiers français portaient une double cuirasse, une sur la poitrine et une sur le dos, tandis que nous on n'en avait qu'une sur la poitrine !

— Mais pourquoi ?

Bien planté sur ses deux jambes, Adolf leva les yeux de son dessin. Il croquait à main levée Linz qui s'étalait sur l'autre rive, tel un papillon épinglé par le clocher de cent trente-quatre mètres du Mariendom.

— Nos chefs disaient que celui qui montrait son dos à l'ennemi méritait de mourir. C'est aussi bête que ça.

Au premier plan, il avait esquissé l'une des tours de guet qui jalonnaient les rives du Danube : il y en avait une quarantaine datant de la joyeuse époque où l'on craignait les invasions napoléoniennes.

— Allez, dépêche-toi, on va encore être en retard.

Adolf haussa les épaules. Il se contrefichait d'arriver en retard. Désormais, il faisait ce qu'il voulait... Enfin presque, puisqu'il n'osait toujours pas contrarier sa mère en abandonnant ses études... mais pas un jour sans y songer.

Ses notes frôlaient l'indigence. Il était devenu un authentique bon à rien, surtout en français, en allemand, en mathématiques, en géométrie, en histoire, en instruction religieuse, en géographie, en physique et même en dessin ; de fait, il allait certainement redoubler son année. Son problème majeur venait de son incapacité à se concentrer ; il ne parvenait pas à suivre les dires du professeur plus de deux minutes d'affilée... Inévitablement quelque chose le distrayait, et lorsqu'il reprenait ses esprits, il avait raté les trois ou quatre phrases essentielles qui lui auraient permis de comprendre la suite du cours. Alors, il faisait semblant de suivre.

Voyant Balduin se mettre en route sans l'attendre, Adolf rangea son calepin et courut pour le rattraper. Bientôt, les deux lycéens entraient dans la Krumauer Reichsstrasse qui menait droit à Urfahr (neuf mille habitants), un gros bourg construit sur la rive gauche du Danube, face à Linz.

— Et pareil à Sadowa, les Prussiens nous ont flanqué la tripotée parce qu'ils étaient bien mieux équipés que nous.

— Pourquoi on n'était pas mieux équipés ?

Adolf haussa les épaules.

— Ils avaient un fusil qui se chargeait par la culasse et qui tirait quatre à cinq coups par minute.

— Et nous ?

— Nous, on avait un fusil qui avec de la chance en tirait deux par minute.

Une fois dans la Maximilianstrasse, ils marchèrent d'un bon pas jusqu'à la Marktplatz qui s'animait. Des militaires avinés, débraillés autant que braillards, rentraient à la Schlosskaserne.

Adolf grimaça en redressant sa mèche d'un geste machinal.

— Et rien n'a changé depuis. Regarde-les, ces minables !

Adolf récita en énumérant sur ses doigts sa lecture de la veille.

— Rends-toi compte : dans notre armée il y a des Hongrois, des Bohémiens, des Silésiens, des Transylvaniens, des Valaques, des Esclavons, des Tyroliens, des Polonais, des Croates, des Styriens, des Corinthiens, et même plusieurs variétés d'Italiens, alors hein ! Et ils ont rien du tout en commun, pas la langue, pas la religion, pas les habitudes, pas les mêmes opinions, pas les mêmes intérêts.

— Tu en sais des choses, déclara son camarade.

Adolf haussa les épaules et se remit en marche.

Ils traversèrent les deux cent quatre-vingts mètres du pont de fer qui reliait Urfhar à Linz. La crue de 1868 avaient arraché cinq des pilotis du vieux pont en bois, aussi la municipalité l'avait-elle remplacé par une structure métallique d'une grande laideur, et bien trop étroite de surcroît pour le trafic entre la ville et le gros bourg. Les embouteillages étaient quotidiens. Ils arrivèrent sur la Franz-Josefs platz que formaient d'anciennes maisons Renaissance et baroques d'un bel effet.

— Regarde, c'est Wolfgang et Karl.

Leurs camarades conversaient avec animation devant la colonne de la Trinité.

— Je te dis que c'est certain, son arrière-grand-père paternel s'appelait Moses Meier, alors si ça c'est pas juif !

— Pourtant il est inscrit comme catholique romain !

Wolfgang Piffer (le fils de l'imprimeur Piffer dans la Karl-Wiserstrasse) eut un mouvement d'épaules suivi d'une grimace dépréciative. Il déplia un feuillet et le lut.

— À l'époque où le Kaiser Napoléon nous occupait, en 1808, il a imposé un édit qui obligeait les Juifs à faire comme tout le monde et à se choisir un nom de famille ;

alors son arrière-arrière-grand-père, qui n'était que l'intendant du château, a pris le nom de son maître. Y manque pas de culot, celui-là !

— De qui parlez-vous ? demanda Adolf après leur avoir serré la main.

— De Wittgenstein, y paraît que c'est un faux catholique mais un vrai Juif.

— Le prétentieux en cinquième qui bégaie et qui vouvoie tout le monde ? s'étonna Balduin en se frottant les mains vivement pour ranimer la circulation sanguine.

— Oui, lui.

Les nombreux clochers linzois sonnant 8 heures, les adolescents se hâtèrent vers la Steingasse.

— Alors c'est pas étonnant qu'il soit si riche, dit Karl Korger, le fils aîné du marchand de tabac de la Bischofstrasse.

Adolf toucha le bras de Wolfgang pour attirer son attention.

— Comment sais-tu tout ça ?

— C'est mon oncle Anton qui travaille au *Linzer Fliegende Blätter* qui l'a dit hier au soir à mon père. Ils se sont renseignés à Vienne. Ils tiennent les Juifs à l'œil là-bas.

L'inscription à la *Realschule* publique du fils de l'industriel viennois Karl Wittgenstein avait porté à ébullition la curiosité des journalistes du *Linzer Fliegende Blätter*, tous résolument pangermanistes.

— C'est peut-être un Juif converti, proposa Balduin, je sais que c'est possible, tandis que le contraire, ça l'est pas.

— Un Juif reste un Juif, même s'il est devenu catholique… On dit que c'est une ruse pour passer encore mieux inaperçu… et mon oncle dit que si les Wittgenstein ont la réputation d'être des antisémites c'est encore une ruse pour mieux nous avoir.

— Des Juifs antisémites, c'est comme de l'eau sèche, c'est impossible.

— C'est ce que je dis ! C'est une ruse ! Tu écoutes quand je parle, ou tu fais semblant ?

Adolf resta perplexe. Il connaissait Wittgenstein. Ils s'échangeaient des livres, quelquefois des idées.

— J'ignorais que les Juifs puissent être des blonds aux yeux bleus, dit-il en entrant dans la *Realschule*.

— C'est encore une ruse ! décréta Wolfgang, résolu à ne pas céder d'un centimètre.

Dans le hall, assis sur un tabouret, devant la table supportant le registre des retards, l'incorruptible concierge Hans Hansen tenait dans le creux de sa main gauche un oignon gros comme une petite pomme.

— Neuf minutes, dit-il aux élèves en pointant l'index vers le registre.

Prenant un ton las et désabusé, il ajouta :

— Et pour la énième fois, messieurs, veuillez enlever vos couleurs.

Adolf signa le registre tandis que ses camarades empochaient leur ruban noir-rouge-or et émargeaient à leur tour.

***

Le 26 avril 1889, à 20 h 30, (soit exactement six jours et deux heures après l'apparition d'Adolf sur cette planète), était né Ludwig, le huitième et dernier enfant de Karl et Leopoldine Wittgenstein.

Karl Wittgenstein était connu pour sa vitalité et son esprit de décision. Il faisait partie de cette nouvelle classe dite des entrepreneurs. En une génération, Karl avait édifié une formidable fortune dans l'industrie, devenant l'équivalent autrichien des Krupp, des Carnegie, des Rothschild. De belle allure, sûr de lui, pertinent, caustique, spirituel, adroit de ses mains comme de son esprit, ses concurrents en affaires lui reconnaissaient le pouvoir de charmer même un oiseau sur une branche. Pour Hermine, ils avaient peut-être

144

manqué de ce strict sens du devoir, *das harte Muss*, que leur père avait tant cherché à leur inculquer.

Ce qui n'empêchait pas son épouse, Leopoldine, d'être une femme effacée, passive, sensible, et qui manquait singulièrement de confiance en elle. De plus, Leopoldine était de petite taille, si petite que lorsqu'elle jouait du piano ses mains couvraient à peine une octave et ses pieds atteignaient tout juste les pédales. Bien que intellectuellement falote (elle avait des difficultés à suivre une phrase compliquée), Leopoldine était capable de déchiffrer à vue les morceaux de musique les plus complexes. Son existence était dédiée à son mari et elle vivait dans la peur de manquer à ses devoirs ; mais comme elle était dans l'incapacité de comprendre clairement en quoi ils consistaient, elle ne faisait rien et imitait en cela l'enfant qui ferme les yeux pour se cacher, persuadé que personne ne peut le voir.

La formation intellectuelle des enfants Wittgenstein était administrée à domicile dans l'austère palais familial de l'Alleegasse. Cette éducation était confiée à des précepteurs français et à des gouvernantes anglaises qui n'étaient jamais l'objet de contrôle de la part des parents. Karl était le plus souvent absent, et lorsqu'il était là, il n'avait pas le temps. Quant à Leopoldine, elle n'osait intervenir, paralysée à l'idée de commettre une erreur de jugement ou autre.

Ludwig venait de fêter ses quatorze ans lorsque son père découvrit avec ébahissement le niveau de ses connaissances.

– Je découvre que vous êtes affecté d'une ignorance encyclopédique, veuillez vous expliquer.

Ludwig se déhancha et répondit avec une exacte franchise : ne jamais mentir était la pierre d'angle du strict sens du devoir tant prisé par son père et qu'il avait adopté à la lettre.

– Vous avez engagé de mauvais précepteurs, monsieur, ils sont trop malléables pour être d'une quelconque efficacité...

Ils m'ont toujours laissé une grande liberté, et comme j'ai récemment développé une inclinaison pour la paresse, j'en ai profité… Vous auriez fait de même, n'est-ce pas ?

Ludwig appelait paresse l'activité consacrée à la lecture et à la relecture de Goethe, Schiller, Mörike, Lessing, rêvant ainsi à la vie que l'avenir lui destinait, sifflant ce faisant l'intégralité des *Maîtres chanteurs*. Récemment, il avait lu le livre à la mode *Sexe et Caractère* du lugubre Otto Weininger, un théoricien homosexuel qui n'avait pas son égal pour exprimer la douloureuse haine de soi juive qui l'animait. Weininger divisait l'homme en deux pôles : l'un positif et créateur, soucieux du réel et du vrai ; l'autre négatif et amoral, préoccupé non par le bien ou la vérité objective, mais par les instincts, et surtout la sexualité. Weininger avait attribué le pôle positif à l'homme et le pôle négatif à la femme. Sa névrose existentielle découlait du fait qu'il avait identifié sa nature juive au pôle féminin et infiniment négatif de sa théorie. Plus tard, soucieux de démontrer le sérieux, la triste véracité et le suivi de sa pensée, Otto Weininger s'était pendu à une poutre de son grenier.

Karl Wittgenstein toisa froidement son benjamin.

– Que feriez-vous à ma place, monsieur ?

Sans hésiter, en bon masochiste, Ludwig proposa ce qu'il appréhendait le plus :

– À votre place, monsieur, je m'enverrais dans une *Realschule* publique… disons à Linz ?

– Pourquoi Linz ?

– Il n'y a pas plus loin de l'Alleegasse, monsieur.

Une semaine plus tard, l'adolescent se présentait à la *Realschule* de la Steingasse. Taille moyenne, cheveux blonds, yeux bleus, vêtements de qualité, gestes maniérés, posture stylée (« Le style, on ne peut que le montrer, pas le dire »), Ludwig avait tout ce qu'il fallait pour attirer

146

l'attention ; seul bémol, sa voix était un poil trop aiguë et il bégayait.

Il réussit modérément son examen d'évaluation, et fut placé en classe de cinquième, une classe en avance d'une année sur son âge.

Lorsque Adolf le vit pour la première fois, Ludwig lisait en marchant dans le couloir, un exercice peu aisé s'il en était ; de plus, il sifflait à la perfection le premier acte des *Maîtres chanteurs*. Autre surprise de taille, Adolf reconnut le livre que lisait le nouveau : *Die Welt als Wille und Vorstellung* d'Arthur Schopenhauer, le livre même qui avait chamboulé du tout au tout la vie de Richard Wagner. Fidèle à sa devise : Tout ce qui intéresse Richard m'intéresse, Adolf avait tenté de lire l'énorme ouvrage de mille quatre cent vingt et une pages. Après avoir courageusement lu, relu et rerelu les dix premières phrases du premier chapitre sans jamais comprendre la même chose (à dire vrai, s'il comprenait les mots, il ne comprenait pas leur agencement en phrases), Adolf avait alors renoncé et reporté à une date ultérieure une nouvelle tentative.

Trop intimidé pour faire le premier pas, l'estomac gargouillant, Adolf avait dépassé Ludwig au pas de course et s'était engagé quatre à quatre dans l'escalier, au risque de se briser toutes les vertèbres cervicales d'un coup. Il n'en revenait pas d'avoir croisé dans le couloir principal un autre amateur de Richard Wagner et d'Arthur Schopenhauer.

Les jours suivants, il se renseigna et plusieurs camarades lui fournirent quelques informations. Il apprit ainsi que l'élève Ludwig Wittgenstein, inscrit comme catholique romain, venait de Vienne. Ses parents étaient d'authentiques aristocrates absolument millionnaires, ce qui expliquait les raisons poussant l'adolescent à vouvoyer tout le monde, même le chien du directeur. Ledit Wittgenstein logeait chez Herr Strigl, un professeur du *Gymnasium*, et à ce jour on ne lui connaissait qu'un seul ami, Pepi Strigl, le fils de son logeur, le seul qu'il tutoyait une fois sur deux. Adolf apprit itou qu'à six jours près ils avaient le même âge. Pourtant, Wittgenstein avait un an d'avance, tandis qu'Adolf avait un an de retard.

Ce fut par Karl Korger qu'Adolf sut qu'une semaine après son arrivée on avait vu Ludwig Wittgenstein envoyer des baisers par la fenêtre aux nonnes du couvent de la Herrengasse.

— C'est vrai ?

— Oui, j'y étais avec mon frère.

Wolfgang Piffer montra sept de ses doigts.

— Et moi je l'ai entendu dire au professeur Huemer qu'il y avait sept pianos à queue dans sa maison à Vienne. Ça doit être drôlement grand !

En soirée, profitant que Paula aidait leur mère à faire la vaisselle, Adolf s'était introduit dans la chambre de sa sœur et avait emporté *L'Art d'avoir toujours raison*.

Le lendemain, il déambulait dans la *Realschule*, Schopenhauer bien en évidence sous le bras droit.

Ludwig, cette fois, sifflait le prélude du *Der Fliegende Holländer* quand il croisa Adolf. L'appât fonctionna à merveille. Ludwig s'arrêta de siffler.

— Mon-mon-mon-montrez, je-je-je vous prie, dit-il en pointant négligemment l'index vers le livre.

Adolf lui tendit l'appât en sifflant la suite du *Vaisseau fantôme*, mais comme il la connaissait mal (il ne l'avait vu et entendu qu'une seule fois), il se trompa dans le leitmotiv.

Ludwig fronça les sourcils.

— Vous-vous-vous trom-trompez, *mein Herr*.

Il siffla alors la version correcte, agitant l'index comme une baguette de chef d'orchestre, puis il lui rendit le livre :

— Mes pré-pré-préférés sont le-le-le huit et-et-et le trente.

Il se déhancha pour demander d'une voix douce :

— Où avez-vez-vez vous vu *Le Vai-Vai-Vaisseau fantôme*… à-à-à Vienne peut-être ?

148

– Non, je n'ai jamais été à Vienne. Je l'ai vu ici, au Landestheater. La saison dure de septembre à mai et le répertoire est immense.

– Immense, mais-mais-mais encore ?

– De douze à treize représentations par mois.

Reprenant son sifflement là où il l'avait interrompu, Ludwig continua son chemin tandis qu'Adolf – aussi fier en dedans qu'en dehors – était interloqué.

Il consacra toute sa soirée et une partie de la nuit à lire « les 38 stratagèmes pour garder raison à tout prix en ayant objectivement tort, ou comment terrasser son adversaire en étant de plus mauvaise foi que lui », sans rater un seul stratagème, relisant plusieurs fois le huitième et le trentième : le huitième était le plus court (quatre lignes), le trentième le plus long (cinq pages).

Cette lecture édifiante lui surchauffant les méninges, Adolf eut du mal à s'endormir. Bien sûr, il n'avait pas tout compris, mais ce qu'il avait compris il l'avait bien compris. Comment pourrait-il oublier… car ce qui importe, ce n'est pas la vérité, mais le triomphe… ou encore… car le plus souvent, une once de volonté pèse plus lourd qu'un quintal d'intelligence et de convictions… ou bien… de nombreux passages de son œuvre étaient de ceux où l'auteur fournit les mots et où le lecteur doit y mettre un sens. Cette dernière phrase résumait à la perfection ce qu'il avait vécu lors de sa courageuse tentative à lire et comprendre *Le Monde comme volonté et comme représentation*.

En final à ses seize pages de notes, Adolf écrivit : Tout ce que je comprends m'appartiens, j'ai parlé, howgh !

Les deux jeunes gens se revirent à plusieurs reprises, sans pour autant sympathiser. Ils se vouvoyaient avec gravité, et ils se donnaient du Herr Hitler et du Herr Wittgenstein. Leurs entretiens se déroulaient toujours à l'intérieur de l'établissement, jamais au-dehors. Rarement Wittgenstein posait des questions, en revanche il répondait toujours courtoisement à celles d'Adolf.

– Une rumeur raconte que vous avez sept pianos à queue.

– Oui, mais-mais-mais encore ?

– Pourquoi sept ?

Wittgenstein avait haussé les épaules avec une désinvolture qui lui allait comme un gant.

– Un pour cha-cha-chaque jour de-de-de la semaine.

Insensible à l'ironie, Adolf opina du chef, façon « C'est bien ce que je pensais ».

– Voi-voici le nom du re-re-recueil de textes de notre bon Arthur. Je-je-je vous aurais volontiers prêté ma-ma copie, mais-mais elle est restée à Vienne.

Ludwig lui remit un morceau de papier sur lequel il avait écrit : *Parerga et Paralipomena*, Éditions Brockhaus.

– Vous-vous-vous verrez, c'est fameux.

– Je vous remercie, Herr Wittgenstein. Dès demain je le commande chez Hundertgott.

Avant de se quitter, Ludwig lui dit :

– À tra-tra-travers les barreaux d'un asile d'a-d'a-d'aliénés un fou interpelle un pa-pa-passant et lui demande : Vous-vous-vous êtes nombreux là-dedans ?

Adolf fronça les sourcils.

– De quel asile parlez-vous ? Parce qu'à Linz nous n'en avons pas.

Ludwig allait dire quelque chose de pertinent lorsqu'il se ravisa.

– C'é-c'é-c'était une plaisanterie, Herr Hitler, rien-rien-rien de plus.

Adolf le regarda comme une grenouille regarderait un épluche-patates (À quoi ça sert ?). Décidément il était épuisant de converser avec ce type : il n'avait pas son égal pour vous convaincre de sa triple supériorité, sociale, physique, intellectuelle. Il était aussi le premier milliardaire qu'Adolf rencontrait. À ce titre, Ludwig était exactement ce qu'Adolf aurait aimé être et ne serait jamais (profond soupir).

Le mois dernier, leurs échanges de propos et d'informations étaient tombés sur l'écrivain Karl May. Adolf s'était aussitôt embrasé.

– Ne souriez pas, Herr Wittgenstein, c'est un authentique génie ! Karl est à la littérature ce que Richard est à la musique.

Ludwig avait fait ce qu'il n'avait encore jamais fait à la *Realschule*, il avait éclaté de rire et Adolf l'avait mal pris.

– Avez-vous lu au moins *Winnetou, l'homme de la prairie*, ou *Une chevauchée dans le désert*, Herr Wittgenstein ?

Ludwig sourcilla au ton sec de ce benêt en *Lederhose* qui, été comme hiver, dévoilait genoux et mollets en toute impunité.

– Non, je n'ai pas lu cet auteur, mais si vous avez la bonté de me prêter ces livres, je les lirai et je vous dirai ce que j'en pense.

D'emblée, la couleur du regard d'Adolf avait séduit Ludwig, deux yeux bleu acier, perçant, brillant, droit comme une flèche, exactement le regard qu'il aurait adoré avoir : des yeux qui faisaient oublier le reste d'un physique plutôt banal. L'accent bavarois l'avait également séduit, mais voilà, il y avait les flatulences, presque toujours silencieuses, certes, et le plus souvent inodores, mais trop fréquentes pour être naturelles.

Le lendemain matin, entre la leçon d'allemand du professeur Huemer et la classe d'instruction religieuse du révérend père Schwartz, Adolf monta au premier étage remettre à Ludwig les deux livres aux couvertures fatiguées.

Deux jours plus tard, Ludwig les lui rendait.

– C'est du-du-du sous Feni-Feni-Fenimore Cooper, rien-rien-rien d'autre.

L'indignation figea Adolf sur place. Ludwig crut entendre un gargouillement.

— Ce-ce-ce n'est que mon-mon-mon avis, Herr Hitler, rien d'autre.

— J'ai lu Fenimore Cooper, c'est pas mal, mais Karl May est bien supérieur.

Ludwig se déhancha et tapota l'ongle de son pouce contre ses incisives.

— Le-le-le *Neues Wiener Tagblatt* vient de-de-de publier un article dévasta-ta-tateur sur votre idole, Herr Hitler. Il y est écrit que-que-que Karl May est un impo-po-posteur.

Adolf pensait que montrer une émotion, n'importe laquelle, était exposer une faiblesse. Il dit d'une voix impassible :

— Imposteur ? Quelle imposture ? Que voulez-vous dire ?

— Il n'a ja-ja-jamais été en-en-en Amérique, en-en-en revanche on sait qu'il a été en-en-en prison pour-pour vol.

Ludwig lui tendit le journal viennois.

— Lisez-le à tête repo-po-posée. Vous-vous-vous verrez, c'est édifiant.

Adolf accepta le quotidien en inclinant la nuque en guise de remerciement, puis il tourna les talons et s'en alla, le dos raide comme une planche à pain.

Il longeait la rive du vieux fleuve lorsqu'il jeta rageusement le *Neues Wiener Tagblatt* dans les eaux pas du tout bleues du Danube.

***

— La jalousie, Ludwig, c'est la jaunisse de l'esprit.

— Dé-dé-détrompe-toi, je-je-je ne suis pas jaloux, je-je-je suis seulement déçu.

— Mon pauvre vieux, tu es fatigant à la longue avec ta manie de prévoir toujours ce qui n'arrivera jamais.

Les deux garçons se faisaient une scène au croisement de la Steingasse et de la Herrenstrasse.

— Prends garde, Ludwig, rappelle-toi les dernières paroles d'Oscar... Ou c'est ce papier peint qui disparaît, ou c'est moi.

Ludwig prit la pose pour dire d'un ton convaincu :

— Tu-tu-tu es le pire des sa-sa-salauds !

— Je t'en prie, ne flatte pas mon orgueil.

Le tramway électrique passa bruyamment à leur hauteur, les contraignant à remonter sur le trottoir. Ludwig aperçut un petit groupe sortir de la *Realschule*. Il reconnut Hitler un peu en retrait qui glissait un bleuet à sa boutonnière, puis l'un des élèves pointa le doigt dans leur direction.

***

— Le voilà, dit Wolfgang Piffer, l'index dirigé droit sur le croisement au trafic animé.

Balduin Wiesmayer hésita.

— Attends, il est avec quelqu'un.

— Et alors, tout le monde a le droit de savoir.

Wolfgang allongea le pas, obligeant les autres à faire de même.

— Hep, Wittgenstein, pas si vite !

Ludwig haussa un seul de ses sourcils, ce qu'il faisait très bien, suite à un entraînement quotidien devant son miroir.

— Plaît-il ?

— On aimerait savoir pourquoi tu dis que tu es catholique romain alors qu'en vrai tu es complètement juif ?

Ludwig feignit un bâillement ennuyé.

— Et en-en-en quoi ce que je suis, ou-ou-ou ne suis, vous importe, *mein Herr* ?

Wolfgang déplia son feuillet.

— Ton arrière-arrière-grand-père paternel s'appelait Moses Meier, tu parles d'un aristocrate ! J'ai toutes les preuves.

153

— *Grüss Gott*, Herr Hitler, dit Ludwig en regardant Adolf qui baissa les yeux sans répondre.

— Mets-toi à notre place, si tu es juif et que tu dis que tu l'es pas, c'est très louche, établit laborieusement Karl Korger.

Wolfgang reprit la lecture de ses notes.

— Et je peux aussi te dire que c'est grâce au Kaiser Napoléon que ton arrière-arrière-grand-père a pu changer de nom. C'était juste l'intendant du château des Wittgenstein et c'est comme ça qu'il a choisi le nom de son maître, pas vrai ?

Ludwig connaissait peu de chose sur ses ancêtres : deux portraits à l'huile de Moses Meier Wittgenstein et de sa femme étaient accrochés dans l'un des salons de l'Alleegasse. Un dimanche, devant les tableaux, son père avait pris le temps de lui conter l'histoire officielle des origines de la famille ; une histoire qu'il tenait de son père, Hermann Wittgenstein, lui-même la tenant de Moses Meier, l'intendant du prince de Wittgenstein. Lorsque Moses Meier avait changé de nom, le prince s'en était offusqué jusqu'à le rosser d'importance. L'intendant se serait alors rebiffé et aurait affirmé que son fils, né en 1802, était en réalité un bâtard du prince. Avec ce souci d'honnêteté qui le caractérisait, Karl avait ajouté :

— En vérité, c'est une légende destinée à nier nos origines car c'est le nom du comté de Wittgenstein que notre ancêtre a choisi et pas celui du prince. Notre lignée n'a donc pas d'ancêtre princier, on peut même dire que Moses Meier et sa femme étaient de pur sang juif. C'est à partir de mon père, ton grand-père Hermann, que nous sommes devenus chrétiens et antisémites.

— L'était-il vraiment ?

Karl avait souri.

— Oui, évidemment. Il nous répétait qu'il ne fallait pas leur faire confiance, particulièrement dans les affaires, et il n'aurait jamais accepté que l'un de nous en épouse un. Il nous l'avait formellement interdit. Il disait également que sur les questions d'honneur on ne devait jamais en consulter un… À vrai dire, ton grand-père cultivait son antisémitisme par fierté d'avoir échappé à ses racines.

***

— Le fait que vou-vou-vous me traitiez de Juif ju-ju-justifie-t-il votre tutoiement ?

— Viens, Ludwig, ignore ces bouseux, ils n'en valent pas la peine.

— C'est moi que tu traites de bouseux ? dit Wolfgang en bousculant Pepi qui faillit tomber à la renverse.

Karl pointa le doigt sur Pepi.

— Si tu le défends, c'est que toi aussi t'en es un, de Juif !

Pepi passa un bras protecteur sur les épaules de Ludwig et l'entraîna.

— Viens, ce sont des abrutis et c'est inutile de parler à des abrutis.

Les deux jeunes gens s'éloignèrent, indifférent au « *Saujud* ! » lancé à leur dos par un Wolfgang survolté et trépignant.

***

À la mi-juin 1905, Klara vendit la maison de Leonding contre la somme de dix mille *Kronen* : sept ans plus tôt, Aloïs l'avait payé sept mille sept cents.

Ce qui restait de la famille Hitler, Klara (quarante-cinq ans), Adolf (seize ans), Paula (neuf ans) et Hannitante (quarante-deux ans), emménagea à Linz, dans un immeuble d'apparence cossue, 31 Humboldtstrasse, une rue droite qui partait de la gare et finissait sur la Marktplatz.

***

Adolf échoua à l'examen de fin d'année, mais, de justesse, réussit l'examen de rattrapage : tellement de justesse que le directeur de la *Realschule* refusa de le prendre, conseillant charitablement à Klara de l'inscrire à Steyr où se trouvait une *Realschule* réservée aux élèves difficiles.

— Ne vous y trompez pas, Frau Hitler, votre fils est loin d'être bête ! Il est simplement paresseux et manque d'esprit de discipline et de concentration. Il ne veut étudier que les matières qui l'intéressent et il néglige toutes les autres. De plus, ses professeurs se plaignent qu'il ne supporte pas la critique et qu'il chicane continuellement la moindre de leur décision. À Steyr, ils ont l'habitude…

Steyr (dix-sept mille habitants), titulaire du statut de cité depuis le XIIIe siècle, était située à une quarantaine de kilomètres de Leonding. La ville avait acquis une certaine notoriété pour ses manufactures d'armes blanches et d'armes à feu.

Pour la première fois de leur existence, la mère et le fils furent contraints de se séparer physiquement.

16

« Hitler était incontestablement doué, mais seulement dans certaines matières ; il manquait de maîtrise
de soi et passait pour ergoteur, indocile, arrogant, chi-
caneur, irascible ; il lui en coûtait de se plier à la discipline scolaire. D'autre part il ne s'appliquait pas ; car
il aurait mieux pu tirer profit de ses dons naturels. De
plus, il réagissait avec une hostilité non dissimulée
chaque fois qu'un professeur le réprimandait ou lui donnait un conseil. En même temps, il exigeait une sou-
mission sans restriction de ses camarades, se parant du
rôle de chef, et bien sûr faisant beaucoup d'incartades
sans gravité, ce qui n'est pas rare chez les jeunes gens.
Les livres de Karl May et les histoires de Peaux-Rouges
avaient dû lui tourner la tête. »

Déclaration du professeur d'allemand et de français,
Eduard Huemer, lors du procès
pour haute trahison de Munich en 1924.

Steyr.

Le jour se levait sur la Linzerstrasse lorsque Lili la laitière
arriva à la hauteur de la cabane des cantonniers. Elle vit un
corps allongé dans le fossé d'épuration. Immobilisant son
gros chien attelé à la carriole, elle s'approcha. Gisant sur le
dos, couvert de rosée, la cravate et la chemise souillées de
déjections mauves, un bleuet à la boutonnière, le pantalon

mal ajusté, un étudiant ronflait la bouche ouverte, les yeux fermés levés vers le ciel.

— C'est y pas honteux de se mettre dans des états pareils !

Elle se pencha et lui tapota l'épaule du bout des doigts.

— Allez, ouste, debout et rentre vite chez toi.

Adolf souleva ses paupières lourdes comme des grosses pierres : il vit une femme blonde et un gros chien qui le regardaient sévèrement.

— Ouste, disparais avant qu'on te voie et qu'on te fasse honte.

Il voulut s'asseoir mais dut y renoncer. Il avait le mal de mer, sa tête lui faisait terriblement mal, même ses cheveux étaient douloureux. Ouvrant un œil vague, il grogna un *Haben wir zusammen Schweine gehütet ?* (Avons-nous gardé les cochons ensemble ?) qui laissa Lili la laitière de marbre.

— Tu habites où ?

— Dans le Grünmarkt.

— C'est pas loin, tu peux te débrouiller tout seul, moi j'ai mes livraisons... et oublie pas de fermer ta braguette, sinon ta chemise va prendre froid.

Suivant son regard, Adolf vira cramoisi. Malgré les douleurs qu'éveillait chacun de ses mouvements, il se rajusta, incapable de se rappeler comment il était arrivé dans ce fossé d'épuration... Il se souvenait de son examen réussi de justesse, il se souvenait de la virée triomphale en compagnie de Max, Conrad, Franz et Ditlieb, il se souvenait de l'achat des bouteilles de vin d'Asti, il se souvenait des premiers toasts dans la cabane des cantonniers, et puis plus rien, tout se diluait dans un flou vaporeux... Où étaient passés ses camarades ? Pourquoi l'avaient-ils abandonné dans ce fossé ?

Steyr étant une vieille cité majoritairement jaune-noir, les cinq collégiens étaient les seuls dans l'entière *Realschule* à arborer le bleuet ou le ruban noir-rouge-or des pangermanistes.

158

Adolf attendit que la laitière et son gros chien attelé aient disparu pour s'extraire péniblement du fossé et remonter à quatre pattes sur la route de Linz. La démarche accablée, le regard fuyant, il entra dans Steyr et rasa les vieux murs jusqu'au 19 du Grünmarkt. Il traversa la cour intérieure et monta les marches deux par deux au lieu de l'habituel quatre par quatre. Dans sa chambre, il retira ses habits maculés et puants, puis il pâlit.

– *Meine Zeugnis !*

Balbutiant d'incrédules ce n'est pas possible, il fouilla et refouilla ses vêtements, en vain, cherchant même dans des endroits aussi improbables que l'intérieur de ses chaussures. Son ventre émit quelques grondements annonçant la venue d'une crise de météorisme carabinée.

Ne conservant que son caleçon de laine bleu foncé (tricoté par sa mère), il versa de l'eau dans la cuvette et se débarbouilla, évitant de croiser son regard dans le miroir ovale : ce matin il ne se plaisait pas.

Où était son diplôme ? Perdu ou victime d'une mauvaise farce ? Pire que tout, il lui était impossible de se remémorer la dernière fois qu'il l'avait vu…

Il y eut des coups discrets contre la porte. Il enfila sa robe de chambre vert pomme et ouvrit. Frau Petronella Cichini entra avec un large sourire, portant à deux mains un plateau sur lequel attendaient un bol de café fumant, une assiette de charcuterie et une part de gâteau aux noix.

– *Grüss Gott*, Herr Adolf, je vous ai vu passer dans la cour avec votre tête de fêtard… Dois-je en déduire que vous avez été reçu ?

Sans répondre, l'adolescent fit de la place en débarrassant la table encombrée de livres et de croquis.

– Oui, j'ai été reçu, finit-il par dire, la bouche pleine.

Le café était chaud et très sucré, comme il l'aimait. Il oublia un instant ses préoccupations.

— C'est votre mère qui va être contente ! dit la logeuse en désignant la photographie agrandie de Klara âgée de vingt ans.

La photographie de sa mère était entourée par un portrait de Bismarck coiffé d'un casque à pointe d'officier supérieur, et par une gravure sur laquelle Richard Wagner en armure terrassait à mains nues Fafner le dragon. Dessous, côte à côte avec un dessin colorié de Winnetou l'Apache Mescalero brandissant un tomahawk emplumé, Adolf avait épinglé le portrait d'Arthur Schopenhauer avec pour légende une phrase écrite par Arthur âgé de seize ans, en exergue de son premier journal intime : « La vie est un dur problème, j'ai résolu de consacrer la mienne à y réfléchir. »

— Je peux bien vous le dire maintenant que vous l'avez, mais elle se faisait du souci.

Ses intestins gargouillèrent, et cette fois il toussa afin de couvrir le bruit des flatulences qu'il ne put empêcher de fuser. Frau Cichini ne se formalisa pas. Frau Hitler l'avait mise en garde contre les désordres gargouillateurs de son rejeton, désordres qu'aucun médecin n'avait pu, ou su, traiter à ce jour.

— Je suis reçu, mais j'ai perdu mon diplôme ! Enfin, je pense l'avoir perdu… À vrai dire je n'en sais rien, Frau Cichini… Je me suis réveillé tout à l'heure dans un fossé sur la route de Linz… et sans une laitière j'y serai encore… En tout cas, je fais le serment absolu et définitif de ne plus jamais boire une goutte d'alcool ! Plus jamais !

Tout en ouvrant la fenêtre pour créer un salutaire courant d'air, Frau Cichini s'efforça de le rassurer.

— C'est fâcheux, mais ce n'est pas un drame. Il suffit que vous retourniez en réclamer un autre à la *Realschule*. Cela arrive à tout le monde de perdre quelque chose.

***

Adolf ralentit à l'approche du collège. Il n'aimait pas l'endroit et il n'aimait pas le directeur, pareil à ces gouttes de pluie qui n'aiment pas les parapluies. De toute façon, son esprit chahuté avait pris la décision de ne pas se réinscrire à la rentrée ; il disposait ainsi de tout l'été pour arracher à sa mère l'autorisation de se rendre à Vienne et de se présenter au concours de l'Académie des beaux-arts… Il l'entendait protester plaintivement : Comment veux-tu que ton père trouve le repos dans sa tombe, Adi, si tu ne respectes pas sa volonté ? Obtiens ton *Abitur*, et après nous verrons.

Le portail étant cadenassé, il agita la grosse cloche. Le vieux Straussner, le concierge bavarois au visage fendu par un coup de sabre français à la bataille de Reichshoffen, apparut. Même si l'ancien combattant et l'étudiant entrete-naient des relations amicales depuis qu'ils s'étaient décou-vert une commune passion pour la guerre franco-prussienne de 1870 et pour Otto von Bismarck, le génial réunificateur du Reich, le vétéran le dévisagea d'un air réprobateur.

— On se demandait si vous auriez le toupet de venir.

En d'autres circonstances, Adolf aurait apprécié l'admi-ration nuancée qui perçait dans la voix du concierge.

— On ? Qui ça, on ?

Straussner ouvrit le portail et le fit entrer dans le couloir menant au bureau du directeur, désignant le banc le long du mur.

— Attendez ici qu'on vous dise d'entrer.

— Pourquoi me faire attendre ?

— Comme si vous ne vous en doutiez pas !

Le vieux Bavarois regagna sa loge en maugréant quelque chose sur le culot infernal de cette nouvelle génération.

Inquiet, Adolf arpenta le couloir à grandes enjambées. Quelques pets malencontreux accentuèrent son malaise. Existait-il quelque part un médecin capable de le soigner ? À ce jour aucun n'avait pu lui expliquer les raisons de tous ces désordres intestinaux ; son alimentation, la première soupçonnée, était, paraît-il, hors de cause.

La porte du bureau s'ouvrit. Le professeur Lebeda lui coula un regard noir ébène. Comme le prescrivait le règlement, Adolf se mit au garde-à-vous et attendit de recevoir la permission de parler.

— Je vous écoute, déclara le directeur en reprenant place derrière son bureau, sous un grand portrait de François-Joseph jeune.

— *Herr Direktor*, j'ai perdu mon diplôme. Je viens vous en demander une copie.

— Comment avez-vous perdu ce diplôme ?

— Eh bien, euuuuh, je crois qu'on me l'a volé, *Herr Direktor*.

— Veuillez faire un choix dans vos mensonges et préciser si votre diplôme a été perdu ou volé.

L'attitude du concierge et maintenant celle du directeur étaient inhabituelles. Il se passait quelque chose qui lui échappait de tous les côtés.

Le professeur Lebeda se dressa en prenant appui sur les accoudoirs de son fauteuil. Il tendit un bras vers la porte, l'index tendu. Ses ongles soignés brillaient.

— Vous mentez, Hitler, et en plus vous mentez mal ! Votre mère sera avisée de votre renvoi et de l'annulation de votre diplôme ! Sortez, maintenant.

Tel un *Rattus rattus* acculé dans un coin, Adolf se rebiffa. Ce qui était dans sa nature.

— J'ai réussi mon examen ! Vous n'avez pas le droit de l'annuler sous prétexte que j'ai perdu mon diplôme ! C'est injuste... et puis c'est encore plus injuste de me renvoyer !

Quelques pets bien sonnés ponctuèrent son éclat.

Le professeur Lebeda prit une enveloppe dans un tiroir et la lui remit du bout des doigts.

Adolf l'ouvrit et blêmit à la vue de son diplôme déchiré en quatre morceaux maculés de traces brun foncé tout à fait explicites. Tel un coup de foudre, l'intégralité de sa mémoire lui revint... Il se vit alors dans la cabane des cantonniers, en compagnie de Max, Conrad, Franz et Ditlieb... Il se vit débouchant des bouteilles de vin d'Asti... Une discussion animée sur le thème « Qu'allons-nous faire de nos vies ? » avait souligné leurs différences.

— Moi, je serai un grand artiste peintre. Heil ! Heil ! Heil ! avait déclaré Adolf en levant son gobelet.

Ils avaient successivement trinqué au futur grand maître du barreau (Max), au futur grand praticien (Franz), au futur grand financier (Conrad) et au futur grand militaire (Ditlieb). Le toast suivant, proposé en hommage à Bismarck, leur héros à tous, fut suivi d'une argumentation sans fin sur ce qu'ils feraient le jour béni où la Cisleithanie deviendrait partie intégrante de l'Empire allemand. Après, ils avaient bu au pangermanisme en entonnant l'hymne autrichien, utilisant les paroles de l'hymne allemand, les deux empires partageant la même musique de Haydn. Ils s'étaient ensuite défiés au bras de fer et Adolf avait perdu contre le petit Ditlieb. Mortifié, il avait débouché la dernière bouteille d'asti, tandis que Max et Franz surenchérissaient sur l'importance de l'examen réussi.

— Moi, je me suis présenté juste pour faire plaisir à ma mère... L'école ne sert à rien, on apprend beaucoup mieux tout seul ! Ce diplôme n'est qu'un vulgaire bout de papier tout juste bon à se torcher le cul... et encore, c'est du carton !

Arrivé au stade où l'ivresse non seulement engendre des idées extravagantes mais fournit les combinaisons pour les accomplir, Adolf avait déchiré son diplôme, s'était déculotté et avait déféqué au centre de la cabane, s'essuyant ostensiblement avec les morceaux, transformant son défi en forfait. Max, le premier à partir, avait été suivi de près par les trois autres. Resté seul, atterré par ce qu'il venait de commettre devant témoins, Adolf avait continué de boire jusqu'à vomir et perdre conscience.

Le directeur reprit son siège sous le portrait de l'Empereur.

— Un individu capable d'afficher un tel mépris pour nos institutions n'a pas sa place parmi nous. Vous cherchiez votre diplôme ? Le voici ! Vous pouvez partir.

— Mais j'étais ivre, je ne savais plus ce que je faisais ! s'écria Adolf, la main droite posée à l'endroit du cœur, signe de bonne foi.

— Précisément, *in vino veritas*. Sortez, je ne veux plus vous voir dans mon établissement.

Tétanisé, Adolf regarda l'enveloppe et son contenu, l'esprit traversé par des questions sans réponse ; comment étaient-ils arrivés ici ? L'un de ses camarades était-il revenu sur ses pas pour récupérer les morceaux, ou s'agissait-il des cantonniers, mécontents de découvrir un étron au milieu de leur cabane ?

— Allez-vous sortir ou faut-il que j'appelle Herr Straussner ? s'emporta le professeur Lebeda.

Adolf songea à Winnetou… Personne n'aurait osé lui parler sur ce ton sans être aussitôt tomahawké et proprement scalpé.

Ce qui suivit se déroula comme dans un rêve. Tournant subitement les talons, Adolf se jeta littéralement contre le tranchant de la porte entrouverte, s'ébranlant deux incisives, fendant net sa lèvre supérieure, s'inondant le menton et la chemise de sang. Qui veut la fin se donne les moyens.

— *Himmel* ! Vous avez dû vous faire très mal ! s'exclama le professeur Lebeda en contournant son bureau pour venir à son secours.

Comme si un éclair zigzaguant avait traversé son esprit, Adolf sut quoi faire. Il refusa le mouchoir proposé par le directeur.

— Vous n'auriez pas dû me frapper, *Herr Direktor* ! Je ne le méritais pas… Je vais me présenter au commissariat.

164

Voyez par vous-même, je crois que vous m'avez cassé deux dents.

Ce que le professeur Lebeda lut dans les yeux d'Adolf le tétanisa dans ses chaussures. Une bouffée de chaleur empourpra son visage : pour la première fois dans sa carrière, il balbutia en s'adressant à un élève :

– Que... quoi ? Comment ? Ai-je bien entendu ? Prévenir la police ? C'est ridicule, personne ne vous croira ! Ce que vous essayez de faire est ignoble... ignoble et déshonorant.

– Je veux un autre diplôme et je ne veux pas être renvoyé. J'ai parlé ! Howgh !

Du sang s'égouttait de son menton et tombait sur le plancher.

– Vous pensez vraiment qu'on va vous croire quand vous direz que c'est une porte qui m'a fait ça ?

Adoptant un ton conciliant, Adolf ajouta :

– C'est à cause de ma mère, *Herr Direktor*. Elle serait trop déçue si je revenais sans ce diplôme. D'après elle, mon père se retourne dans son cercueil chaque fois que j'ai des mauvaises notes... Moi je n'y crois pas, mais elle si...

La douleur de sa lèvre était si vive qu'il n'eut aucun mal à verser quelques larmes, achevant de dérouter le directeur.

– Il faut vous faire soigner.

– Et mon diplôme ?

– Je vais vous en donner une copie... Et n'allez pas vous imaginer que je cède à votre chantage : je connais Frau Hitler, c'est pour elle que je reviens sur ma décision... Tenez, prenez mon mouchoir.

– Il est propre au moins ?

– Bien sûr qu'il est propre ! Prenez-le, vous êtes en train d'inonder le parquet.

Adolf le suivit docilement jusqu'au dispensaire proche de la *Realschule*, où une infirmière mit son endurance à rude épreuve en lui faisant à la lèvre deux points de suture.

— Vous les ferez enlever dans une dizaine de jours, mais vous garderez une cicatrice.

— Ça ne fait rien, dit Adolf en haussant les épaules, bientôt j'aurai de la moustache et on ne verra plus rien.

Une heure plus tard, il s'installait dans le train de 13 h 15 pour Linz. Enfin commençaient les vacances d'été.

***

Ignorant le tramway, Adolf marcha vivement jusqu'à la Humboldtstrasse, le bras étiré par sa pesante valise. À bout de souffle, il s'octroya dans le couloir une halte reconstituante avant d'affronter les trois étages.

L'appartement était petit : un vestibule, une cuisine avec une fenêtre donnant sur la cour de l'immeuble, une pièce principale où couchaient Klara, Hannitante et Paula, une chambrette pour Adolf.

— *Mein Gott !* Adi ! Ta bouche ! s'effraya Klara.

— Ce n'est rien, maman, je pensais à autre chose et je me suis cogné contre une porte.

Il se laissa docilement examiner et expliqua en détail les soins prodigués par l'infirmière. Il traversa la cuisine où flottait une odeur de gâteau au chocolat, embrassa Hannitante et la petite Paula, puis il entra dans sa chambre. Il hissa la valise sur la table et l'ouvrit. Le visage de sa mère s'éclaira à la vue du diplôme posé en évidence au-dessus du linge sale et des livres.

— Je savais que tu l'aurais, dit-elle en l'embrassant sur les deux joues. Quel dommage que ton père ne soit plus là, il aurait été si content !

Elle eut un geste vers la pièce principale où était suspendue une photographie d'Aloïs en uniforme prise le jour de sa dernière promotion. Adolf baissa la tête pour cacher une moue dubitative. Ses notes étaient juste passables, voire médiocres, surtout en français, une matière parfaitement inutile s'il en était. Il reprit officiellement possession de sa chambre en épinglant au mur, et dans cet ordre, sa mère, Bismarck, Richard, Arthur et Winnetou.

***

Klara souleva le couvercle de fonte du fait-tout et plongea la louche dans l'épais mélange de bœuf bouilli, morceaux de foie, pommes de terre, légumes divers. Une odeur salivante s'en échappait.

Leo Raubal la complimenta d'une voix sucrée tandis qu'Angela notait avec irritation que sa belle-mère, en dépit des convenances, servait Adolf le premier.

— C'est drôlement bon ! confirma celui-ci la bouche pleine.

Décidément, rien n'égalait la cuisine de sa mère. Pour comprendre, il fallait goûter celle de Frau Cichini, sa logeuse de Steyr, qui baptisait bouillon de poule l'eau chaude dans laquelle ses œufs durs avaient bouilli.

Malgré sa lèvre recousue toujours douloureuse, il mangea de bon appétit, la tête baissée sur son assiette, dressant des listes entières d'arguments destinés à convaincre sa mère de le laisser partir pour la capitale. L'essentiel était de choisir le bon moment : par exemple, attendre qu'elle fût seule.

— Adi, Leo vient de te poser une question, dit Klara.

— *Was ?* grogna-t-il en daignant relever la nuque, agacé d'être dérangé en pleins calculs stratégiques.

— Je demandais à notre brillant lauréat s'il s'était inscrit à l'*Oberrealschule.*

Exactement le genre de question à quoi Adolf ne voulait pas répondre. Son pouls s'accéléra, quelques spasmes discrets contractèrent son ventre. Au lieu de répondre, il engouffra une large bouchée de *Tafelspitz* et la mâcha consciencieusement, l'œil vague d'une vache broutant dans son champ.

167

Sur un ton suggérant qu'il en avait maté de plus coriaces, Leo insista, cherchant à l'acculer. Depuis son mariage avec Angela, il se croyait investi des prérogatives de chef de famille et n'hésitait plus à intervenir quand il le jugeait nécessaire. Frau Hitler avait gâté son rejeton au point de faire naître en lui le sentiment qu'il était quelqu'un de rare, de tout à fait spécial. Leo avait l'intention de changer cet état de fait.

— Apparemment ta mère n'ose pas te le dire, mais moi si. Tu dois passer ton *Abitur* et choisir une profession convenable. Ta mère, hélas, ne sera pas toujours là pour t'entretenir.

— De quoi vous mêlez-vous ? Vous n'êtes pas mon père, que je sache ! Il y a un an on ne savait même pas que vous existiez, et maintenant vous voudriez me donner des ordres ? Je suis ici chez moi, vous pas.

— Ça y est, monsieur l'artiste pique sa crise, ironisa Angela, très contrariée par la scène, tandis que Klara tentait de calmer son fils.

— Voyons, Adi, Leo parle pour ton bien !

Redressant sa mèche d'un geste sec, l'adolescent quitta la table.

— Excuse-moi, maman, mais je n'ai plus faim. Je vais faire un tour.

Comme personne ne le retenait, il sortit dignement, louchant au passage vers le gâteau au chocolat sur le buffet. Une fois dans le vestibule, il passa son veston, regrettant son emportement, et pas seulement pour le gâteau, mais parce que ce minable rond-de-cuir n'en valait pas la peine. Il aurait dû rester de marbre, comme la fois où ce chacal galeux s'était autorisé à critiquer sa vocation de peintre, allant jusqu'à prétendre qu'artiste était synonyme de fainéant forcément parasite.

Aucun bruit de voix ne parvenant de la cuisine, il les imagina figés devant leur assiette, attendant qu'il fût sorti pour se remettre à le critiquer. Il éteignit la lumière, claqua la porte d'entrée et resta immobile dans le vestibule obscur jusqu'à ce qu'il les entendît parler à nouveau. S'approchant sur la pointe des pieds, il colla l'oreille contre la cloison au moment où Angela disait :

— ... il a toujours été aussi têtu qu'une bourrique : tu aurais dû assister aux tripotées que lui flanquait papa. Rien n'y faisait, il recommençait le lendemain. On dirait qu'il met un point d'honneur à faire le contraire de ce qu'on lui dit.

— Tout de même, tout de même, il a seize ans et ce n'est plus un enfant ! rétorqua la voix du minable Raubal.

Des bruits de couverts cliquetant sur les assiettes indiquèrent que l'on se remettait à manger.

— Approchez votre assiette, Leo, je vais vous resservir, proposa la voix douce de sa mère. J'admets l'avoir parfois gâté, mais quand il est né, je venais de perdre mes trois premiers enfants, j'avais tellement peur de le perdre lui aussi...

Petit rire d'Angela.

— Elle le gavait comme une oie !

Voix de l'imbuvable Raubal qui suivait son idée comme on plante un clou :

— Méfiez-vous, Frau Hitler, s'il ne s'inscrit pas à temps à l'*Oberrealschule*, il ne sera plus accepté et vous serez mise devant le fait accompli.

Adolf frémit de rage. C'était précisément son plan (Je vais scalper ce type !).

Voix lasse de sa mère :

— Bien sûr, Leo, mais comme vous avez pu le constater, Adi n'est pas vraiment comme les autres... Il ne faut pas le brusquer ou le prendre de front.

Voix de l'haïssable Raubal :

— Je comprends, Frau Hitler, mais le temps presse !

— Bien sûr, répéta sa mère sans conviction.

— Sait-il au moins ce qu'il veut faire dans la vie ?

– Il veut s'inscrire aux Beaux-Arts de Vienne.

Voix outrée du perfide :

– Vienne ! Surtout pas ! Vous n'auriez plus aucun contrôle sur lui !

Voix faussement neutre d'Angela :

– Leo a raison. Il n'y a qu'à voir comment il est ici, alors tout seul à Vienne…

Étranglé par l'indignation, Adolf laissa échapper une rafale de pets qui résonna dans l'étroit vestibule comme s'il venait de jeter une poignée de cailloux sur le plancher. Il sortit en claquant la porte une seconde fois.

***

Afin de ne pas être vu avec un pansement sous le nez, il évita le centre et fit le détour par le cloître des Capucins pour arriver à la Klammerstrasse, à la hauteur du numéro 9, un atelier de tapisserie à l'enseigne Kubizek und Söhne. Planté au milieu de la petite rue, il siffla impeccablement les premières mesures du *Vaisseau fantôme*. Une silhouette se profila à la fenêtre du premier étage.

– Descends, ordonna-t-il en montrant déjà des signes d'impatience.

– J'arrive, promit la silhouette qui s'effaça, remplacée par une autre, féminine, qu'Adolf salua poliment.

– *Guten Abend*, Frau Kubizek. C'est moi, Adolf. Je viens voir Gustl.

– Bonsoir, Herr Hitler. J'avais reconnu votre sifflement… mais que vous est-il arrivé ?

– J'ai marché sur un râteau, Frau Kubizek, ce n'est rien.

– C'est votre maman qui doit être heureuse de vous avoir à la maison.

La porte de l'atelier s'ouvrit sur un adolescent au front bombé surmonté d'une tignasse d'abondants cheveux bruns qu'il plaquait en arrière à la romantique.

170

Les deux amis se serrèrent la main.

– Dis donc, il t'a drôlement amoché, ton râteau. Tu es sûr que c'est pas plutôt le tramway qui t'est passé dessus ?

– Pas du tout, ce n'est rien, je n'ai que deux points de suture.

– Et ton examen ?

– Je l'ai, bien sûr, mais ce n'est pas le problème. Le problème c'est que je suis furibond.

– Je le serais moi aussi si j'avais marché sur un râteau.

– Si ce n'était que ça ! C'est bien plus grave ! Il s'agit de ce malfaisant de Raubal. J'ai la preuve absolue qu'il veut persuader ma mère de ne pas me laisser partir à Vienne.

Ils firent quelques pas vers la Franz-Josef Platz. Tout en parlant, Adolf brassait l'air de ses bras, revivant l'altercation avec son demi-beau-frère. August l'observait du coin de l'œil, comme à l'accoutumée fasciné par tant de véhémence en une seule personne ; il semblait être incapable d'indifférence, même si cela le contraignait à donner un avis définitif sur tout.

Bientôt ils arrivèrent sur la place pavée et s'assirent sur le rebord de pierre de la colonne de la Trinité.

– Et toi, mon cher Paganinizek, as-tu fait des progrès au violon ?

Désabusé, August haussa les épaules.

– J'ai raté deux leçons. Mon père n'est pas en bonne santé en ce moment, alors j'ai beaucoup de travail à l'atelier.

– Tu verras, Gustl, prédit Adolf tandis que le dernier tramway pour Urfahr s'engageait sur l'affreux pont métallique, je parie qu'il se passera quelque chose, j'ignore quoi, mais nos parents nous laisseront partir à Vienne. Toi, tu t'inscriras au Conservatoire de musique, et moi à l'Académie des beaux-arts, et un jour nous aurons notre statue ici même, sur cette place.

Ayant oublié dans sa précipitation son carnet de croquis, Adolf renonça à dessiner les statues et se contenta de désigner les endroits où s'élèveraient les colonnes supportant le buste du virtuose violoniste alto August Kubizek et la statue en pied du génial artiste peintre-architecte Adolf Hitler.

— J'exigerai qu'on déplace ces deux maisons là-bas qui bouchent la perspective sur le Danube.

Un détail cependant préoccupait son ami.

— Pourquoi je n'ai qu'un buste et toi une statue en pied ?

— Je te prierai de ne pas poser de questions idiotes, sinon c'est une simple plaque même pas en marbre que tu vas avoir ! répliqua Adolf, le ton plein d'échardes.

***

Les cloches de la cathédrale sonnant 9 heures du soir, Adolf rentra chez lui. Angela et son fonctionnaire étaient partis, Hannitante et Paula étaient couchées, Klara tricotait des chaussettes en laine dans la cuisine. Il sourit en voyant la double part de gâteau au chocolat qui trônait sur la table.

— Tu as passé un bon moment ?

— J'ai été voir Gustl.

Il s'assit et dévora l'entremets sous l'œil approbateur de sa mère qui prenait plaisir à le voir manger de bon appétit : un enfant qui a faim est un enfant en bonne santé.

— Si tu veux, nous pourrions passer l'été à Spital ?

Adolf acquiesça. Sa mère serait ainsi hors d'atteinte de la néfaste influence du pernicieux cancrelat Raubal, et les moments opportuns ne manqueraient pas pour la convaincre en douceur de le laisser partir.

Avant d'aller se coucher, Klara insista pour changer son pansement et lui badigeonner la lèvre avec de la teinture d'iode. Une fois dans sa chambre, il consacra une partie de la nuit à tracer les plans d'une nouvelle Franz-Josef Platz, modifiant la perspective en faisant disparaître deux maisons, ajoutant les statues dédiées au grand peintre et à son ami le grand violoniste.

***

August avait rencontré Adolf dans le promenoir du Landestheater. Son salaire d'apprenti tapissier étant insuffisant pour se payer une place assise (trois *Kronen*), il se contentait d'un billet de promenoir (une demi-*Krone*). Dans ce promenoir, il existait un endroit précis où l'acoustique et la vue étaient excellentes ; ce n'était pas un hasard si, juste au-dessus, se trouvait la loge impériale et royale que soutenaient solidement deux colonnes. Ces colonnes étaient convoitées pour le réconfort qu'elles prodiguaient aux muscles du dos durant des représentations de quatre heures et plus. Pouvoir s'adosser à l'une de ces colonnes justifiait d'arriver deux heures en avance et, dès l'ouverture des portes, de courir très vite pour marquer la colonne désirée. À ce jeu, il s'était découvert un concurrent efficace dans la personne d'un jeune homme maigre, pâle, à la tenue vestimentaire soignée, qui suivait les représentations le dos cambré, les yeux illuminés.

Ce soir-là, on donnait une piètre prestation de *Siegfried* et, contre toute attente, l'occupant de la colonne de gauche était sorti de sa réserve. Prenant ses voisins à témoin, il avait fustigé à voix haute l'indigence des décors et la médiocrité des acteurs.

— S'ils continuent d'être aussi mauvais, les gens vont bientôt faire la queue pour sortir ! Je n'ai jamais vu un Fafner aussi riquiqui, on dirait un lézard ! J'ai parlé, howgh !

Tant d'assurance et de sérieux avait séduit August : après le spectacle, au lieu de s'éloigner chacun de son côté, ils avaient fait quelques pas ensemble, prenant plaisir à commenter d'un même avis ce qu'ils venaient de voir et entendre. Lorsqu'ils s'étaient séparés, l'un était parti pour

173

la Humboldtstrasse, l'autre pour la Klammerstrasse, réalisant qu'ils ne s'étaient pas présentés.

Lors de leur deuxième rencontre (*Lohengrin*) ils échangèrent leurs noms (Kubizek ? C'est pas un peu tchèque ?), et à l'occasion de leur troisième rencontre (*Parsifal*), Adolf avait déclaré, donnant ainsi le ton de leur relation :

— Je t'autorise à me tutoyer et à m'appeler par mon prénom.

Ce soir-là, ils avaient prolongé leur soirée en marchant côte à côte le long du Danube. August avait appris avec effarement que son nouvel ami était absolument oisif.

— Quoi ? Tu n'as pas de gagne-pain ?

— Jamais de la vie ! Pour qui me prends-tu ?

— Tu vas à la *Realschule* ou au *Gymnasium* ?

— Il ne manquerait plus que ça ! Tu ne sais donc pas que l'école ne sert à rien ? Tu ne sais donc pas que la totalité des professeurs sont des imbéciles diplômés ?

Adolf avait alors détourné la conversation.

— Et toi, que fais-tu ?

— Oh, moi, depuis le jour de ma naissance, mon père a décidé que je lui succéderais à l'atelier, alors mon avenir est tracé.

— Tu aimerais faire quoi ?

— Quand j'avais neuf ans, pour la Noël, ma mère m'a offert un violon. Ça m'a plu et, depuis, je prends des cours chaque semaine.

Ils se revirent au rythme des représentations, et prirent l'habitude de marcher ensemble, Adolf parlant, August écoutant.

— Tu comprends, Gustl, Richard a toujours détesté les chanteurs... Il disait qu'ils étaient directement responsables de la dégénérescence de l'opéra. Il les traitait de cabotins trop maquillés, incapables du moindre réalisme et toujours prêts à n'importe quelle mimique pour forcer les applaudissements. C'est pour ça qu'il a toujours refusé de composer des airs juste pour favoriser les prouesses de ces virtuoses de la corde vocale. En fait, il a entièrement révolutionné l'opéra et la musique !

– Comment tu sais tout ça ?

August vit son nouveau et curieux ami hausser élégamment les épaules.

– Je le sais… Et toi, tu sais ce que Richard a dit aux chanteurs de son premier opéra ?

– Non.

– Il leur a dit : vous êtes au service de mon opéra et pas le contraire.

Un samedi soir, Adolf proposa à son ami de se revoir le lendemain pour une excursion au Pöstlingberg (cinq cent trente-sept mètres).

Arrivés au sommet où la vue était si belle, Adolf avait produit un petit carnet noir de sa poche et il lui avait lu un poème où il était question de Brunehilde, les cheveux blonds au vent, caracolant sur un fougueux coursier au côté de Siegfried en armure scintillante, qui brandissait sans effort Nothung, une épée à deux mains presque aussi grande que lui.

– Alors ?

– Eh bien, euh, ah mais quelle surprise !

– Que veux-tu dire ?

– Je veux dire que tu es la première personne que je rencontre qui écrit des poèmes.

Après un temps de réflexion, Adolf rempocha son petit carnet noir et prit la direction de l'auberge Hagen, lançant par-dessus son épaule :

– Viens, allons manger une soupe bien chaude, je t'invite !

17

« Au début notre entente fut difficile. J'étais de
nature calme, contemplative, donc assez passive, tandis
que mon ami était d'un tempérament véhément et colé-
reux. Des mots sans importance lancés au hasard le
faisaient entrer dans des fureurs terribles dont la vio-
lence ne me paraissait pas en rapport avec l'importance
du sujet. Je comprenais mal ses éclats. »

August Kubizek, *Adolf Hitler, mon ami d'enfance.*

Spital.

Son chapeau noir à la main, Anton Schmidt, le mari de
Theresa (la cadette des sœurs Pölzl) vint à leur rencontre
sur le quai de la gare de Weitra. Il salua Klara et Hannitante,
sourit aux enfants et s'occupa des bagages qu'il chargea
dans le char à bœufs, étonné toutefois qu'au lieu de l'aider,
le jeune Adolf préférât s'intéresser à la locomotive.

– Quand je pense qu'avant il fallait deux jours en
omnibus, alors qu'aujourd'hui on a mis moins de six heures,
dit Klara en se hissant sur le banc, suivie de Hannitante ;
Adolf et Paula se casèrent comme ils purent à l'arrière.

Les deux sœurs Pölzl n'étaient pas revenues à Spital
depuis le décès de leur père Baptist, un an avant celui

d'Aloïs. Elles harcelèrent leur beau-frère de questions, dési-
reuses de rattraper quatre années de commérages.

Quand les bœufs entrèrent dans la cour de la ferme,
Johanna Pölzl, leur mère, apparut, soutenue par Theresa.

Adolf se laissa embrasser avec réticence. Il allait s'éloigner avec l'intention d'examiner le poulailler quand Anton
réclama son aide pour décharger les bagages et les monter
dans les chambres. Adolf mit d'emblée les choses au point :

— Je suis ici en vacances, pas pour soulever des valises,
laver la vaisselle ou garder les vaches ! Howgh !

Il s'insurgea avec la même véhémence quand il fut question de lui faire partager sa chambre avec sa petite sœur.

— Je préfère coucher dans le poulailler !

On déménagea le lit de die Kleine dans la chambre de
Klara et l'incident fut déclaré clos.

***

Les habitudes journalières du cousin Adolf ne manquèrent pas d'étonner son entourage. Il se couchait tard, il se
levait tard, il passait le plus clair de son temps à dessiner,
à lire, à parcourir la campagne, à improviser des vers dédiés
au vent, aux oiseaux, à un nuage en forme de Walkyrie…
Il lisait beaucoup et, détail qui en stupéfia plus d'un, il lisait
en marchant, sans jamais trébucher ou même attraper la
migraine !

Curieux de mieux connaître celui qu'ils appelaient l'étudiant, les jeunes villageois tentèrent à plusieurs reprises de
lui poser des questions pertinentes sur ses vêtements, sur
sa mèche, sur ce qu'il gribouillait tout le temps, sur ce qu'il
sifflait jusqu'à dégoûter les rossignols. Il répondit par de
secs Uff uff uff qui les découragèrent les uns après les
autres.

L'été passa sans qu'Adolf osât aborder le sujet de la
rentrée, ne trouvant aucun argument à l'inévitable : « Passe

177

d'abord ton *Abitur* ! » que sa mère ne manquerait pas de lui opposer.

Il trouva la solution quelques jours avant la fin des vacances : elle était si évidente qu'il s'en voulut de ne pas y avoir songé plus tôt.

La nuit venue, il courut discrètement se jeter habillé dans la rivière et il attendit courageusement le lever du jour sans se changer, grelottant dans ses vêtements détrempés, cherchant le gros rhume comme d'autres cherchent un médicament.

Le résultat dépassa toutes ses prévisions. D'abord simple bronchite, son coup de froid muta en broncho-pneumonie, rendant sa mère folle d'inquiétude. Anton attela le char à bœufs et revint de Weitra en compagnie du docteur Keiss.

— Jurez-moi sur la Sainte Vierge que ce n'est pas la tuberculose, l'adjura Klara après qu'il eut ausculté le malade.

— Rassurez-vous, Frau Hitler, ce n'est pas la tuberculose, mais c'est néanmoins sérieux. Il a besoin de beaucoup de repos et il doit impérativement éviter les courants d'air.

Observant Klara, le médecin ajouta avec sollicitude :

— Vous-même ne me paraissez pas en grande forme. Voulez-vous que je vous examine ?

— Non, merci, ce n'est rien, seulement un peu de fatigue, Herr Doktor, je dors mal depuis qu'il est malade. Mais maintenant que vous m'avez rassurée sur sa guérison, je vais pouvoir me reposer.

Lorsque la famille Hitler quitta Spital pour rentrer à Linz, la date limite d'inscription à l'*Oberrealschule* était dépassée depuis trois semaines.

***

Choyé par sa mère, par Hannitante et par die kleine Paula, le convalescent passa l'hiver douillettement calfeutré dans sa petite chambre à relire l'intégrale de Karl May (soixante-douze volumes), la correspondance de Richard Wagner (deux volumes), le *Journal* du même Richard (trois volumes), plus les contes et légendes allemands de Gustav Schwab. Ce faisant, il prit de nombreuses notes : « L'Univers contient tout ce qui existe », ou bien « Les mathématiques sont le langage de la science », et encore « Le droit de savoir est flagrant et inaliénable, sinon pourquoi serait-on ici avec des yeux qui voient et un esprit qui pense ? »

Lisant le jour, il réservait ses soirées au réaménagement urbain et intégral de Linz, souvent en présence d'August.

Parfois, sa mère exprimait quelques inquiétudes sur son avenir. Il l'écoutait patiemment, puis lui souriait tendrement :

— Sois sans crainte, maman, je vais faire comme papa, je vais étudier seul. Après tout, à quoi serviraient les livres sinon à apprendre seul ?

— Mais tu n'auras pas de diplôme ! Comment veux-tu te faire une situation sans diplôme ? Prends exemple sur ton ami August. S'il ne réussit pas dans la musique, il peut toujours être tapissier.

— Je te répète de ne pas te faire de souci, maman. Je serai un jour un grand peintre et aussi un grand architecte ; d'ailleurs j'aurai ma statue sur la Franz-Josef Platz, je peux même te montrer où exactement !

***

Lorsqu'il fut autorisé à quitter sa chambre, Adolf adhéra à l'association littéraire et artistique de Linz, s'abonna à diverses revues scientifiques, historiques et médicales, puis acheta plusieurs dictionnaires et se réapprovisionna en cahiers, plumes, fusains et couleurs. Il conclut en renouvelant son abonnement à la bibliothèque municipale avec l'intention de tout lire, en commençant par la lettre A. Toutes

179

ces dépenses furent assurées par Klara qui ponctionna une fois de plus la réserve Tricotin.

Il se laissa pousser un début de moustache qui camoufla partiellement la cicatrice de sa lèvre supérieure ; puis il s'acheta une canne d'étudiant en ébène et pommeau d'ivoire qu'il prit l'habitude d'agiter dans l'air quand il monologuait devant August.

Chaque samedi soir, il allait à l'opéra, et s'il lui arrivait de croiser l'un de ses anciens professeurs ou camarades de classe, il changeait de trottoir et regardait ostensiblement ailleurs.

Un jour, il était avec August et pensait à autre chose, lorsqu'il croisa Karl Korger qui se retourna et le salua d'un :

— *Servus*, Hitler ! Comment ça va ?

— Qu'est-ce que ça peut te foutre ! aboya Adolf en accélérant le pas comme poursuivi par une méchante odeur. Je ne veux plus avoir affaire à cette engeance de minable petit fonctionnaire, dit-il à August avec des gestes tranchants.

August n'avait jamais rencontré quelqu'un d'aussi… disons… original. Le trait le plus significatif chez son ami était un époustouflant esprit de suite : il y avait en lui quelque chose de solide, rigide, immobile, inébranlable, qui se traduisait par un sérieux inquiétant pour son âge, un sérieux jamais pris en défaut et qui semblait être la base fondatrice de son caractère. Il n'y avait qu'un seul sujet sur lequel August ne cédait rien : la musique. Il se savait meilleur et n'ignorait pas combien cela défrisait Adolf.

Mais de tous les sujets abordés, la politique dépassait de très loin l'entendement d'August.

— Je n'y comprends rien, excuse-moi, la musique me suffit amplement.

— Mon pauvre ami, décidément, tu es désespérant ! lui répétait Adolf sans pour autant se décourager. C'est mon père qui, sans le vouloir bien sûr, m'a initié à la politique.

Quand ses camarades des Douanes venaient à la maison, je les entendais argumenter sans fin en buvant leur bière.

— Chez nous on n'en parle jamais.

— En plus tu t'en vantes !

— Mais non, que vas-tu imaginer ?

— Fais un effort pour une fois, et essaye de me comprendre… L'empire dans lequel nous vivons est pareil à une tour de Babel. Il y a plus de trente-cinq langues et dialectes et c'est tout à fait ingouvernable ! Aussi, nous, les Autrichiens de langue allemande, nous nous trouvons de plus en plus isolés dans notre propre pays. Mais enfin, Gustl, tu ne les vois pas nous grignoter un peu plus chaque jour ?

Les mains dans le dos, Adolf arpentait la petite chambre, développant ses idées au fur et à mesure qu'elles lui arrivaient.

— Euh, non… qui ?

— Tous ceux qui ne parlent pas allemand, bien sûr, comme ces Bohémiens qui nous tchéquisent. Ah, je vois que tu ne connais pas leur dernière infamie. Il y a en ville un père capucin qui a fondé une association tchèque et qui fait la quête pour l'édification d'une école tchèque. Si ça ce ne sont pas des prémices d'invasion !!!

Le soir même, il inscrivit sur un morceau de carton « La connaissance est la source féconde du repos et du bonheur » et l'épingla sous le portrait de Schopenhauer. Animé d'un irrésistible élan de créativité, il travailla tard dans la nuit à son projet de transformation révolutionnaire de la gare de Linz. Ayant jugé que l'enchevêtrement ferroviaire de l'actuelle, outre qu'il gênait le développement de l'urbanisme, contribuait à l'engorgement de la circulation, il avait opté pour une nouvelle gare entièrement souterraine.

Vers les 6 heures du matin, il s'endormit sur un projet de pont à arche unique qui remplacerait avantageusement l'actuel pont en fer. Il avait calculé que son arche unique aurait une courbe de plus de cinq cents mètres et son sommet se trouverait exactement quatre-vingt-dix mètres au-dessus du Danube. En voilà de la belle œuvre novatrice, en voilà du Wagner architectural. Adolf s'était subitement endormi au moment de chiffrer le coût de l'ouvrage.

— Tu vois, Gustl, disait-il le lendemain, ce nouveau pont aura des dimensions et une configuration telles que les usagers en le traversant n'auront pas l'impression d'avoir un pont devant eux mais une large et belle avenue.

— Ça alors !

18

« Adolf manifesta un intérêt très vif pour ma formation musicale. Le fait que j'en savais plus long que lui
sur le sujet l'agaçait d'ailleurs prodigieusement. Au
cours de nos fréquentes conversations sur des questions
musicales, il assimilait avec une facilité surprenante tous
les termes techniques. Il parlait ensuite de tout sans
avoir jamais étudié aucune question à fond. Mais plus
il parlait, plus il comprenait. J'ai souvent admiré son
jugement sur des points délicats, en sachant pertinem-
ment qu'il n'y connaissait rien. »

August Kubizek, *Adolf Hitler, mon ami d'enfance*

Linz.

Adolf désigna discrètement une jeune fille qui faisait du
lèche-vitrine au bras d'une dame en noir.
— Qu'en penses-tu ?
Avant que Gustl ait eu le temps de répondre, Adolf ajouta
d'un ton menaçant :
— Je l'aime, c'est sérieux.
L'élue était grande, blonde, chignon tressé, vêtue avec
recherche : tout dans son maintien signalait les meilleures
manières.
— Tu as bon goût, répondit August prudemment.

183

Ils s'approchèrent du magasin de chapeaux devant lequel les deux femmes s'étaient arrêtées. August vit alors les yeux bleus de la jeune fille : Frau Hitler avait les mêmes.

– Tu la connais depuis longtemps ?

– Depuis ce matin… mais dès que je l'ai vue, j'ai su que c'était elle ! Ç'a été comme… comme… comme un pot de fleur qui me serait tombé sur la tête.

Il trépigna sur place.

– Tu ne trouves pas qu'elle est l'interprète idéale de tous les personnages féminins de Wagner ? Imagine-la en Brunhilde, en Senta, en Holda ! Considère ce cou, admire cette taille, contemple ces mollets, apprécie cet élégant chignon, note la délicatesse de ses tresses… Je suis certain qu'elle a une très belle voix ! Ce soir, je laisse provisoirement tomber les plans de la nouvelle bibliothèque municipale et je lui compose un opéra.

Pour le voir systématiquement remplacer son inexpérience par une volonté sans faille, August se garda de mettre en doute les capacités musicales de son ami. En moins d'un an, il l'avait vu reconstruire, au millième, la quasi-totalité de Linz et une grosse partie de ses faubourgs. Son nouveau théâtre municipal était capable d'accueillir dix mille spectateurs et de recevoir sur sa scène un Fafner de quinze mètres de haut et trois de diamètre crachant de vraies flammes. Plus récemment, Adolf lui avait montré les plans d'un hôtel ultramoderne qu'il avait perché au sommet du Lichtenberg : l'ensemble était surmonté d'une tour en acier inoxydable de trois cents mètres de haut d'où, par beau temps et avec une longue-vue, on apercevrait la flèche de la cathédrale Saint-Étienne de Vienne… Alors, composer un opéra…

L'air aussi détaché que possible, ils suivirent la jeune fille et la duègne.

– Tu crois que c'est sa mère ?

Voix désolée d'Adolf :

– Comment veux-tu que je le sache, je ne connais même pas son nom.

Quand elles quittèrent la Landstrasse et traversèrent la Franz-Josef Platz pour s'engager sur le pont métallique, August vit Adolf consulter l'horloge de la mairie avec désespoir.

– Je n'ai plus le temps, j'ai promis d'aider die Kleine à faire ses devoirs, mais toi, Gustl, vas-y ! Suis-les et tâche de savoir où elle habite.

August se gratta la tempe, en signe d'embarras.

– Pourquoi tu ne vas pas les saluer ? Tu te présentes, et puis tu demandes la permission de les accompagner une partie du chemin.

Adolf remit sa mèche en place.

– Et si c'est sa mère, je réponds quoi quand elle me demande ma profession, hein ? Il faudra bien que je lui dise quelque chose… Tu sais comme moi que, pour une mère, la profession est plus importante que le nom… Évidemment, je pourrais ruser et dire que je fais les Beaux-Arts ou quelque chose comme ça, mais je ne suis pas encore peintre. Je me présenterai lorsque je le serai pour de bon.

– Ouh là là ! Mais ça risque de prendre du temps. Comment elle va savoir que tu l'aimes si tu le lui dis pas ?

– À l'instant où nos regards se croiseront, tout sera dit. Il y a des choses qu'on ne peut comprendre que si on est amoureux, tu verras quand ça t'arrivera… En attendant, je compte sur toi pour la suivre. Bon, maintenant je dois rentrer.

***

Après un interminable dîner auquel il ne toucha pratiquement pas (Mais non, maman, je ne suis pas malade, je n'ai pas faim, c'est tout !), Adolf ressortit et courut jusqu'à la Klammerstrasse siffler August qui sortait de table.

— Alors ?

— Alors elle habite Urfahr, elle se prénomme Stefanie et la dame en noir est sa mère. Voilà, c'est tout ce que je sais.

— Stefanie ? Stefanie ? Tu es certain ? Comment le sais-tu ? Qui te l'a dit ?

— Personne. C'est en les suivant sur le pont. Je me suis suffisamment approché pour les entendre. À un moment, sa mère l'a appelée Stefanie et elle a répondu : Oui, maman ?... Ah, je peux aussi te dire que sa voix est celle d'une soprano... Pour ton opéra ça peut être utile.

Sans plus l'écouter, Adolf arpenta la petite chambre d'August sobrement décorée d'une reproduction de Paganini tenant son violon.

— Stefanie, Stefanie, répétait-il du bout des lèvres, comme lorsqu'on goûte un mets nouveau. Bien sûr j'aurais préféré Winifred, mais bon, va pour Stefanie.

Il nota ces informations au dos de son carnet à croquis et remercia August.

— Tu peux désormais me demander ce que tu veux, tu l'auras !

— Justement, ça fait déjà un moment que je voulais t'en parler. Ça me ferait drôlement plaisir si moi aussi j'avais une statue en pied à la place d'un simple buste.

Adolf considéra gravement la requête avant d'y répondre d'une voix conciliante.

— Accordé ! De toute manière j'ai décidé de transformer la mienne en statue équestre. Comme ça, je pourrai mettre Stefanie en croupe.

***

Adolf tournait dans le sens contraire des aiguilles d'une montre autour de la colonne de la Trinité (cette même colonne qui avait tant ébaudi sa mère vingt-trois ans plus tôt). Le premier acte de son opéra en main (trente feuillets), il répétait à mi-voix en battant la mesure avec sa canne, s'interrompant pour corriger au fusain une note ou deux. Régulièrement, son regard se portait vers le pont d'où allait sugir l'objet de ses insomnies.

Il attaquait le deuxième acte quand sa gorge se contracta, son pouls accéléra : Stefanie et sa mère approchaient sur l'étroit pont encombré par le trafic. Il quitta son poste d'observation, traversa la place en enjambant prudemment les rails métalliques du tramway et se posta dans l'encoignure du porche voisin du magasin de chaussures Schmück. Quand elles arrivèrent à sa hauteur, il quitta le porche et fit un pas en avant, fixant du regard la jeune fille avec une intensité de fakir en transe. Leurs regards se croisèrent le temps d'un battement d'ailes de colibri ; Adolf crut lire de la surprise dans celui de sa bien-aimée ; ses jambes fléchirent, le souffle lui manqua, le baromètre de ses intestins passa de beau temps fixe à orage et tonnerre. Ça y est, elle sait, elle m'a vu ! Les joues blêmes, les mains moites, la mèche en bataille, il retourna sous le porche reprendre son souffle et lâcher un pet.

***

Peu de temps après l'étonnante et euphorique découverte de l'état amoureux, Adolf découvrit la jalousie, son incontournable corollaire.

Un après-midi de juin, les deux amis étaient au carrefour Schmiedtoreck lorsque Stefanie apparut sur le pont en compagnie d'un élégant jeune homme d'une vingtaine d'années, au sourire facile, aux dents très blanches. Adolf dut s'adosser contre un mur ; jamais encore August ne l'avait vu si pâle.

– Gustl, dis-moi que je fais un cauchemar ! Qui est ce ricanant bellâtre ? Et où est madame sa mère ? Pourquoi n'est-elle pas là ?

– C'est sans doute un ami de la famille, ou un parent…

– Dans ce cas, où est sa mère ? Pourquoi n'est-elle pas là ?

August ne sut que répondre. Quand Stefanie et son cavalier approchèrent, Adolf leur tourna le dos et se plaça face au magasin de chaussures, suivant leur passage dans le reflet de la vitrine.

– Ça ne va pas ? s'inquiéta August.

– Elle ne m'a même pas vu… Tout est fini.

– Mais tu lui tournais le dos, elle n'a pas pu te voir !

– Ce n'est pas une raison. Je me sens très fatigué tout à coup, je rentre chez moi. Rends-moi un ultime service, suis-les et passe à la maison me raconter.

***

À son pas traînant, à son œil vide, Klara devina que quelque chose n'allait pas.

– Tu as mal quelque part ?

– Je suis juste fatigué et c'est normal, j'ai étudié toute la journée, marmonna-t-il sans conviction.

Il ne cessait de voir et de revoir Stefanie et son jeune homme chic passer devant lui en se souriant. Quelque chose empoigna son cœur et le malaxa comme de la terre glaise.

Klara s'approcha et posa une main sur son front.

– Mais tu brûles, tu as de la fièvre ! Va te coucher, et toi, Paula, cours chercher le docteur Bloch, Adi est malade !

Adolf protesta d'une voix agacée. Pour la première fois sa mère ne lui était d'aucun secours. Pire, sa sollicitude le mettait mal à l'aise.

– Je te jure sur la tête de Richard Wagner que je me sens bien. Juste fatigué et c'est normal puisque, comme je viens de te le dire, j'ai étudié toute la journée.

– Étudié ? Mais je ne t'ai pas vu de l'après-midi !

– J'ai étudié en plein air. J'ai trouvé un banc bien orienté dans le Turmleiten et j'en ai fait mon cabinet de travail.

– Tu étudies en plein air ? !

Il lui aurait affirmé qu'il lisait sous l'eau ou qu'il peignait en faisant le poirier que Klara n'eût pas été plus surprise.

– *Warum nicht ?* Le principal quand on étudie c'est la concentration, pas l'endroit où on se trouve. Et sur ce banc, je me concentre bien.

Sceptique, Klara désigna le râtelier à pipes conservé comme une relique au-dessous de la photographie d'Aloïs à cinquante-neuf ans en uniforme.

– Je me demande ce que ton père pense de tout ça.

Des coups résonnèrent contre la porte d'entrée.

– C'est Gustl ! Je vais lui ouvrir ! dit Adolf en bondissant dans le vestibule.

– Alors ?

– C'est son frère ! dit August, le souffle raccourci par les trois étages.

Le changement chez Adolf fut remarquable : ses joues rosirent, son corps se détendit, son regard retrouva son éclat.

– Je le savais, dit-il avec une touchante mauvaise foi.

Il s'effaça pour le laisser entrer, mais August refusa.

– Je n'ai pas encore dîné, mes parents m'attendent. Je sais aussi qu'elle s'appelle Jansten, qu'elle a dix-sept ans comme toi et qu'elle a passé son *Abitur* l'année dernière. Elle vit seule avec sa mère qui est veuve.

– Et le frère ?

– Il étudie le droit à Vienne.

– Comment le sais-tu ?

– Un coup de chance. Après ton départ ils sont passés devant la terrasse du café Baumgartner et je les ai vus saluer un ami de mon père. J'ai attendu qu'ils se soient éloignés pour aller le questionner.

Les deux amis se serrèrent la main.

– *Bis morgen*, Gustl.

– *Bis morgen*, Adolf.

Il revint dans la cuisine et s'exclama d'une voix enjouée :

– J'ai une faim de loup ! Quand est-ce qu'on mange ?

***

– Alors je lui ai dit : « Maman, celui qui comme moi a décidé de consacrer sa vie à l'art ne peut développer ses talents ailleurs qu'à Vienne, le centre de toute réalisation artistique digne de ce nom ! »

– Ça c'est drôlement bien dit, et elle t'a répondu quoi ?

– Elle a dit oui, bien sûr.

August hocha la tête avec admiration : une fois de plus son invraisemblable esprit de suite avait réussi.

– Tu pars quand ?

– Dans deux semaines.

– Mais les inscriptions sont en septembre.

– Oui, mais c'est comme à la guerre, je vais reconnaître le terrain.

Ils sortirent de la cité et longèrent le fleuve aux eaux brunes, marchant d'un pas égal vers le Turmleiten.

– C'est quand j'ai ajouté : « Si papa n'était pas parti à Vienne quand il avait treize ans, il serait un simple cordonnier à Spital », qu'elle a cessé de me faire des histoires. Tu verras, Gustl, une fois là-bas, je me renseignerai pour ton inscription au Conservatoire, et quand je reviendrai, je convaincrai tes parents de te laisser venir avec moi… Tu ne peux tout de même pas rester tapissier, tu sais très bien que ce serait ta mort ! Tu as des talents de chef d'orchestre et ta passion est la musique, il est donc exclu que tu fasses autre chose… Tu verras, nous deux là-bas, ça va être FORMIDABLE !

August aurait aimé partager son enthousiasme, mais il venait d'obtenir sa maîtrise de tapissier et il voyait mal son

190

père (à la santé chancelante) l'autoriser à partir à Vienne alors qu'il était plus que jamais destiné à lui succéder.

Ils dépassèrent l'embarcadère de la Gasthaus Donautal où des mariniers buvaient de la bière en terrasse et s'engagèrent sur l'abrupt sentier qui zigzaguait jusqu'au sommet du Turmleiten. Tous les cinq virages, un banc permettait de se reposer en admirant le fleuve coulant plus bas.

— Tu vas être parti longtemps ?

— Environ deux mois… et je compte sur toi pour me donner des nouvelles de Stefanie. Voilà ce que tu dois faire : tous les jours, tu te posteras à l'endroit habituel, et quand elle s'étonnera de ne pas me voir en ta compagnie, elle viendra forcément te demander de mes nouvelles. Alors tu lui diras ceci : Il n'est pas malade, il est juste parti à Vienne pour devenir peintre ; quand il aura terminé ses études, il voyagera un an en Italie pour parfaire son éducation, et dans quatre ans il reviendra pour demander votre main. À ce moment-là, si tu vois qu'elle est d'accord, tu lui dis qu'il s'occupera aussitôt des préparatifs du mariage. Allez, répète.

August répéta docilement.

— Tu sais où tu vas loger ?

— Ma famille de Spital m'a donné l'adresse d'une pension convenable.

Il y avait une question qu'August n'osait poser : d'où venait l'argent qui permettait à son ami non seulement de mener une vie parfaitement oisive, mais aussi de séjourner deux mois dans la capitale ? Pour l'intéressé, la question n'avait aucun sens : quand il n'avait plus d'argent, il en demandait à sa mère qui puisait dans le pactole laissé par Marcello Tricotin.

La pente du sentier s'élevant de plus en plus, ils se turent pour ne pas s'essouffler. Comme chaque fois, Adolf se crut obligé de distancer son camarade. C'était plus fort que lui, il ne suffisait pas de monter, il devait aussi arriver le premier. Ils firent halte après avoir quitté le sous-bois et débouché sur le sommet ensoleillé du Turmleiten. Tout en mâchonnant un long brin d'herbe à la sève sucrée, le futur étudiant des Beaux-Arts saisit l'occasion pour exposer au futur étudiant du Conservatoire son programme viennois.

— J'ai l'intention d'examiner très précisément les chefs-d'œuvre du Hofmuseum, ensuite je vérifierai si le Ring est aussi merveilleux que les Viennois le prétendent. Je sais qu'il mesure quatre kilomètres, mais fais-moi confiance, je ne vais pas en rater un centimètre, et si quelque chose cloche, tu peux être sûr que je m'en apercevrai.

Ils reprenaient leur marche quand Adolf se pétrifia dans ses chaussures.

— Vois-tu ce que je vois ?

— Non.

— Il y a quelqu'un sur mon banc !

En effet, une silhouette en uniforme se profilait au centre de son cabinet de travail.

— Tant pis, allons au Freinberg. En prenant le raccourci on y sera en moins d'une demi-heure.

— Comment ça, tant pis ? Alors tu trouves normal que ce type prenne mon banc et m'empêche d'étudier ?

— Je ne dis pas ça, mais nous sommes dans un lieu public. Comment veux-tu qu'il sache que tu t'es approprié ce banc…

Adolf secoua la tête d'un air navré. Ses intestins se manifestèrent.

— Regarde toi-même : tous les autres bancs sont inoccupés à l'exception du mien. Et tu trouves ça juste ? En plus c'est un de ces gandins corsetés de la garnison.

Son ventre gronda de plus belle. August fit comme si de rien n'était : il n'avait jamais osé aborder le sujet, et ce n'était pas aujourd'hui qu'il allait commencer.

— Attends-moi, ordonna Adolf en marchant vers le banc d'un pas décidé.

Le militaire, un sous-lieutenant de dragons, lisait un recueil de poèmes hongrois. Il vit Adolf approcher et s'irrita d'être dérangé dans un exercice qui exigeait calme et solitude. Refermant son livre, il lança un regard insistant vers les nombreux autres bancs vides. Non seulement Adolf l'ignora mais il s'assit tout près de lui, le touchant presque, le contraignant à se déplacer de quelques centimètres en délivrant un soupir agacé.

Ouvrant son carnet de croquis, Adolf se mit à dessiner la péniche chargée de blocs de granit en provenance des carrières de Mauthausen qui descendait le fleuve, chantonnant son opéra favori du moment.

> Rienzi ah ! Quels sont tes projets ?
> Je te vois tout puissant, dis-moi,
> À quoi vas-tu employer ta puissance ?

Paraissant deviner la manœuvre, l'officier, loin de déguerpir, se cala plus confortablement contre le dossier et fit mine de reprendre sa lecture.

Alors, affichant l'air inspiré d'un mélomane qui improvise, Adolf se souleva sur une fesse et se délesta d'un authentique concerto grosso durant lequel l'oreille exercée d'August apprécia l'aisance de l'artiste à moduler les intensités, à passer du *pianissimo* au *poco forte* pour grimper *fortissimo* et conclure *smorzando*.

Une fois l'intrus chassé vers un autre banc, Adolf triompha.

— Tu comprends, Gustl, mon père disait toujours que, lorsqu'on sait vraiment ce que l'on veut, on détient automatiquement la solution.

19

« Il me semblait que j'étais encore mieux doué pour le dessin que pour la peinture, surtout pour le dessin d'architecture. Cette évolution se précisa au cours d'un séjour de quinze jours que je fis à Vienne à l'âge de seize ans à peine. J'étais allé étudier la galerie de peinture du Hofmuseum, mais je n'eus d'yeux que pour le bâtiment lui-même. Tous les jours, du matin à la nuit tombée, je courais d'une curiosité à l'autre, mais c'étaient surtout les édifices qui me captivaient. Je demeurais des heures devant l'Opéra, des heures devant le Parlement ; toute la Ringstrasse me parut un miracle des Mille et Une Nuits. »

Adolf Hitler, *Mein Kampf*

Adolf arriva à Vienne le mercredi 2 mai en fin d'après-midi. Ses premiers pas dans la Westbahnhof l'impressionnèrent durablement ; la taille de la gare (entièrement électrifiée), le vacarme inouï, l'agitation des voyageurs, les cris en plusieurs langues des porteurs, tout était excessif, démesuré, tout à fait à son goût. Sa valise à la main, il sortit de la gare et marqua un temps d'arrêt devant la quantité de voitures de place qui attendaient le client. Côté droit, les *Einspänner*, à un cheval, côté gauche les *Fiaker*, à deux chevaux.

– Vous allez où ? demanda le cocher avec un fort accent qu'Adolf crut tchèque alors qu'il était hongrois.

– Je vais au 28 de la Löwengasse, dans le troisième arrondissement.

Le cocher toisa ce client potentiel.

– C'est loin, j'espère que vous avez de quoi payer.

Adolf s'offusqua.

– Bien sûr que j'ai de quoi payer, pour qui me prenez-vous ?

– Pour quelqu'un qui va me payer trois *Kronen* d'avance s'il veut aller dans le troisième.

Pour son séjour qui devait durer deux semaines, Klara lui avait donné cent cinquante *Kronen* : cinq billets de vingt, quatre billets de dix, le reste en pièces (Et surtout recompte bien la monnaie qu'on te rend). Il sélectionna un billet de vingt et l'agita en direction du cocher.

– Vous le voyez, eh bien vous ne le voyez plus.

Ce disant il rempocha le billet et s'en alla parler au cocher voisin qui, sans condition, accepta la course.

Au 28 de la Löwengasse vivaient les Prinz, des cousins germains des Pölzl de Spital. Pour trente *Heller* par jour, Johann Prinz lui loua une chambre si petite que le locataire devait ouvrir la fenêtre pour passer sa veste.

Le lendemain, ses meilleurs dessins et peintures sous le bras, guidé par un plan de la capitale prêté par Herr Prinz, Adolf se rendit en priorité à l'Hofoperntheater situé entre l'Operngasse et la Kärtnerstrasse. Il entreprit une inspection du bâtiment construit dans le goût des premiers temps de la Renaissance française : il eut beau chercher, il ne trouva rien à changer ; toute modification aurait été superflue. Il en fut secrètement soulagé et se détendit quelque peu.

À un vendeur ambulant il acheta le feuillet bleu du programme de la semaine et il connut une première bouffée de chaleur en découvrant que *Tristan und Isolde* était programmé pour le mardi 8 mai ; la distribution donnait le tournis : il y avait le ténor Erich Schmedes dans le rôle de Tristan, la soprano Anna von Mildenburg dans celui d'Isolde, le baryton Richard Mayr dans celui du roi Marke, le metteur en scène n'était autre qu'Alfred Roller et le chef d'orchestre Gustav Mahler : une meilleure affiche était indisponible dans tout l'Univers connu. Et ce même programme annonçait pour le 9 *Le Vaisseau fantôme* !

La lecture du tarif des places lui donna une nouvelle bouffée de chaleur jointe à un début de désordre intestinal : quatorze *Kronen* pour les baignoires et premières loges, dix *Kronen* pour les deuxièmes loges, huit *Kronen* pour les troisièmes loges, de neuf à quinze *Kronen* pour les stalles de parterre, de huit à neuf *Kronen* pour le parterre, de deux à sept *Kronen* pour les stalles de la troisième galerie, deux *Kronen* pour le parterre debout.

Sa visite suivante fut pour le Kunsthistorisches Hofmuseum qui bornait au sud-est la place Marie-Thérèse. Là encore, il examina sous tous les angles possibles la façade Renaissance italienne et ne trouva rien à redire ; un édifice doté d'une coupole centrale que couronnait une gigantesque statue de Minerve de soixante-quatre mètres trente-deux ne pouvait être que parfait.

Il recueillit auprès d'une secrétaire revêche les informations nécessaires à l'inscription au concours d'automne et se vexa lorsqu'elle refusa d'examiner ses œuvres.

Les visites se faisant de 9 heures à 13 heures, Adolf sacrifia provisoirement la visite du rez-de-chaussée pour aller directement au premier étage entièrement dédié à la peinture. La confrontation avec une aussi grande quantité de chefs-d'œuvre au mètre carré fut éprouvante, voire décourageante. Accablé, il quitta le musée en traînant les pieds, usant deux fois plus vite la semelle de ses chaussures.

Il déjeuna d'un gros morceau de pain et d'une bouteille de lait, puis il consacra son après-midi à arpenter le Ring de long en large.

Il rentra chez les Prinz à l'heure pile du dîner. Il mangea de bon appétit, il se coucha, ferma les yeux et s'endormit.

***

Adolf était à Vienne depuis une semaine quand August reçut une carte postale de la Karlsplatz : une croix tracée à l'encre noire signalait le toit du Musikverein, l'endroit même où il rêvait d'étudier un jour.

> Lundi 7 mai
> Cher Gustl,
> En t'envoyant cette carte, je dois m'excuser de ne pas t'avoir donné de mes nouvelles depuis si long-temps. Je suis bien arrivé, comme tu peux t'en rendre compte, et j'ai beaucoup circulé. Demain je vais voir *Tristan* à l'Opéra, après-demain ce sera *Le Vaisseau fantôme*. Je me trouve très bien ici, mais Linz me manque.
> Salutations de ton ami.
> Adolf Hitler.
> Amitiés à tes parents.

August soupira. Il aurait donné cher pour voir *Tristan et Iseult* en sa compagnie : quatre heures et demie de pure extase. Il relut la carte, ému aux larmes ; après tout, c'était la première fois qu'il recevait du courrier.

La porte de l'atelier s'ouvrit, son père apparut.

– *Was machst du ?* Ça fait un quart d'heure que je t'attends. Tu sais bien que je ne peux pas carder ce fauteuil tout seul !

– Je viens, papa.

Il rangea la carte postale avec l'intention de la relire plus tard et il rejoignit son père dans l'atelier qui sentait la colle forte, la vieille poussière, la sueur. Il reprit son marteau et

197

emboucha une poignée de clous, se répétant que, si Adolf parvenait à convaincre son père de le laisser tenter l'inscription au Conservatoire, ce serait un haut fait digne de Siegfried neutralisant le dragon Fafner, rien de moins.

***

Le 16 mai, Adolf était de retour.

Prévenu par sa dernière carte postale (il en avait reçu quatre), August l'attendait à la descente du train.

— Comment va Stefanie ? Tu l'as vue ? Tu lui as parlé ? Qu'as-tu répondu quand elle t'a demandé où j'étais ?

— Le temps a été mauvais depuis que tu es parti et il a beaucoup plu, aussi je ne l'ai vue que trois fois, et de loin... Elle était avec sa mère, comme d'habitude...

— Elle ne t'a donc pas vu ?

— Non.

Adolf se détendit.

— Voilà pourquoi elle ne t'a pas demandé de mes nouvelles.

August changea de sujet.

— Dis-moi, *Tristan* à l'Hofopera, c'est aussi bien qu'on le dit ?

Adolf se composa un air solennel.

— Désormais, pour moi, plus rien ne sera pareil.

— À ce point ? Qui dirigeait ?

Adolf prit un air songeur qui, selon l'éclairage, lui allait plus ou moins bien.

— Gustav Mahler !

August hocha la tête à plusieurs reprises.

— Tu étais bien placé ?

Adolf exhiba les talons des tickets.

— Première loge, qu'est-ce que tu crois ? J'étais si bien placé que lorsque Tristan agonise j'ai eu l'impression que c'était sur mes chaussures !

198

– Oh !

Adolf prit la pose et poussa un profond soupir ressemblant à s'y méprendre à celui poussé par Anna dans *Les Maîtres chanteurs*, lorsqu'elle apprend que le vieux barbon Beckmesser va peut être gagner le concours de chant et ainsi l'épouser.

– Dans *Tristan*, Richard utilise le langage chromatique pour signifier le monde de l'intuitif et de l'irréel, et il utilise le langage diatonique pour illustrer le monde du réel et du rationnel... tu me suis ? Il a ainsi créé un monde sonore où j'ai eu l'impression de voir à travers ce que j'entendais, l'état d'âme de chaque personnage. Je te le dis comme je le pense, Gustl, cet homme est un pur génie.

Pour toute réponse, August tendit une main vers la valise.

– Si tu veux, je te la porte.

Adolf voulut et August eut tout le temps de le regretter. On eût dit que son ami avait rempli sa valise avec des pierres tant elle pesait.

– Tu y retournes à l'automne ?

– Non... j'ai décidé d'étudier une année de plus. Je me présenterai l'année prochaine. Je ne peux pas me permettre d'échouer.

Malgré la joie évidente de sa mère qui le serra longuement contre elle en l'embrassant plusieurs fois sur le front et les deux joues, Adolf perçut quelque chose d'infiniment triste dans sa voix comme dans sa physionomie... quelque chose qui n'y était pas avant, qu'il ne s'expliquait pas et qu'il s'empressa de chasser de sa mémoire.

20

« Se lancer dans la tentative de comprendre Hitler,
de comprendre tous les processus qui ont transformé cet
enfant innocent en un tueur féroce, c'est courir le risque
de rendre ses crimes compréhensibles, et par conséquent, admettre la possibilité illicite d'avoir à lui pardonner. Comprendre c'est pardonner, dit l'adage. »

Ron Rosenbaum, *Pourquoi Hitler ?*

Humboldsrasse 31.
14 janvier 1907.

Onze jours après le quatrième anniversaire de la disparition d'Aloïs, Klara se rendit dans la Landstrasse où se
trouvait le cabinet de consultation du docteur Eduard Bloch.
Elle se plaignit d'une douleur lancinante dans la poitrine
qui, depuis deux jours, l'empêchait de dormir. L'examen
révéla une importante tumeur au sein gauche.

– Frau Hitler, vous n'êtes pas raisonnable ! Pourquoi
avoir attendu aussi longtemps ? Cela doit faire des mois
que vous souffrez !

– Je pensais que ça passerait… C'est donc grave ?

– Ça peut le devenir si vous ne vous faites pas opérer.

Klara manqua d'air. L'idée de subir une intervention
chirurgicale la terrifiait.

— Je peux en mourir, docteur ?

Le médecin protesta, le regard fuyant.

— Vous n'avez que quarante-six ans et vous êtes d'une constitution plutôt robuste... Seulement, avec un sarcoma pectoris de cette taille il ne faut plus attendre.

Consultant son agenda, il se composa un air détaché pour dire :

— Je vous recommande le docteur Urban. C'est un excellent chirurgien, vous ne sentirez absolument rien. Je peux vous prendre un rendez-vous pour... disons... cet après-midi ?

***

Adolf dessinait les plans d'une somptueuse villa de style Renaissance italienne destinée à célébrer le deuxième anniversaire de sa rencontre avec Stefanie, lorsqu'il reconnut les bruits de clef particuliers à sa mère lorsqu'elle ouvrait la porte d'entrée (Hannitante faisait des bruits différents, bien qu'elle utilisât une clef identique).

Il trouva sa mère dans la cuisine, assise, les yeux cernés, les coudes sur la table et la tête dans les mains, une expression de détresse qu'il ne lui avait vue qu'une seule fois (à la mort d'Edmund).

— Maman, ça ne va pas ?

***

L'intervention eut lieu trois jours plus tard à l'hôpital des sœurs de la Miséricorde. À la demande de Klara, le docteur Bloch fut présent dans la salle d'opération.

— C'est trop tard, déplora le chirurgien après avoir ôté la totalité du sein gauche de sa patiente, les métastases sont déjà dans la plèvre.

Il regarda le docteur Bloch.

— Je serais surpris qu'elle vive l'année prochaine.

Klara resta hospitalisée vingt jours à raison de cinq *Kronen* par jour (le tarif normal était de deux *Kronen*). Adolf avait insisté pour que sa mère bénéficie du meilleur traitement possible ; il était d'autant plus déterminé qu'elle lui avait révélé l'existence du pactole Tricotin, une surprise de taille. Il n'avait jamais vu autant d'argent : huit mille six cent trente *Kronen* !

— Au début il y en avait dix mille.

— Pourquoi un inconnu nous a-t-il donné une telle somme ? Ce n'est même pas un Allemand !

— Justement, ce n'est pas un inconnu puisqu'il nous a dit qu'il était le demi-frère de ton père.

— Mon demi-oncle alors ?

— Oui, et d'après lui, son père aurait été un docteur qui aurait engrossé la blanchisseuse de ses parents.

Klara avait fouillé dans le carton contenant les papiers personnels d'Aloïs pour lui montrer l'encart publicitaire qui vantait les mérites du docteur Karolus Trikotin.

— Il m'a aussi montré une miniature où on voyait bien ce Karolus Trikotin à côté de Maria Anna qui portait ton père sur les genoux.

— Où est-elle, cette miniature ?

— Il est parti avec.

Adolf avait sollicité sa mémoire pour se rappeler cette brève rencontre avec Marcello Tricotin. Il y avait l'étonnant manteau en peau de loup… il y avait le bouton sur le nez que die Kleine avait confondu avec une piqûre d'abeille… il y avait les trois livres de Karl May et celui d'Arthur… il revoyait Marcello sortant de la Gasthof Stiefler en se frottant la nuque…

— Il nous a dit aussi qu'il était venu remettre cet argent à ton père, de la part du sien qui venait de mourir, enfin, quelque chose comme ça.

— Tu sais pourquoi il a mis papa en colère ?

— Herr Stiefler m'a dit qu'ils s'étaient disputés et que ton père lui avait jeté la miniature à la tête...

Ainsi, du sang italien coulait dans ses veines... Il n'était pas certain d'apprécier l'insolite d'une pareille découverte. Adolf aurait nettement préféré du sang runique, façon chevalier teutonique...

***

Sa mère se rétablissant et les beaux jours revenus, Adolf reprit ses études en plein air et ses longues randonnées en compagnie du fidèle August. Des longues marches qui l'apaisaient et lui étaient devenues nécessaires.

Avec le soleil et les premiers bourgeons, le printemps fit réapparaître Stefanie et sa mère sur la Franz-Josef Platz ; effet secondaire non désiré, réapparurent les fringants officiers de la garnison. Adolf redevint jaloux au point d'avoir envie de mordre quelque chose. Il développa ainsi une violente aversion pour les militaires, les qualifiant de bons à rien, de têtes vides, de parasites corsetés et pomponnés, tout juste capables de faire des ronds de jambe en lissant leurs moustaches d'un air suffisant. Ah non alors, il ne les aimait pas.

Les mois passaient, et Adolf ne s'était toujours pas décidé à se déclarer. Il aimait trop Stefanie pour risquer une rebuffade ; en ne se déclarant point, son espoir restait intact et le moindre de ses fantasmes restait plausible. Il avait rationalisé son extrême timidité en imaginant divers scénarios :

— Elle n'attend qu'une chose, que je la prie de devenir ma femme. Tu vois, Gustl, elle sait tout de moi, c'est ça le Vrai Amour, nous n'avons pas besoin d'utiliser la parole... et ce n'est pas de la magie, c'est un phénomène naturel comme la grêle ou le beau temps...

August s'abstint de lui demander pourquoi Stefanie savait tout de lui alors qu'il ne savait rien d'elle ; Adolf était son seul ami, il ne voulait pas le perdre.

Et puis, un jour, la catastrophe.

— Je connais au Conservatoire un violoncelliste qui est vaguement lié avec le frère de Stefanie. Il m'a appris que son père a été un haut fonctionnaire et que sa veuve perçoit une belle pension… Il m'a dit aussi que Stefanie a beaucoup de soupirants et qu'elle aime danser… Pour preuve, il m'a dit que l'hiver précédent elle avait fréquenté tous les bals importants de la ville.

Adolf était consterné. Ce goût immodéré pour la danse ne cadrait absolument pas avec sa Stefanie. L'imaginer, tout sourire, en train de virevolter aux bras d'un bon à rien en uniforme le mortifiait cruellement, révolutionnait son système digestif.

— C'est fatal, si tu veux la séduire pour de bon, il faut que tu apprennes à danser.

Adolf explosa.

— Non, non, jamais ! Je n'apprendrai JAMAIS à danser, tu m'entends ?

Adolf s'apaisa.

— Suppose que tu sois sourd et que tu te trouves dans une salle de bal archicomble. Tu n'entends pas la musique qui met ces gens en mouvement. Observe alors leurs trémoussements insensés ; ces gens ne te paraissent-ils pas complètement ridicules ?

Les mains dans le dos, Adolf arpenta sa petite chambre ; quatre pas aller, quatre pas retour.

— D'ailleurs, Stefanie ne danse que parce que la société qu'elle fréquente l'y oblige. Mais tu verras, Gustl, tu verras, dès qu'elle sera devenue ma femme, elle n'aura plus aucune envie de danser !

***

Chaque dimanche, les Kubizek assistaient à la grand-messe de 10 heures dans l'église des Carmélites, et chaque dimanche, Adolf, impeccablement vêtu, canne au pommeau en ivoire à la main, les attendait, faisant les cent pas sur le trottoir d'en face, ruminant dans son for intérieur combien il fallait être décérébré pour croire à de pareilles sornettes.

— Mon bon Gustl, essaye de te représenter ce que signifie la Bible : Dieu crée les conditions du péché, puis, avec l'aide du diable, il réussit à faire pécher l'homme et à l'éjecter du paradis. Et après, il se sert d'une vierge pour mettre au monde un fils qui, en mourant, va racheter la faute d'Adam et du coup celle de l'Humanité ! Maintenant, je te le demande, Gustl, comment peut-on avaler une telle quantité d'âneries ?

Embarrassé, August s'était tortillé pour répondre :

— Tu as sans doute raison, Adolf, mais c'est ma mère qui veut que je l'accompagne. Elle est croyante… comme ta mère, d'ailleurs.

August et ses parents sortaient de l'église lorsque Adolf traversa et vint à leur rencontre. Après avoir respectueusement salué Herr Kubizek, puis Frau Kubizek, il fit signe à son ami de le suivre jusqu'au carrefour Schmiedtoreck. Là, il lui désigna le grand café Baumgarten et la terrasse pleine de gens endimanchés.

— Elle est à l'intérieur avec sa mère et un capitaine que je n'ai encore jamais vu. Gustl, je ne supporte plus cette situation… J'ai un plan.

— Un plan ?

— Je vais l'enlever, et tu vas m'aider.

— Comment ça, l'enlever ?

— Tout ce dont j'ai besoin, c'est que tu me trouves une échelle suffisamment haute pour atteindre la fenêtre du deuxième étage de son immeuble.

August prit un air sincèrement préoccupé.

— Tu es sûr que c'est la fenêtre de sa chambre ?

— Oui, je le sens dans tout mon organisme, donc c'est impossible que je me trompe.

— Alors une fois en bas de l'échelle, vous allez partir tous les deux en courant, c'est ça ton plan ?

— Oui, pour une fois tu sembles avoir compris du premier coup !

Piqué au vif, August insista.

— Tu sais où l'emmener au moins ?

La lueur qui traversa le regard d'Adolf déclencha un haussement d'épaules.

— On ira où elle voudra.

Le très prosaïque August ne s'avoua pas vaincu.

— Avec quel argent vous allez vivre tous les deux ? Il en faut, tu sais.

Adolf se mordit la lèvre inférieure.

— Bah, l'argent ! Quand on s'aime vraiment il y a toujours une solution.

Les jours passèrent : August ne trouvant pas d'échelle suffisamment longue pour atteindre le deuxième étage, Adolf proposa d'en fabriquer une en s'inspirant de celle utilisée par les pompiers. La difficulté pratique d'une telle réalisation le contraignit assez vite à renoncer. Déprimé par ce nouvel échec, ne supportant plus le dégoût de soi qu'il s'inspirait, Adolf résolut de mettre fin à ses jours.

— C'est la troisième fois que je la vois avec ce mirliton ! Je souffre trop, et quand trop est trop, c'est trop !

— Tu es sérieux ?

— Évidemment, pourquoi ?

August apprit qu'il avait un rôle déterminant dans ce suicide ; c'était lui qui préviendrait les familles et qui leur indiquerait l'endroit précis du pont d'où Adolf s'était jeté, Stefanie étroitement serrée contre lui en guise de lest.

Adolf se méprit sur le silence atterré de son ami.

— Comment veux-tu qu'elle survive à ma disparition...

206

C'est lui rendre un grand service que de lui éviter d'avoir à le faire elle-même… ?

August fit mine de s'intéresser aux clients du Baumgarten assis en terrasse.

– Vu ainsi, bien sûr…

Adolf fronça les sourcils.

– Demain, quand elle sera au milieu du pont, tu iras distraire sa mère en lui racontant ce que tu veux, et moi j'en profiterais pour la prendre dans mes bras et sauter… Viens, Gustl, je vais te montrer exactement où.

– Mais suppose qu'elle ne veuille pas te suivre ?

Adolf lui lança un regard empreint d'une forte dose de commisération.

– Décidément tu n'écoutes jamais quand je parle ! Combien de fois faut-il te dire qu'elle et moi, c'est pareil… Donc elle ne peut pas refuser, qu'est-ce qui est si difficile à comprendre dans ce que je viens de te dire ?

Ce jour-là, rentrant chez lui en fin d'après-midi, Adolf trouva sa mère alitée.

– Monter les trois étages m'a épuisée. Je ne suis pas encore rétablie.

La réaction d'Adolf fut spontanée :

– On va déménager, maman, on va louer un rez-de-chaussée. Je m'en occupe dès demain.

Son funeste projet reporté à une date ultérieure, Adolf trouva assez vite, au 9 de la Blütenstrasse, un trois pièces-cuisine au premier étage d'un immeuble bourgeois d'Urfahr, situé à deux rues seulement du domicile de Stefanie. L'immeuble appartenait à Frau Magdalena Hanisch, la veuve d'un haut fonctionnaire auprès du tribunal qui sympathisa spontanément avec sa nouvelle locataire.

Le déménagement eut lieu le 4 mai. N'emportant aucun meuble, la famille Hitler – Klara (quarante-sept ans), Hannitante (quarante-quatre ans), Paula (onze ans), Adolf (dix-huit ans) – arriva en *Einspänner* suivi d'une charrette

chargée de sept valises et de la grande malle ayant appartenu à Aloïs.

— C'est un très bon choix, lui dit sa mère. On a une belle
vue sur le Pöstlingberg... mais quarante-neuf *Kronen*, tout
de même, c'est cher, Adi, c'est très cher...

— Oui, mais il en vaut la peine, regarde comme il est
bien meublé, et puis l'escalier n'a que vingt-six marches,
tandis qu'à la Humboldtstrasse il y en avait quatre-vingt-
treize... Autre avantage, ici tout est moins cher qu'à Linz.

Urfahr était exempté de l'octroi qui renchérissait considérablement toutes les marchandises qui franchissaient
chaque jour le vilain pont métallique qui reliait le bourg à
Linz.

21

« J'ai, il y a longtemps, reçu une lettre dans laquelle
quelqu'un m'informait qu'il partait pour l'Académie des
beaux-arts, mais que je devais l'attendre, qu'il reviendrait et m'épouserait. Je ne me rappelle plus ce qu'il y
avait d'autre dans cette lettre, pas même si elle était
signée et de quelle manière. Je ne savais absolument
pas à ce moment-là à qui attribuer cet envoi. »

Interview de Mme Stefanie Rabatsch – née Jansten –,
dans *Ein junger Mann aus dem Innviertel*
de Georg Stefan Troller et Axel Corti.

Urfahr.
Mercredi 2 septembre 1907.

August souleva la valise et s'éclipsa sur le palier afin de
ne pas assister aux adieux. Adolf le rejoignit, ses yeux
brillaient et il reniflait comme lorsqu'il était enrhumé. Se
relayant pour porter la valise (pleine de livres et de cartons
à dessin), ils dissimulèrent leur émotion en échangeant des
banalités sur les horaires des trains en automne. Avant de
disparaître au coin de la Blütengasse, Adolf se retourna et
salua de la main sa mère, Hannitante et die Kleine alignées
en pleurs sur le balcon. Dans le tramway, il exigea d'August
qu'il lui récite une fois de plus ce qu'il devait répondre à

Stefanie lorsque celle-ci lui demanderait de ses nouvelles. Croyant bien faire, August lui rappela que lors de son précédent voyage Stefanie ne s'était jamais manifestée : il eut droit à l'habituel haussement d'épaules.

— L'année dernière elle savait que je ne resterais pas longtemps, elle le sentait. C'est pour ça qu'elle ne s'est pas manifestée, mais cette fois c'est différent. Vas-y, récite.

— Je lui dis que tu es parti à Vienne t'inscrire à l'école de peinture des Beaux-Arts… Je lui dis que tu reviens dans quatre ans et que tu demanderas alors sa main à sa mère.

— Et ?

— Et alors je t'écris immédiatement sa réponse.

Adolf opina du chef.

— C'est bien, Gustl.

Ils se séparèrent sur le quai bruyant et encombré de la Stadtbahnhof.

— Au revoir, Adolf… et bonne chance pour ton examen.

Fuyant son regard, Adolf lui tendit une lettre timbrée et adressée à :

Fräulein Stefanie Jansten
Kreuzgasse 5
Urfahr

— Poste-la ce soir, s'il te plaît, ainsi elle la recevra demain matin.

Il souleva sa valise et monta dans le compartiment de seconde classe : six heures plus tard, il entrait pour la deuxième fois dans la capitale impériale.

Lors de son voyage précédent, il avait remarqué les affichettes accrochées aux portes qui proposaient toutes sortes de logements au loyer attractif. La plupart du temps il s'agissait de locataires qui sous-louaient une chambre, ou un lit, ou un coin de pièce, afin de pouvoir payer leur propre loyer.

Adolf n'eut pas à marcher longtemps : il trouva ce qu'il cherchait à deux pas de la gare, épinglé bien en vue sur la première porte cochère venue : une certaine Frau Maria Zakreys proposait pour dix *Kronen* par mois une chambrette au 31 de la Stumpergasse, escalier II, porte 7.

Le 31 était l'un de ces immeubles locatifs construits à la hâte au moment de la grande industrialisation de Vienne : la Stumpergasse en abritait une dizaine du même acabit. Chacun d'eux était divisé en petits appartements de trente mètres carrés, tous identiques : une chambre, une cuisine, une petite pièce baptisée, selon les besoins, débarras ou chambrette (*Kabinett*). L'eau n'était pas courante et se prenait à une *Bassena* au milieu du couloir ; *idem* pour les cabinets communs à l'étage au fond du même couloir.

Adolf entra au numéro 31 et traversa la cour intérieure pour accéder à l'escalier II. Il entra dans un second immeuble d'aspect miteux, monta au deuxième étage par un escalier sombre et cogna à la porte 7 avec sa canne. La porte s'ouvrit ; une odeur de pétrole envahit ses narines.

— Bonjour, madame, je m'appelle Adolf Hitler et je viens pour l'annonce.

Ce disant, il ôta son chapeau avec la main qui tenait la canne.

La loueuse était une petite femme à chignon gris âgée de quarante-cinq ans. Son visage fripé, son nez et son menton pointus évoquaient un gallinacé de basse-cour. Frau Zakreys gagnait sa vie en faisant de la couture pour une boutique de mode dans la Mariahilferstrasse. D'origine tchèque, et malgré un séjour de plusieurs années dans la capitale, elle parlait un allemand rudimentaire aggravé d'un rude accent tchèque à la limite du supportable pour une oreille d'honnête Germain.

— Elle me convient, dit Adolf en découvrant une chambrette de dix mètres carrés, meublée d'un petit lit de fer, d'une table en sapin et d'un tabouret.

Il vit que les pieds du lit étaient placés dans des boîtes de conserve remplies de pétrole.

Sans attendre la réponse de la loueuse, il ouvrit sa valise, prit le portrait de sa mère et le plaça sur la table, à côté de la lampe à pétrole.

Frau Zakreys tendit la main, paume en sébile.

— C'est dix *Kronen* tous les mois.

— Les voici, Frau Zakreys, et maintenant ma clef, je vous prie.

Elle lui donna la clef qui ouvrait la porte de l'appartement et lui expliqua qu'après 10 heures du soir, il fallait payer vingt *Heller* au *Hausbesoger* pour qu'il daigne ouvrir la porte.

— Et aussi, vous allez à la police vous enregistrer.

— Bien sûr, madame.

Adolf eut un geste vers les pieds du lit.

— Pourquoi ces boîtes avec du pétrole dedans ?

Frau Zakreys haussa les épaules.

— C'est pour empêcher les punaises de monter. On est à Vienne ici… Maintenant, pour votre toilette, c'est dans la cuisine, j'ai mis un paravent, venez, je vous montre.

***

Cher Gustl,

Ça y est, je suis inscrit ! Nous sommes cent douze ! La première épreuve commence demain. Je bous d'impatience. Ça ne m'empêchera pas de voir ce soir *Les Maîtres chanteurs* au Burgoper.

Amitiés à tes parents.

Ton ami, Adolf.

P.-S. : Linz me manque BEAUCOUP. Je veux que tu me donnes des nouvelles de ma chère ville bien-aimée. Voici mon adresse : chez Frau Zakreys, Stumpergasse 31, Vienne.

Adolf lécha le timbre à l'effigie de l'Empereur et le colla sur la carte postale représentant le palais Hansen, siège de l'École générale de peinture. Il écrivit ensuite une lettre de six pages à Stefanie qu'il déchira après l'avoir relue.

Contrairement à ce qu'il avait écrit sur la carte postale, Adolf se coucha tôt et dormit comme un loir. Au matin, il se vêtit de son meilleur costume, cira ses chaussures, déjeuna d'une portion de pudding au maïs et à la margarine, puis, carton à dessins sous le bras, canne d'ébène dans la main droite, il marcha d'un pas confiant jusqu'à la Schillersplatz où attendaient déjà une trentaine de candidats. Pour cette première épreuve, ils devaient déposer le meilleur de leurs travaux et attendre le lendemain pour savoir s'ils étaient autorisés à poursuivre l'examen d'admission. Sur les quarante-huit aquarelles et huiles emportées, Adolf en avait sélectionné trente, réalisées durant ces quatre dernières années : il y avait des paysages de Leonding, des vues de Linz, le Pöstlingberg en été comme en hiver,…

Ses travaux déposés, il n'eut plus qu'à attendre les résultats prévus pour le lendemain matin, 10 heures. L'âme en paix, il passa le reste de la journée à déambuler dans le Prater, faisant des croquis de la grande roue, mais aussi des stands de tir, des athlètes tatoués soulevant des poids, des dresseurs de puces, des nains déguisés en Turcs, des avaleurs de sabre émoussé, des jongleurs jonglant avec des hérissons vivants, et puis, dans une tente bleue rapiécée, un veau à deux têtes aux regards tristes.

Adolf rentra chez lui en début de soirée et se coucha à 23 heures, après avoir lu un livre sur l'histoire de l'art (Le dessin est un acte intellectuel, la couleur n'est qu'un accident soumis à la variation de la lumière).

Le lendemain, à 10 heures, les résultats étaient placardés sur le grand panneau d'affichage dans le hall. Sur cent douze participants, trente-trois étaient éliminés. Sans surprise,

Adolf était admis à l'épreuve suivante, qui se déroulerait le 1ᵉʳ et le 2 octobre.

***

Le 1ᵉʳ octobre, à 8 heures sonnantes, les portes du palais Hansen s'ouvrirent. Les soixante-dix-neuf candidats qui combattaient le froid humide en piétinant devant l'édifice s'engouffrèrent à l'intérieur dans un brouhaha de voix surexcitées. Après un long appel nominal, on leur rappela que l'épreuve de dessin se déroulerait le matin de 8 heures à 11 heures, et l'après-midi de 14 heures à 17 heures. Les candidats devaient choisir deux sujets dans une liste donnée.

Adolf ricana en découvrant les cinquante thèmes proposés : Adam et Ève chassés du paradis terrestre, Scène du Déluge, Le retour du fils prodigue, Caïn tuant Abel, Samson prisonnier, Adam et Ève découvrant le corps d'Abel, Les Rois mages, Le bon Samaritain, etc. On pouvait difficilement faire plus classique.

Sans hésiter, il choisit Adam et Ève chassés du paradis et Scène du Déluge.

Après avoir opté pour une vue aérienne du paradis, il dessina la muraille qui l'entourait et plaça au premier plan la porte d'entrée monumentale par laquelle le couple maudit allait passer. Très vite et à son insu, l'archange Gabriel ressembla à s'y méprendre à Richard Wagner, le béret en moins ; Dieu en colère n'était autre que Bismarck inventant le Premier Reich à Versailles ; Adam lui ressemblait, mèche comprise mais moustaches exceptées, et Ève, bien sûr, était le touchant portrait de Stefanie ; quant au serpent à l'arrière-plan, c'était Leo Raubal tout craché.

Pour la Scène du Déluge, il eut la fumeuse idée de partager son sujet en deux : une moitié montrait un ciel orageux traversé par des éclairs et où volaient encore quelques oiseaux condamnés à battre des ailes jusqu'à l'épuisement, faute d'un endroit où se poser ; l'autre moitié montrait une mer sombre, houleuse, déchaînée par endroits. Comme il ne pouvait représenter le Déluge sans son arche, il situa le bateau de Noé sur la ligne d'horizon, pas plus grand qu'un confetti.

Après l'épreuve, il rentra dans sa chambrette et écrivit à Stefanie une lettre de vingt et une pages qu'il détruisit aussitôt après l'avoir relue. Il dormit moins paisiblement que la veille, rêvant par à-coups qu'il s'étouffait, puis qu'il se noyait, et enfin qu'il tombait dans le vide… oubliant tout à l'instant du réveil.

Le lendemain, il joua des coudes pour s'approcher des placards affichant les résultats. Ne trouvant pas son nom, il crut à une erreur et sollicita une entrevue avec le recteur, qui le reçut sans délai.

– Il s'agit d'une erreur, monsieur le recteur, au pire un simple oubli.

Le recteur réajusta ses lorgnons pour consulter les fiches du jury.

– Ce n'est pas une erreur, jeune homme, je lis ici : « Travaux insuffisants, trop peu de portraits. » Pourquoi ne pas vous donner une année supplémentaire et à nouveau tenter votre chance ?

Adolf quitta le palais Hansen aussi désemparé qu'un somnambule réveillé en équilibre sur une gouttière.

***

Hannitante fit entrer le jeune Kubizek et le conduisit jusqu'à la chambre de Frau Klara.

August fut choqué par le teint grisâtre, la peau flétrie et les bras anormalement amaigris de la mère de son ami ; de plus, des cernes mauves sous les yeux lui donnaient un air de tragédienne trop maquillée.

— Herr Kubizek ! Quelle bonne surprise ! Vous avez des nouvelles d'Adolf, n'est-ce pas ?

— Hélas non, madame. Je venais justement vous en demander. Depuis la carte du mois dernier où il m'annonçait qu'il était inscrit, je n'ai plus rien reçu.

Il lui tendit la carte. Klara chaussa ses lunettes pour la lire.

— Il m'a pratiquement écrit la même chose, et depuis, plus rien. S'il était en mauvaise santé il m'aurait prévenue.

— Il sait que vous êtes à nouveau malade ?

— Non, bien sûr, à quoi bon le contrarier… De toute façon, je vais me rétablir.

Hannitante lui proposa une tisane de verveine qu'il accepta, tandis que Klara relisait le post-scriptum de la carte postale.

— Je n'imaginais pas que Linz puisse autant lui manquer.

August baissa la tête et regarda ses vieilles chaussures comme font les menteurs pris en flagrant délit. Linz était le nom de code choisi par Adolf pour désigner Stefanie.

Klara lui rendit la carte.

— Je ne sais même pas s'il a été reçu… Oh mais de toute façon, qu'il le soit ou pas, comment voulez-vous que la peinture le fasse vivre correctement ? Et quand je ne serai plus là, qui va s'occuper de la petite ? Vous au moins, vous avez votre métier de tapissier, mais lui, à part ses rêves ?

Désignant le portrait d'Aloïs suspendu au-dessus de son râtelier à pipes, Klara ajouta d'une voix à peine audible :

— Et comme disait son père, quand on rêve c'est qu'on dort.

***

Adolf ne sortait pratiquement plus de sa chambrette. Il n'avait goût à rien, sauf peut-être à se gratter des piqûres de punaises : il ne lisait plus, il ne dessinait plus, il ne sifflait plus du Wagner, ce qui lui laissait tout loisir de ruminer son échec en boucle, se cherchant des excuses, parfois s'en trouvant.

Par un matin froid mais ensoleillé de novembre, une lettre postée de Linz arriva au courrier. Il reconnut l'écriture d'Angela.

> Personne n'ose t'écrire, mais moi si. Notre mère va très mal et il faut que tu reviennes vite. D'ailleurs le docteur Bloch dit qu'il y a des décisions à prendre.

***

L'atelier Kubizek und Söhne bourdonnait d'activité lorsque Adolf apparut sur le seuil de la porte. Herr Kubizek lança un regard désapprobateur vers son fils qui abandonnait ses outils pour accueillir son ami.

— Pourquoi tu n'as rien dit ? Je serais venu te chercher à la gare !

Adolf lui tendit une main anormalement molle.

— Le docteur Bloch vient de me dire que ma mère est incurable ! Selon lui, son opération a eu lieu trop tard.

Herr Kubizek, qui avait entendu, prit un air de circonstance.

— Je suis désolé pour toi, mon garçon. Si ma femme et moi nous pouvons être utiles, n'hésite pas.

Adolf le remercia, les yeux embués, le cou raide.

— Tu es arrivé quand ? demanda August en dénouant le cordon de son tablier pour le suspendre au clou.

— C'est Angela qui m'a prévenu. J'ai pris le train de nuit et je suis arrivé ce matin.

Soudain, il s'anima.

— Incurable, je te demande un peu ce que cela signifie ! Ce n'est pas la maladie qui est incurable, mais les médecins qui sont au bout de leur science. Alors ils déclarent ma mère incurable. Elle n'a que quarante-sept ans ! Ce n'est pas un âge pour mourir !

— Ton médecin peut se tromper, dit Herr Kubizek. Tu devrais peut-être en consulter un autre ?

— J'y ai pensé, *mein Herr*, mais il faudrait aller à Vienne et ma mère n'est plus transportable. D'après le docteur Bloch il n'existe qu'un seul traitement capable de retarder l'évolution du mal… Il le commence demain.

Herr Kubizek accepta de bon gré qu'August quitte l'atelier afin de raccompagner Adolf à Urfahr.

Les deux amis s'engageaient sur le pont métallique quand August songea à le questionner sur les résultats du concours. Les yeux vagues, Adolf ne parut pas l'entendre. Respectant sa douleur, August n'insista pas.

***

Né trente-cinq ans plus tôt dans une famille juive de Frauenburg, dans le sud de la Bohême, Eduard Bloch avait fait ses études de médecine à Prague. Engagé comme médecin militaire, il s'était retrouvé en garnison à Linz. Ne s'accoutumant pas au milieu militaire trop antisémite à son goût, il avait quitté l'armée pour ouvrir un cabinet au 12 Landstrasse. Ensuite, Eduard Bloch s'était marié avec Emilie Kafka (oui, une lointaine cousine de Franz), qui lui avait donnée une fille, Trude. Depuis, Eduard Bloch avait acquis la réputation d'être un bon médecin, généreux envers ses patients démunis.

Le médecin ôta son chapeau à large bord qui le faisait reconnaître de loin et il se débarrassa de sa pèlerine en les proposant à Hannitante.

— *Kommen Sie bitte herein*, l'invita Adolf d'une voix morne.

— Comment a été la nuit ?

— Mauvaise, docteur ! Elle n'a pas pu dormir, elle se plaint d'une forte brûlure là, dit-il en posant la main sur son sein gauche. Pourvu que votre traitement puisse au moins la calmer !

— J'espère qu'il fera mieux.

Eduard Bloch était de ces médecins pour qui la mort d'un(e) patient(e) était un affront personnel méritant vengeance. Les échecs se succédant, son stock de vengeances était devenu tel qu'au nom de l'avancement de la Science, il n'hésitait plus à tenter des expériences sur des patients diagnostiqués incurables. Frau Hitler était de ceux-là.

La veille, il avait discuté avec Adolf des modalités du traitement qu'il voulait expérimenter sur Klara.

— Je préconise un traitement à l'iodoforme, mais je vous mets en garde, c'est un traitement onéreux.

En poudre jaune d'or, l'iodoforme était utilisé comme cicatrisant et anesthésique sur les plaies vives et les adénites fistuleuses ; dissous dans de l'éther et injecté, l'iodoforme était utilisé contre les abcès ganglionnaires, et, sous forme de crayon, on l'employait pour les maladies de l'utérus et du rectum.

— Je ne vous cache pas que, vu l'état alarmant de votre mère, il n'est pas question de finasser sur les quantités, il nous faut attaquer le plus brutalement possible, de front et à doses massives !

— Bien sûr, docteur, quel est votre plan ?

— Je commence par appliquer une double dose pendant quatre jours, avec de la morphine, puis une dose quotidienne et sans morphine.

Adolf apprit ainsi que la gaze iodoforme était disponible en trois tailles différemment dosées : petite, moyenne, grande. La grande mesurait un mètre et contenait cinq grammes d'iodoforme : c'était la plus forte, c'était aussi la plus économique, à raison de sept *Kronen* (l'injection de morphine non comprise).

— Allez-y, docteur, et surtout ne lésinez en rien. Ma mère mérite ce qu'il y a de mieux.

***

Le docteur Bloch suivit Adolf dans la chambre qui venait d'être parfumée au muguet. L'apparence de sa patiente l'alarma.

Il ouvrit son sac de cuir et remplit une seringue hypodermique de morphine helvétique, disant d'une voix concernée :

— Il paraît que nous avons mal dormi ?

La brûlure mystérieusement assourdie, Klara se redressa sur un coude et eut un faible sourire qui parut l'épuiser.

— Elle a eu faim toute la nuit, docteur.

Elle, c'était la bête qui rongeait sa poitrine.

Le docteur Bloch sortit de son sac un rouleau d'un mètre de gaze couleur or.

— Si vous avez besoin de moi, je suis à côté, dit Adolf en quittant la chambre au moment où sa mère déboutonnait le haut de sa chemise de nuit.

Le docteur Bloch décolla doucement le pansement qui recouvrait la plaie béante et s'interdit de grimacer devant la progression du mal ; il eut au contraire un demi-sourire, pour feindre que ce qu'il voyait était rassurant.

— Soyez courageuse, Frau Hitler, ça va vous picoter quelques instants, prévint-il en appliquant la compresse d'iodoforme sur les chairs à vif.

Malgré les effets adoucissants de la morphine, Klara se cambra en gémissant, comme ébouillantée. Adolf apparut instantanément, les traits défaits, la mèche de travers, prêt à tuer quelqu'un, ou quelque chose.

— Ce n'est rien, Adi, ça passe déjà, articula-t-elle avec difficulté, plus blême que jamais.

***

Les premiers signes de rémission apparurent après la troisième application. Bientôt, ce furent de véritables bulletins de victoire qu'Eduard Bloch rédigea dans le mémoire qu'il préparait sur son expérience : il était question de déroute générale, de capitulation en rase campagne et d'irrésistible percée des troupes iodoformisées en territoire métastasé. Klara avait retrouvé l'appétit et le sourire ; elle parlait même de se lever et de préparer un gâteau au chocolat.

La cicatrisation s'interrompit au dix-septième jour et plusieurs signes alarmants donnèrent à penser au médecin que le mal préparait une contre-attaque. Il augmenta les doses et obtint, pour seul résultat, une aggravation spectaculaire des effets secondaires : la peau de Klara prit une teinte jaune canari, elle se plaignit d'un goût de plomb dans la bouche et d'une soif que rien ne parvenait à étancher. Son état se détériora et, comme elle se plaignait d'avoir continuellement froid, Adolf déménagea le buffet de la cuisine dans le salon, le remplaça par le lit de sa mère (la cuisine était la pièce la mieux chauffée), et il installa à son usage le divan du salon qu'il colla près de la fenêtre.

***

Fin novembre, Eduard Bloch se rendit à Vienne pour un court séjour. Comme à l'accoutumée, il logea chez Jacob Kratzky, également originaire de Prague. Ils avaient fréquenté la même faculté de médecine avant de s'engager ensemble dans l'armée impériale. L'antisémitisme ambiant les ayant découragés d'y faire carrière, Eduard était devenu médecin à Linz, Jacob avait préféré Vienne.

La veille de son départ, Eduard se hasarda à questionner son ami sur l'usage de l'iodoforme à haute dose, précisant qu'il s'agissait d'une expérience tentée par un collègue linzois. Kratzky ne mâcha pas ses mots.

— De deux choses l'une : soit ce collègue est un dangereux incompétent, soit c'est un sadique avéré.

Eduard s'était rembruni, refusant de comprendre.

— Explique-toi.

— Voyons, Eduard, avec de pareilles doses on ne peut qu'achever le malade dans d'atroces souffrances ! En plus, cette cochonnerie coûte une fortune ! Es-tu certain qu'il n'est pas simplement malhonnête, ce collègue ?

Contre toute attente, le docteur Bloch n'interrompit pas son expérience. S'arrêter brutalement aurait exigé des explications qui l'eussent contraint à admettre qu'il s'était grossièrement fourvoyé : un tel aveu, outre son effet désastreux sur la clientèle, aurait rendu délicate la présentation de la facture, qui à ce jour dépassait les cent cinquante *Kronen*.

Soucieux toutefois de diminuer les effets secondaires négatifs, le médecin délaya à quatre-vingt-dix pour cent son mélange, retardant l'issue fatale d'une vingtaine de jours, l'adoucissant discrètement avec de la morphine (Quand tout est fini, pourquoi souffrir ?). Afin de ne pas être démasqué, Eduard Bloch fut contraint de facturer encore ses compresses, réalisant ainsi un involontaire mais substantiel bénéfice.

22

« Le cancer du sein de Klara Hitler correspond en
tout point à un facteur psychogénique tel qu'il a pu être
avancé par les chercheurs. Selon une étude récente, le
cancer du sein serait dû à une grave expérience de séparation dans la petite enfance et une expérience semblable
dans une période de six mois à cinq ans avant les premières manifestations de la malignité. [...] Ceci dit, si
son cancer du sein a un sens, c'est bien celui d'une
autopunition. »

Rudolph Binion, *Hitler among the Germans*

Samedi 21 décembre 1907.
Urfahr.
Blütengasse 9.
La cuisine.

Klara fut la seule à entendre la pendule sonner 2 heures
du matin. La douleur qui la taraudait depuis des mois semblait s'être assoupie, on aurait dit que la bête regroupait ses
forces avant l'assaut final. Sur le divan près de la fenêtre,
son fils dormait d'une respiration régulière, une respiration
qu'elle connaissait dans ses plus infimes nuances pour
l'avoir si souvent surveillée. Aussi loin qu'elle pouvait s'en
souvenir, elle avait craint de le perdre... *Mein lieber Gott !*

223

Qu'allait-il devenir lorsqu'elle ne serait plus de ce monde ? Elle n'était pas dupe, bien qu'il lui eût certifié le contraire, elle savait qu'il avait échoué à son examen à Vienne… Qui allait le protéger d'une vie à laquelle il était si mal préparé ?

Adolf se réveilla en sursaut.

— Maman ? Tu as mal ?

Klara, qui ne s'entendait pas gémir, vit son fils se lever.

— Maman ! Maman ! Réponds-moi.

S'agenouillant à son chevet, il prit sa main et eut peur : elle était si froide.

— Ce n'est rien, Adi, recouche-toi, sinon tu vas prendre froid.

— Maman ! Tu bouges les lèvres mais je n'entends rien ! Qu'est-ce que tu as ?

La mourante eut une légère contraction des lèvres pouvant passer pour un sourire. Depuis qu'il était revenu de Vienne, Adi était méconnaissable : lui si désordonné et brouillon était désormais un modèle d'ordre et de propreté. Il faisait lui-même sa chambre, il obéissait aux ordres d'Hannitante et il aidait sa petite sœur à faire ses devoirs sans plus s'emporter les fois où elle ne comprenait pas assez vite.

— Maman, tu as mal ? Parle-moi ! insista Adolf, avant de crier : Hannitante, Paula, venez vite !

Les voyant tous les trois penchés au-dessus d'elle, Klara voulut les rassurer. Ne vous inquiétez pas, crut-elle murmurer, je me sens déjà mieux, puis elle mourut comme on s'endort, d'un seul coup et sans bruit.

— C'est fini, balbutia Adolf en se relevant, l'air parfaitement incrédule, la main de sa mère encore dans les siennes.

Johanna se signa en pleurant.

— C'est fini quoi ? demanda Paula en les regardant tour à tour.

Adolf lâcha la main et fit quelques pas dans la pièce, remettant sa mèche en place. Johanna ferma les yeux de sa sœur tandis qu'Adolf ouvrait la fenêtre et respirait à fond l'air glacial. Contrairement aux dernières fois, il ne trouvait aucun avantage à cette disparition, tout au contraire…

***

— Merci d'être venu si vite, dit Leo Raubal en aidant le docteur Bloch à sortir de sa pèlerine.

— C'est tout naturel. Quand est-ce arrivé ?

— En pleine nuit. D'après Adolf il était 2 h 15.

— Et lui, comment va-t-il ?

Lançant un regard vers la chambre, Leo baissa la voix pour répondre :

— Je le trouve très bizarre… Je veux dire par là qu'il l'est un peu plus que d'habitude… Il a passé la nuit à la dessiner sous tous les angles. D'ailleurs, voyez par vous-même, il y est encore.

Eduard regretta d'avoir ôté sa pèlerine ; il régnait un froid polaire dans l'appartement. Bien que toutes les fenêtres fussent ouvertes, l'odeur de l'iodoforme flottait toujours, comme si les murs en étaient imprégnés. Le médecin entra dans la grande pièce où gisait Klara. Adolf était assis à son chevet ; il terminait les ombres d'un portrait au fusain plutôt réussi.

— *Guten Tag, Herr Doktor.* Merci d'être venu si vite.

Le docteur Bloch n'aima pas la fixité du regard, pas plus qu'il n'aima son calme apparent : il le devinait au bord de l'effondrement nerveux.

— A-t-elle reçu les derniers sacrements ? questionna-t-il en se penchant au-dessus de la morte pour constater officiellement le décès.

— Oui, le prêtre est venu à matines, répondit Hannitante tandis qu'Adolf feuilletait son carnet de dessins.

— Tenez, le voilà. Il lui montra un dessin de Klara sur son lit de mort avec le curé en soutane qui priait les mains jointes.

Le docteur Bloch sortit de sa sacoche un formulaire de certificat de décès. Il s'assit, le remplit en se servant du

Parker offert par sa femme pour son trente-deuxième anniversaire, il data, il signa. Il s'apprêtait à le remettre à Leo Raubal quand Adolf devança son geste et le lui arracha. Furibond, il s'enferma dans sa chambre en claquant la porte si fort que le portrait d'Aloïs au-dessus du râtelier à pipes se décrocha de son clou et tomba sur le plancher.

Le docteur Bloch et Leo Raubal échangèrent un regard circonspect tandis que Hannitante s'accroupissait pour ramasser les morceaux du cadre brisé.

Le médecin passa sa pèlerine, coiffa son grand chapeau et prit congé. Il descendait l'escalier quand il croisa August Kubizek qui montait les bras encombrés par un imposant sapin de Noël.

– *Grüss Gott, Herr Doktor*, comment va Frau Hitler ce matin ?

***

Revêtue de sa robe bleue et blanche du dimanche, le visage, le cou, les mains lourdement maquillés pour dissimuler son teint jaune d'œuf, sa mère fut exposée quarante-huit heures dans l'appartement, toutes fenêtres ouvertes.

Klara ayant exprimé à plusieurs reprises le souhait d'être enterrée en compagnie d'Aloïs, Adolf consacra la matinée et une partie de l'après-midi à entreprendre les démarches administratives et civiles pour assurer le transport et l'enfouissement à Leonding. Coût de l'opération : trois cent soixante-neuf *Kronen* et quatre-vingt-dix *Heller* qui allégèrent d'autant l'enveloppe du pactole Tricotin. Ceci fait, Adolf acheta une paire de gants de cuir noir et un haut-de-forme de la même couleur.

Le 23 au matin, quatre employés des pompes funèbres se présentèrent au 9 de la Blütengasse, portant un cercueil en bois poli au châssis de métal ouvragé (le modèle à cent dix *Kronen*, le plus cher). Hannitante les reçut et les conduisit dans le salon où était exposée la morte. Enceinte de huit mois, Angela était la seule à être assise.

Les employés soulevèrent la morte avec précaution (tout le monde les regardait) et l'allongèrent dans le cercueil molletonné posé sur trois chaises. Adolf détourna les yeux lorsque, dans un geste terrifiant, l'un d'eux vissa le couvercle, plongeant sa mère dans une obscurité définitive. Le prêtre bénit le cercueil en marmonnant et tous se signèrent, à l'exception d'Adolf en train de croquer la scène au fusain. Sur un signe de leur chef, les employés se placèrent autour du cercueil et le transportèrent à travers l'appartement, dans l'escalier puis dans la rue où attendait un *Leichenwagen* tiré par deux vieux chevaux à l'air blasé.

Manteau noir, costume noir, ganté, coiffé de son haut-de-forme noir qui le grandissait de vingt-huit centimètres, Adolf menait le cortège, suivi de Hannitante, de Paula et de Leo Raubal ; venaient ensuite August et sa mère (Herr Kubizek terminait une commande de fauteuils qui ne souffrait pas de retard), puis les Mayrhofer de Leonding, Magdalena Hanisch, la propriétaire de l'immeuble de la Blütengasse, en compagnie des trois voisins du rez-de-chaussée (un maître de poste retraité avec sa femme et un professeur de *Realschule* également à la retraite). Ses deux mains posées à plat sur son énorme ventre pour amortir les cahots, Angela fermait la procession, installée dans un *Einspänner*.

Le cercueil fut transporté à l'intérieur de la Pfarrkirche et le curé donna une *Totenmesse* à cinq *Kronen*. Quinze minutes plus tard, Klara réintégrait le corbillard tandis que la cloche de l'église sonnait le glas. À l'exception de la propriétaire et des voisins, la famille se regroupa dans les deux voitures de louage qui les conduisirent à Leonding.

Adolf était assis dans l'*Einspänner* de tête qui suivait le corbillard ; die Kleine et Hannitante étaient à ses côtés, tandis qu'Angela et Raubal occupaient l'autre banquette. De son siège, Adolf apercevait un bout du cercueil de sa mère. Le cortège prit le chemin qu'Adolf avait suivi des années durant lorsqu'il se rendait à la *Realschule.*

Les voitures s'immobilisèrent le long du mur du *Friedhof.* Retardés une fois de plus par la terre gelée, les fossoyeurs travaillaient encore lorsque le cercueil entra dans le cimetière. Trop exiguë pour supporter un locataire de plus, les fossoyeurs avaient extrait le cercueil d'Aloïs de la fosse et l'avaient posé sur des tréteaux. Adolf s'en approcha : malgré cinq ans sous terre, le chêne était en bon état ; seules les poignées de bronze, en s'oxydant, avaient perdu de leur éclat.

La cérémonie fut brève, et quand Adolf comprit que les fossoyeurs allaient descendre Klara au fond du trou, il intervint avec rudesse.

— Mettez d'abord mon père, et ensuite ma mère. Je veux qu'elle soit au-dessus.

Au moment de la dispersion, Angela lui dit :

— Hannitante et Paula rentrent chez nous passer la Noël ; j'espère que tu vas venir aussi. Tu sais, Adolf, Leo ne te veut que du bien...

Adolf la remercia d'une voix neutre.

— Merci, Angela, je passerai demain soir, mais pour l'instant je préfère rester seul ici.

Il regarda les fossoyeurs fermer la tombe avec des planches et la recouvrir d'une grande bâche.

— On peut rien faire de plus pour l'instant. Le thermomètre est si bas que le ciment prend mal ; aussi, quand il fera moins froid, on viendra sceller la dalle.

Dès qu'il fut seul, Adolf s'approcha de la tombe et médita un moment sur le destin de ces stupides métastases qui s'étaient littéralement suicidées en tuant l'organisme qui les nourrissait.

Le clocher en bulbe d'oignon de l'église sonna la demie de 9 heures. Il quitta le cimetière sans un regard pour son ancienne maison et marcha jusqu'à Urfahr. Il franchit le pont, traversa la Franz-Josefsplatz et entra dans la Landstrasse où se trouvait le cabinet médical du docteur Bloch.

— Soixante-dix-sept consultations à domicile, quarante-sept traitements à l'iodoforme, soit un total de trois cent soixante *Kronen*. Moins l'acompte de soixante *Kronen* payé par ta mère, ce qui fait trois cents *Kronen*, dit le médecin en lui présentant ses honoraires.

Adolf les acquitta sans y jeter un regard. Avant de sortir, il serra chaleureusement la main du médecin.

— Je vous suis reconnaissant pour tous vos efforts, Herr Doktor.

— Je n'ai fait que mon devoir, mon garçon ; il est seulement regrettable que ta mère ne se soit pas souciée de sa santé plus tôt.

Dans la rue, il prit la direction de la Klammerstrasse où se trouvait l'atelier Kubizek und Söhne. Il remercia la famille pour sa réconfortante présence lors des obsèques. La mère d'August l'invita à célébrer la Noël en leur compagnie.

— Je vous remercie, Frau Kubizek, mais Angela m'a déjà invité. Hannitante et la petite y sont déjà.

Le jeune homme prit congé. August l'accompagna un bout de chemin.

— Tu vas vraiment chez les Raubal ?

— Bien sûr que non, mais il fallait que je donne une raison à ta mère.

— Je me disais aussi.

— Tu ne l'as pas entendu au cimetière, ce crétin intégral m'a conseillé de reprendre mes études… et quand j'ai refusé, tiens-toi bien, il m'a proposé un emploi d'apprenti boulanger ! Pourquoi pas peintre en bâtiment ! Du vivant de ma mère il n'aurait jamais osé !

— Mais puisque tu ne vas pas chez Raubal, viens chez nous, tu es le bienvenu, tu as entendu ma mère…

Adolf grimaça un sourire auquel seule la bouche participait.

– Je sais, Gustl, je t'en remercie, mais je préfère rester seul...

Ses yeux brillèrent lorsqu'il ajouta :

– Qui sait, peut-être que j'irai voir Stefanie ?

Ils se serrèrent la main à l'entrée du pont et August regarda son ami s'éloigner vers Urfahr. Pour la première fois il ne l'envia pas : pire, il le plaignit.

***

Le col du manteau relevé jusqu'aux joues, le haut-de-forme enfoncé jusqu'aux oreilles, Adolf traversa la Markt-platz d'Urfahr et s'engagea dans la Hauptstrasse, ignorant le tramway électrique qui l'aurait conduit en vingt minutes au Pöstlingberg. Il marcha d'un pas vif une heure et demie et arriva au sommet à bout de souffle. Il se pelotonna sur un banc, et là, perdu dans son chagrin comme un marin tombé à la mer, il attendit sans espoir.

À la tombée de la nuit, frigorifié à un point qu'on imagine très bien, Adolf redescendit vers la ville. Il faisait nuit quand il arriva dans la Hauptstrasse aux trottoirs encombrés de passants les bras chargés de cadeaux.

Dans un éclair de terrible lucidité, il renonça à se rendre dans la Kreuzgasse où habitait Stefanie. Au lieu de quoi, il rebroussa chemin et prit la direction de la Blütengasse. Dès ses premiers pas dans le vestibule, l'odeur d'iodoforme lui étreignit la gorge et le cœur, pourtant toutes les fenêtres de l'appartement étaient ouvertes.

Il bourra la cuisinière de charbon et l'alluma avec des pages d'un vieux *Tagespost*, puis il passa au salon et fondit en larmes à la vue de l'empreinte du corps de sa mère laissée sur le drap et l'oreiller. Il retourna dans la cuisine qui se réchauffait rapidement et, n'ayant rien avalé depuis la veille, il se surprit à avoir faim. Il cuisit les trois œufs restant dans le garde-manger, grignota des restes de charcuterie et de

230

fromage. Modérément rassasié, il erra de la cuisine à sa chambre en passant par le salon, se heurtant sans cesse à des souvenirs tel un aveugle de fraîche date se cognant contre les meubles.

Plus tard il se coucha, et comme il ne trouvait pas le sommeil, il se releva et s'allongea dans le lit de sa mère, sur son empreinte même ; sitôt fait, il bascula dans un profond sommeil d'une grande noirceur.

***

À la direction des Finances royales et impériales :

Les demandeurs vous prient respectueusement par la présente de bien vouloir répondre favorablement à leur demande de pension d'orphelins. Le 21 décembre 1907, ils ont perdu leur mère, veuve d'un haut fonctionnaire des Douanes, et sont devenus orphelins mineurs et incapables de gagner leur vie. Leur tutelle est assumée par M. Josef Mayrhofer, à Leonding. Les demandeurs sont : Adolf Hitler, né en 1889 à Braunau, et Paula Hitler, née le 28 janvier 1898 à Fischlam, près de Lambach, Haute-Autriche. Ils réitèrent leur demande respectueusement.

Adolf Hitler.

Paula Hitler.

Vingt jours après le décès de Klara, Adolf reçut la réponse de la direction des Finances l'informant qu'il était autorisé, avec sa sœur, à faire valoir leurs droits à une pension d'orphelins (selon la loi, les orphelins âgés de moins de vingt ans bénéficiaient d'une pension s'élevant à la moitié de ce que la mère veuve percevait). Klara recevait cent *Kronen*, les deux enfants reçurent chacun vingt-cinq *Kronen* jusqu'à leur majorité.

En échange de ses vingt-cinq *Kronen* et de sa part d'héritage (six cent cinquante-deux *Kronen*), Adolf obtint de Leo et Angela Raubal qu'ils prennent en charge die Kleine. Leo n'accepta qu'une fois la lettre de renoncement écrite, signée, expédiée.

Après le trousseau d'Angela, après les frais du séjour d'Adolf à Steyr, après ses deux séjours à Vienne, les trois déménagements, la longue maladie, les frais d'hospitalisation, après les frais d'enterrement, sans oublier l'irrésistible montée des prix qui dévalorisait la monnaie, il restait dans l'enveloppe du pactole Tricotin mille trois cent cinquante-sept *Kronen*.

Adolf en offrit cinq cents à sa tante bossue (elle seule connaissait l'existence de cet argent).

– Garde-les, Adolf. Maintenant que Klara n'est plus là, tu vas en avoir drôlement besoin.

***

Le 3 février 1908, Adolf résilia la location de l'appartement de la Blütengasse, et Hannitante retourna vivre à Spital. Le 4, Adolf quitta définitivement Linz et August fut le seul à l'accompagner à la Stadtbanhof.

– Maintenant que tes parents ont dit oui, ne traîne pas ; dans un premier temps tu logeras dans ma chambre, ensuite je te trouverai un endroit plus grand pour ton piano, lui dit Adolf en tirant à deux mains la lourde malle de son père contenant tout ce qu'il possédait de matériel sur cette terre.

August le rassura avec chaleur : il était encore émerveillé par la diabolique habileté de son ami. Hier au soir, celui-ci avait persuadé ses parents de le laisser partir à Vienne pour se présenter au concours d'admission au Conservatoire. Sans hâte, argument après argument, tel un maçon construisant un mur, Adolf leur avait d'abord donné mauvaise conscience, pour ensuite leur décrire avec réalisme

232

les satisfactions qu'ils tireraient d'être les parents d'un grand violoniste, chef d'orchestre de surcroît. Tout en parlant, Adolf avait arpenté l'atelier en agitant les bras et en zigzaguant adroitement entre les meubles sans jamais se cogner. Il leur avait porté l'estocade en dessinant à main levée le plan de la nouvelle Franz-Josefsplatz et l'endroit où se dresserait la statue (de pied) du génial musicien Gustl Kubizek.

— Je dois aider mon père à terminer une commande de canapés et je te rejoins dans deux semaines... À propos, qu'est-ce que je dois faire si je vois Stefanie ?

Adolf contempla ses chaussures bien cirées pour marmonner :

— J'y ai renoncé... aussi je te prie de ne plus m'en parler.

Sa malle déposée dans le fourgon des bagages volumineux, il rangea avec soin le reçu remis par l'employé des chemins de fer. Dans le train, il passa son bras par-dessus la fenêtre et tendit la main à son ami qui la serra.

— Ne lambine pas, Gustl, viens vite ! Tu vas voir, ça va être formidable !

***

Le 8 février, August recevait une belle carte postale montrant la salle des armures du Kunsthistorisches Hofmuseum.

Mon cher ami,
J'attends avec impatience de tes nouvelles m'annonçant ton arrivée. Écris-moi vite, tout Vienne t'attend ! Je serai à la gare. Le beau temps vient d'arriver, j'espère qu'il durera. Comme convenu, tu habiteras d'abord avec moi, ensuite nous verrons. On peut obtenir des pianos au Dorotheum pour cinquante à soixante *Kronen*. Mon meilleur souvenir pour toi et tes parents,
Adolf Hitler
P.-S. : Je t'en prie, viens vite.

***

— Reste toujours un honnête homme, dit son père en lui serrant vigoureusement la main, le regardant droit dans les yeux.

Puis ce fut le tour de sa mère, qui l'embrassa sur les deux joues et le bénit en traçant une croix sur le front avec son pouce.

Le cœur gros, refoulant ses larmes, August quitta ses parents et entra dans la gare, se dirigeant sans hésitation vers le quai où il avait accompagné Adolf à trois reprises : aujourd'hui, 22 février 1908, c'était lui qui partait. Il monta dans le compartiment de troisième classe et son billet numéroté à la main il chercha sa place en priant qu'elle ne fût pas occupée, se sachant par avance incapable de protester.

Cinq heures trente plus tard, à la tombée de la nuit, le train entra dans la Westbahnhof. Intimidé par les gens, par le vacarme, par toutes ces lampes électriques qui illuminaient la gare comme en plein jour, August récupéra sa malle et resta planté sur le quai, décontenancé, songeant à faire demi-tour. Et puis Adolf apparut, souriant de loin et brandissant au-dessus de la foule sa canne à pommeau d'ivoire, tel Moïse ordonnant aux eaux de la mer Rouge de se séparer pour le laisser passer. Il était vêtu d'un chapeau sombre, d'un pardessus bien coupé qu'August ne lui connaissait pas, d'un pantalon noir au pli effilé, de chaussures impeccablement cirées.

Son ami eut un geste large englobant la gare et la capitale impériale tout autour.

— Tu vois, mon vieux Gustl, je te l'avais bien dit !

Souriant de toutes ses dents, il se pencha vers August et l'embrassa sur la joue droite : une grande première dans leur relation.

– D'abord, nous allons déposer ta malle dans ma chambre, et on se passe de porteur, la Stumpergasse n'est pas loin.

Adolf prit l'une des poignées de la malle, August prit l'autre et ils sortirent de la Westbahnhof d'un même pas, avançant de profil afin de mieux trancher dans la foule. Les dizaines de fiacres qui attendaient le client, le tourbillon des bruits de toutes sortes, la hauteur des maisons, le va-et-vient de la circulation dans la Mariahilferstrasse, les tramways roulant dans les deux sens, les passants indifférents... et le tout électriquement illuminé d'abondance.

– Dis-moi, Adolf, c'est tous les jours comme ça ?

– Oui, sauf peut-être le dimanche.

Arrivé devant le 31 Stumpergasse, August fut agréablement surpris par l'aspect bourgeois de la façade. Il déchanta après avoir traversé l'immeuble et une cour intérieure qui menait à un deuxième immeuble délabré. August fut soulagé de s'arrêter au deuxième étage. Son ami ouvrit la porte 7 avec sa clef et lui fit signe d'entrer dans ce qui était une cuisine : une odeur de pétrole tortilla les narines d'August. Ils traînèrent la malle à travers une pièce relativement grande puis dans une chambrette occupée par deux lits placés à l'opposé l'un de l'autre : entre eux une table et un tabouret. Adolf alluma la lampe à pétrole et regroupa les croquis et les dessins dispersés sur la table.

– C'est le tien, dit-il en désignant le lit métallique pliant que lui avait prêté Frau Zakreys.

– Qu'est-ce que c'est que ces boîtes ?

– C'est pour empêcher les punaises de venir te manger vif pendant la nuit. Elles ne supportent pas le pétrole.

– Et c'est efficace ?

Adolf redressa sa mèche, puis se gratta la nuque.

– Ça dépend, il leur arrive de trouver un moyen.

Il montra le tabouret.

– Prends-le, demain j'en demanderai un autre à Frau Zakreys. En attendant je vais m'asseoir sur le lit.

August s'assit là où Adolf lui avait dit de s'asseoir.

Étalant sur la table deux doubles pages de l'*Alldeutsches* en guise de nappe, Adolf posa deux assiettes de charcuterie et deux bouteilles de lait en guise de dîner.

– Attends, tu vas voir, j'ai mieux.

August ouvrit sa malle et y prit un panier en osier qui contenait un rôti de porc bien cuit et moelleux (sa mère avait placé le rôti sur un lit d'oignons baignant dans un peu d'eau), un fromage caprin de Nordfendre, un gâteau au chocolat et un gros pot de confiture de cerises.

– À part le fromage, c'est ma mère qui a tout fait.

Adolf lui coula un regard triste.

– Évidemment, quand on a encore une mère.

Un peu plus tard Adolf se leva et dit en se frottant les mains :

– Et maintenant, Gustl, en route, Vienne t'attend.

– Euh, maintenant ?

– Oui, maintenant ! Tu ne peux pas te coucher sans avoir vu l'Hofoper !

Ils marchaient côte à côte sur le trottoir bien éclairé de la Mariahilferstrasse, et comme à Linz, Adolf parlait, August écoutait. Mais ce soir-là, August trouva le courage de demander à son ami pourquoi il l'appelait Gustl alors qu'il se prénommait August, Gustl étant le diminutif de Gustav.

Adolf sourit, hocha la tête, redressa sa mèche, la routine.

– Je me demandais si un jour tu te déciderais ! C'est parce que j'ai eu un petit frère qui s'appelait Gustav.

August baissa la tête pour cacher son contentement. Ah oui, vraiment, jamais il n'avait connu un aussi bon ami !

Après la Hofoper, Adolf l'entraîna admirer la très gothique Stephanskirche.

— Dommage qu'il y ait autant de brouillard, sinon tu aurais vu la tour, elle mesure cent trente-six mètres soixante-dix… et elle est là depuis le XVe siècle, tu imagines la qualité des architectes de cette époque !

— S'il te plaît, Adolf, je dors debout, et en plus il fait froid.

Ils rentrèrent en silence. La porte cochère du 31 était fermée.

— On peut pas rentrer alors ?

— Mais non, *Dummkopf*, il faut juste donner dix *Heller* à ce fainéant de concierge pour qu'il nous ouvre.

— Elle ferme à quelle heure, la porte ?

— À 22 heures pile !

Adolf tira la clochette. Une longue minute plus tard, le porche s'ouvrit et le concierge apparut, paume tendue, tel un mendiant à l'entrée d'un pont. Il était grand et maigre, il était vieux et chroniquement de mauvaise humeur.

Il reçut les deux pièces de cuivre et se recula pour les laisser passer, refermant aussitôt la porte sur les talons d'August.

La grande pièce du numéro 7 était chichement éclairée par une lampe à pétrole à la mèche fumante. August vit une petite femme aux cheveux gris se lever à leur entrée et sourire en le découvrant. Les deux jeunes gens ôtèrent leur couvre-chef et Adolf au garde-à-vous dit d'une voix claire :

— Permettez-moi, Frau Zakreys, de vous présenter mon ami Gustl Kubizek, il est étudiant en musique à Linz et il vient ici pour s'inscrire au Conservatoire.

— Je suis ravie, ravie… Moi je m'appelle Frau Zakreys, dit-elle, tendant une main ratatinée par les ans. Vous allez être bien à l'étroit tous les deux dans le *Kabinett*.

— Dès demain, nous irons chercher une chambre pour mon ami, Frau Zakreys.

23

« L'ambition se limite à ce qu'on comprend. Plus on
comprend, plus elle s'élève. Plus on comprend et plus
on se croit capable de... »

Jules César traversant le Rubicon

Avril 1908.
Stumpergasse 31.
Vienne.

Adolf ouvrit les yeux. Il était seul dans la grande pièce. Sa
montre-bracelet marquait 10 heures : August était parti au
Conservatoire depuis belle lurette et Frau Zakreys cousait
dans le *Kabinett* (il entendait le cliquetis de ses ciseaux).
Il s'étira en regardant le plafond gris : ah oui, décidément,
sans les *Cimex lectularius* qui l'avaient dévoré vif durant
la nuit, il se serait volontiers rendormi jusqu'à midi.

La grande pièce était partagée en deux par le piano à
queue de Gustl ; côté gauche, le lit d'August, côté droit,
celui d'Adolf.

Les efforts des premiers jours pour trouver une chambrette à Gustl ayant échoué, Adolf avait mis en œuvre tout
son talent de persuasion pour convaincre Frau Zakreys
d'échanger leurs places contre vingt *Kronen* mensuelles au

238

lieu de dix. La logeuse avait déménagé dans la chambrette tandis que les deux amis s'étaient installés dans la pièce principale. Le même jour, August s'inscrivait à l'examen du Conservatoire et, aussitôt après, il louait dans un *Klaviersalon* de la Liniengasse un piano à queue au son passable.

Quand Adolf était rentré ce soir-là, un très grand piano mangeait un tiers de la surface de la pièce.

— Pourquoi à queue ? Tu aurais pu en louer un droit, on aurait eu plus de place.

— Comment veux-tu que je devienne chef d'orchestre sans un piano à queue !

— Bien sûr, évidemment, j'aurais dû m'en douter. Dans ce cas…

***

Adolf s'assit sur son lit en se grattant la nuque, puis la taille, puis les chevilles ; et pourtant il savait que cela ne faisait qu'exacerber ses démangeaisons au lieu de les apaiser. Après, animé par un désir de vengeance tout à fait justifié, il inspecta minutieusement chaque centimètre carré de sa chemise de nuit, en commençant par les coutures, un endroit que semblaient privilégier ces petits monstres suceurs de sang qu'étaient les punaises de lit. Il en débusqua quatre, gorgées de son sang, et, sans état d'âme, il les enfila sur l'aiguille à coudre prêtée par Frau Zakreys : les écraser entre deux ongles aurait été une fin trop miséricordieuse, tandis que, embrochées par le milieu, elles gigotaient des heures entières. Il vérifia son oreiller, puis son caleçon en laine ; il en dénicha deux qui s'étaient dissimulées dans l'ourlet et qui rejoignirent les autres sur l'aiguille. Un matin, il en avait embroché onze, toutes remplacées le lendemain, ce qui était particulièrement décourageant. Qu'attendait la Science pour inventer un poison qui exterminerait ces sournois parasites de la surface de la Terre ? Comme à son habitude, il s'était renseigné sur le sujet mais il n'avait rien trouvé qui pût l'aider à contre-attaquer, si ce n'était que l'eau savonneuse pouvait avantageusement remplacer le pétrole dans les boîtes : désormais, l'appartement empestait moins, mais les punaises continuaient de prospérer… Comment s'y prenaient-elles pour l'atteindre chaque nuit dès lors que les quatre pieds de son lit leur étaient inaccessibles ? Par où passaient-elles ? Grimpaient-elles au plafond et se laissaient-elles tomber sur le lit ?

Il fit sa toilette dans la cuisine et vit que Gustl lui avait laissé le broc à eau à demi plein, une délicate attention afin qu'il n'eût pas à sortir dans le couloir pour le remplir à la *Bassena*. Une fois débarbouillé à la façon des félidés, il se rasa puis lissa ses moustaches en épées avec son index mouillé ; désormais, elles étaient suffisamment fournies pour dissimuler la cicatrice de Steyr.

Il souleva son matelas et prit son pantalon qui s'était repassé durant la nuit. Avant de sortir, il fit son lit et rangea les plans et croquis de la Hofbibliothek dressés durant la nuit. L'actuelle bibliothèque se vantait d'offrir à ses abonnés quinze mille volumes, tandis que la sienne était conçue pour en posséder un million pile, uniquement en langue allemande. Il avait également prévu une imprimerie moderne dans les caves, ainsi qu'un atelier de reliure et un atelier de restauration.

Coiffé de son chapeau, canne dans la main droite, livre dans la poche gauche (*Drei Abhandlungen zur Sexualtheorie*), calepin et crayon dans la poche droite, Adolf traversa la cour intérieure et découvrit un ciel maussade aux nuages frôlant les cheminées.

Il acheta au *Delikatessenladen* de la Wallegasse un quart de lait, une portion de pâté de porc, dix tranches de pain margarinées et, ainsi lesté, il marcha d'un bon pas jusqu'à Schönbrunn où il avait ses habitudes.

Avant de s'installer sur le banc qui offrait la meilleure vue panoramique sur le Tiroler Garten et la Gloriette, il escamota la pancarte FRISCH GESTRICHEN (Attention peinture fraîche) qui le mettait à l'abri des importuns. La ruse était grossière mais efficace car il n'était pas dans l'esprit local d'aller à l'encontre d'une interdiction écrite.

Très royal au bar, il mangea lentement, faisant durer chaque bouchée, les accompagnant d'une gorgée de lait, lançant des regards soupçonneux vers les nuages gris si proches. La dernière tartine avalée, il ouvrit le curieux ouvrage découvert l'avant-veille au rayon scientifique de la librairie Schütz : *Trois essais sur la théorie de la sexualité* du professeur Sigmund Freud. Le livre se divisait en trois chapitres intrigants : « Les aberrations sexuelles », La sexualité infantile », « Les transformations de la puberté ». Sachant par avance qu'il ne trouverait pas ce genre de littérature dans la bibliothèque du cercle de lecture de Saint-Vincent où il était abonné, il l'avait acheté avec l'intention d'en apprendre des vertes et des pas mûres sur la sexualité en général, et en particulier sur le phimosis qui lui gâchait l'existence à chaque érection.

Deux ans plus tôt, à Linz, il avait identifié pour la première fois son infirmité grâce à un livre traduit du français : *Le Cabinet secret de l'Histoire* du docteur Cabanès.

Victime d'un phimosis, Louis XVI attendit trois ans avant de se faire opérer et pouvoir consommer son mariage avec Marie-Antoinette. La chronique de la Cour rapportait que le roi s'était opéré lui-même. Louis XVI, dans sa double souffrance, prit enfin des ciseaux et fut libre de toute sa personne.

Plus tard, à la lettre P du *Dictionnaire médical pour tous*, il avait trouvé l'étymologie : « Phimosis », du grec *phimoô*, je serre. Étroitesse congénitale de l'ouverture du prépuce.

Pragmatique, il avait noté la liste des inconvénients :

1) Le phimosis empêche de tenir en état de propreté suffisante la couronne du gland, ce qui a pour conséquence une production de balanite et des abcès sous-préputiaux.

2) Il rend cette surface facilement ulcérable, d'où une prédisposition à la syphilis et au chancre mou.

3) Il gêne l'émission de l'urine, qui souvent s'écoule goutte à goutte lorsque le phimosis est très étroit et long (c'est-à-dire dépassant le gland).

4) Il interdit les relations sexuelles.

Le *Dictionnaire médical pour tous* n'offrait qu'un seul remède : le débridement par intervention chirurgicale. Une intervention qui ressemblait à s'y méprendre à une circoncision ! Depuis, il repoussait sa décision et attendait des jours meilleurs, des circonstances plus favorables, etc.

***

Le front plissé par un effort de compréhension, Adolf commença sa lecture.

> Pour expliquer les besoins sexuels de l'homme et de l'animal, on se sert, en biologie, de l'hypothèse qu'il existe une pulsion sexuelle ; de même que, pour expliquer la faim, on suppose la pulsion de nutrition. Toutefois, le langage populaire ne connaît pas de terme qui, pour le besoin sexuel, corresponde au mot faim ; le langage scientifique se sert du terme *libido*.

Jusqu'ici tout allait bien. Il comprenait tout et il avait même appris un mot nouveau.

> ... et l'on est fort étonné d'apprendre qu'il y a des hommes pour qui l'objet sexuel n'est pas la femme, mais l'homme, et que de même il y a des femmes pour

qui la femme représente l'objet sexuel. On appelle les individus de cette espèce homosexuels ou, mieux, invertis, et le phénomène : inversion. Les invertis sont certainement fort nombreux, encore qu'il soit souvent difficile de les identifier.

Allons bon ! Il redressa sa mèche. Ses connaissances sur le sujet relevaient du service minimum. Il savait bien sûr que de tels déviants existaient, mais il ignorait leurs us et coutumes. Le seul inverti connu à ce jour était Herr Ludwig ; à la stupéfaction générale, un mois avant son départ de la *Realschule*, il s'était publiquement accusé d'être l'amant de Pepi Strigl, le fils de son logeur. Dès lors, par peur d'une éventuelle contagion (Ça s'attrape ?) Adolf n'avait plus osé l'approcher, même de loin.

Au-dessus de lui, les nuages percèrent et des gouttes de pluie tombèrent sur son chapeau et sur les pages de son livre. Il courut se mettre à l'abri sous les arcades de la Gloriette et attendit la fin de l'averse en reprenant son étrange lecture.

... chez les Grecs, où les plus virils individus se trouvaient invertis, il est évident que ce n'était pas ce qu'il y avait de viril chez le jeune garçon qui excitait leur désir, mais bien les qualités féminines de leur corps, ainsi que celles de leur esprit, timidité, réserve, désir d'apprendre et besoin de protection.

Le ciel restant incertain, Adolf décida de rentrer au pas de course, essayant de passer entre les gouttes.

Il entra dans le petit restaurant Frieda d'Hambourg et déjeuna d'une double portion de quenelles pour le prix d'une : son air réservé et ses bonnes manières avaient séduit la patronne qui, depuis, lui faisait des prix.

Au 31 de la Stumpergasse il franchit le porche en ignorant le concierge et monta l'escalier quatre à quatre. Sur le palier, il entendit le piano qui jouait du Mozart : August l'avait devancé.

— Tu n'as donc pas cours ? s'étonna ce dernier, interrompant ses exercices.

— Occupe-toi de tes gammes et fiche-moi la paix !

August se le tint pour dit et reprit ses exercices. Ce n'était pas la première fois qu'Adolf était de mauvais poil, et ce ne serait pas la dernière. Lui, en revanche, était d'excellente humeur. Ses progrès étaient constants et, ce matin, son professeur d'harmonie lui avait offert de donner des leçons particulières à raison de trois *Kronen* par leçon.

Il vit son ami enlever son veston mouillé et le mettre à sécher sur le dossier de la chaise. Comment s'y prenait-il pour concilier ses cours aux Beaux-Arts et ses horaires plus que fantaisistes ? Parfois il dessinait la nuit et dormait jusqu'à l'heure du *Mittagessen*, parfois il lisait la journée entière, écrivait toute la nuit et ne faisait plus rien de la semaine, et parfois il allait matin et soir à la Chambre des députés.

August vit son ami s'asseoir sur son lit et ouvrir un livre cochon : c'est du moins ce qu'il présuma en déchiffrant le titre sur la couverture : *Trois essais sur la théorie de la sexualité*.

— C'est bien ? demanda August en le regrettant aussitôt.

Adolf haussa les épaules.

Le contact des muqueuses buccales – sous le nom ordinaire de baiser – a acquis dans de nombreux peuples civilisés une haute valeur sexuelle, bien que les parties du corps intéressées n'appartiennent pas à l'appareil génital, mais forment l'entrée du tube digestif...

Malgré l'intérêt évident de cette première partie, Adolf connaissait des difficultés à se concentrer : il oubliait les mots au fur et à mesure qu'il les lisait, incriminant August et son piano.

L'usage de la bouche comme organe sexuel est considéré comme perversion lorsque les lèvres (ou la langue) entrent en contact avec les parties génitales du partenaire, mais non lorsque les muqueuses buccales des deux êtres se touchent.

Himmel ! La vision de la sexualité de ce professeur était totalement inattendue. D'où tenait-il ses informations ? Adolf était à la fois incrédule, outré, fasciné.

Lorsqu'on a horreur de telles pratiques en usage depuis les origines de l'humanité et qu'on les considère comme des perversions, on cède à un sentiment de dégoût qui éloigne de pareils buts sexuels. Mais les limites assignées à ce sentiment de dégoût sont souvent conventionnelles. Celui qui baise avec ardeur les lèvres d'une jolie fille ne se servira qu'avec déplaisir de sa brosse à dents à elle, bien qu'il n'y ait pas lieu de croire que sa propre bouche, qui ne le dégoûte point, soit plus appétissante que celle de la jeune fille.

Brosse à dents ? Il avait de plus en plus de mal à suivre.
— Comment veux-tu que j'étudie avec un boucan pareil !
— Mais moi aussi je travaille ! protesta mollement August. Mon professeur m'a demandé de préparer ce morceau pour demain, je dois jouer.
Adolf se dressa d'une détente et explosa :
— Ton professeur ! Tu sais ce que je lui dis, à ton professeur !... Ce ne sont que de stupides fonctionnaires sans

aucune imagination… ce sont des parasites, des inutiles comme… inutiles comme les punaises.

August ouvrit des yeux ronds.

— Qu'est-ce qui te prend, comment veux-tu progresser sans professeur ? Toi-même, comment ferais-tu sans tes professeurs des Beaux-Arts ?

— Je n'ai jamais eu besoin de ces incapables, JAMAIS, tu m'entends ? Tous mes progrès, je les dois à mon seul travail ! Eux, tout ce qu'ils ont su faire, c'est me recaler à leur concours.

La révélation cloua August sur son tabouret. Les horaires fantaisistes, l'éclectisme des études, ses rebuffades systématiques dès qu'il le questionnait sur ses progrès… et puis cette froideur inhabituelle le jour où il avait été reçu haut la main au Conservatoire (J'ignorais avoir un ami aussi intelligent !)… Tout s'expliquait.

— Ta mère l'a su ?

— Bien sûr que non, je n'allais pas la tracasser alors qu'elle était mourante.

Subitement calmé, Adolf redressa sa mèche et se rassit sur le lit, l'air digne.

Rien ne pouvait lui arriver de pire, songea August sans oser reprendre ses exercices. Encore ce matin, le directeur du Conservatoire l'avait félicité pour ses bonnes notes et lui avait proposé d'emblée une place de violon alto dans l'orchestre de l'Institut.

— Mais alors, quels sont tes projets ?

— Je vais me représenter à l'automne, que veux-tu que je fasse d'autre ?

Adolf rouvrit son livre et dit :

— Joue, Gustl, joue. Je t'assure, ça ne me dérange plus.

Encore sous le coup de la surprise, August commit quelques fausses notes avant de retrouver son calme, tandis que son ami se forçait à lire.

Certaines perversions sont en effet si éloignées de la normale que nous ne pouvons faire autrement que les déclarer pathologiques. Particulièrement celles où l'on voit la pulsion sexuelle surmonter certaines résistances (pudeur, dégoût, horreur, douleur) et accomplir des actes extraordinaires (lécher des excréments, violer des cadavres).

À ce stade du récit, Adolf marqua une pause. Ce professeur était fou à lier ! Ses recherches lui avaient complètement fêlé le cerveau ? Sinon comment expliquer de pareils écrits ? Il referma le livre et le jeta sous son lit, jurant de ne plus jamais l'ouvrir.

Lorsque 15 heures sonnèrent aux clochers des églises viennoises, les deux jeunes gens interrompirent leur activité et se préparèrent : ce soir la Hofoper donnait le premier volet de la tétralogie du Ring. August cira ses bottines, Adolf refit le pli de son meilleur pantalon avec une casserole remplie d'eau bouillante en guise de fer à repasser.

À 15 h 35, une trentaine de personnes piétinaient déjà devant les guichets de la Hofoper (les portes ouvraient à 20 heures). Adolf et August se placèrent derrière les derniers arrivés ; les premiers étaient là depuis 9 heures du matin.

Il plut à deux reprises, mais rares furent ceux qui abandonnèrent leur place pour se mettre à l'abri. N'ayant emporté ni manteau ni chapeau, afin de ne pas payer le vestiaire obligatoire, Adolf et August furent trempés en quelques instants.

— Si on mangeait ? proposa August en dénouant le mouchoir contenant les sandwichs au pâté qu'il avait confectionnés avant de partir.

Comme à l'accoutumée, Adolf se fit prier.

— Bon, d'accord, je vais goûter au pâté de ta mère, mais c'est bien pour te faire plaisir, dit-il en avalant les tartines à la vitesse d'une pierre tombant dans un trou.

Ils n'étaient pas les seuls à organiser leur attente : certains se restauraient, d'autres lisaient, bavardaient, sifflotaient en battant la mesure, ou encore attendaient en silence, les yeux rivés sur les portes. Aujourd'hui, une tension certaine circulait dans la file. La représentation de ce soir (*L'Or du Rhin*) était la première sans Gustav Mahler à la mise en scène.

Ce dernier, exténué par des années d'attaques incessantes de la part des antisémites viennois, avait fini par accepter la proposition du Metropolitan Opera de New York.

Dans l'*Alldeutsches Tagblatt*, Adolf avait lu que le nouveau directeur de la Hofoper, Felix von Weingartner, avait démahlerisé de fond en comble le théâtre impérial et royal, en commençant par congédier tous les chanteurs préférés de Mahler, veillant à ce qu'aucun Juif ne soit engagé derrière.

La question qui agitait la file était la suivante : Felix von Weingartner avait-il osé toucher à la mise en scène de Mahler ?

À 20 heures, les doubles portes s'ouvrirent et ce fut l'irrésistible poussée vers le parterre. À l'instar du Stadtoper de Linz, les meilleures places se trouvaient sous la loge impériale et offraient une audition et une vue proches de la perfection. Fidèle à lui-même (Qui veut la fin se donne les moyens), Adolf détala comme un dératé, bousculant qui ne s'écartait pas assez vite, se moquant des protestations, entraînant dans son sillage un Gustl rouge pivoine de confusion. On pouvait se hâter dans la Hofoper mais jamais courir : cela ne se faisait pas.

Adolf arriva le premier sous la loge et aussitôt marqua son territoire en s'appuyant contre la belle colonnade de droite, imité par August. Insouciant aux regards désapprobateurs, Adolf éleva la voix.

– Tu vois, Gustl, ils étaient vingt-neuf devant nous, et pas un n'a eu le courage de courir pour nous dépasser. Ce ne sont pas de vrais mélomanes, aussi, n'ont-ils que ce qu'ils méritent. Moi, pour Richard, je suis capable de tout !

Comme chaque fois qu'ils étaient en public, Adolf accentuait son accent bavarois qu'il cultivait comme d'autres cultivent des épinards.

À l'heure promise, les premières notes retentirent, le rideau se leva lentement, dévoilant un superbe décor montrant les bords fleuris du Rhin sur un fond de chaîne de montagnes enneigées. Chacun retint sa respiration lorsque apparurent les virevoltantes Filles du Rhin, en tenue vaporeuse, pareilles à des papillons de nuit autour d'une bougie. Puis le sol se fendit et, dans un nuage de fumée grise, surgit Alberich, le nain lubrique de Nibelung.

À la première scène caviardée (les Filles du Rhin tournent en dérision le nain Alberich, qui leur fait des avances), le silence passionnel qui régnait devint tollé.

– C'est une HONTE !

– C'est INADMISSIBLE !

La suite se révélant pire, les esprits s'enflammèrent.

– Vous n'avez pas le DROIT !

– C'est un SCANDALE !

– C'est une MUTILATION !

– Non, c'est un SACRILÈGE ! rectifia Adolf, le poing brandi vers les coulisses où s'était réfugié le lâche et odieux metteur en scène.

Il n'y avait pas que des malhériens dans la salle, il y avait aussi de nombreux lecteurs de l'*Alldeutsches Tagblatt* qui applaudirent debout Weingartner et son remarquable travail de désenjuivement de la mise en scène.

Des horions s'échangèrent et le rideau tomba alors que le troisième acte était loin d'être terminé.

– REMBOURSEZ ! hurla Adolf tout en se laissant entraîner vers la sortie par son ami.

August était terrorisé à l'idée de recevoir un mauvais coup qui lui esquinterait les mains. Adolf ne décolérait pas. De temps en temps il fermait les poings et les secouait devant lui en vociférant.

– Désenjuivement ! Tu as entendu comme moi ! Qu'est-ce que ça vient faire dans la mise en scène ? Je sais parfaitement que Mahler est juif, et alors ? Ça ne l'a pas empêché de mettre en valeur toute l'œuvre de Richard comme personne avant ! Ce que ce Weingartner a fait à *L'Or du Rhin* relève du sacrilège ! Richard l'aurait fait pendre par les pieds !

Ils arrivèrent devant le 31 et payèrent les dix *Heller* au *Hausbesorger* pour qu'il leur ouvre la porte. Dans leur chambre, Adolf demanda à August de jouer au piano les parties caviardées par l'ignoble Weingartner. August eut un regard interrogatif vers la chambrette où dormait leur logeuse.

– Il n'y a pas de lumière sous la porte, tu ne crois pas qu'on va la réveiller ?

– Joue, joue, Gustl, sinon je ne vais pas pouvoir m'endormir. C'est insupportable, tous ces manques. Il nous a dérobé une bonne heure.

Les voisins du dessous furent les premiers à se manifester, à coups de manche à balai sur le plafond, puis ce fut le tour des voisins du dessus, à coups de talon contre le plancher. August s'interrompit. Brisé dans son élan, Adolf, qui battait la mesure en agitant les bras comme s'il était assailli par des moustiques, s'emporta :

– Continue, continue.

Quand Frau Zakreys cogna contre la cloison du *Kabinett*, August referma le couvercle du piano avec une mimique d'excuse. Adolf n'insista pas.

Ils se tournèrent le dos pour se dévêtir et enfiler leur chemise de nuit. August se coucha et vit son ami étaler gravement son pantalon sous son matelas.

– Bonne nuit, Adolf.

– Bonne nuit, Gustl.

Les *Cimex lectularius* se mirent en chasse.

***

Adolf lisait près de la fenêtre l'*Alldeutsches Tagblatt*. Il n'en revenait pas de la mauvaise foi du journaliste qui avait titré son article « Insolence juive hier à la Hofoper ».

Un certain nombre de mahlériens au nez crochu, leurs gentils crânes épais aimablement couverts d'une noire laine de nègres (*Homo négroïdus*) trouvèrent que la nouvelle représentation de Wagner se prêtait à des manifestations bruyantes. Les membres de l'orchestre, qui vénèrent en M. Weingartner un chef de premier ordre et qui sont heureux d'être enfin débarrassés du charlatan juif Mahler, rendirent au contraire hommage comme un seul homme à leur directeur en se levant de leurs sièges et en lui adressant des applaudissements chaleureux.

La porte de l'appartement s'ouvrit sur un August catastrophé.

— Tu en fais une tête !

Sans un mot, August lui montra la lettre que ses parents venaient de lui faire suivre : l'armée impériale et royale le réclamait.

Adolf démarra au quart de tour :

— Surtout n'y va pas ! Ne te présente pas ! Ne leur obéis d'aucune façon !… D'ailleurs il vaut mieux déchirer cette lettre idiote !

August n'eut que le temps de lui arracher des mains le fascicule de mobilisation.

— Non, Adolf, c'est trop grave. Ils peuvent me mettre en prison.

— Il ne manquerait plus que tu serves dans une pareille armée ! Sais-tu seulement que, sur cent soldats, vingt-neuf à peine sont d'origine allemande ?

August montra les paumes de ses mains en signe d'impuissance.

251

– Que veux-tu que j'y fasse ?

– Déchire cette lettre.

– Non, je ne veux pas aller en prison comme déserteur !
Adolf redressa sa mèche.

– Ça vaudrait mieux que de servir les Habsbourg !

– Et toi alors ? Qu'est-ce que tu vas faire quand ils t'ap-
pelleront l'année prochaine ?

Adolf était de la classe 1909.

– Qu'est-ce que tu crois ? J'y ai déjà réfléchi. J'irai en
Allemagne et je m'engagerai dans l'armée du Reich. Tu
oublies que nous sommes avant tout des Germains ?

– Oh moi, tu sais…

August avait quitté l'école à l'âge de douze ans pour
aider son père à l'atelier, aussi n'avait-il pas connu les
mouvements pangermanistes qui agitaient les établisse-
ments scolaires de toute la Cisleithanie.

Adolf arpenta la pièce les mains dans le dos, signe d'intense réflexion.

– D'abord, rien ne dit que tu sois bon pour le service !
N'oublie pas que l'année dernière tu as eu une grave pneumonie et tu y as réchappé de justesse ! Je te le dis comme
je le pense, Gustl, ils vont te réformer et on se sera fait du
souci pour rien.

– Pourquoi ils me réformeraient ? Je suis en bonne
santé !

Adolf balaya l'air d'un geste définitif.

– Voilà ce que tu vas faire : passe ton conseil de révision
à Linz, et s'ils t'acceptent, tu traverses vite en fraude la
frontière près de Passau. Je te montrerai exactement où il
faut passer pour éviter les douaniers.

– Et après, qu'est-ce que je fais ?

– Tu vas à la première caserne en vue et tu t'engages
dans la glorieuse armée du Reich allemand.

– Tu crois ?

– Ah oui alors !

Considérant l'incident clos, Adolf reprit la lecture de l'*Alldeutsches Tagblatt*.

— Je vais te lire ce qu'ils racontent sur ce qui s'est passé hier au soir... et pourtant c'est un journal parfaitement germain, mais alors là, en ce qui concerne Mahler, ils ne disent que des âneries ! Écoute plutôt.

***

Avant de quitter Vienne, August montra son *Stellungsbefehl* au directeur du Conservatoire.

— En tant qu'élève de notre Conservatoire, deux choix se présentent à vous, Herr Kubizek. Vous pouvez servir comme volontaire pendant un an (*Einjährig-Freiwilliger*), ou bien vous pouvez vous présenter dans un régiment de réserve dans lequel vous aurez seulement deux mois de service à faire, suivi toutefois de trois périodes d'un mois d'exercices avec armes (*Ersatzreserve*).

— Monsieur le directeur, on m'a dit que, si je me rendais en Allemagne, je pourrais ne pas faire du tout de service militaire.

Herr Direktor avait toisé son élève avec sévérité.

— *Um Gottes Willen !* Je vous le déconseille vivement, jeune homme !

August se rendit à Linz, passa son conseil de révision et fut déclaré apte.

***

Le 18 novembre, valise dans une main, panier de victuailles préparées par sa mère dans l'autre, la tête pleine d'anecdotes à caractère militaire, August descendit du train de nuit. Contre toute attente, Adolf ne l'attendait pas sur le quai. Était-il souffrant ? Avait-il oublié de se réveiller ? Peut-être la carte postale le prévenant de son arrivée s'était-elle égarée ?

253

Une Frau Zakreys souriante lui ouvrit la porte.

— Herr Kubizek, quelle surprise ! Entrez, je vous prie, j'étais justement en train de prendre le thé avec mon nouveau locataire. Joignez-vous à nous.

— Et Adolf, Frau Zakreys, où est Adolf ?

La Tchèque ne cacha pas sa surprise.

— Herr Hitler a déménagé la semaine dernière.

— Mais pour aller où ? Il vous a laissé un mot, une adresse, un plan peut-être ?

— Non, il n'a rien laissé, ni pour vous ni pour personne.

— Mais… mais… je vais le retrouver comment ? Et puis je vais dormir où maintenant ?

Frau Zakreys lui offrit de l'héberger pour la nuit. Il la suivit dans l'appartement. Avec la disparition du piano, la grande pièce l'était redevenue. August eut un pincement au cœur à la vue du nouveau locataire, un étudiant en pharmacie de Graz qui lisait assis sur le lit d'Adolf.

August passa une mauvaise nuit dans son ancien lit, et les punaises ne furent qu'à demi responsables.

Le lendemain, il loua un *Kabinett* quelques rues plus loin et revint à la Stumpergasse déposer son adresse, persuadé qu'Adolf chercherait à le contacter, tôt ou tard.

***

Lorsque August revit son meilleur ami d'adolescence, trois décennies et une guerre mondiale étaient passées.

24

« Celui qui, dans un domaine quelconque, est considéré comme anormal au point de vue social et moral, celui-là d'après mon expérience est toujours anormal dans sa vie sexuelle. »

Sigmund Freud, *Trois essais sur la théorie de la sexualité.*

Mardi 29 septembre 1908.
Palais Hansen, Vienne.

— Une monumentale erreur a encore été commise à mon encontre, je dois parler à monsieur le recteur tout de suite.

Avec un air de déjà-vu, Adolf suivit le fonctionnaire jusqu'au rectorat.

— Sauf votre respect, monsieur le recteur, il est tout à fait injuste de me recaler à une épreuve que j'ai si brillement réussie l'année dernière !

Avant que le recteur ait pu l'en dissuader, Adolf déballa sur le bureau les quarante-quatre aquarelles et huiles que l'on venait de lui rendre : comme la surface du bureau ne suffisait pas, il en déposa sur le tapis.

— Regardez, monsieur le recteur, regardez bien, et dites moi si je mérite d'être recalé !

Après un petit moment, le recteur réajusta ses lorgnons, renifla, déclara :

— Vous vous fourvoyez, jeune homme, ces quelques portraits confirment d'une manière patente votre manque d'aptitude… En revanche, si l'on observe de plus près vos paysages urbains… par exemple cette perspective de la Franz-Josefsplatz de Linz… on note une certaine disposition pour l'architecture… mais regardez vos personnages ! On dirait des figurines de plomb… et leur disproportion… Prenez ces deux femmes qui contemplent les vitrines, eh bien, selon votre échelle, elles auraient dans la réalité deux mètres de haut…

Les joues en feu, la mèche sur l'œil, Adolf regroupa ses travaux avec des gestes d'automate déréglé. Sa détresse émut le recteur.

— Tentez votre chance au concours d'architecture, les inscriptions sont ouvertes jusqu'à la fin du mois. Si vous avez votre *Reifeprüfungszeugnis* sur vous, vous pouvez vous y rendre dès maintenant, les bureaux sont ici même dans le palais, au rez-de-chaussée.

La lueur qui s'était allumée dans l'œil d'Adolf s'éteignit : il releva sa mèche et déclara :

— Je ne l'ai pas passé, monsieur le recteur, j'étais malade.

Le recteur eut une mimique d'impuissance.

— Dans ce cas…

— Il n'y a pas d'autre solution ?

— Si, une seule : passez votre *Reifeprüfung* et revenez vous inscrire.

Adolf se revit à Spital, plongé jusqu'au cou dans la rivière, grelottant toute la nuit. Il s'était cru si malin !

L'esprit naufragé, le sens de l'orientation perdu, il sortit du palais Hansen et marcha droit devant lui. Passant à proximité d'un lampadaire, il brisa dessus sa canne d'étudiant. Après quoi, les larmes aux yeux parce qu'il y tenait beaucoup, il ramassa les morceaux et les jeta dans un taillis de la Karlsplatz.

Il marcha toute la journée, jusqu'à l'épuisement, ruminant sur son grand désarroi : qu'allait-il faire ? Il n'avait jamais envisagé une telle déconfiture ; il n'avait aucun plan de rechange.

Jour après jour, argument après argument, Adolf s'ingénia à reconstruire son moral, tel un maçon lève son mur. Il finit par se persuader d'avoir été injustement évincé de l'Académie, ainsi son talent de peintre architecte n'était pas remis en cause... Si je suis un génie, il n'y a qu'un autre génie qui peut le reconnaître... et comme il n'y en avait aucun dans ce jury...

***

Le 15 novembre, la carte postale d'August annonçant son retour de l'armée arriva au courrier du matin. Le sang d'Adolf ne fit qu'un tour. Incapable d'assurer le second rôle après avoir toujours tenu le premier, il déménagea le lendemain et s'installa dans un *Kabinett*, au 22 de la Felberstrasse, porte 16. Sa nouvelle logeuse, Helene Riedl, était la veuve d'un cheminot qui s'était fracassé l'occiput sur une plaque de verglas. La chambrette à six *Kronen* était plutôt minable : un lit de fer, un matelas affaissé, une chaise bancale, une table à l'avenant, un bougeoir avec un rogaton de bougie fiché dessus : l'unique fenêtre s'ouvrait sur les entrepôts de la Westbahnhof. L'absence d'odeur de pétrole l'inquiéta.

— Il y a des punaises ici ?

La logeuse lui rit au nez.

— Parce que vous connaissez un endroit à Vienne où y en a pas ?

Adolf ouvrit sa malle et commença le rituel de possession des lieux en sortant le portrait encadré de Klara, puis ceux de Bismarck, Richard, Arthur et Winnetou.

– Et oubliez pas d'aller vous inscrire au commissariat, ordonna Frau Riedl.

Adolf obéit le jour même, mais cette fois, en place d'artiste peintre, il se déclara écrivain.

Renonçant provisoirement à la peinture, il décida d'écrire un roman social : l'histoire d'un orphelin rejeté de tous et qui finit par se venger d'une manière wagnérienne en diable. Puis il écrivit une nouvelle futuriste sur un jeune scientifique viennois qui devient un héros national en découvrant le remède absolu qui anéantit la totalité des punaises de la capitale et de ses alentours (en une nuit).

***

Le 1er mai 1909, dix jours après son vingtième anniversaire, Adolf se rendit à la poste collecter sa pension d'orphelin ; comme chaque mois, le fonctionnaire lui compta ses vingt-cinq *Kronen*, mais cette fois il le prévint qu'elle lui était versée pour la dernière fois.

– Pourquoi ? Mais parce que depuis le 20 avril vous êtes majeur, jeune homme.

Ces vingt-cinq *Kronen* ajoutées aux quatre *Kronen* et soixante *Heller* qui occupaient le fond de sa poche faisaient qu'il possédait, en tout et pour tout, vingt-neuf *Kronen* et soixante *Heller*… desquels il devait soustraire les six *Kronen* du loyer à venir. Combien de jours allait-il tenir ainsi ? Qu'arriverait-il lorsqu'il ne pourrait plus payer son loyer ? Une perspective qui le terrifiait… et l'enveloppe du pactole Tricotin était vide depuis décembre dernier.

Renonçant à chercher un travail, Adolf se fit parcimonieux avec le peu d'argent qui lui restait. Épargner devint une obsession de chaque instant qui lui causa des aigreurs d'estomac, des maux de crâne persistants et même une inattendue poussée d'acné juvénile… sans oublier son météorisme de type vétéran qui, à l'approche du jour du loyer, échappait à tout contrôle humain.

***

Le 17 juin, un jour ensoleillé, Adolf entra pour la première fois dans le Dorotheum (le Crédit municipal) et ressortit sans la montre-bracelet que lui avait offerte sa mère le jour de sa confirmation. Le préposé au guichet lui en avait donné quatre *Kronen*.

Le mois suivant, contre sept *Kronen* et cinquante *Heller*, il déposa son chevalet en acajou, ses pinceaux en poils de martre, ses couleurs, sa belle règle en T, ses trois dernières toiles vierges, et le grand carton contenant les quarante-quatre aquarelles et huiles rejetées par le jury. L'employé du Dorotheum refusa ces dernières, expliquant que l'établissement n'acceptait pas les œuvres d'art inconnues.

Et puis, le 16 août, arriva au courrier la lettre lui ordonnant de se présenter au conseil de révision de Linz, et cela avant le 1er septembre.

– Alors là, ils peuvent courir vite !

***

Le 20 août, Adolf quitta la Felberstrasse pour louer une chambrette à une *Krone* par semaine dans un taudis au 58 de la Sechshauserstrasse, premier étage, porte 21. Sa logeuse, Antonia Oberhauser, était la veuve d'un commis aux écritures, décédé d'un cancer du pancréas qui l'avait foudroyé en trois mois et quelques jours. Frau Oberhauser avait surtout l'avantage de ne pas exiger de ses locataires un enregistrement au commissariat de l'arrondissement.

La chambrette avait un aspect désolant : le papier peint était constellé de chiures de mouches, un morceau de carton remplaçait une vitre de la fenêtre et l'immeuble vibrait dangereusement chaque fois qu'un tramway s'engageait dans la rue. Chaque samedi, la logeuse tambourinait contre sa porte jusqu'à ce qu'il ouvre et s'acquitte de son loyer : aucun retard n'était toléré.

Adolf reprit le chemin du Dorotheum et y abandonna ses vingt-huit derniers livres contre trois *Kronen* et soixante-dix *Heller*. Le préposé hésita sur un seul volume : *Trois essais sur la théorie de la sexualité*.

– Ce n'est pas ce que vous croyez, c'est un livre scientifiquement médical ! En plus il est presque neuf et je n'ai lu que la première partie.

Deux semaines plus tard, il échangeait ses cravates, ses pochettes, ses gants de chevreau, son chapeau gris, son beau costume, sa meilleure paire de bottines et pour finir son élégant manteau d'hiver contre la modique somme de neuf *Kronen*. Désormais, il lui restait les vêtements qu'il portait, plus son peigne et son rasoir. Il avait aussi son encombrant carton aux quarante-quatre dessins, et sa vieille sacoche contenant ce qu'il avait de plus précieux au monde (ses innovations architecturales, ses récentes tentatives littéraires, l'opéra inachevé *Wieland le forgeron*, conçu avec l'assistance technique d'August, les plans de la villa Gustl prévue pour un cadeau d'anniversaire qui n'aurait jamais lieu, les croquis réalisés sur le lit de mort de sa mère, la photo encadrée de la défunte, les dessins de Richard, Arthur, Winnetou et Bismarck), Adolf apporta sa malle au Dorotheum où on lui en donna six pièces en argent de une *Krone*, soit six semaines de loyer.

***

Le samedi 18 septembre, à 5 heures du matin, se déplaçant uniquement sur la pointe des pieds, Adolf quitta la Sechshauserstrasse en catimini et aussi à la cloche de bois. La gorge serrée, le ventre aussi vide que ses poches, il se retrouva sur le trottoir obscur sans la moindre idée de l'endroit où il dormirait ce soir… Allait-il seulement pouvoir dormir ?

Il prit machinalement la direction de Schönbrunn où se trouvait son banc-bureau, ultime refuge qu'il pouvait encore dire sien. Il marcha d'un pas vif pour combattre le froid humide, regrettant amèrement son pardessus, comprenant trop tard la faute tactique qu'il avait commise (C'était en août, il faisait très chaud, et puis j'avais tant besoin de cet argent).

Le parc ouvrant ses grilles à 9 heures, il attendit dans la Maxingstrasse, à la hauteur de la Ménagerie, piétinant le trottoir pour se réchauffer. L'attente prédisposait à la rumination ; il n'en revenait pas d'être tombé dans un tel guet-apens existentiel… Qui l'y avait poussé, et surtout qui allait l'en tirer ? En outre, une sensation de faim grandissante s'emparait de lui, perturbant son humeur. Un jour gris se levait quand le lion de la Ménagerie toute proche rugit à trois reprises.

Son dernier repas datait de la veille après-midi, chez Frieda de Hambourg. Il lui restait pour toute fortune une pièce de dix *Heller* en nickel, deux pièces de deux *Heller* et une de un *Heller* en bronze. Il avait commandé une tasse de café au lait (six *Heller*) et un gros Schaumrolle (huit *Heller*). Après avoir payé, il avait demandé à la patronne de lui rendre un service.

– Je dois partir quelques jours à Linz, Frau Frieda, auriez-vous l'amabilité de me garder quelque temps mon carton à dessins… Regardez-les ce soir à tête reposée et choisissez celui qui vous plaît le plus, je vous l'offre, dit-il en baissant modestement les yeux.

Revenu sur le trottoir, il avait sorti de sa poche l'unique pièce de un *Heller* qui lui restait et, profitant qu'il passait sur le pont Lobkowitz, il l'avait expédiée d'une pichenette dans les eaux sales du canal.

***

Le froid et les regards suspects des lève-tôt du quartier incitèrent Adolf à renoncer à son banc-bureau. Après tout, que pourrait-il y faire ? Il n'avait plus de livre à lire, il n'avait plus de crayons pour ses notes, ou pour ses dessins ! Mais avant tout, il avait faim… et cette faim se révélait obsessionnelle, exclusive, monopolisant son attention. Autrement formulé, il ne pensait qu'à ça.

L'esprit chahuté par sa fringale, Adolf dériva dans la capitale, enfilant les rues les unes après les autres, louchant sur les étalages, défaillant à la moindre odeur de friture, attendant que quelque chose arrive.

Il marchait dans une belle rue qui avait pour nom l'Alleegasse, quand il se souvint qu'il s'agissait de la rue du palais Wittgenstein. À la pensée que Herr Ludwig pût le reconnaître, Adolf baissa la tête et traversa la chaussée au pas de course.

Son errance le conduisit au Prater. Il s'engagea dans la Hauptallee bordée de nombreuses *Heurigen* fleuries d'où s'échappaient les airs à la mode. On était samedi et, en dépit du fond de l'air frais, les terrasses ne désemplissaient pas. Tout le monde autour de lui semblait rire, boire, manger.

Il croisa des écoliers revenant du parc d'amusement, et son cœur se serra : l'un d'eux en *Lederhosen* tenait dans ses mains *Le Prisonnier du désert*, le livre même qui l'avait initié au Far West… Que penserait Winnetou en le voyant en aussi piteux état ? Ne jugerait-il pas sévèrement sa présente apathie, son manque total d'initiative ?

Il redressa sa mèche et serra les poings pour mieux se houspiller.

— Je dois réagir, je dois m'organiser, mais avant je dois manger.

Après s'être assuré que personne ne le voyait, il dissimula sa sacoche dans un épais fourré proche de la Rotonde, puis il retourna dans la Hauptallee et chercha un vendeur ambulant : ils étaient nombreux à sillonner dans les deux sens la grande avenue qui traversait le Prater.

— Une bratwurst, *bitte*, dit Adolf à un Serbe mal rasé qui poussait sa boutique à bras devant lui.

— Avec ou sans moutarde ? demanda le vendeur, piquant avec sa fourchette une saucisse qu'il glissa dans un morceau de pain.

— Avec.

L'homme enveloppa la bratwurst dans une feuille de journal et la lui tendit.

Adolf s'en saisit et détala dans la première contre-allée en vue, courant sans se retourner, le pouls à cent cinquante. Il s'arrêta lorsqu'il fut certain de ne pas être pourchassé.

Son souffle retrouvé, il dévora son larcin en quelques bouchées, se reprochant amèrement de ne pas en avoir commandé deux. Quand il retrouva le fourré dans lequel il avait dissimulé sa sacoche, celle-ci n'y était plus. Lui qui pensait avoir atteint le fond du malheur mesurait son erreur : il y avait toujours pire que le pire. Il pleura en songeant à la photographie de sa mère qui le suivait depuis Steyr.

La nuit tomba, l'air se refroidit encore un peu, le Prater se vida lentement de ses promeneurs et bientôt il fut seul à errer dans les allées, regrettant son manteau, mais aussi sa malle dans laquelle, présentement, il aurait volontiers dormi.

Faute de mieux, il passa sa première nuit à la belle étoile sur un banc de la Rotonde. Vers 3 heures du matin, la pluie tomba, l'obligeant à s'abriter sous les arcades. Il ne put se rendormir.

Au lever du jour, courbaturé, toujours fatigué, mais plutôt fier d'avoir survécu tel un authentique Mescalero, il se mira dans l'une des fontaines pour se raser et se coiffer. Tout en égalisant ses moustaches, il songea à son père, à sa mère, à Leo, à tous ceux qui lui avaient prédit cette échéance s'il ne terminait pas ses études. Il les imaginait hochant la tête, l'air navré : Nous t'avions pourtant prévenu, mon garçon, mais tu n'as pas voulu nous écouter !

Il sortit du Prater et consacra sa journée à chercher de la nourriture. S'inspirant des techniques apaches de vol de chevaux qui consistaient à repérer les lieux mais aussi les voies de repli, Adolf commit au nom des circonstances une série de rapines qui lui valurent quelques émotions fortes. Il vola ainsi à l'étalage deux pommes du Féralas, une carotte de Durotar, une grappe de raisin d'Azéroth, et une miche de pain noir d'Arethi qui lui cala l'estomac pour le reste de la journée.

En début de soirée, il avisa un chantier près du canal ; il escalada péniblement la palissade et s'introduisit à l'intérieur d'une cahute abritant du matériel de maçonnerie. Quand Josef Weber le gardien et son chien Wolf le découvrirent, Adolf grelottait de froid entre deux piles de sacs de ciment. Bien que son devoir exigeât qu'il le remette à la police, le gardien préféra l'inviter d'une voix bourrue à se réchauffer dans sa cabane.

— Tu es maigre, c'est vrai, mais tu es jeune, alors pourquoi tu ne travailles pas ? lui demanda Josef Weber en réchauffant un fond de soupe aux haricots sur le poêle.

Adolf haussa les épaules, affolé par le fumet dégagé par la soupe dans la casserole.

— Je n'ai pas de diplôme, je ne sais rien faire d'autre que peindre et dessiner.

— Tout ce qu'il faut pour être manœuvre, c'est du cœur à l'ouvrage, rien d'autre ! Si tu veux, demain je te présente au contremaître, c'est mon beau-frère. Je suis certain qu'il te trouvera quelque chose à faire... De toute façon, tu n'as pas le choix, tu ne peux pas rester comme ça !

Après la soupe aux haricots, Weber lui offrit du pain et du fromage de chèvre qu'il engloutit en grognant de bonheur.

– Il y a des toilettes ici ?

– Oui, bien sûr. Suis-moi, je vais te montrer.

Ensuite, le gardien lui offrit une couverture et le regarda s'allonger sur le plancher, au pied du poêle, non loin du gros chien qui l'accueillit d'un coup de langue sur la main.

Le lendemain, dès la première heure, Adolf devenait manœuvre de quatrième catégorie (trois *Kronen* journalières) pour le compte de la société de construction Hermann-Waldeck. En peu de temps, il comprit pourquoi aucun diplôme n'était exigé ; il suffisait d'obéir à Rico Bicou, le contremaître italien, qui aboyait dans un mauvais allemand les ordres de soulever, tirer, pousser, poser. La journée terminée, Adolf fit la queue et reçut trois pièces de une *Krone* qu'il regarda comme jamais encore il n'avait regardé trois pièces de une *Krone*. Trois *Kronen* pour des paumes écorchées, des muscles surchauffés, des doigts gonflés, trois ongles cassés… et une grosse fatigue qui lui brouillait les idées.

Il dîna dans la cabane du gardien de nuit et ce dernier lui offrit une copieuse *Mehlspeise* préparée par son épouse qu'il ne put terminer tant son estomac s'était rétréci ces derniers temps.

Son veston roulé en boule comme oreiller, il se coucha au pied du poêle en compagnie de Wolf et s'endormit.

***

La pause-déjeuner allait prendre fin quand un couvreur sudète et un maçon hongrois prirent place sur la poutre qui lui servait de siège. Aimablement, avec des sourires entendus et des gestes apaisants, ils lui donnèrent une quantité de bonnes raisons pour rejoindre au plus vite leur syndicat. Flatté qu'on lui prête attention après toutes ces semaines de grande solitude, Adolf les laissa parler sans les interrompre, et quand ce fut fini, il refusa, expliquant qu'il ne voulait pas être astreint à une cotisation, ni participer à des réunions ou distribuer des tracts. Sans se formaliser, les deux délégués lui donnèrent une semaine de réflexion, abandonnant sur la poutre un exemplaire de l'*Arbeiterzeitung*, l'organe des sociaux-démocrates, bête noire des lecteurs de l'*Alldeutsches Tagblatt*.

En soirée et malgré sa fatigue, il parcourut le journal syndical et trouva de quoi s'indigner, énervant le chien qui gronda en direction de son mollet.

***

Le délai d'une semaine écoulé, les deux délégués vinrent s'asseoir près du jeune homme qui mâchait avec application du pain et du fromage.

— Alors, camarade, as-tu réfléchi à notre proposition ?

Adolf se leva et fit quelques pas en prenant l'air concerné de celui qui pèse ses mots. Après leur avoir dressé un récapitulatif du rôle de premier plan joué dans le passé par ce qu'il appelait les Germains d'Autriche, il leur décrivit brièvement la lutte sans merci que devaient livrer les dix millions de Germains autrichiens pour ne pas être culturellement, économiquement et racialement étouffés par les quarante-deux millions de Magyars, de Croates, de Tchèques, d'Italiens, etc.

— Étant moi-même de pure souche allemande, vous comprendrez, messieurs, que je ne peux décemment adhérer à un syndicat dont la réussite politique sonnerait le glas de ma chère communauté.

Pointant l'index vers le ciel nuageux, il allait ajouter un post-scriptum à sa réponse quand le sifflet de la reprise du travail l'interrompit.

— On en reparlera, promirent les délégués en retournant à leur poste, la tête et les idées bourdonnant encore de ce qu'ils venaient d'entendre.

– Pour un peu il m'aurait convaincu ! dit le couvreur sudète. Après tout, moi aussi je suis de souche allemande et les Tchèques ne sont pas tendres avec nous...

– C'est pour ça que ce type est dangereux. Ce soir, à la réunion, je demande son expulsion du chantier.

Le lendemain, Adolf fut sommé d'adhérer ou de prendre le risque de dégringoler d'un échafaudage. Il explosa d'une voix claire et qui portait loin :

– Ah ! Elle est belle, votre social-démocratie !

Avant qu'il ait pu dire un mot de plus, les deux délégués se jetèrent sur lui et le rouèrent de coups de poing puis, lorsqu'il fut à terre, de coups de pied et de talon. Personne ne lui porta secours. Il rampait vers la sortie quand le maçon hongrois le mit en garde.

– Si tu as l'intention de te plaindre à la police, n'oublie pas que nous avons ici vingt témoins qui jureront sur l'honneur que tu as été pris à voler... et ce n'est pas la peine d'aller dormir chez Weber ce soir, il est prévenu aussi !

25

Und willst du nicht mein Bruder sein, so schlag ich
dir den Schädel ein.

(Et si tu ne veux être mon frère, je te casse le crâne.)
Vieille promesse celte

Obdachlosenasyl (Asile pour indigents).
District de Meidling, Vienne.

Les portes de l'asile de nuit s'ouvrirent et les miséreux se précipitèrent dans le hall d'accueil. Des employés en blouse bleue et casquette noire repoussèrent alors le trop-plein dans la rue puis refermèrent les portes sur les retardataires qui protestèrent énergiquement. Les heureux élus se mirent en rang sous un grand portait à l'huile de Herr Künast, le fondateur de l'établissement, puis ils défilèrent le long d'un couloir où on leur remit un carnet de sept coupons donnant droit à sept nuits : passé ce délai, on était prié de laisser la place à un autre nécessiteux.

Reinhold Hanisch souffla sur ses doigts pour les réchauffer : il était resté deux heures à faire le pied de grue sur le trottoir et il aurait donné cher pour un verre de schnaps. Son voisin, un jeune type qui n'avait même pas de manteau,

268

pouvait à peine tenir le porte-plume pour signer sa fiche d'entrée.

— Dortoir 4, lit 268, dit l'employé en dévisageant sévèrement le visage tuméfié du jeune homme : un flamboyant cocard lui fermait presque l'œil gauche. Je te préviens qu'ici on veut pas de bagarre. Au moindre problème, *raus* ! Allez, allez, au suivant !

Hanisch vit le dos du jeune type se raidir sous son veston élimé.

— De quel droit me tutoyez-vous ? Nous n'avons pas gardé les cochons ensemble !

— C'est parce que tu les gardais tout seul ! Maintenant, tu prends ta carte et tu la fermes, sinon j'appelle Peau de vache. J'ai dit AU SUIVANT !

Hanisch s'approcha.

— Encore toi, Fritz Walter ! Je croyais que tu avais trouvé un emploi, lui dit l'employé d'une voix morne.

Hanisch sourit de toutes ses dents jaunes.

— La place n'était pas assez bonne, *mein Herr*.

Un autre employé au faciès de vieux boxeur, vêtu d'une blouse verte et coiffé d'une casquette de cuir, les conduisit par groupes de vingt jusqu'au vestiaire jouxtant une salle de douche d'une propreté scrupuleuse.

— Tout le monde à poil ! Faites passer vos guenilles pour la désinfection par ce guichet ! *Schneller ! Schneller !*

Tout en se déshabillant, Hanisch s'amusa de l'extrême embarras de son voisin au fur et à mesure qu'il dévoilait des sous-vêtements en laine crasseux, des bottines ressemelées avec du carton d'emballage, des côtes saillantes, une peau blafarde mouchetée d'innombrables piqûres de punaises, certaines infectées pour avoir été trop grattées. Il gardait les yeux obstinément baissés, et quand il fut nu, il cacha son sexe dans ses mains en conque avant d'entrer dans la salle des douches.

Une fois propres et secs, leurs vêtements leur furent restitués vierges de tout parasite, mais encore humides et dégageant une odeur entêtante de désinfectant. Le même employé les mena dans un vaste réfectoire éclairé électriquement où on leur servit une soupe de légumes et un morceau de pain de cent grammes. Le tchèque dominait nettement le brouhaha des voix.

Hanisch s'assit entre un vieux qui malgré la douche sentait encore l'oignon frit et le jeune blanc-bec au cocard de tout à l'heure.

La soupe était brûlante et épaisse, comme d'habitude, mais elle était fade. Hanisch sortit sa réserve de sel qu'il gardait dans du papier journal. Il vit le regard de son voisin. Il se servit puis lui tendit le sachet :

— Servez-vous, je vous en prie, ils n'en donnent jamais ici, il faut avoir le sien.

— Je vous remercie, monsieur.

— C'est tout naturel… Permettez-moi de me présenter : Fritz Walter, de Berlin.

Posant sa cuillère, son voisin redressa la mèche qui lui barrait le front et se présenta à son tour :

— Adolf Hitler, artiste peintre, ancien élève des Beaux-Arts.

Hanisch opta pour une mimique approbative.

— Je suis moi-même graveur et il m'arrive de taquiner le pinceau.

Ceux qui avaient terminé leur soupe rendaient l'assiette et la cuillère et se rangeaient dans le couloir.

— Dépêchez-vous au lieu de jacasser comme des mémères, y en a qui attendent votre place ! les apostropha l'employé à la casquette en cuir et au nez cassé.

Adolf allait pour se rebiffer quand Hanisch le lui déconseilla, profitant de l'occasion pour le tutoyer.

— Laisse tomber, c'est Peau de Vache. S'il t'a dans le nez, il peut te faire renvoyer ! Viens.

Quand ils furent tous alignés dans le couloir, Peau de Vache les conduisit au dortoir C, une immense salle abritant douze rangées de dix lits numérotés. Les fenêtres donnaient sur le mur du cimetière de Meidling derrière lequel l'asile avait été construit.

Hanisch suspendit son havresac au portemanteau métallique fixé à la tête du lit, tandis qu'Adolf se laissait choir sur son lit en poussant un soupir de satisfaction. Il fermait les yeux et se serait endormi si Hanisch ne l'avait pas secoué.

— Relève-toi, vite ! C'est interdit de s'allonger avant 20 heures.

— Mais pourquoi ? C'est idiot ! J'ai sommeil, c'est maintenant que je veux dormir.

— C'est interdit avant le sermon du directeur.

— Je m'en contrefiche !

— C'est obligatoire. Si tu n'y vas pas, tu es viré. Allez, relève-toi avant que Peau de Vache te voie.

Adolf obéit de mauvaise grâce.

— À l'hôtel c'est avec de l'argent, ici c'est avec un sermon, dans les deux cas il faut toujours payer.

— Eh oui, rien pour rien, c'est ça la charité des youpins, approuva Hanisch en désignant le portrait de Herr Künast le bienfaiteur. En dessous, dans un placard grillagé, se trouvait le copieux règlement intérieur : soixante-six articles, plus les alinéas.

— C'est peut-être un Juif mais son nom ne l'est pas, objecta Adolf.

— T'as qu'à lire les noms des donateurs et tu verras qu'il y a un Epstein. Alors, Epstein, ça te va comme preuve ?

— Vous ne les aimez pas ?

— Parce que toi tu les aimes ?

Adolf secoua lentement la tête.

— Pas particulièrement, mais je ne les déteste pas… En fait, ils m'indiffèrent.

— C'est parce que tu les connais mal, mais à moi, ils me la font pas !

Ils déplièrent la paire de draps et de couvertures posés sur le matelas et ils firent leur lit ; Hanisch avec expertise, Adolf avec une moue dégoûtée.

— On a encore un quart d'heure. Allons au foyer, ici c'est interdit de fumer, proposa Hanisch en montrant son paquet de cigarettes.

— Je ne fume jamais, c'est très mauvais pour la santé. C'est prouvé scientifiquement.

Adolf le suivit néanmoins au foyer où ils s'installèrent à une table du fond. En attendant l'heure du sermon, ils firent prudemment connaissance.

— Où tu l'as pêché, ton accent bavarois ?

— J'ai habité en Bavière quand j'étais petit. Mon père était en poste à Passau. Je suis un vrai Germain.

Soucieux de se démarquer du ramassis de malchanceux récidivistes, de chômeurs à perpétuité, de voleurs de poules, de clochards professionnels qui les entouraient, il haussa le ton :

— C'était un officier supérieur des Douanes impériales.

— C'était ?

Sa mèche glissa sur son front. Il la remit en place.

— Mon père et ma mère sont morts.

Hanisch alluma une cigarette :

— Et ton cocard ?

Adolf haussa les épaules.

— Et vous ? Comment avez-vous échoué ici ?

Hanisch fit mine de s'intéresser à l'ongle démesurément long de son auriculaire qui lui servait de cure-oreille, parfois de cure-nez.

— Oh, moi, je suis juste dans une mauvaise passe, ça ne va pas durer. Dès que je me serai refait, je retournerai à Berlin d'où je viens… car moi aussi, figure-toi, je suis un bon Germain.

Sudète né à Prague vingt-sept ans plus tôt, Reinhold Hanisch, *alias* Fritz Walter, était un graveur sur cuivre sans talent qui avait déserté l'atelier familial pour se rendre à Berlin et devenir le valet de chambre d'un antiquaire homosexuel qui le chassa trois jours plus tard après qu'il avait refusé ses avances. L'antiquaire étant aussi juif, Hanisch devint antisémite. Livré à lui-même dans la capitale du Reich, il avait successivement été veilleur de nuit, garçon de course, modèle nu dans une école de peinture, vendeur à la sauvette de stylos *made in America* capables de corriger automatiquement les fautes d'orthographe. Puis ce fut une fumeuse affaire de pilules rajeunissantes chimiquement testées par la preuve par neuf, qui lui avait valu ses premiers démêlés avec la justice, le contraignant à quitter Berlin pour Munich. Mais à Munich, une affaire de montres suisses aux rubis en bois véritable lui coûta trente jours de prison et une interdiction de séjour dans l'entier royaume de Bavière. Hanisch avait alors échoué à Vienne, où il végétait depuis un an, attendant une occasion de se refaire.

À 19 h 30, le directeur de l'asile, suivi de l'ensemble du personnel, fit son entrée dans le foyer. Tous se levèrent et récitèrent une prière qui louait le Seigneur d'avoir guidé leurs pas jusqu'ici.

— Braves gens, je vous le demande droit dans les yeux, qu'avez-vous fait pour mériter d'être ici ce soir ? Songez aux milliers de déshérités qui en cet instant même grelottent de froid dehors, et songez au règlement si vous ne voulez pas les rejoindre !

Le sermon dura une demi-heure. D'après le peu qu'Adolf écouta, il était question du manteau de saint Martin. Le directeur s'élevait fermement contre les dénigreurs qui soutenaient que si saint Martin avait été en odeur de sainteté il aurait offert son manteau en entier et non pas la moitié.

— Eh bien, figurez-vous qu'à l'époque saint Martin était un officier romain, et à ce titre il payait cinquante pour cent de tout son équipement, aussi n'avait-il pas le droit d'offrir à ce miséreux la totalité de son manteau, puisqu'une moitié était propriété de l'État.

Le directeur conclut en les adjurant de conserver intacte leur foi en Dieu et en tous ses saints, mais aussi de prendre leur avenir à bras-le-corps et de se précipiter vers un avenir radieux, serein, dépourvu de poux, de puces, de punaises, de morpions et autres vermines sataniques qu'il avait le plus grand mal à éradiquer de son établissement.

26

« Dans la vie, celui qui ne veut pas être le marteau
sera l'enclume. »

Friedrich Nietzsche

Obdachlosenasyl de Meidling.
6 heures.

— Debout là-dedans ! Tout le monde aux lavabos et gare
aux traînards, gueula Peau de Vache en entrant dans le
dortoir, allumant la lumière, flanquant des coups de pied
dans les châlits.

Adolf se leva et imita son voisin qui pliait son couchage.
Autour d'eux, on se raclait la gorge, on s'étirait bruyamment, on grognait, on flatulait, on éructait, on se serait cru
dans la ménagerie d'un cirque, l'odeur incluse.

Après s'être lavés et rasés à l'eau froide, ils déjeunèrent
d'une assiettée de soupe et un morceau de pain identiques,
en goût et en quantité, à ceux de la veille.

À 7 heures, une sonnerie stridente retentit dans l'asile.

— Ça veut dire qu'on a dix minutes pour s'en aller, dit
Reinhold Hanisch avec fatalisme.

Tous les pensionnaires furent dans la rue dans les délais
requis et les grilles de l'asile se refermèrent ; elles ne rou-
vriraient pas avant 18 heures.

Il faisait encore nuit et une rafale de vent balaya la rue. Adolf frissonna en relevant le col de son veston. Et maintenant, que faire, et où aller en attendant 18 heures ?

— Vivement l'été ! ironisa Hanisch dans son dos.

Adolf lui envia son épais manteau. Comment avait-il pu être aussi irresponsable en vendant le sien ?

— Si t'as rien de mieux à faire, viens avec moi chez Kathi, on y distribue une soupe gratuite.

Prenant l'air préoccupé de l'homme d'affaires subitement confronté à plusieurs rendez-vous importants, Adolf fit mine d'hésiter :

— C'est loin ?

— Un peu, c'est près de la Westbahnhof. Mais comme ça ouvre entre 9 et 10 heures, il vaut mieux partir tout de suite si on veut qu'il nous en reste.

Ils longèrent le mur du cimetière de Meidling, traversèrent la voie ferrée de la Südbahnhof et remontèrent jusqu'au canal, passant par la Lägenfeldgasse, marchant vite pour distancer le froid.

— Comment ça se fait que t'as pas de manteau ? demanda Hanisch en l'entendant claquer des dents.

— J'avais un besoin urgent d'argent, et comme je ne crains pas le froid, je l'ai mis au Dorotheum.

Hanisch lui lança un regard sceptique qui enflamma le blanc-bec.

— Il n'y a rien d'extraordinaire à cela. Je me suis intensivement entraîné à combattre les intempéries. J'ai suivi les méthodes d'endurcissement des Mescaleros du Rio Secos, il n'y a pas plus dur dans tout le Far West, vous pouvez vous renseigner.

« C'est un maboul de première, je vais l'embobiner les doigts dans le nez », se dit Hanisch en frottant ses mains gantées.

Une longue théorie de miséreux piétinait déjà devant les portes closes du couvent Sainte-Catherine. Adolf reconnut l'endroit avec un pincement au cœur presque nauséeux : sa chambrette de la Stumpergasse était à quelques rues de là… Il passait devant ce couvent chaque fois qu'il se rendait à Schönbrunn… Et quand Gustl l'accompagnait, le triste spectacle lui avait inspiré des propos pertinents sur la pauvreté et la lâcheté de certains face à l'existence. Il aimait répéter avec une moue de la bouche : Comment peut-on en arriver là ? Désormais, il savait.

Ils prirent place à la suite d'un trio qui les salua avec familiarité ; comme eux, ils venaient de l'asile de Meidling.

Hanisch se pencha pour évaluer professionnellement la longueur de la queue.

— On en a pour quarante-cinq minutes… minimum.

Immobile, le corps d'Adolf se refroidit rapidement, l'obligeant à battre la semelle sur le trottoir givré. Comment aurait-il pu prévoir qu'un jour, pour avaler une misérable assiettée de soupe, il endurerait un climat digne d'un Esquimau du Grand Nord ?

D'autres indigents arrivèrent et se positionnèrent derrière eux. Tous ces traîne-savates semblaient se connaître et se saluaient avec des sourires, prenant des nouvelles de l'un ou l'autre. Comme à l'asile, Adolf nota qu'une majorité parlait tchèque ; il y avait quelques Hongrois, et peut-être un Polonais.

Tout en piétinant, les mains dans les poches, Adolf expliquait à sa nouvelle connaissance qu'à l'époque où il vivait à Linz il avait participé aux quêtes en faveur du Südmark et du Schulverein. Il s'interrompit à la vue d'un barbu hirsute qui remonta la queue et échangea quelques mots avec l'un des gars sous le porche. Ils se serrèrent la main et le barbu prit sa place.

— Vous avez vu, un resquilleur ! dit Adolf outré.

Hanisch haussa les épaules.

— Si on avait cinq *Heller*, nous aussi on pourrait se payer une place sous le porche à l'abri du vent.

— Il se vend des places dans cette queue ?

Hanisch eut un sourire amusé : tant de naïveté le rajeunissait.

— Tous ceux que tu vois sous le porche vendent leur place chaque matin, mais eux, ils dorment dans la rue pour être les premiers et puis ils sont drôlement bien couverts.

Les oreilles, le nez, le front, les doigts, les orteils insensibilisés par la froidure, Adolf n'hésita pas ; il lui restait neuf *Kronen* et quarante-deux *Heller* de ses huit jours de chantier.

— Allons-y, dit-il en déboîtant de la file et en marchant hâtivement vers le porche du couvent.

Ce fut Hanisch qui négocia avec deux clochards vêtus de plusieurs épaisseurs de vêtements. Se méprenant sur la main gantée offerte par le plus âgé des barbus, Adolf la serra en murmurant un poli *Guten Tag mein Herr*, qui en fit ricaner plus d'un.

— Content de te connaître, mon garçon, mais ce sera quand même dix *Heller*.

Adolf toisa sévèrement Hanisch.

— Vous m'aviez dit cinq !

Le barbu répondit à sa place.

— C'est bien cinq *Heller*, mais comme vous êtes deux, ça fait dix.

— Je suis un peu juste en ce moment, mais je te le revaudrai, parole de Fritz Walter !

Adolf paya à contrecœur. Les barbus se partagèrent les pièces, épaulèrent leur havresac et quittèrent le porche.

— Je te remercie, dit Hanisch en posant la main sur l'épaule du jeune homme qui la chassa aussitôt :

— Je n'aime pas qu'on me touche.

Hanisch ignora la rebuffade. Il savait désormais que le blanc-bec avait de l'argent et il voulait bien être instantanément circoncis si, avant le soir, il n'avait pas trouvé le moyen d'en profiter à nouveau.

— Si tu veux, après la soupe, je peux te montrer un endroit où tu pourras t'acheter un bon manteau pour moins de quinze *Kronen*.

Adolf lui tourna le dos et s'intéressa à la rue qui s'animait. Les commerces levaient leur rideau ; c'était l'heure des bonnes, des livreurs, des écoliers : tous changeaient de trottoir à la vue du couvent et des gueux agglutinés autour de l'entrée.

Même salée, même chaude, la soupe du couvent Sainte-Catherine était mauvaise et absolument pas roborative, seul le morceau de pain calmait la faim. Adolf regretta d'avoir attendu et surtout d'avoir dépensé dix *Heller* pour un pareil brouet de sorcière… sans parler de l'accueil méprisant en diable des bonnes sœurs de la Miséricorde.

Vingt-cinq minutes plus tard, ils retrouvaient le trottoir verglacé. Adolf éternua.

— Attends-moi, je serai pas long, prévint Hanisch en traversant la rue et en entrant dans une *Bierstube*.

— Tiens, prends-les, avec ça tu vas provisoirement t'économiser un manteau.

Sans y toucher, Adolf regarda les exemplaires de l'*Arbeiterzeitung* avec méfiance.

— Que voulez-vous que je fasse de ce ramassis de bobards antigermains ?

Hanisch rigola.

— Tu es drôle de naissance ou c'est venu petit à petit ?

Adolf lui lança un regard de basilic à qui on vient de marcher sur la queue. Le Sudète cessa de rire.

— Glisse les feuilles sous ta chemise, tu vas voir, ça coupe bien le froid.

À l'abri dans un couloir d'immeuble, le jeune homme se dévêtit et s'emmaillota avec les feuilles sociales-démocrates, aidé de Hanisch qui les attachaient avec de la ficelle autour des bras et des avant-bras. Il l'aida aussi à se tapisser le dos et la poitrine avec trois doubles pages de chaque côté. Il se rhabilla et fut satisfait du résultat, déjà sa température corporelle se redressait. Seul inconvénient : un bruit de papier froissé à chaque mouvement.

— Je te parie cinq contre un que tes Peaux-Rouges ils connaissaient pas cette combine, crut bon d'ironiser Hanisch en tortillant ses moustaches en guidon de vélo pour empêcher le givre de se déposer sur les poils.

Adolf haussa les épaules.

— Évidemment, puisqu'il n'y avait pas de journaux au Far West !

Les mains dans les poches, le dos rond pour que glisse le vent, ils remontèrent la Mariahilferstrasse vers la vieille ville. Passant devant la devanture d'un marchand de tableaux, Hanisch examina l'une des huiles exposées en vitrine représentant la Stephanskirche.

— J'aime bien la manière dont il a su restituer la lumière. Qu'en pense l'ancien élève des Beaux-Arts ?

— Vous voulez dire qu'il l'a complètement ratée ! Vous avez déjà vu des couchers de soleil pareils ?

— Possible, n'empêche que si tu étais capable d'en faire autant, tu ne serais peut-être pas dans la *Scheisse* où tu te trouves en ce moment, répliqua l'ancien graveur, piqué dans son amour-propre.

— C'est une croûte ! N'importe quel étudiant de première année ferait mieux. Quant à ma situation présente, qui vous dit que je ne suis pas ici volontairement… Qui vous dit que je ne suis pas en train d'écrire une thèse sur les conditions d'existence des classes sociales défavorisées… Qui vous dit que je ne suis pas un journaliste en pleine activité ?

Tel un gros chien qui se méfierait d'une souris, Hanisch secoua la tête, ne sachant que penser.

— Ne te fâche pas ! Je disais ça parce que, si j'avais cette toile, j'en tirerais facilement vingt *Kronen*… minimum.

Adolf redressa sa mèche.

— Pour vingt *Kronen*, je vous peins le même avec mon pied gauche, les yeux fermés.

— Tu es sérieux ?

— Toujours.

Hanisch sortit de son havresac un carnet écorné et un bout de crayon à l'extrémité mâchurée.

— Tiens, gros malin, vas-y, montre ce que tu sais faire, et si t'es aussi bon que tu le prétends, je m'engage à t'acheter le matériel et à vendre tout ce que tu produiras… Et pour les bénéfices, normal, on partage cinquante-cinquante.

Dédaignant le carnet et le crayon, Adolf se permit un petit ricanement, inhabituel chez lui.

— Vous vous prenez pour un membre du jury, peut-être ? Prouvez-moi d'abord que vous êtes un aussi bon vendeur que vous le dites. Après, peut-être, nous aviserons.

— D'accord, donne-moi quelque chose à vendre !

Hanisch vit Adolf regarder autour de lui comme s'il cherchait à s'orienter, puis il accepta le carnet et le crayon et écrivit une page entière qu'il data et signa. Il détacha la page soigneusement et lui rendit le carnet.

Sans un mot, il fit demi-tour et accéléra le pas. Hanisch fit de même.

Après avoir contourné la Westbahnhof, ils arrivèrent dans la Felberstrasse. Adolf refusa de s'y engager plus avant.

— J'ai mes raisons et elles ne vous regardent pas. Présentez ce billet à la patronne du restaurant Frieda d'Hambourg, il se trouve en bas de la rue sur la gauche, et revenez avec ce qu'elle va vous remettre.

Hanisch se composa un air méfiant qui le faisait ressembler à un traître de comédie italienne.

— Pourquoi t'y vas pas, toi ? Tu lui dois de l'argent ?

— Non, il s'agit d'un simple dépôt et j'ai mes raisons pour ne pas y aller en personne.

Depuis sa première nuit à la belle étoile sur le banc du Prater, son aspect physique et vestimentaire avait empiré. Il ne voulait pas être vu aussi dépenaillé. Il avait honte.

En attendant le retour de Hanisch et de ses ridicules moustaches en guidon de vélo, Adolf songea aux nombreuses fois où Gustl et lui, côte à côte, étaient passés devant ce même coin de rue. C'était dans une autre vie.

Hanisch réapparut, le carton à dessins sous le bras. Adolf le lui arracha des mains.

— J'espère que vous ne l'avez pas ouvert !

— Non, je n'y ai pas touché, mais je dois les voir avant de les vendre, hein, tu comprends ça au moins ?.... Ah oui, elle m'a dit de te dire qu'elle avait choisi la vue de l'église de Leonding... Elle m'a dit que tu comprendrais.

— Je vais vous les montrer, mais pas en pleine rue, il fait trop froid. Allons plutôt à la gare.

À l'abri du vent, dans un coin du grand hall des arrivées, Adolf lui montra les dix premières aquarelles correspondant à sa première période viennoise. Le Parlement, la Hofoper, le château de Schönbrunn...

Un simple coup d'œil suffit à Hanisch pour comprendre qu'il venait de trouver l'embellie tant souhaitée.

— Viens, on va au buffet, on sera plus à l'aise pour les admirer et c'est moi qui régale.

— Vous avez de l'argent tout à coup ?

— J'en ai toujours quand il s'agit de célébrer un grand moment. Allez, viens, tu es bleu de froid et ce n'est pas le moment de tomber malade.

Ils entrèrent dans la grande salle enfumée et bruyante. Un serveur les jaugea avec suspicion.

— Vous avez de l'argent ? dit-il avec un regard appuyé sur le cocard d'Adolf qui entrait dans sa phase Coucher de soleil sur Dun Morogh.

Hanisch montra une pièce de cinq *Kronen*. Ils s'installèrent près d'une fenêtre donnant sur les quais animés.

Encouragé par le Sudète (Puisque je te dis que c'est moi qui paye !), Adolf commanda une tasse de bouillon et une portion de gâteau aux noix.

— Je peux te garantir par écrit que je peux vendre facilement ces deux-là, affirma Hanisch en isolant une vue de la Karlskirche après l'orage et une perspective de la Gloriette de Schönbrunn, avec un banc au premier plan décoré d'une petite pancarte.

La voix d'Adolf se fit sifflante.

— Essayez-vous de me dire que les autres sont moins réussis ?

Hanisch attendit que le serveur eût déposé leur commande et se fût éloigné pour répondre :

— Ce que tu peux être susceptible ! Ce n'est pas une question de qualité ! Je choisis ces deux-là parce que ce sont des vues de Vienne. Si tu es à Vienne, tu ne vas pas acheter en souvenir des vues de Linz ou de Leonding ! Le temps de manger et je vais les vendre. Tu n'as qu'à m'attendre ici.

— Longtemps ?

— Deux à trois heures, guère plus.

— Dans ce cas, vous payez nos consommations avant de partir, exigea Adolf en levant le bras pour attirer l'attention du serveur.

— La confiance règne, dit Hanisch en sortant une pièce de cinq *Kronen*.

Il s'apprêtait à rempocher la monnaie quand Adolf tendit la main, paume en l'air.

— Profitez-en pour me rendre les cinq *Heller* que vous m'avez empruntés sous le porche.

Le Sudète parut trouver un goût saumâtre à cette réclamation.

— Je te ferai remarquer que rien que ton gâteau m'a coûté douze *Heller* !

— Cela n'a strictement rien à voir. Ce gâteau vous me l'avez offert, tandis que les cinq *Heller* vous me les avez empruntés.

Jetant cinq pièces de un *Heller* sur la table, Hanisch se leva et sortit, les deux aquarelles sous le bras. Adolf commanda une deuxième portion de gâteau aux noix et commença à attendre. Il se pencha vers la fenêtre, frotta la vitre embuée et assista à l'entrée en gare d'un train express. La plupart des consommateurs quittèrent le buffet pour aller sur le quai... ce même quai où trois ans plus tôt il débarquait, l'amour-propre intact, la tête débordante d'espoirs, émerveillé par tout ce qu'il allait découvrir... si seulement il avait pu deviner !

***

Il faisait nuit et plus de trois heures s'étaient écoulées quand Hanish réapparut.

— Où sont mes aquarelles ? demanda Adolf en constatant que les mains du Sudète étaient vides.

— Viens, partons maintenant sinon l'asile va être fermé. Je te raconterai en chemin.

Adolf ne bougea pas.

— Où sont mes aquarelles ?

— Je les ai vendues, qu'est-ce que tu crois ! Alors grouille, c'est pas tout près, Meidling.

Adolf resta inamovible.

— Si vous les avez vendues, nous avons de l'argent, et si nous avons de l'argent nous pouvons nous offrir le tramway. Alors, combien ?

Le regard de Hanisch se déroba.

— Ça n'a pas été aussi facile que je le pensais, mais j'ai pu les vendre douze *Kronen*...

Il allait ajouter chacune quand l'expression d'heureuse surprise d'Adolf l'en dissuada. Il préféra dire : les deux.

Hanisch lui compta six *Kronen* et les posa sur la table. Adolf les considéra avec une évidente satisfaction. Après tout, c'était sa première vente. Il dit avec gravité :

– Je connais des gens qui travaillent trois jours sur un chantier pour gagner autant.

Les modalités de leur association s'établirent durant le trajet en tramway. Adolf peindrait, Hanisch vendrait : les bénéfices comme les frais seraient partagés en deux parts égales.

Une fois couché, Adolf brassa toutes sortes de projets mirobolants. Il s'imagina plébiscité par un public d'amateurs avertis qui, peu à peu, l'imposeraient dans le monde des arts et le vengeraient de tous ces vieux birbes couverts de toiles d'araignées du jury de l'Académie... Pour la première fois depuis longtemps il songea à sa statue sur la Franz-Josefsplatz et il envisagea l'érection d'une deuxième, à Vienne cette fois, qui prendrait la place de celle de Schiller face au palais Hansen.

***

L'estomac calé par l'épaisse soupe matinale et son morceau de pain, les membres, le dos et la poitrine protégés par trois épaisseurs d'*Arbeiterzeitungen*, Adolf affronta sans appréhension le brutal passage de la tiédeur douillette de l'asile au froid glacial du trottoir.

Ils retournèrent au buffet de la Westbahnhof, s'installèrent à la même table et commandèrent des *Mehlspeisen*, des tartines et du café au lait. La bouche pleine, ils se distribuèrent les tâches du jour : pendant que Hanisch vendrait deux autres aquarelles, Adolf choisirait son matériel. Rendez-vous ici à partir de 14 heures.

– Le premier arrivé attend l'autre. Mais si c'est toi, commence à peindre tout de suite ! À propos, ce serait

285

mieux si tu peignais un format plus grand, on les vendrait plus cher.

— Je ne peux pas peindre dans un café ! Il y a trop de bruit, et puis jamais le serveur ne me laissera déballer mes godets, mes pinceaux, mes toiles ! Soyez réaliste, j'ai besoin de travailler au calme… Pensez-vous qu'on me laisserait peindre dans l'asile pendant la journée ?

— Non, le règlement est trop strict. J'en connais qui ont demandé et ça leur a toujours été refusé.

Tout en parlant, Hanisch se curait les oreilles avec l'ongle démesuré de son auriculaire, essuyant le produit de ses fouilles sur la banquette.

— Je ne peux pas peindre dehors, il fait trop froid. Je dois trouver un endroit avant d'acheter mon matériel.

Reinhold Hanisch ferma le poing et le posa sur son front, signe imparable de réflexion intense.

— Je vais y réfléchir.

Ceci dit, il ouvrit le carton et choisit deux aquarelles : la Hofoper un soir de représentation, et la Hofburg au printemps.

— Au fait, Herr Hanisch, à qui avez-vous vendu mes aquarelles, hier ?

Adolf était curieux de connaître son public. D'instinct Hanisch se déroba.

— C'est un secret professionnel. Tu comprends, si tu connais mes adresses, tu n'auras plus besoin de moi, mais bon, je peux te dire que c'est un décorateur…

En réalité, il les avait vendues à un encadreur de la Liechtensteinstrasse qui les avait payées quinze *Kronen* pièce.

— Et c'est à lui que vous allez vendre ces deux-là ? insista Adolf, plutôt flatté que l'amateur de sa peinture fût un artiste comme lui.

Hanisch secoua la tête négativement.

— Où comptez-vous aller ?

— Je verrai.

286

Il se leva, enfila son manteau dans un grand bruit de papier froissé et prit congé. Il était déjà loin quand Adolf réalisa qu'il était parti sans payer sa part des consommations.

***

Adolf dessinait un projet gigantesque d'asile pour sans-abri sur un carnet à croquis neuf quand Hanisch entra dans le buffet, les mains vides mais l'air préoccupé.

— J'ai été jusqu'au Prater et j'ai vendu les deux, mais j'ai eu des ennuis avec la police. Ils m'ont réclamé mon permis de colportage. Je leur ai dit que j'avais fait la demande, mais qu'il fallait bien que je gagne ma vie en attendant.

Adolf haussa les épaules.

— Combien les avez-vous vendues ?

— Quinze *Kronen*.

— C'est plus qu'hier ! s'exclama Adolf en se donnant une claque sur la cuisse.

Hanisch afficha un air modeste. Il avait vendu vingt *Kronen* la Hofoper et douze la Hofburg.

— Et toi, où est ton matériel ?

— À quoi bon m'encombrer tant que je ne sais pas où je vais peindre ? J'ai seulement acheté ce carnet et ces crayons pour me refaire la main… Mais puisque nous sommes dans les comptes, je vous rappelle que ce matin vous êtes parti en oubliant de payer vos consommations. Vous me devez vingt et un *Heller*.

Tout en lui comptant son argent, Hanisch le dévisagea, l'air dubitatif.

— Dis donc, tu ne serais pas un peu juif par hasard ?

***

Le lendemain matin, Reinhold Hanisch sélectionna une perspective de la Franz-Josefsplatz et une vue générale de Linz et du Danube (avec une tour de guet en premier plan).

— Aujourd'hui, je vais essayer ces deux-là... mais je ne te garantis rien.

Le Sudète écuma plusieurs *Heurige* dans le Prater avant de trouver un maraîcher linzois un peu soûl qui lui acheta la vue générale pour dix *Kronen*. Il refusa la perspective sous prétexte que ce n'était pas la Franz-Josefsplatz de Linz. Hanisch s'était étonné :

— Pourquoi ? C'est pourtant bien Linz.

— Il n'y a pas de statues sur cette place, il y a juste la colonne de la Trinité.

Adolf reçut quatre *Kronen* ainsi qu'un reproche direct.

— Tu m'as fait rater une vente avec ce tableau. Il m'a dit qu'il en voulait pas parce que c'était pas Linz.

— C'est un crétin, puisque c'est la Franz-Josefsplatz de Linz.

— Il a dit qu'il n'y avait pas ces deux statues sur cette place.

Adolf, qui s'apprêtait à répliquer fermement, changea de sujet.

— Avez-vous cette fois rencontré des problèmes avec la police ?

Hanisch posa une paire de lunettes noires sur son nez.

— Dès que j'en vois un, je joue à l'aveugle.

Adolf approuva : il affectionnait ce genre de ruse de Sioux.

— Bravo ! Mais tu devrais parfaire ton déguisement en y ajoutant une canne. Trouves-en une et je la peins en blanc... gratuitement bien sûr.

— Tiens, on se tutoie maintenant ?

Au moment du coucher, Adolf se débarrassa de sa carapace de papier journal, et son œil fut accroché par le titre d'un article vantant les mérites du Männerheim, un hôtel spécialement conçu pour accueillir tous les défavorisés souhaitant remonter la pente savonneuse de la déchéance.

Il montra la feuille de journal à Hanisch.

— Tu connais ?

— J'en ai entendu parler… C'est à perpète, à l'autre bout de la ville, près de Leopoldstadt. Tout ce que je sais, c'est que c'est pas gratuit comme ici.

— D'après l'article c'est un établissement d'avant-garde. Il y a une salle de lecture, une salle de jeu et une bibliothèque. Et puis il y a aussi un cordonnier, un coiffeur et une blanchisserie. Si tu te donnais la peine de le lire, tu verrais que le journaliste présente l'endroit comme le rêve magique d'un refuge céleste sur Terre… et aussi, un miracle d'élégance et de modicité des prix.

Adolf tapota de l'index la page.

— Pour deux *Kronen* et demie par semaine on a une chambrette individuelle avec un verrou.

Moyennement impressionné, Hanisch demanda :

— Y a pas de dortoir ?

— Il y en a quatre.

27

« Les rares témoignages concernant Hitler durant les
années qu'il passa à Linz et à Vienne concordent sur un
point : ses relations avec les femmes sont surtout faites
de rêves, de blocages et de craintes. Dans la réalité il
n'y a pas de femme. L'étrange est que l'on ne décèle
aucune modification, en ce domaine, durant les six
années qu'il passa à Vienne, c'est-à-dire entre dix-huit
et vingt-quatre ans, pas la moindre expérience, même
pas une passion non partagée. »

Brigitte Hamann,
La Vienne d'Hitler.
Les années d'apprentissage d'un dictateur

Männerheim, foyer pour hommes.
Meldemannstrasse 27
Quartier de Brigittenau.

— C'est grand, s'ébaudit Adolf, agréablement surpris par
les dimensions du bâtiment de six étages qui occupait la
moitié d'un pâté de maisons.

L'endroit pouvait accueillir jusqu'à cinq cent cinquante-
quatre pensionnaires. Inauguré lors du jubilé de l'Empereur,
tout était moderne, éclatant de propreté.

— Si c'est aussi bien que ça, ça doit être plein toute
l'année.

Ignorant la remarque défaitiste, Adolf entra. Il se présenta à un employé en blouse grise derrière un comptoir de bois verni. L'homme lui demanda s'il avait une profession avouable.

– Je suis un artiste peintre, *mein Herr*, et je viens ici pour exercer l'art qui me fait vivre. Quant à ce monsieur derrière moi, il s'agit de mon vendeur.

Reinhold Hanisch protesta.

– En fait, on est associés.

Par économie, mais aussi parce qu'il n'aimait pas être seul, le Sudète se contenta du lit 29 dans le dortoir du deuxième étage (une *Krone* cinquante hebdomadaire), tandis qu'Adolf opta pour la cabine individuelle numéro 33, au troisième étage (deux *Kronen* cinquante hebdomadaires).

Superficie de deux mètres dix-sept de long sur un mètre quarante de large, petite fenêtre sans barreaux, lit métallique, table de nuit contenant un pot de chambre, un miroir fixé au mur, un portemanteau, un porte-bagages au-dessus du lit, un excellent éclairage par lampe à arc, et, comble du confort pour Adolf, un verrou intérieur garantissant l'intimité du locataire.

Les formalités d'inscription terminées, l'employé leur énuméra d'une voix monocorde les articles du règlement intérieur. En s'installant ici, ils s'engageaient à respecter le bien public, à ne pas être bruyants, grossiers, querelleurs, à ne pas s'enivrer et à ne pas jouer aux jeux d'argent. En contrepartie, ils étaient autorisés à rester dans l'établissement pendant la journée et à se livrer à des activités personnelles dans la salle de lecture, sous réserve de ne pas troubler l'ordre public. Toute transgression était sanctionnée d'une expulsion de l'établissement.

– Et, bien sûr, il faut vous inscrire au commissariat de Brigittenau.

***

— Maintenant que tu as un endroit tranquille pour peindre, allons acheter ton matériel, comme ça tu peux te mettre au travail dès ce soir, proposa Hanisch, d'une voix encourageante.

À peine entré dans L'Arc-en-Ciel, une boutique dans la Liechtensteinstrasse, ils furent sous surveillance : leurs vêtements fatigués, leur aspect dépenaillé et ce bruit continuel de froissement de papier intriguaient autant qu'ils inquiétaient le personnel.

Adolf voulait le meilleur matériel, Hanisch renâclait, avançant le coût excessif de tout ce qui était meilleur.

— Prends plutôt ces couleurs, mire leur prix, elles coûtent moitié moins cher.

— C'est normal puisqu'elles sont moitié moins bonnes. On voit que ce n'est pas toi qui signes les toiles.

— C'est pas une raison pour prendre des pinceaux en poils de martre, et en plus des martres de la clairière de Tirisfal !

Adolf lui montra la porte de la boutique.

— Rappelle-toi les termes de notre accord ; je peins, tu vends. Alors tu te tais ou tu vas m'attendre dans la rue.

Hanisch opta pour le silence, mais il ne tint pas longtemps.

— Quoi ! Tu veux aussi faire de l'huile ? Mais l'aquarelle se vend aussi bien et coûte trois fois moins cher.

Imperturbable, Adolf choisit du siccatif suédois, de l'essence de térébenthine du Bosphore, de l'huile de lin de Loch Modan, du bleu de Prusse, de la terre de Sienne, du violet de la planète Mars, du vert des Hinterlands… et pour ranger le tout, il acheta une mallette en merisier d'Orgrimmar, qui à elle seule valait trois *Kronen* et vingt *Heller*. Seule concession, il patienterait avant de s'offrir un chevalet.

L'heure du *Mittagessen* approchant, ils prirent le tramway électrique et retournèrent au Männerheim faire la queue devant une étonnante machine automatique distributrice de jetons. Imitant avec gaucherie son prédécesseur,

Adolf glissa dans une fente une pièce en nickel de vingt *Heller*. Il hocha la tête avec émerveillement lorsque avec un bruit sec un jeton de cuivre tomba dans la sébile métallique placée sous la fente : ce jeton donnait droit à une copieuse ration de rôti de porc aux choux et aux pommes de terre bouillies, un morceau de pain de cent cinquante grammes, un fruit selon la saison.

— C'est comme si je venais de gagner quelque chose, confia-t-il au Sudète qui regardait l'engin avec défiance.

Le réfectoire accueillait une quinzaine de longues tables sur lesquelles il y avait des brocs d'eau, du sel, du poivre et même de la moutarde à volonté : les murs étaient revêtus jusqu'à mi-hauteur de carreaux vert pâle brillant de propreté.

Tout en mâchant son morceau de bœuf avec entrain, Hanisch dit :

— Pendant que tu seras au travail, j'irai tenter ma chance avec ce qui reste des dessins. On sait jamais... Au fait, t'es d'accord si j'ai une offre à trois *Kronen* la pièce ?

Il comptait démarcher les fabricants de cadres qui avaient souvent besoin d'aquarelles pour mettre leurs cadres en valeur dans les vitrines.

Adolf, lui, termina sa bouchée et s'essuya la bouche avant de répondre :

— Certainement pas ! Six *Kronen* est le minimum, sinon je préfère les garder. Je les mettrai aux murs de ma chambre.

Hanisch se détourna pour grimacer une grossièreté dans le vide.

— On t'a jamais dit que t'étais pas facile à vivre ?

— Je sais ce que je suis, donc je le suis.

— Ben voyons.

Le repas terminé, chacun partit de son côté.

***

Quand Adolf entra dans la salle de lecture, il constata qu'une vingtaine de pensionnaires avaient eu la même idée que lui. Certains jouaient aux échecs, d'autres lisaient, d'autres encore, dans la partie réservée aux fumeurs, fumaient en bavardant à mi-voix. À l'extrémité d'une grande table, un chauve à lunettes rondes recopiait des adresses sur des enveloppes. À ses côtés, un blond aux joues rouges coloriait une enseigne publicitaire pour des cataplasmes. À l'autre bout de la table, un brun frisé au teint mat peignait des fleurs sur du carton au format carte postale. Adolf choisit une table libre près de la fenêtre et marqua sa place en posant sa mallette dessus, puis il alla examiner les étagères aux murs qui supportaient près de quatre cents livres. *Comment scier une planche ?* (cent vingt pages), *La Méthode pour réussir ses vendanges sans avoir à se déchausser* (deux cent vingt-deux pages), *Apprendre la maçonnerie en huit ans* (cent seize pages), *Le Guide des convenances* (cent quatre-vingt-quinze pages) et, à côté, son pendant *Le Guide de la correspondance* (cent quatre-vingt-quatorze pages)... Pas un livre de Karl ou d'Arthur, pas un livre sur Richard.

Adolf retourna à sa place, ouvrit sa mallette et aligna ses pinceaux, ses godets, sa palette, son pincelier, et les cartes postales qui suppléaient à son incapacité à peindre en extérieur. Quand il levait la tête, il voyait par la fenêtre la cour intérieure et quelques arbres chétifs qui attendaient le printemps pour se refaire de la feuille. Il décida de commencer par une version qu'il connaissait par cœur de la Stephanskirche en été.

***

Peindre à nouveau le réconcilia avec lui-même, un peu comme si chaque touche de couleur appliquée sur la toile restaurait son amour-propre cabossé, lui redonnant son éclat d'avant la Grande Déconfiture. Il recommença à faire des projets. D'abord je m'achète un manteau et des chaussures, ensuite je peins, je peins et je peins. Quand j'ai économisé cent *Kronen*, je me représente en candidat libre, mais cette fois à l'Académie des beaux-arts de Munich et du même coup j'échappe au service militaire. Pas vu pas pris, ni vu ni connu, et vas-y que j't'embrouille !

À 18 heures, la sonnerie électrique annonçant l'ouverture du réfectoire retentit dans tout l'établissement. Adolf remballa son matériel, rinça ses godets et ses pinceaux puis partit à la recherche de son vendeur. Il le trouva dans la salle de récréation, côté fumeur, en train de lire d'un air concentré le *Deutsches Volksblatt*. Il lisait un article à la une qui sommait la Science de trouver un moyen de faire naître les Juifs avec une peau bleue pour que, à l'instar des nègres, on pût les identifier au premier coup d'œil.

— Tu as vendu ?

Hanisch leva le nez du journal et prit un air interrogateur.

— On se connaît ?

Quand il vit Adolf poser sa mallette et serrer les poings, il soupira en secouant la tête d'un air accablé.

— Je plaisante, t'as donc pas un brin d'humour qui te reste ?

— Parce que c'était drôle ?

Le Sudète renonça.

— J'en ai fourgué trois.

Il sortit de sa poche neuf *Kronen* et les lui remit.

— Lesquels ?

— Le Pöstlingberg, le cimetière de Leonding et la Franz-Josefsplatz, celle où t'as pas mis les statues.

Adolf recompta son argent.

— Tu viens manger ?

— Pas tout de suite, je termine d'abord cet article très intéressant.

Adolf se plaça dans la queue devant le distributeur et, comme la veille, il connut un plaisir enfantin quand le jeton tomba dans la sébile. Il mangea de bon appétit en dressant mentalement la liste des achats prioritaires. D'abord, un manteau, ensuite des chaussures et plus tard une chemise, des chaussettes et un caleçon de rechange. La veste et le pantalon viendraient en dernier.

Un remue-ménage éclata du côté du distributeur automatique. Adolf crut reconnaître la voix du Sudète s'écriant :

— Puisque je vous jure sur la tête de mon père et de ma mère que je ne l'ai pas fait exprès ! C'est une simple erreur d'inattention, rien d'autre !

Adolf se fraya un passage jusqu'au distributeur. Le mécanisme de la machine avait été mis à nu par un technicien aux manches de chemise retroussées jusqu'aux coudes. L'homme agitait un bouton de culotte sous le nez d'un Hanisch congestionné d'indignation.

Le directeur de l'établissement ne tarda pas à apparaître.

— Que se passe-t-il ?

— Il l'a détraqué en essayant de payer avec ça, accusa le technicien en brandissant le bouton de culotte.

Hanisch s'insurgea contre une version des faits qu'il estimait tendancieuse, voire diffamatoire.

— Je répète que c'est une regrettable confusion. J'étais distrait et j'ai cru que c'était une pièce de vingt *Heller*.

— Mais elles n'ont pas du tout le même format !

Hanisch haussa les épaules.

— Tout le monde peut se tromper, *Herr Direktor*.

Avant que son embarrassant associé ne l'aperçoive et ne le cite comme témoin de moralité, Adolf alla se réfugier dans la salle de lecture, vide à cette heure. Quelques instants plus tard Hanisch le rejoignait :

— Ah, te voilà, je te cherche partout ! Si tu savais ce qui vient de m'arriver…

— Tu as perdu un bouton de culotte ?

— Et tu te crois drôle ! J'ai failli être renvoyé, moi, et en plus je me suis cassé l'ongle, déplora-t-il en exhibant son

auriculaire mutilé. Tu n'aurais pas une lime, par hasard ?
Je ne peux pas rester comme ça, je m'accroche partout.

Le bouton de culotte s'étant coincé dans la fente, il avait
tenté de l'extraire et s'était brisé l'ongle sans y parvenir.

— Et toi, t'as fait quoi ?

Adolf lui montra son aquarelle inachevée. Bien qu'il la
jugeât réussie, Hanisch fit la moue.

— Hum, hum... tu t'es pas foulé... J'ai l'impression que
je vais pas en tirer lourd !

Adolf allait lui répliquer vertement lorsqu'une voix douce
à l'accent hongrois s'éleva derrière eux :

— Je crois au contraire qu'une fois terminée, cette aquarelle se vendra sans difficulté. Le ciel est très réussi.

Adolf reconnut le brun frisé qui peignait des fleurs sur
du carton.

— Chacun ses goûts, la merde a le sien, dit Hanisch en
lançant un regard menaçant vers l'importun.

— Je m'appelle Josef Neumann, fit celui-ci.

— Je m'appelle Adolf Hitler, et voici mon associé Fritz
Walter.

— Je m'intéresse à la peinture, et quand je vous ai vu tout
à l'heure j'ai été heureux que nous comptions un artiste de
plus parmi nous.

Il pointa son index absolument pas crochu sur la flèche
de la Stephanskirche déjà peinte.

— Je vois ici que vous affectionnez les bruns à la Van
Alt, moi aussi.

Conquis, Adolf ouvrit son carton et lui montra les aquarelles invendues d'Urfahr et de Leonding, lui confiant qu'il
s'agissait là d'œuvres de jeunesse.

— Ce que je vois confirme l'influence de Van Alt, avec
toutefois, par-ci par-là, une touche de Makart.

Neumann alarma Hanisch un peu plus en ajoutant :

— Il est normal que je m'intéresse à la peinture puisque
je suis marchand de tableaux à mes heures. Sans galerie

297

pour l'instant, hélas. La conjoncture actuelle est tellement contraire que j'en suis réduit à peindre des fleurs sur des cartes postales. Et vous, Herr Hitler, est-ce indiscret de vous demander comment vous survivez ?

— Je peins, et lui, dit-il en désignant Hanisch, essaye de vendre.

De plus en plus sur le qui-vive, Hanisch fit diversion, s'approchant de Neumann en le reniflant.

— Neumann, Neumann, c'est pas un peu juif ça ?

— Ça ne l'est pas qu'un peu, ça l'est complètement, rectifia Josef Neumann d'un ton égal que dénotait une grande habitude.

— C'est bien ce qu'il me semblait !

Personne ne dit mot pendant un instant, puis Neumann prit congé d'Adolf, de lui seulement.

— Je suis honoré d'avoir fait votre connaissance, Herr Hitler, et je souhaite avoir l'occasion de vous revoir dans de meilleures conditions… peut-être demain matin.

— Bon débarras, lâcha Hanisch quand Neumann fut sorti.

— Pourquoi es-tu si désagréable ? Il n'a rien fait qui justifie ton attitude. Personnellement je le trouve sympathique et, si tu veux savoir, plutôt compétent en peinture, lui.

— On voit bien que tu ignores qui sont les Juifs, sinon tu n'en parlerais pas comme tu le fais.

Adolf démarra au quart de tour.

— Je sais parfaitement qui sont les Juifs, tu me prends pour qui ? Ce que je ne comprends pas, c'est pourquoi tu leur en veux autant ? Qu'est-ce qu'il t'a fait, Neumann ? Il y a seulement dix minutes tu ignorais son existence !

Ricanements entendus du Sudète.

— Pas besoin de le connaître, ils sont tous pareils, il n'y a pas de pires filous !

Faisant mine de penser à autre chose, Adolf rangea ses aquarelles dans le carton, songeant à Mahler et aussi à Ludwig.

— Tu verras ce que je te dis. Il va te beurrer l'oreille, il va se montrer serviable, souriant, désintéressé et tout le tralala... et au moment où tu es en confiance, krrrrâââkkkkk !

— Que veux-tu qu'il me fasse ?

Tant de candeur écarquilla les yeux de Hanisch.

— Mais t'exploiter, bien sûr, quoi d'autre ! Et puis aussi m'éliminer. Leurs méthodes sont toujours les mêmes. Il va te demander par exemple combien je vends tes aquarelles, et puis il va te faire croire que lui peut les vendre le double. Prendre la place des autres, c'est leur sport favori, c'est dans leur sang, ça vient du fait qu'ils ont pas de pays à eux... Ça les a rendus envieux, aigris, de vraies véroles quoi !

Adolf songea à la première fois où il avait entendu le mot *Juif*, il était sous le lit d'Angela, la poussière lui chatouillait les narines et il était terrorisé à l'idée d'éternuer.

— Et puis y en a partout, comme les punaises ! Quand t'en trouves une dans ton lit, ça veut dire qu'elles sont dix mille à l'étage et six millions dans la baraque !

— Bien sûr, je comprends, mais moi, je vais me coucher. Bonne nuit, Herr Walter.

Une fois dans son alcôve, Adolf alluma la lumière puis tourna le verrou avec satisfaction. Il fit son lit, se dévêtit et se coucha. Assailli d'un doute, il se releva, brancha la lampe à arc et inspecta le lit, le matelas, le sommier, les murs, la table de nuit sans trouver trace de punaise. C'est vraiment une nouvelle vie qui commence, se félicita-t-il en se glissant entre les draps propres... Il y aurait songé qu'il se serait embrassé le dos des mains avec ferveur.

***

Adolf peignait dans la salle de lecture huit à dix heures par jour, s'inspirant du *Wien seit 60 Jahren*, un livre illustré de photographies des édifices et des vues les plus célèbres de la capitale. La municipalité avait publié l'ouvrage à l'occasion du jubilé du vieil Empereur-roi : chaque fonctionnaire, chaque élève viennois en avait reçu un. Des copies qu'Hanisch écoulait facilement ; se méfiant désormais de Josef Neumann, il volait un peu moins son associé lors des partages.

L'argent rentrant, le calme revint dans l'esprit contrarié d'Adolf. Il grossit de trois kilos, il renouvela sa garde-robe, s'acheta une valise pour la ranger, puis il recommença à élaborer des projets, comme il recommença à se croire capable de les réaliser... Pour sûr, il allait mieux.

***

L'arrivée du printemps et son irrésistible montée de sève mit un frein à la productivité artistique d'Adolf. Bientôt, il ne peignit plus que le matin et le soir, réservant ses après-midi à la visite des musées ou à de longues promenades le long du Ring, en compagnie de Josef, son nouvel ami. La plupart du temps, Josef parlait, Adolf écoutait.

Son aîné de onze ans, Josef Neumann était né en 1878 à Vöslau, en Basse-Autriche et il était le tout premier sioniste qu'Adolf rencontrait.

— Tu veux dire qu'il y a des Juifs qui veulent partir ? Pour aller où ? Ils ne sont pas bien ici ?

— Nous voulons retourner en Eretz Israël... C'était à nous avant que les Romains nous le volent. C'est là-bas notre vraie patrie, pas ici.

— Tu veux dire en Palestine ?

— Non, je veux dire le Grand Israël, celui d'avant Titus, celui qui partait de la mer Rouge pour aller jusqu'à l'Euphrate.

Un autre jour, Josef lui dit :

— Si nous les Juifs nous partions tous, ce serait un grand malheur pour ton pays.

— Tu plaisantes ?

— Pas du tout ! Si nous partons, nous emporterons notre argent et ce sera la banqueroute de l'empire !

Adolf rit de bon cœur, ce qui, faute d'habitude, lui allait mal.

— On ne vous laissera pas faire. On vous le confisquera ; c'est normal, l'argent autrichien appartient à l'Autriche.

— Tu oublies que les lois constitutionnelles de 1867 nous ont accordé une égalité totale et illimitée.

Adolf redressa sa mèche.

— Une loi ça se change !

Parfois, leurs déambulations les menaient jusqu'à Schönbrunn où il revoyait son banc sans émotion particulière. Il évitait toutefois les lieux où il aurait pu croiser Gustl, (passer devant le Conservatoire, par exemple).

De son côté, Reinhold Hanisch déplorait cette dramatique chute de la production : Adolf terminait une Hofburg en trois jours au lieu d'un ! Le manque à gagner en cette période estivale le faisait enrager : le Prater était saturé de visiteurs.

Un matin, il trouva Adolf à sa place habituelle dans la salle de lecture, mais au lieu de peindre il lisait le Talmud.

— Je parie que c'est Neumann qui te l'a donné ! Prends garde à ne pas attraper des maladies en tournant les pages.

Mimant avec les doigts un ciseau en action, il ajouta :

— Tu sais ce qui t'attend si tu te convertis, faudra y passer, clic-clic, et à ton âge ça risque de chatouiller...

Adolf se contenta de hocher la tête d'un air navré. Se faire circoncire aurait été une façon définitive de régler son problème de phimosis.

— Toi, tu as encore perdu aux cartes ?

— Pas du tout ! J'ai gagné. Je trouve seulement qu'au lieu de terminer ta toile tu perds ton temps à lire une pareille cochonnerie, et pendant ce temps on perd de l'argent !

— Un spécialiste antijuif comme toi devrait lire cette cochonnerie, ne serait-ce que pour savoir de quoi tu parles.

C'est une lecture édifiante, c'est une sorte de mode d'emploi sur ce que tu dois exactement faire, ou ne pas faire, heure par heure, pendant une journée. Il n'y a jamais de temps mort ! C'est très fort d'en être arrivé là.

Aussi scandalisé que si on lui avait craché sur les chaussures, Hanisch s'écria :

– Moi ? Lire ça ! Plutôt devenir aveugle pour de bon...

28

« Les Juifs sont une race malade : ils sont une nation sans patrie, ce qui équivaut à être un homme privé de son ombre. Ils sont socialement hydrocéphales, possédant trop d'avocats, de marchands, d'intellectuels et pas assez de paysans. Le seul remède est le retour à la terre. Si les Juifs veulent être un peuple comme les autres, ils doivent avoir comme les autres un pays et une structure sociale. »

Arthur Koestler, *La Corde raide*

Août 1910
Vienne.

Adolf arpentait la Liechtensteinstrasse à la recherche d'un chevalet de marque prussienne que lui avait chaudement recommandé Josef (Il est moderne avec ses trois pieds télescopiques, il est élégant, et puisqu'il est en tilleul de la forêt de Terokkar, il est léger). Boutique après boutique, il recevait la même réponse : Nous en manquons en ce moment, revenez plus tard.

Il passait devant la devanture d'un décorateur quand son regard accrocha une huile joliment encadrée qu'il connaissait pour l'avoir peinte et qui montrait le Reichsrat selon le point de vue d'un pigeon perché sur un arbre. Prix de vente :

vingt-cinq *Kronen*. Or, Hanisch lui avait remis trois *Kronen* sur cette vente, expliquant qu'il l'avait bradé six *Kronen*.

Adolf entra dans le magasin et marcha droit sur le décorateur tout en tonnant d'une voix qui portait loin :

— C'est un scandale ! Vous les marchands, vous nous tondez la laine sur le dos, à nous autres artistes ! Vos bénéfices sont iniques ! Comment osez-vous vendre vingt-cinq *Kronen* un tableau acheté six !

Le décorateur, un petit homme bedonnant qui paraissait porter une perruque, protesta :

— J'ai payé ce tableau neuf *Kronen* et son cadre m'en a coûté deux. Calculez vous-même et dites-moi si mon bénéfice est à la mesure de votre indignation.

Histoire de se donner une contenance, Adolf émit un petit rire incrédule :

— Quoi ! Hein ! Qu'entends-je ? Neuf *Kronen* !

Un blizzard cérébral se leva sous sa calotte crânienne, interdisant tout calcul mental.

— Pourriez-vous me prouver, *mein Herr*, que vous avez réellement payé cette huile neuf *Kronen* ? C'est très important !

Le décorateur lui présenta le registre dans lequel la loi l'obligeait à consigner le nom du vendeur et le prix d'achat de chaque transaction.

Acheté ce jeudi 21 juillet 1910 une huile représentant le Reichsrat signée A. Hitler. Vendue par M. Reinhold Hanisch, courtier en œuvres d'art, pour la somme de neuf (9) *Kronen*.

Reinhold Hanisch ! Un grondement assourdi se fit entendre.

— Quelque chose ne va pas ? Vous ne vous sentez pas bien ? demanda obligeamment le décorateur, voyant le jeune homme pâlir en portant la main à son ventre.

Ainsi ce misérable Sudète avait osé l'escroquer... Depuis

combien de temps cela durait-il ? Sans doute depuis le premier jour...

Feuilletant le registre, Adolf découvrit qu'une autre huile, *La Porte de la Rotenturm vue côté ville*, avait été vendue onze *Kronen* : or, il se souvenait très bien en avoir reçu quatre !

— Ce Reinhold Hanisch a bien des moustaches en guidon de vélo de course, un grand front bombé et l'ongle du petit doigt long comme ça ?

— C'est bien lui.

Adolf quitta la boutique, l'esprit sonnant le tocsin. Malgré la distance, il rentra à pied, mais, loin de l'apaiser, cette longue marche le remonta tel le ressort d'un réveil ficelé à des pains de dynamite (Comme il a dû rire de ma naïveté... et moi parfait idiot du village qui n'ai jamais vérifié... je vais lui arracher les tripes et je vais l'étrangler avec... mais avant il va me rembourser !).

Hanisch disputait une partie de *Schafkopf* à un *Heller* le point quand Adolf fit irruption dans la salle de récréation.

— Vous êtes démasqué, fripouille, je sais tout !

Loin de se démonter, le Sudète toisa son associé :

— Ah oui, eh bien dis-moi quelle est la hauteur du pic de Gerlach (le point culminant de la Tchécoslovaquie) ?

Il éclata d'un rire gras, imité par ses compagnons de jeu, un trio de lugubres traîne-savates qui empestaient le vin rouge.

— Je sors de chez Figl, le décorateur dans la Liechtensteinstrasse et il m'a montré son registre. J'ai donc la preuve absolue que vous lui avez vendu le *Reichsrat* du mois dernier pour neuf *Kronen*, alors que vous m'avez assuré l'avoir bradé six ! Qu'avez-vous à me répondre, Herr Reinhold Hanisch !

Toute trace d'hilarité disparut chez Hanisch qui, faute de trouver mieux, simula l'innocence outragée.

— Tu me déçois beaucoup, Adolf. Je n'aurais pas cru ça de toi ! Comment tu peux m'accuser publiquement d'une pareille infamie sans même me laisser le temps de t'expliquer ?

— Je n'ai pas besoin d'explication, tout vous accable ! Je veux la totalité des sommes que vous m'avez volées, et je les veux maintenant, tout de suite, à l'instant même et sur-le-champ !

— Cet *Itzig* de Figl a inscrit n'importe quoi sur son registre… tu comprends pas que c'est son intérêt de gonfler ses prix d'achat pour les impôts ?

— Et la petite huile de la porte de Rotenturm pour onze *Kronen* alors que je n'en ai reçu que quatre ! Vous n'êtes qu'un vulgaire voleur de très bas étage, Herr Reinhold Hanisch, et je veux mon argent TOUT DE SUITE… et pas en boutons de culotte !

Ça devait arriver un jour, et c'est aujourd'hui, se dit Hanisch avec fatalisme.

Attirés par les cris, les pensionnaires firent cercle autour d'eux, commentant les répliques, souhaitant quelques coups de poing, au pire une grande baffe…

— Je préfère manger mes crottes de nez que vous redonner une seule de mes œuvres à vendre.

Hanisch pâlit.

— Ah, je comprends tout ! Tu t'es acoquiné avec Neumann, c'est ça, hein ! Et maintenant tu inventes n'importe quoi pour me saquer ! En tout cas, ça ne va pas se passer comme ça !

— Vous ne voulez pas me rembourser ?

— Même si je le voulais, je le ferais pas… Les gogos de ton acabit méritent de se faire plumer !

Les joues d'Adolf s'enflèrent, rosirent, picotèrent. Ses narines frémirent, ses mains se formèrent en poings, l'assistance retint son souffle, une bonne bagarre égaierait l'après-midi.

— Je jure sur la tête de Richard et d'Arthur que vous allez regretter de m'avoir trompé !

306

Adolf déçut l'assistance en tournant les talons et en quittant le foyer. Il prit la direction du commissariat de Brigittenau et déposa une plainte contre le dénommé Reinhold Hanisch, *alias* Fritz Walter, pour vol et abus de confiance. Il conduisit ensuite les policiers chez le décorateur Figl, qui produisit son registre et confirma ses accusations.

À 17 h 30, Adolf et deux policiers en tenue firent une entrée remarquée dans la salle de jeu du Männerheim où Hanisch continuait sa partie de *Schafkopf*.

– C'est lui, dit sobrement Adolf en désignant son ex-associé.

***

Reconnu coupable, Reinhold Hanisch fut condamné à sept jours de prison durant lesquels il eut tout loisir de méditer sur sa part de responsabilité dans la série d'échecs qui, régulièrement, ponctuaient son existence.

Le jour de sa libération, il retourna au Männerheim. Le directeur refusa de l'héberger. Verdâtre, les mâchoires soudées, Hanisch parcourut l'établissement à la recherche de son ex-associé, jurant de lui boxer le nez jusqu'à ce qu'il saigne.

Adolf n'était pas là. Adolf était en compagnie de Josef Neumann dans la chapelle de la Burgkirche où, chaque semaine, les solistes de l'Opéra et les petits chanteurs de Vienne donnaient un concert gratuit.

Jurant lui aussi qu'il se vengerait, Hanisch quitta le Männerheim et commença sa longue marche à pied jusqu'à l'asile des sans-abri de Meidling.

***

Si Adolf avait tenu sa promesse de vengeance en moins d'une heure, Reinhold Hanisch attendit treize longues années avant d'assouvir la sienne… et il lui en coûta la vie.

29

« Vienne fut et resta pour moi l'école la plus dure,
mais aussi la plus fructueuse de ma vie. Je suis arrivé
dans cette ville à demi enfant, et quand je la quittai
j'étais un homme taciturne et sérieux. »

Adolf Hitler, *Mein Kampf*

Vienne.
Männerheim.
La salle de lecture.

Son chevalet allemand dressé près de la fenêtre, Adolf
copiait servilement une petite aquarelle, non signée, représentant un paysage d'été peint à la manière de Van Alt.
Une heure et demie plus tard, sa copie achevée, il se rendit
dans l'une des cuisinettes mises à la disposition des pensionnaires, il alluma l'un des réchauds à gaz et entreprit de
vieillir son paysage d'été.

Josef Neumann lui avait montré comment passer sa toile
près du feu afin que sous l'action d'un séchage trop rapide
la peinture se craquelle, et prenne un bel aspect ancien. Il
lui avait également montré comment allonger, ou raccourcir,
les ombres afin que deux sujets identiques cessent de l'être :
grâce à cette dernière astuce, Adolf avait augmenté sa

production d'un tiers. Une production qu'il était incapable d'écouler ; il était bien trop soupe au lait pour être un bon vendeur : le moindre refus le vexait à mort, la plus légère critique le faisait littéralement écumer. Les jours précédents, sa rupture avec l'indélicat Hanisch avaient réactivé ses craintes existentielles et son météorisme. À quoi bon peindre s'il ne pouvait plus en vivre ?

Une fois de plus, Josef était venu à son secours. Il lui avait présenté plusieurs marchands, qui tous avaient accepté ses peintures en dépôt-vente. L'un d'eux, Karl Pichler, un décorateur tenant boutique dans l'arrondissement de Hernals, avait poussé l'amabilité jusqu'à lui commander des copies de paysages façon Van Alt qu'il payait sept *Kronen* la copie.

Cette relative prospérité avait transformé Adolf. Il était l'une des personnalités en vue du foyer, la preuve étant que, chaque fois qu'il croisait le directeur, celui-ci le saluait en souriant.

Son caractère rigide s'était quelque peu desserré ; sans pour autant être enclin aux familiarités, il était devenu nettement plus affable, plus serviable, plus attentif à autrui. Évidemment, cela ne pouvait pas durer.

Par un beau matin de juillet, Josef Neumann annonça son départ pour Vöslau.

— Mon père se meurt.

— Tu reviens quand ?

— Dans un mois environ… Et avec ma part d'héritage je vais ouvrir la galerie d'art dont je t'ai parlé… je réserverai un mur rien que pour tes œuvres.

Le lendemain matin, Adolf accompagna son ami à la gare, l'aidant à porter ses bagages. Sur le quai, il lui offrit les plans de la galerie d'art qu'il avait fiévreusement conçue durant la nuit : haute de cent trente mètres, cette galerie d'art pouvait accepter autant de chefs-d'œuvre qu'il y avait de jours dans dix années bissextiles.

— Je suis touché, Adolf, mais… euh… où sont les salles ? On dirait un immense escalier en colimaçon.

— C'en est un ! Je l'ai fait en spirale pour que la pente ne soit pas trop abrupte pour le tapis roulant. Les œuvres seront exposées le long du mur et la visite se fera en montant. Les plus beaux chefs-d'œuvre seront, bien sûr, accrochés au sommet.

— Encore une fois merci, mais je doute que ma part d'héritage puisse seulement payer la rampe en cuivre d'un tel escalier !

Adolf haussa les épaules.

— Ne t'inquiète pas. Avec l'argent, il y a toujours une solution.

***

Josef Neumann ne revint à Vienne ni n'écrivit jamais.

***

Les années 1911 et 1912 s'écoulèrent dans une monotonie presque indolore. Même si son projet d'inscription à l'Académie des beaux-arts de Munich était toujours une priorité, Adolf s'était accoutumé à cette lénifiante existence de petit rapin besogneux. Parfois, il trouvait reposant cette absence de responsabilité qu'offrait la renonciation à des ambitions autres que celles de manger à sa faim, et d'avoir chaud lorsqu'il faisait froid. Quand il ne peignait pas, il lisait tout ce qui lui tombait sous les yeux, le meilleur comme le pire, et inversement.

***

Le 4 février 1913, Rudolf Häusler, dix-huit ans et pas content, s'inscrivait au guichet du Männerheim comme on lance un défi au destin.

Il dénotait avec ses vêtements propres, ses cheveux coiffés, ses lorgnons double épaisseur, sa bonne santé apparente, sa montre-bracelet qui fonctionnait, ses chaussures cirées, sa valise en cuir de Morloc, et surtout son attitude pas du tout découragée. Une heure plus tôt, son haut fonctionnaire de père l'avait chassé froidement de la maison familiale (Tu n'es qu'un bon à rien qui terminera forcément mal. Je ne veux plus te voir dans cette maison. Va-t'en et je ne te souhaite même pas bonne chance !). La veille, Rudolf avait été renvoyé de l'*Oberrealschule* pour faute grave. Il avait placé un seau d'eau en équilibre au-dessus d'une porte : en plus d'être détrempé, le professeur visé avait été blessé au front par le seau métallique.

— Dortoir à une *Krone* cinquante ou cabine à deux *Kronen* cinquante ? demanda l'employé de nationalité tchèque (un ancien pensionnaire).

— Cabine.

Juste avant qu'il parte, sa mère avait glissé dans sa poche de veston trois billets de dix *Kronen* et quatre pièces de cinq. Il paya et écouta la lecture du règlement.

— Si je comprends bien, j'ai le droit d'aller dans ma chambre, mais pas d'y rester ?

— Le stationnement prolongé dans les cabines est interdit de 7 heures du matin jusqu'à 18 h 30.

— Ah bon, et pourquoi ?

L'employé lui répondit d'un ton désabusé :

— Parce que nous ne voulons pas ici de fainéants qui vivent la nuit et dorment le jour.

La cabine 38 était au troisième étage. Rudolf jeta sa valise sur le lit, puis appuya sur l'interrupteur pour constater que l'électricité était débranchée durant la journée. Il descendit au rez-de-chaussée et visita l'établissement, repérant la salle à manger et terminant par la salle de lecture où besognaient une quinzaine de pensionnaires. Pour se donner une contenance, il fit comme tout le monde et alla consulter les livres sur les étagères de la bibliothèque. Au passage, il remarqua un moustachu au visage maigre et blafard qui avait judicieusement installé son chevalet près de la fenêtre donnant sur la cour intérieure du foyer. Il s'approcha et identifia le sujet inachevé : la maison natale de Schubert, côté cour.

— C'est drôlement bien fait, dit-il, soulignant son propos d'un hochement de tête.

Le peintre redressa sa mèche de cheveux et examina son complimenteur de haut en bas. Rudolf fut durablement impressionné par le regard très bleu et très brillant.

— Vous êtes nouveau, n'est-ce pas ?

— Oui, je viens de m'inscrire il n'y a pas une heure. Je m'appelle Rudolf Häusler.

Adolf se leva, serra la main tendue, dit sobrement :

— Adolf Hitler, artiste peintre.

— Moi, je suis apprenti droguiste.

— Il n'y a pas de sot métier, dit Adolf, désignant une chaise vide.

— Je vous en prie, asseyez-vous.

***

Tout en faisant craquer les jointures de ses doigts, Josef Greiner leur dit d'une voix enjouée :

— Voilà ma bonne affaire. J'ai le moyen de me procurer autant de boîtes en fer-blanc que je veux. On les remplit d'une pâte de ce qu'on veut du moment que c'est gris, et après on les vend comme produit antigel destiné aux fenêtres en hiver... Il n'y a qu'une seule restriction... Vous voulez savoir laquelle ?

— Oui, je veux savoir, dit Adolf, redressant sa mèche d'un sec mouvement de la tête.

— On doit vendre en été seulement, comme ça les acheteurs ne peuvent pas tester le produit. Alors, qu'en pensez-vous ? Pour dix *Kronen* chacun vous entrez dans l'affaire en tant qu'associés.

Rudolf haussa les épaules.

— Elle est idiote, ton escroquerie ! Elle n'a aucune chance de réussir !

— Rudi a raison, c'est minable, renchérit Adolf, appuyant sa remarque d'une forte dose de commisération pratiquement radioactive.

Sans un mot de plus, Adolf et Rudolf se levèrent et retournèrent ensemble dans la salle de lecture : le premier travaillait à une aquarelle montrant la façade du restaurant Reichenberger ; le second fabriquait des cadres destinés à mettre en valeur les œuvres d'Adolf. Il recevait vingt pour cent sur chaque vente et Adolf lui payait une *Krone* et demie le cadre.

Comme chaque mardi après le *Mittagessen*, les deux amis passèrent leur manteau et s'en allèrent à pied jusqu'à la Döblinger Sommergasse où se trouvait le bel et grand appartement des Häusler. Profitant de l'absence de son père, Rudolf visitait chaque semaine sa mère et ses trois sœurs. Un jour il avait invité Adolf qui, depuis, l'accompagnait. Sa réserve et son air perpétuellement sérieux avaient conquis Frau Ida Häusler qui s'inquiétait beaucoup de l'avenir du plus turbulent de ses fils. La présence auprès de lui d'un adulte sérieux comme Adolf la réconfortait.

— Bonjour Adi, comment allez-vous aujourd'hui ?

Adolf s'inclina et fit son baisemain.

— Je vais très bien, Frau Häusler, et vous-même, comment allez-vous ?

Ida Häusler lui sourit en désignant de sa main baguée le salon Biedermeier.

— Entrez, je vous en prie, allez vous asseoir, Milly va vous servir le thé.

Rudolf embrassa sa mère sur les deux joues et lui confia son sac de linge sale, tandis qu'Adolf s'asseyait sur la chaise réservée au visiteur près de la cheminée. À l'odeur de tabac

313

qui flottait dans la pièce, il devina que le père de Rudi était sorti depuis peu. Postées à la fenêtre qui donnait sur la rue, Gertrud, onze ans, Alma treize ans, faisaient le guet en cas de retour inopiné du père. De temps en temps elles regardaient Adolf et riaient, la main cachant leur bouche. Le dos droit, les genoux se touchant, les bras croisés, celui-ci attendait le thé promis et les gâteaux (il y avait toujours des gâteaux). Il entendait Rudi et sa mère discuter dans la buanderie sans comprendre ce qu'ils se disaient. En face de lui, au mur, un grand portrait de Franz-Josef en uniforme bleu. Plus loin, sur la commode de merisier, le portrait encadré de Herr Häusler en uniforme de commissaire en chef des Douanes impériales et royales (En ce moment, lui avait confié Frau Häusler, il est à la surveillance financière de la station de Sievering). Un râtelier à pipes en ébène marqueté trônait sur le manteau de la cheminée. Une bibliothèque vitrée contenait une trentaine de livres de loi, tous richement reliés. On était bien au domicile d'un haut fonctionnaire impérial et royal.

Adolf, l'orphelin, appréciait ces moments privilégiés ; ils lui rappelaient son heureuse vie d'antan, celle qui n'avait été qu'insouciance et irresponsabilité.

Milly, dix-sept ans, la troisième sœur de Rudi, disposa sur la table ronde un service à thé en porcelaine à motifs chinoisants. Adolf versa sept cuillerées de sucre dans sa tasse et, l'auriculaire dressé, remua longuement.

Rudolf réapparut dans le salon, un sac de linge propre sous le bras, suivi de sa mère qui apportait un plat de gâteaux secs odoriférants.

– Adi aime un peu de thé dans son sucre, expliqua Rudolf en prenant un gâteau dans le plat. *Mutti*, ce soir Adi m'emmène à l'Opéra.

Le visage de Frau Häusler s'éclaira en direction d'Adolf qui baissa les yeux modestement.

— Quand Rudi m'a dit qu'il n'était jamais allé à l'Opéra, j'ai pensé qu'il n'y avait pas meilleure initiation à Wagner que *Tristan et Isolde* à l'Hofoper.

Les yeux à demi fermés, l'air définitivement ailleurs, Adolf siffla le prélude du premier acte, scandant ses stridulations avec des mouvements saccadés imitant ceux d'un chef d'orchestre.

Les sœurs près de la fenêtre interrompirent leur guet pour regarder Adolf sans oser bouger un cil.

Quand Adolf eut fini, dix longues minutes plus tard, il redressa sa mèche et prit un gâteau dans le plat que lui proposait Milly.

— *Danke schön*, Fräulein Häusler.

— Il siffle drôlement bien, *nicht wahr* ? dit Rudy avec un large sourire montrant des dents pas très blanches.

Frau Häusler remplit à nouveau la tasse d'Adolf.

— À quelle heure commence la représentation ?

— À 18 heures, *gnädige* Frau, et elle se termine quatre heures et demie plus tard.

— Milly, prépare-leur un en-cas. Ils vont en avoir besoin. En attendant, Adi, reprenez un gâteau, je sais que vous les aimez.

∗∗∗

— ... tu dois comprendre avant tout que, dans *Tristan et Isolde*, Richard utilise d'un côté le langage chromatique pour représenter l'intuitif et l'irréel, de l'autre le langage diatonique pour représenter le réel et le rationnel... C'est génial...

Il faisait nuit et ils marchaient le dos courbé contre le vent vers Brigittenau, un quartier particulièrement éloigné de la Hofoper.

Rudolf, épuisé, avançait d'un pas lourd, n'écoutant plus depuis longtemps la diarrhée verbale qui agitait sporadiquement son mentor. Passant sous un réverbère, il lut 23 h 25 à sa montre-bracelet. Il soupira. Depuis 2 heures de l'après-midi, heure à laquelle ils s'étaient placés dans la file d'attente de l'Opéra, ils étaient debout. Donc, en comptant sur ses doigts, cela faisait plus de neuf heures que Rudolf ne s'était pas assis.

— De cette façon, Richard a créé un monde sonore qui nous donne l'impression de voir par la musique l'état d'âme de chaque personnage... C'est étonnant, n'est-ce pas ?

Dans la file où ils avaient attendu quatre heures, Adolf n'avait cessé de parler, parler et parler. D'abord, il lui avait conté l'historique de l'édifice (La Hofoper a été l'un des tout premiers bâtiments publics construits sur le Ring. Il a fallu huit ans pour le terminer, mais quelle réussite ! Et encore, tu n'as pas vu l'intérieur... D'ailleurs, tous les architectes du Ring ont été anoblis...), ensuite, Rudolf avait appris tout ce qu'il fallait savoir sur *Tristan et Isolde* (Ou, si tu préfères, l'amour impossible entre Richard et Mathilde Wesendonck). Une fois arrivé dans le promenoir, debout parmi les mélomanes démunis, Rudolf comprit qu'il allait rester ainsi quatre heures et demie durant (Regarde, regarde, tu vas voir le mauvais coup qu'ils vont faire à ce pauvre Tristan...) avec, pour unique réconfort, un entracte de quinze minutes et le passage d'un vendeur d'eau tiède à cinquante *Heller* le verre. Autre imprévu désagréable, Rudolf, qui était presbyte de naissance, n'avait pas songé à changer ses lunettes pour une paire qui lui aurait permis de distinguer ce qui se passait sur la scène. Et maintenant, dernière étape du chemin de croix, cette interminable remontée vers Brigittenau et le foyer du Männerheim.

— Et comme dit Arthur quand il est en forme, le talent c'est celui qui atteint un but que les autres ne peuvent toucher... mais le génie, c'est celui qui atteint un but que les autres ne peuvent même pas voir...

— Adi, tu m'as tellement parlé aujourd'hui que j'ai besoin d'un parapluie !

Pris au dépourvu, Adolf s'arrêta pile au milieu du trottoir, oubliant de redresser sa mèche.

— Que veux-tu dire ?

— Que tu postillonnes quand tu parles, et comme tu parles tout le temps…

Par pure charité, Rudolf omit de mentionner ses tympans endoloris par tant de mots assenés des heures entières, presque à bout portant.

Adolf redressa sa mèche, esquissant un sourire vaguement indulgent.

— Combien il est de choses qu'on juge impossibles jusqu'au jour où elles se trouvent faites.

— Hein ? Quoi ?

— Je te parle pour agrandir tes connaissances et je me dis que, dans tout ce que je te dis, il en restera toujours quelque chose ! Mais si tu penses que je perds mon temps, n'hésite pas à me prévenir.

— Pourquoi tu prends tout autant au sérieux ?

— Tu connais une meilleure méthode ?

Ils reprirent leur chemin en silence.

Reconnaissant Adolf, le réceptionniste du foyer sortit de sa cage vitrée et lui remit une enveloppe à l'en-tête du commissariat. Le cœur de l'intéressé bondit dans sa cage thoracique jusqu'à produire une douleur pointue.

— Ils ont dit que c'était rapport au service militaire.

Adolf sentit ses chaussettes glisser le long de ses mollets et tenter de s'enfuir de ses chaussures.

— Ils n'ont rien dit d'autre ?

— Que c'était très urgent et très important !

**

Le dimanche 25 mai 1913, Adolf et Rudolf descendaient du train de Vienne et découvraient la München

317

Hauptbahnhof. Adolf rayonnait de plaisir. Il était enfin en Allemagne !

Au foyer, Simon Robinsohn, un ami de Neumann, apprenant qu'il partait à Munich, lui avait donné le nom d'une longue rue munichoise près du quartier étudiant de Schwabing, une rue connue pour sa quantité de chambres à louer peu onéreuses.

— Imagine, Rudi, c'est ici que Richard a composé *Les Maîtres chanteurs*, *L'Or du Rhin* et *Tristan et Isolde* !

S'assurant qu'Adolf ne le voyait pas, Rudi haussa les épaules et soupira sans bruit :

— Ça y est, le voilà lancé !

Trois quarts d'heure plus tard, ils entraient dans la Schleissheimerstrasse. Adolf choisit le trottoir de droite et, deux pâtés de maisons plus loin, il tombait en arrêt devant une affichette manuscrite collée sur la devanture du tailleur Josef Popp : « Chambres meublées à louer pour messieurs comme il faut. »

Adolf se tourna vers Rudi :

— On va essayer ici... et, surtout, laisse-moi parler.

Rudolf hocha la tête.

— Je te signale que, depuis qu'on est sortis de la gare, tu n'as pas arrêté de parler.

Adolf eut un petit sourire dépourvu de gaieté.

— J'espère que tu as retenu tout ce que je t'ai enseigné. Je ne parle jamais pour ne rien dire, moi...

30

« En additionnant toutes les indications de temps dans la Bible, j'ai trouvé que Dieu le Père avait terminé son œuvre le dimanche 26 octobre 4004 avant Jésus-Christ, à 9 heures du matin. »

James Ussher, évêque irlandais, en 1654.

Dimanche 18 janvier 1914.
Schleissheimerstrasse 34.
Munich.

Adolf terminait une variante de la Hofbräuhaus (sa huitième depuis son arrivée sept mois plus tôt) en assourdissant un rouge trop chaud par une pointe d'ocre jaune, quand des bruits de pas se firent entendre dans l'escalier puis devant sa porte. Des coups énergiques résonnèrent contre le battant ; une voix forte retentit.

– *Kriminalpolizei !*

Il déglutit avec difficulté, posa son pinceau, ouvrit la porte. Un policier en uniforme le toisa :

– Herr Adolf Hitler ?

– Oui ?

Le policier entra dans la chambre.

– Vous êtes en état d'arrestation. Tenez-vous tranquille !

Il vit deux lits défaits, un canapé encombré de livres ouverts, un chevalet près de la fenêtre et, non loin, un brasero qui chauffait mal et dégageait une âcre odeur de charbon.

– Pourquoi m'arrêtez-vous ?

– Lisez et signez ! ordonna le policier en lui présentant un formulaire qu'Adolf reconnut.

L'air lui manqua : les autorités autrichiennes le sommaient de se présenter ce mardi 20 janvier 1914 à la caserne Elisabeth de Linz afin d'y effectuer son service militaire. Il était précisé que si l'enquête en cours démontrait qu'il avait quitté l'Autriche dans le but d'échapper à ses obligations militaires il serait condamné à une amende de deux mille *Kronen* et à une peine d'emprisonnement d'un an minimum.

– Prenez un manteau et emportez quelques affaires de toilette, rien d'autre.

Incapable d'aligner une seule bonne idée, Adolf obéit comme un automate.

– Vos poignets !

Adolf les tendit.

Herr Popp, Frau Popp et leurs enfants Peppi et Liesel (six et huit ans) étaient dans le couloir.

– Pourquoi vous l'enchaînez comme si c'était un anarchiste ? s'indigna Herr Popp son logeur. Je vous ai pourtant dit que je me portais garant de sa moralité. J'ai entièrement confiance en lui !

– Je sais, Herr Popp, mais *Dienst ist Dienst*.

– Prévenez Rudi de ce qui m'arrive, Frau Popp.

– Bien sûr, Herr Hitler, je n'y manquerai pas.

Rudi était parti acheter de la charcuterie au *Delikatessenladen* du coin.

Ils s'engagèrent dans l'escalier qu'embaumait la tarte dominicale de Frau Popp cuisant dans le four. Adolf garda les yeux baissés, reconnaissant à leurs jambes les gens qu'ils croisaient.

– Ça sent bon chez vous ! complimenta le policier.

Personne ne relevant, il ravala la suite de son compliment.

— Vous m'emmenez où, *Herr Inspektor* ?

— Au consulat d'Autriche, mais comme il est fermé le dimanche, nous allons au commissariat central. Vous y passerez la nuit.

Accablé par une telle perspective, Adolf baissa la tête pour demander d'une voix piteuse s'il serait possible de lui ôter ces infamantes menottes avant qu'il apparaisse dans la rue.

— Je vous donne ma parole de peintre académique que je ne chercherai pas à m'enfuir.

— *Dienst ist Dienst !* répéta l'intraitable, lui faisant signe d'avancer.

***

Accroupi le plus loin possible des deux clochards qu'il soupçonnait, non sans raison, d'être infestés de *Cimex lectularius*, Adolf passa une mauvaise nuit à ruminer ce qu'il aurait dû dire ou ce qu'il aurait dû faire pour éviter un pareil déshonneur. J'aurais dû aller à Berlin ; là-bas, ils ne m'auraient jamais retrouvé !

Prudemment éloigné comme lui des clochards, un pickpocket tzigane pris en flagrant délit dans un tramway chantonnait d'une voix de fille en regardant le plafond de la cellule.

Le cœur gros, Adolf baissa la tête et nota que ses chaussures avaient besoin d'un coup de brosse. Après l'asile de nuit, la prison : décidément la vie ne lui épargnait rien ! À quand la prochaine humiliation ? Le bagne militaire peut-être ? Il frémit en songeant, en vrac, à sa mère, à son père, à Gustl, à Stefanie, à Loup Très Méchant, à Ludwig, à Raubal... et aussi à la grosse part de tarte que Frau Popp lui réservait chaque dimanche soir...

À la première heure de la matinée, les policiers sortirent le prisonnier de sa cellule et l'escortèrent, menottes aux poignets, jusqu'au consulat autrichien ; là, tel un vulgaire colis, ils l'échangèrent contre un reçu et s'en allèrent.

L'air sévère du consul face à l'insoumis s'adoucit considérablement au fur et à mesure qu'il prenait connaissance des résultats de l'enquête de moralité jointe au dossier de police. Les renseignements recueillis auprès des commerçants de la Schleissheimerstrasse, comme auprès de ses voisins d'étage, de son logeur, des marchands qui lui achetaient ses tableaux, le décrivaient comme un garçon courtois, dépourvu de dettes comme de vices apparents ; on ne lui connaissait aucune mauvaise fréquentation, féminine ou autre.

— Herr Hitler, pourquoi un sujet de Sa Majesté aussi respectable que ce rapport le laisse entendre n'a jamais répondu aux convocations des autorités militaires ?

Ayant mis à profit sa nuit pour élaborer sa défense, Adolf se lança dans un émouvant plaidoyer capable de tirer des larmes à une paire de lunettes. Utilisant une série d'habiles raccourcis, il amalgama sa maladie pulmonaire (il disait début de phtisie), la disparition prématurée de ses parents et son double échec à l'Académie pour expliquer sa déchéance.

— Là où je croupissais, et le terme n'est pas exagéré, *Herr Konsul*, la poste ne pouvait me joindre. Je n'ai jamais reçu ces convocations.

— Hum, hum… mais alors pourquoi quitter le pays ?

— Pour tenter une nouvelle fois ma chance en me présentant aux Beaux-Arts de Munich. Je compte m'inscrire pour la session de septembre.

Le consul relut le rapport sans trouver d'éléments contredisant ce qu'il venait d'entendre.

— De plus, *Herr Konsul*, la convocation m'ordonne d'être à Linz le 20 ! C'est-à-dire demain ! Je n'aurai jamais le temps de trouver l'argent nécessaire à l'achat de mon billet de train.

Le consul se leva.

– Voici ce que vous allez faire : vous allez écrire une demande de sursis que je transmettrai aux autorités militaires avec un avis favorable.

Il installa le jeune homme dans un bureau voisin, lui fournit du papier, un porte-plume et un godet d'encre violette.

L'enjeu étant d'importance, Adolf tourna le porte-plume sept fois dans sa bouche avant de se décider.

Au département II du conseil municipal de Linz.

Le dimanche 18 janvier à 3 heures et demie de l'après-midi, il m'a été délivré une convocation par l'officier de police criminelle Herle du 12/14 Rottmannstrasse, m'ordonnant de me présenter le 20 aux autorités militaires de Linz, faute de quoi je serai passible des articles 64 et 66 de la loi sur la conscription. Si j'ai été consterné par la façon dont on m'a remis la convocation (habituellement, ce type de convocation est remis personnellement ou par l'entremise des autorités consulaires, m'a-t-on assuré au consulat), je l'ai été bien davantage par le délai qui m'a été imparti pour satisfaire à mes obligations.

Partout en Allemagne, non seulement tout est fermé le dimanche, mais le lundi et les lendemains de fête, les magasins n'ouvrent pas avant 9 heures et les bureaux, y compris ceux de l'administration, pas avant 10 heures, or il me faudrait partir au plus tard l'après-midi, ce qui ne me laisse pas même le temps de faire ma toilette, de prendre un bain par exemple. Toutefois, la raison principale qui m'empêche d'obéir à cette convocation est qu'il m'est impossible, dans un si court délai – à peine six heures –, de réunir les fonds nécessaires à mon voyage, qui représentent pour moi une somme considérable.

Il est exact que je gagne ma vie comme artiste peintre et ce titre me revient de plein droit. Mais je ne peux consacrer à cette occupation qu'une partie de mon temps. En effet, je poursuis par ailleurs des études en vue de devenir peintre en architecture. Je suis sans fortune (mon père était fonctionnaire) et mes revenus sont tout juste suffisants pour me permettre de vivre.

À l'appui de mes déclarations, je joins ma feuille d'impôts en vous priant d'avoir la bonté de me la retourner. Mes revenus s'élèvent théoriquement à mille deux cents *Mark*, mais cela ne signifie pas hélas que je gagne cent *Mark* par mois. Les gains sont variables. La saison à Munich est difficile, l'art se vend mal et plus de six mille artistes y luttent déjà pour leur survie. Pour ma part, compte tenu de mes dépenses, qui sont nécessairement plus importantes que celles d'un ouvrier de même situation, il était hors de question que je puisse faire la moindre économie.

Je vous prie de bien vouloir prendre en considération l'impossibilité dans laquelle je me trouve actuellement de répondre à cette convocation dans les délais prescrits, soit à peine une demi-journée.

Il est cependant exact que dans tout cela il y a aussi un peu de ma faute et qu'à l'automne 1909 j'ai négligé de me présenter. Jamais je n'ai évidemment songé à me soustraire à mes obligations et je suis encore moins parti à Munich dans cette intention.

En regard de ma négligence de 1909, je dois dire que cette époque fut extrêmement douloureuse. J'étais orphelin, jeune, inexpérimenté, sans aide financière et trop fier pour demander assistance à quiconque. Sans le moindre appui, je ne disposais que de mes seules ressources et les *Kronen*, et parfois seulement les *Heller* que je gagnais par mon travail suffisaient à peine à me procurer un endroit pour dormir. Durant deux ans, mes seuls compagnons furent le chagrin et le besoin, ma seule compagnie, une faim constamment inassouvie.

324

Je n'ai jamais su ce que voulait dire le beau mot de jeunesse. Aujourd'hui, cinq ans après, je ne me souviens que d'onglées aux mains et aux pieds. Et pourtant, je ne puis évoquer cette époque sans une certaine joie, maintenant que je suis sorti du plus fort de la tourmente. Malgré de grandes difficultés, au milieu d'un entourage souvent douteux, j'ai su garder un nom sans tache (mon casier judiciaire le prouve) et j'ai la conscience pure sauf en ce qui concerne cette présentation aux autorités militaires dont j'ignorais tout à l'époque. C'est l'unique chose dont je me sente responsable. Une légère amende suffirait à cela, et je la paierais sans récriminer.

J'accompagne cette lettre de l'envoi séparé d'un procès-verbal que j'ai signé au consulat. Je vous demande de bien vouloir me faire parvenir vos décisions ultérieures par l'entremise du consulat. Vous pouvez être certain que je ne manquerai pas de m'y conformer à temps. L'autorité consulaire a eu la bonté de me laisser entrevoir qu'elle interviendrait en ma faveur afin que je puisse me présenter à Salzbourg. Bien que je n'ose plus l'espérer, je me permets de vous demander de ne pas m'apporter un surcroît de difficultés. Je vous prie de bien vouloir prendre cette lettre en considération.

Très respectueusement, Adolf Hitler.
Artiste peintre.
Munich
Schleissheimerstrasse 34/III

Il se relut, corrigea une ou deux virgules et retourna voir le consul afin qu'il joigne à la supplique sa recommandation.

Au vu des observations de la police et de l'impression que nous avons éprouvée ici, les déclarations ci-jointes formulées par Adolf Hitler correspondent à la vérité. L'homme serait en outre atteint d'une maladie pulmonaire qui le rendrait inapte au service militaire. En conséquence, estimant que la requête en question mérite d'être prise en considération, nous avons provisoirement décidé de surseoir à l'extradition du dénommé Adolf Hitler, étant entendu qu'il devra se présenter au dernier appel du départ sous les drapeaux le 5 février à Linz. À moins que le magistrat de cette ville ne désire faire comparaitre l'intéressé à Salzbourg, en raison de sa situation et de sa pauvreté.

**

La réponse arriva le lendemain sous la forme d'un télégramme laconique autorisant le dénommé Adolf Hitler à se présenter aux frais du consulat le 5 février à Salzbourg.

**

Le jeudi 5, muni d'un billet de seconde classe fourni par le consul, Adolf prit le train pour la ville natale de Mozart.

S'étant scientifiquement affamé, il se présenta devant les médecins du conseil de révision amaigri de cinq kilos, le geste ralenti, l'œil éteint.

Adolf sortit de la caserne muni d'un certificat du *Landesevidenzreferat* sur lequel était écrit :

Il est certifié qu'Adolf Hitler, né le 20 avril 1889 à Braunau am Inn, domicilié à Munich, fils d'Aloïs et de Klara née Pölzl, a été jugé trop faible pour le service militaire et déclaré inapte.

Il célébra sa victoire en se gavant de gâteaux dans une pâtisserie de la Getreidegasse : une heure plus tard, dans le train pour Munich, il vomissait tout.

31

« L'espèce humaine est unique par certains comportements qui lui sont propres : compulsion irrésistible au génocide, plaisir intense pris à torturer n'importe qui, n'importe quoi, n'importe qu'elle espèce, avec une préférence clairement assumée pour la sienne. »

Déclaration d'investiture de Thrall, roi des Orcs de Durotar.

Dimanche 28 juin 1914.
Sarajevo-Munich.

Engoncé dans ses habits neufs, Nedjelko Cabrinovic (dix-neuf ans et cinq mois) s'adossa au mur blanchi à la chaux qui prolongeait l'atelier. Il ôta sa casquette et, ne sachant que faire de ses bras, il les laissa ballants.

En face de lui sur le trottoir, le photographe vissait son appareil à plaques sur un solide trépied.

— C'est votre jour de chance, voyez cette belle lumière, mes photographies seront bien nettes ! dit l'homme de l'art avec un accent croate.

Dans un mouvement de vampire prenant congé, il disparut sous son voile noir.

Ébloui par le soleil qui l'obligeait à plisser les yeux, Cabrinovic raidit sa pose. Il s'était acheté des vêtements la veille afin de faire un mort bien habillé ; cette photographie était destinée à l'artiste qui sculpterait sa statue lorsqu'il serait devenu un héros de la patrie serbe… dans une petite heure, si le cortège n'avait pas de retard.

— Souriez, jeune homme, c'est bien mieux, dit la voix du photographe assourdie sous le voile.

Cabrinovic secoua la tête en signe de refus. Il posait pour la postérité et il ne voulait pas laisser de lui une joyeuse dernière impression ; d'autant plus que cette photographie serait forcément reproduite dans tous les livres d'histoire serbes. Il songea alors à son abruti de père qui serait contraint de se décoiffer chaque fois qu'il passerait devant sa statue… Son père, un Serbe bosniaque, cafetier d'un mètre quatre-vingt-dix, brute intégrale qui avait obtenu sa licence en devenant indicateur au bénéfice de la police d'occupation autrichienne : quand il ne cognait pas sur son fils, il cognait sur sa femme et ses deux filles. Cabrinovic le haïssait ; on pouvait même affirmer qu'il était devenu patriote serbe seulement pour se désolidariser de son mouchard de géniteur… et aussi pour que ses amis cessent de le traiter d'espion autrichien !

À l'instant où le photographe terminait son temps de pose, vingt-quatre coups de canon tirés des forteresses surplombant la capitale annoncèrent l'arrivée en gare de Sarajevo de l'archiduc héritier François-Ferdinand et de son épouse morganatique, la duchesse Sophie. L'archiduc venait en Bosnie pour commander les manœuvres des 15e et 16e corps d'armée.

François-Ferdinand portait un uniforme de général de cavalerie lourdement médaillé, tunique bleu ciel, shako orné de plumes de coq vertes, pantalon noir à bandes rouges, bottes à éperons ; Sophie était coiffée d'une grande capeline blanche garnie d'un voile, robe de satin blanc, ceinture écarlate, épaules recouvertes d'une cape composée de queues d'hermine, éventail noir dans une main, ombrelle blanche dans l'autre.

Le couple sortit de la gare et franchit la haie d'honneur formée d'un côté par des musulmans en fez rouge et pantalons bouffants, de l'autre par des officiels en queue-de-pie et haut-de-forme. Ils s'installèrent à l'arrière d'une superbe décapotable Gräf und Stift flambant neuve. Le général Oskar Potiorek, gouverneur de Bosnie-Herzégovine, s'installa plus modestement sur le strapontin, tandis que le lieutenant-colonel comte Harrach monta à l'avant, à côté de Franz Urban, le chauffeur.

Souriante derrière sa voilette, la duchesse Sophie rayonnait de contentement. C'était la première fois qu'elle s'asseyait à côté de son mari lors d'une manifestation officielle. À Vienne, le protocole le lui interdisait. Elle devait cette dérogation à son mari. « Ma bien-aimée, je vous offre ce voyage en souvenir de ce 28 juin à la Hofburg. »

Ce 28 juin 1909, devant toute la Cour réunie dans le palais impérial, face à son oncle l'Empereur-roi François-Joseph, l'archiduc François-Ferdinand avait subi l'humiliation de sa vie en acceptant, publiquement, le mariage morganatique que lui imposait le protocole. Dépourvue de la plus petite goutte de sang royal, Sophie (née Chotek) ne serait jamais impératrice, ses enfants ne seraient jamais des archiducs et des archiduchesses, jamais ils n'auraient un rang à la Cour. Depuis leur mariage, les brimades comme les humiliations étaient quotidiennes : entre autres, lorsque l'archiduc arrivait, on ouvrait les portes à deux battants, et quand c'était elle, on refermait précipitamment un battant. Sophie était la dernière à table, et dans les cortèges, alors que François-Ferdinand marchait en tête avec l'Empereur (un pas en retrait tout de même), elle était reléguée en queue, derrière les petites archiduchesses adolescentes : plus mesquin n'était disponible qu'à la Cour d'Espagne, ou peut-être à celle de Versailles.

Le cortège formé de six luxueuses voitures prit la direction de l'hôtel de ville où le conseil municipal au complet (des musulmans, des Serbes orthodoxes, des Croates catholiques) attendait l'arrivée de l'archiduc et de la duchesse. Cinq officiers de la police bosniaque occupaient la voiture de tête. La suivante était la Gräf und Stift à quatre cylindres réservée à l'archiduc : un drapeau jaune et noir orné de l'aigle bicéphale flottait sur le capot. Les deux autres véhicules transportaient les aides de camp et les officiels ; la sixième limousine, prévue en cas de panne, était vide.

***

Après avoir vérifié qu'il lui restait suffisamment d'argent, Cabrinovic dit :

— Faites-m'en une autre.

Le photographe ôta la plaque impressionnée et glissa une plaque vierge dans l'appareil, puis il retourna sous le voile noir.

— Ne bougez plus, le gros oiseau va sortir.

Cabrinovic se figea ; songeant à sa grand-mère, il relâcha sa pose, s'efforçant d'exprimer un mélange de douceur et de détermination, ce qui lui était difficile. Pendant ce temps, le soleil cuisait ses joues pâles et réchauffait agréablement sa poitrine mitée par la tuberculose.

— Repassez dans une demi-heure, elles seront prêtes, dit le photographe.

— Non, je ne peux pas revenir. Voici l'adresse où il faut les envoyer.

C'était l'adresse de sa grand-mère. Il l'aimait beaucoup. Elle avait toujours été là pour badigeonner au Mercurochrome les gnons que lui infligeait sa brute de père.

Il quitta l'atelier en se coiffant de sa casquette, retrouvant le soleil et les bruits de la rue. Un char à bœufs fleuri pour le Vidovdan, le jour de la Saint-Guy, passa devant lui, transportant une famille entière de musulmans endiman-chés.

Que l'archiduc ait choisi ce jour férié commémorant le cinq cent vingt-cinquième anniversaire de la bataille de Kosovo Polié – le 28 juin 1389, jour où le sultan Mourad avait flanqué une grosse pâtée à la chevalerie serbe – était considéré par les nationalistes serbes comme une provocation autrichienne de très mauvais goût. S'ajoutaient à cela les récentes manœuvres militaires qui avaient eu pour thème l'attaque de la Serbie par les forces impériales : tout pour rendre une colombe belliqueuse.

Sans hâte, Cabrinovic se dirigea vers l'emplacement qui lui avait été désigné deux heures plus tôt, alors qu'ils étaient tous les sept attablés à la terrasse du café Zlatna Moruna.

– Nous savons que, pour se rendre à l'hôtel de ville, le cortège va passer le long du quai Appel, et nous savons que l'archiduc sera dans la deuxième voiture, leur avait dit d'une voix basse Danilo Ilic, un ancien instituteur devenu journaliste.

À l'instar de Mohamed Mehmedbasic (vingt-sept ans), Danilo Ilic avec ses vingt-quatre ans risquait la peine de mort dans cette aventure, contrairement aux cinq autres encore mineurs.

– Mehmedbasic, toi, tu te places devant le jardin du café Mostar, et toi Cabrinovic, tu vas en face, côté rivière… Cubrilovic, toi, tu te placeras à l'entrée du pont Cumurija, et toi, Popovic, de l'autre côté, en face de Cubrilovic pour le couvrir au cas où ce serait nécessaire…

Avant de poursuivre, Ilic avait terminé sa tasse de café turc (plus de marc que de café) et s'était essuyé les lèvres avec le pouce et l'index ; il utilisait les mêmes doigts pour lisser sa fine moustache.

– Toi, Princip, tu te places à l'entrée du pont Lateiner… et toi, Grabez, tu vas en face, au coin de la Franz-Josef… Des questions ?

— Et toi, tu te places où ? avait demandé Cabrinovic d'un ton déplaisant.

— Nulle part et partout, je suis là pour superviser l'opération… Je ferai la navette le long du quai.

— Ah ! c'est donc pour cela que tu n'as pas d'arme ?

Ilic n'avait pas répondu. Il n'appréciait pas Cabrinovic. Il le trouvait trop bavard, très vantard, querelleur et, pour tout dire, incontrôlable. Or, tout le monde savait qu'il fallait de la discipline et du sang-froid pour faire un honnête conspirateur ; de plus, une rumeur persistante le disait fils d'un indicateur de police. Hier, lors de la distribution des armes et du poison, Ilic lui avait donné une bombe et une capsule de cyanure, et quand Cabrinovic avait protesté, il l'avait mouché d'un sec : Toi, tu tires trop mal pour avoir un pistolet, tu raterais une vache dans un couloir ! Une semaine durant, en mai, ils s'étaient tous entraînés au tir au pistolet dans la position debout à deux cents mètres, et en courant à soixante mètres : le grand Cabrinovic (un mètre soixante-dix) avait raté sa cible quatre fois sur dix, tandis que le petit Gavrilo Princip (un mètre soixante et dix-neuf ans et onze mois) avait atteint sa cible huit fois sur dix.

Danilo Ilic avait consulté sa montre-bracelet : 8 h 30.

— Soyez à vos postes à partir de 10 heures, mais pas plus tard. Si le programme est respecté, le cortège passera deux fois par le quai. Une première fois de la gare à l'hôtel de ville, et si nous le ratons, une seconde fois de l'hôtel de ville au musée d'État. Ce qui veut dire, messieurs, que nous avons deux chances de réussir, et c'est bien mieux qu'une seule…

Nedjelko Cabrinovic cessa ses ruminations en arrivant le premier sur le quai Appel (C'est moi qui le tuerai ! C'est moi le héros ici, c'est moi qui aurai une statue, pas eux !).

Le quai était pratiquement vide. Malgré l'heure matinale le soleil tapait dur et les rares spectateurs s'étaient regroupés à l'ombre des arbres qui longeaient la Miljacka. Certaines façades étaient pavoisées aux couleurs des Habsbourg. Au-dessus de la porte de la Banque d'Autriche-Hongrie, on avait suspendu un portrait de François-Ferdinand en grande tenue, médailles pendantes, moustaches en croc, air hautain. Comme pour se rassurer, Cabrinovic toucha la bombe glissée dans la poche intérieure de sa veste. En fait de bombe, il s'agissait d'une sorte de grenade offensive, rectangulaire, fabriquée dans l'arsenal de Kragujevac et destinée à l'armée serbe.

Milan Ciganovic, l'instructeur de la Main noire, un Bosniaque engagé volontaire pendant les deux guerres balkaniques de 1912 et 1913, leur avait expliqué le manie-ment de l'engin (D'abord, vous enlevez la goupille, ensuite vous brisez le détonateur contre quelque chose de dur… contre un réverbère ou un rebord de trottoir. À partir de là, attention, vous avez treize secondes avant l'explosion). Afin d'évaluer le temps, Milan Ciganovic leur avait demandé de fermer les yeux et de compter jusqu'à treize (Vous voyez, quand chaque seconde compte, c'est long, treize secondes).

Cabrinovic monta sur le parapet et, la main en visière, il s'offrit une vue d'ensemble du quai. Cent mètres en amont, il reconnut les silhouettes des deux lycéens Vaso Cubrilovic (dix-sept ans et six mois) et Cvetko Popovic (dix-sept ans et cinq mois). En dépit de leur totale inexpérience, chacun d'eux avait reçu une bombe et un pistolet Browning.

C'est très injuste, rumina Cabrinovic en vérifiant la pré-sence dans sa poche de poitrine de la capsule de cyanure. Son plan était parfait : il tuerait l'archiduc avant tous les autres, il avalerait la capsule de cyanure et, pour faire bonne mesure, il se jetterait dans la Miljacka en criant : « Vive la Serbie libre ! »

Les unes après les autres, les églises catholiques et ortho-doxes sonnèrent leurs cloches, rappelant à leurs fidèles que la grand-messe dominicale allait commencer. Un rappel bientôt imité par les muezzins qui, faute de cloches, les mains en porte-voix, devaient s'époumoner du haut de leurs minarets...

***

Partageant le même fuseau horaire et à plusieurs centaines de kilomètres du quai Appel et de Sarajevo, les églises catholiques munichoises sonnèrent 10 heures avec un enthousiasme que certains ne partageaient pas... Au troisième étage du 34 de la Schleissheimerstrasse, allongé sur son lit, Adolf interrompit sa lecture et se leva pour aller fermer l'unique fenêtre qui donnait sur la rue, assourdissant un peu l'intempestif boucan dominical. Il retourna s'allonger et reprit son livre, un pamphlet intitulé *Pour en finir une bonne fois pour toutes avec les artistes*.

Ces scandaleuses cent quatre-vingt-dix pages étaient l'œuvre d'un scientifique gaulois, le professeur Johann Gimpel qui, avec un aplomb écœurant, assurait ses lecteurs que la totalité des artistes n'étaient que des inadaptés pathologiques qui trouvaient dans l'art une vulgaire compensation à leurs problèmes existentiels. Toutes les existences problématiques, équivoques, tarées, tous les faibles, les malades, les dégénérés, les aventuriers, les escrocs, les criminels ont une parenté spirituelle avec l'artiste.

Adolf n'en revenait pas d'une telle outrecuidance ! Il avait l'impression d'avoir reçu le contenu d'une poubelle de restaurant sur la tête. Il gigotait d'indignation sur son mince matelas vierge de toute punaise (on était en Allemagne ici !).

Les artistes forment une classe à part, impérieuse par l'idéal, mais inférieure par la raison et la moralité. Vous pouvez vous entendre avec un philosophe, un savant, un entrepreneur d'industrie, un militaire, un légiste, un économiste ; avec tout ce qui calcule, raisonne, combine, suppute ; mais avec un artiste, c'est impossible.

Le comportement de l'artiste résulte d'une conviction irréversible d'être fait d'une essence supérieure qui n'a pas de comptes à rendre aux simples mortels. L'artiste prétend être prédestiné à l'être : il affirme, sans rire, qu'être artiste n'était pas une profession, mais plutôt une vocation...

L'auteur démontrait qu'artiste avait d'abord été une profession, certainement pas une vocation. Il citait l'époque des bâtisseurs de cathédrales où les peintres et les sculpteurs (les tailleurs d'images) étaient qualifiés d'ouvriers manuels, traités comme tels ; par exemple, les peintres de fresques, jamais signées, étaient payés au mètre.

Les neurones surchauffés au rouge, agacé comme une fourmi un jour d'orage, Adolf quitta son lit et arpenta fébrilement la petite chambre. Depuis le départ de Rudi, il avait un peu plus de place pour déambuler. Les mains dans le dos, la bouche crispée, les dents serrées, il enrageait de ne pouvoir vertement répliquer à l'auteur, là, maintenant, tout de suite, d'un grand coup de poing sur l'appendice nasal !

Adolf ne lisait jamais pour se distraire, persuadé que sa mémoire, semblable à un muscle, augmentait sa puissance à mesure qu'augmentaient ses connaissances. Aussi, chaque fois qu'il lisait, il gardait à portée un crayon et un carnet dans lequel il notait ce qui l'étonnait, ou ce qu'il estimait pouvoir lui être utile un jour : il ne retenait que ce qui l'intéressait, rejetant sans état d'âme ce qui allait à l'encontre de ses idées toutes faites. Pour faire court, Adolf était visiblement plus à l'aise dans son imagination que dans sa vie quotidienne.

Ces derniers temps, la solitude lui pesait. Lorsqu'il était revenu de Salzbourg, en février, il avait eu la désagréable surprise de découvrir la défection de Rudi.

— A-t-il dit où il allait ?

Herr Popp avait hoché sa tête ronde.

— Il s'est installé dans une chambrette pas très loin d'ici.

Adolf songea à Gustl qui ne lui aurait jamais fait un tel mauvais coup. La question suivante lui coûta une grosse dose d'amour-propre :

— Il a dit pourquoi il partait ?

Herr Popp avait ébauché un demi-sourire.

— Il a dit qu'il allait rattraper au moins un siècle de sommeil en retard.

Adolf n'avait pu dissimuler son dépit. Une telle ingratitude le confondait.

— Je ne lui voulais que du bien... je voulais qu'il bénéficie de mon expérience... je voulais lui éviter mes erreurs... je voulais qu'il gagne du temps... et en échange, il vendait mes peintures.

Herr Popp leva l'index pour attirer son attention.

— Il m'a laissé sa nouvelle adresse pour vous, Herr Hitler, et il m'a dit que rien ne changeait pour votre association. Il veut seulement pouvoir dormir toutes les nuits.

Adolf rouvrit la fenêtre. Il faisait chaud dans la chambre et le moindre courant d'air était le bienvenu. Puis, faute d'une meilleure idée, il retourna à sa révoltante lecture, tel un chien à son vomi.

Dans l'Antiquité, les peintres étaient des travailleurs manuels, des travailleurs à gages. Appréciait-on leur œuvre, c'était pour en dissocier leur personne. On disait : Nous admirons l'œuvre, nous méprisons l'ouvrier.

Dans la comptabilité du temple d'Athéna et de Poséidon (sur l'Acropole), il était dit que les peintres

336

devaient être rémunérés à la pièce ou au pied : rien ne devait les distinguer des ouvriers qui montaient les échafaudages.

***

À l'instant précis où Adolf mouillait son index pour mieux tourner la page, la voiture de tête du cortège de l'archiduc apparut sur le quai Appel, suivie trente mètres derrière par la Gräf und Stift.

Le cœur de Mohamed Mehmedbasic palpita dans sa cage thoracique. Effet secondaire de la peur, il n'avait plus de salive. Ex-menuisier originaire d'Herzégovine, il avait été recruté en janvier 1914 par la Main noire. Bien que, issu d'une famille bosniaque convertie depuis six générations à la foi ottomane, Mehmedbasic se présentait comme un nationaliste serbe disponible pour n'importe quel mauvais coup contre l'occupant autrichien. Afin de tester sa détermination, la Main noire l'avait expédié à Sarajevo assassiner le général Oskar Potiorek, le gouverneur militaire de Bosnie-Herzégovine. Pour ce faire il avait reçu un poignard et un flacon de curare. Avant de frapper, il devait imprégner la lame de poison ; ainsi, même si le couteau ratait une partie vitale, le poison corrigerait l'erreur. Mehmedbasic avait pris le train pour Sarajevo ; alors qu'il approchait de la capitale, des policiers en uniforme étaient montés dans le compartiment. Pris de panique, il s'était aussitôt débarrassé du poignard et du flacon de curare en les jetant par la fenêtre, et il avait déclaré sa mission avortée. Au printemps de la même année, par l'intermédiaire de Danilo Ilic, la Main noire lui avait offert une seconde chance en l'incluant dans le complot contre l'Héritier.

Mehmedbasic entendit le grondement des moteurs du cortège qui approchait à petite vitesse. La foule clairsemée sous les arbres s'agita ; certains crièrent : « Vive l'Archiduc, vive

337

l'Empereur ! » D'autres se contentèrent d'applaudir poliment. Malgré les vives instances du chef de la police qui en avait réclamé le double, à peine cent vingt policiers étaient déployés le long du parcours, soit un homme tous les quarante mètres.

Le rythme cardiaque de Mehmedbasic s'emballa, sa gorge se dessécha, ses idées prirent le large dans un grand désordre, il eut envie de pisser. Cherchant sans le trouver Danilo Ilic, il se tourna vers Cabrinovic posté à une trentaine de pas et fit le signe convenu.

En dépit de la grosse chaleur, Cabrinovic frissonna dans ses habits neufs. À son tour, il vit le cortège approcher et entendit le bruit des moteurs. Il s'abstint d'avertir Vaso Cubrilovic et Cvetko Popovic à une cinquantaine de pas (C'est moi qui le tuerai !). Il vérifia une fois de plus la présence de la bombe et de la capsule de cyanure, puis il s'avança vers Mehmedbasic avec l'intention de lui voler la vedette.

À l'entrée du pont Cumburja, les deux lycéens trépignaient d'impatience sur leur trottoir respectif. Avant de disparaître, Danilo Ilic leur avait ordonné de se tenir prêts au cas où Mehmedbasic et Cabrinovic auraient besoin d'assistance (Et si tout va mal, avalez votre poison !).

Vaso Cubrilovic soupçonnait la présence de policiers en civil mêlés à la foule, aussi évitait-il de regarder dans la direction de son camarade Cvetko. Pour l'instant, il examinait ses chaussures en réfléchissant au choix de l'arme : laquelle devait-il utiliser ? Le pistolet ou la bombe ? La bombe le répugnait pour sa délicate manipulation et pour les dégâts imprévisibles sur les innocents ; quant au pistolet, Vaso s'était montré médiocre lors des tirs d'entraînement dans la forêt...

Sur le trottoir opposé, devant une boutique de mode fermée, Cvetko Popovic broyait du noir. Il aurait voulu être ailleurs... dans sa chambre, par exemple, couché en position fœtale… Il entendit des vivats, des applaudissements, des bruits de moteur. Regardant Vaso, il le vit fixant des yeux le trottoir, comme perdu dans ses pensées… Le moment était mal choisi !

La voiture de tête n'était plus qu'à une trentaine de mètres de Mehmedbasic. Ce dernier vit le fanion flottant sur le capot de la deuxième voiture. N'y tenant plus, il traversa à grandes enjambées le quai et disparut dans la rue longeant le café Mostar.

Le couard, il s'enfuit, j'en étais sûr, se félicita Cabrinovic. Désormais, il n'avait plus qu'à suivre son plan à la lettre. Tandis que la première voiture le dépassait, il dévissa la bombe, l'amorça en brisant le détonateur contre le réverbère près duquel il se tenait, et la lança fumante sur la deuxième voiture du cortège d'où dépassait le plumet vert de l'archi-duc, criant aussi fort qu'il le pouvait : « Vive la Serbie libre ! »

Sans vérifier la justesse de son lancer, il fit demi-tour, avala sa capsule et sauta le parapet en criant : « Je suis un héros serbe ! » On était en juin et les eaux de la Miljacka étaient basses. Cabrinovic tomba dans vingt centimètres d'eau et se fit très mal sur les cailloux parsemant le fond de la rivière. Au lieu de le tuer, le cyanure périmé le rendit épouvantablement malade ; les yeux révulsés, il se mit à vomir en se tordant.

***

Depuis le départ de la gare, Franz Urban, le chauffeur de la Gräf und Stift, conduisait sur le qui-vive. Il n'aimait pas ce qu'il voyait des deux côtés du quai Appel : trop de gens en fez, trop de Serbes à la grise mine, pas assez de policiers et pas un seul militaire.

— Attention ! cria le lieutenant-colonel comte Harrach en se dressant.

Franz Urban vit sur sa droite un grand jeune homme à casquette lancer dans leur direction un projectile de couleur noire. Il aplatit la pédale de l'accélérateur, faisant bondir la limousine.

Au lieu d'atterrir sur la poitrine médaillée de François-Ferdinand, la bombe dépassa sa cible, ricocha sur la capote repliée, rebondit sur le bitume et explosa sous la roue de la troisième limousine. Il y eut des cris de terreur, de douleur, de fureur, le tout ponctué d'un vigoureux : « Vive la Serbie libre ! »

Tandis que la Gräf und Stift s'éloignait à grande vitesse, la confusion régnait sur le quai Appel. Une douzaine de civils gisaient çà et là tandis que l'on s'affairait autour des occupants de la troisième voiture. Deux aides de camp de l'archiduc étaient blessés : le lieutenant-colonel von Merizzi et le comte Boos-Waldeck. Quelqu'un lança :

— Il faut les transférer dans la dernière voiture et les transporter à l'hôpital.

***

Vaso Cubrilovic sursauta au bruit de l'explosion. Sa première pensée fut de s'interroger sur l'identité du héros : Mehmedbasic ou Cabrinovic ? Au même instant, la voiture de tête passa devant lui, suivie par la Gräf und Stift, avec l'archiduc, indemne, accompagné d'une femme en toilette blanche qui tenait un bouquet de fleurs à la main. Enfer et damnation ! Celui qui avait lancé sa bombe avait raté son coup ! Tout était à refaire.

Brisant les consignes de précaution, Cvetko Popovic traversa le quai et s'approcha de son camarade.

— C'est raté ! J'ai rien pu faire ! Il est passé trop vite ! Et puis avec l'explosion j'ai cru qu'ils l'avaient eu !

Vaso soupira : la voiture de l'archiduc venait de prendre

le virage à gauche et de disparaître. Princip et Grabez n'avaient donc rien fait. L'opération était un échec total.

— Qu'est-ce qu'on fait ? demanda Cvetko.

Des cris furieux retentirent du côté de la rivière.

Ils se penchèrent sur le parapet et virent Cabrinovic agenouillé dans la Miljacka : au lieu de fuir, celui-ci se tordait dans d'horribles grimaces, tandis que des policiers couraient vers lui en lui ordonnant de ne pas bouger. Un groupe de civils, musulmans à en juger par leur fez et leurs pantalons bouffants, rejoignirent les policiers au milieu de la rivière et asticotèrent Cabrinovic à coups de poing et de pied.

— Si c'est lui qui a lancé la bombe, où est passé Mehmedbasic ?

Vaso haussa les épaules.

— Je n'en sais rien, mais Ilic a dit qu'il y aurait un autre passage.

— Ce serait étonnant qu'après cette bombe ils gardent le même trajet. Peut-être même qu'ils vont tout annuler.

— Allons-nous-en, c'est dangereux de rester ici.

— On va où ?

— On rentre à la maison et on se débarrasse des armes dans les égouts.

À quelque cent pas de là, près du pont Lateiner, Gavrilo Princip était dans l'expectative. Il entendit l'explosion et les cris, il vit la fumée et il crut à la réussite de l'attentat. Sa déception fut d'autant plus grande lorsque la décapotable passa devant lui, avec à son bord un archiduc absolument vivant. Victime d'une quinte de toux qui le plia en deux, Princip dut sortir son mouchoir.

Comme Cabrinovic, Grabez, Cubrilovic et Popovic, Princip était tuberculeux, et cela depuis sa petite enfance passée à Obljaj, un village au pied des Alpes dinariques. Ses parents étaient des serfs appartenant aux seigneurs convertis à l'islam trois siècles plus tôt. Berger dans un premier temps, il avait été scolarisé à l'âge de neuf ans, et à treize ans il avait terminé, avec succès, ses études primaires. Après trois années passées dans une école de commerce il avait renoncé. Je vais retourner à l'école. Je veux apprendre le grec et le latin et puis aussi la philosophie !

Admis au lycée de Sarajevo à seize ans, Princip avait été renvoyé deux ans plus tard pour avoir participé à une manifestation antigouvernementale. Il était alors parti à pied à Belgrade (deux cents kilomètres) afin de continuer ses études classiques. Quand la première guerre balkanique éclata (18 octobre 1912), il avait voulu s'engager dans l'armée serbe. Sa petite taille, sa maigreur, mais avant tout sa tuberculose avancée avaient rebuté les autorités militaires qui l'avaient déclaré inapte au service.

Vexé, dépité, humilié jusqu'à la fine moelle, Princip s'était rabattu sur le mouvement clandestin Jeunes Serbes qui l'avait accepté sans objection. Lors des réunions (tenues dans les arrière-salles des cafés locaux), il se lia de camaraderie avec Cabrinovic et Grabez. Puis, un matin d'avril 1914, attablé au café Zlatna Moruna, il lut dans un journal viennois un article en troisième page annonçant la visite officielle en Bosnie du *Thronfolger* en personne.

***

Princip rejoignit Grabez de l'autre côté du quai.
— C'est complètement raté !
— Oui, j'avais remarqué !
— Qu'est-ce qu'on fait maintenant, où est Ilic ?
Princip haussa ses petites épaules.
— Il n'y a qu'Ilic pour le savoir.
Un bruyant attroupement au milieu de la route s'approchait d'eux. Ils virent deux policiers en fez qui traînaient Cabrinovic à demi conscient, visage tuméfié, les yeux vitreux, les pieds rebondissant sur le pavé ; d'autres policiers

tenaient à distance des civils qui lançaient de vigoureux
« Saleté de Serbe », et aussi « Pourriture de Serbe ! »

— Tu crois que c'est sa bombe ? dit Grabez avec une mimique incrédule.

— Ça m'étonnerait… mais que ce soit lui ou pas, il va parler… c'est dans sa nature, il ne peut pas s'en empêcher.

Faute d'une meilleure idée, Princip montra du doigt le café des Frères Simic dans la rue Franz-Josef.

— Viens, on va réfléchir.

Les deux comploteurs s'assirent en terrasse et commandèrent deux cafés. Autour d'eux, des clients coiffés de fez fumaient le narguilé, les yeux flous, un genou replié à la hauteur du menton, les pieds embabouchés.

— Pourvu qu'ils soient assez autrichiens pour ne rien changer à leur programme.

— Si la visite au musée n'est pas annulée, ils repasseront forcément par ici.

Des gens couraient sur le quai Appel, lançant à la ronde « On a bombardé l'archiduc, et ça a raté ! » Vivant un événement qu'ils n'oublieraient jamais, ils voulaient en faire partie en étant les premiers à annoncer l'extraordinaire nouvelle.

***

À l'instant où le serveur déposait deux tasses de café turc sur la table ronde, à l'instant où l'archiduc et la duchesse Sophie montaient les marches conduisant à la salle de réception de l'hôtel de ville, Adolf, à Munich, poussait la porte du café Kalimdor dans la Schleissheimerstrasse, où il avait ses habitudes. En échange d'un café au lait (quinze *Kreuzer*) il pouvait rester le temps qu'il voulait et lire la presse mise à la disposition des clients.

Sa place habituelle près de la vitrine étant occupée par trois artistes à l'accent slave et aux cheveux longs et sales,

Adolf se contenta d'une place dans le fond, proche des sanitaires. Il prit au passage le seul exemplaire disponible du *Münchner Post* et le lut de la première à la dernière ligne, y compris les publicités et les petites annonces (son père ne s'y prenait pas autrement). Il avalait sa dernière gorgée de café au lait quand il vit Rudi se faufiler entre les tables occupées.

— Je savais que tu serais là, dit le jeune homme en s'asseyant.

Adolf le dévisagea d'un regard rappelant celui d'un naja adulte qui a la queue prise dans une tapette à rat.

— Laisse-moi deviner, tu as besoin d'argent ?

Rudolf sourit en essuyant avec un pan de sa chemise les verres de ses lunettes.

— Pas beaucoup, cinq *Mark* suffiront. Je te les rendrai à la fin de la semaine.

— Quand exactement ?

— Je te les rendrai samedi, d'ici là j'aurai vendu la Hofbräuhaus et la Feldherrnhalle.

Il mentionnait deux aquarelles terminées la semaine dernière et qu'il n'avait pas encore écoulées.

Pragmatique, Adolf lui compta cinq *Mark*. Rudi était son unique vendeur, et il lui était indispensable pour survivre à Munich.

Rudolf empocha l'argent.

— Merci, Adi… et si tu le veux je peux te dire ce que je vais en faire.

— Je t'écoute.

— Grâce à toi, je vais perdre mon pucelage… enfin.

Adolf cacha son embarras en baissant la tête.

— Pourquoi maintenant ?

Rudolf eut un bon sourire.

— Faut bien commencer un jour, et puis j'ai déjà dix-neuf ans.

Adolf remua sur sa chaise, le regard fuyant. Il avait vingt-cinq ans et il était encore vierge.

— Tu as donc rencontré quelqu'un ?

Rudolf cessa de sourire, retira ses lunettes et recommença à les nettoyer.

— Hélas non. Je ne suis pas comme toi, moi, je ne leur plais pas.

Rudolf rechaussa ses lunettes. Il ne comprenait pas pourquoi son ami ne profitait jamais de l'attirance qu'il suscitait auprès des femmes. Adolf semblait ne rien voir et se bornait à une grande politesse qui allait du baisemain au claquement de talons accompagné d'une brève inclinaison de la nuque.

— Je ne comprends pas.

Rudolf haussa les épaules.

— Je vais me payer une putain.

Adolf leva la tête et lui fit les gros yeux.

— Non, Rudi, je t'assure que ce n'est pas une bonne idée. Les risques sont trop grands.

— Quels risques ?

— D'attraper le microbe de la blennorragie, ou pire, la syphilis ! Je sais de quoi je parle, j'ai lu deux livres entiers sur le sujet.

— Et ?

Adolf fit mine de se prendre la tête à deux mains.

— Mais tu ne comprends donc rien ! Tu sais ce qui se passe quand on attrape une telle maladie ?

— Non.

— Toute ta vie est fichue ! Tu ne peux plus te marier, tu ne peux plus fonder une famille, tout le monde te rejette ! Alors si c'est ça que tu veux faire de ta vie, c'est ça que tu vas avoir !

Peu convaincu, Rudolf leva l'index afin d'objecter quelque chose de pertinent lorsqu'au même instant, à la même seconde, à Sarajevo, face à un archiduc furibond, le maire musulman Fehim Effendi Curcic commençait la lecture de son discours de bienvenue.

– L'insigne honneur qui nous est fait de recevoir en ces lieux Votre Altesse impériale nous emplit de fierté, et sachez que l'enthousiasme et le loyalisme sans faille de notre population vous est…

François-Ferdinand trépigna dans ses bottes de cavalerie.

– En voilà assez de votre fierté et de votre soi-disant loyalisme ! À quoi bon ce discours ! Je viens à Sarajevo en visite amicale et on me lance une bombe ! *Ach* ! Vous parlez d'un enthousiasme !

La duchesse Sophie se pencha vers son époux.

– Calmez-vous, mon ami, ne gâchez point cette cérémonie, pour une fois que je peux y participer. Nous avons eu affaire à un énergumène, rien d'autre.

François-Ferdinand lui sourit en inclinant la tête, puis il s'adressa au maire qui n'en menait pas large :

– Poursuivez, monsieur le bourgmestre, mais ne traînez pas, je veux aller à l'hôpital saluer les victimes.

Le général Potiorek, qui avait entendu, s'approcha de l'archiduc.

– Si nous faisons ce détour, Votre Altesse, nous arriverons forcément en retard pour l'inauguration du musée.

Des policiers en uniforme entrèrent dans l'hôtel de ville et se dirigèrent vers le docteur Edmund Gerbe, le chef de la police. Ce dernier s'avança vers l'archiduc, qui le foudroya du regard :

– Quoi encore ?

– Il s'agit de la liste des blessés, Votre Altesse, deux de vos aides de camp y figurent, ainsi que onze civils, mais rien de sérieux à ce qu'on nous a assuré.

L'archiduc inspecta brièvement sa suite ; Merizzi et Boos-Waldeck manquaient.

– Avez-vous arrêté le bonhomme ?

– Oui, Votre Altesse. C'est un jeune Serbe, un illuminé !
Il a voulu s'empoisonner après avoir lancé sa bombe, mais
son poison était éventé et ça l'a rendu malade… Quand il
parle, c'est pour dire qu'il est un héros de la patrie serbe.

François-Ferdinand hocha la tête, signe chez lui d'exas-
pération.

– Allons à l'hôpital.

La haie d'honneur se reforma. François-Ferdinand et la
duchesse Sophie retournèrent sur la banquette de la Gräf
und Stift, tandis que le bourgmestre et le chef de la police
s'installaient courageusement dans la voiture de tête.

Le chef de la chancellerie de l'archiduc, le major Höger,
s'adressa au général Potiorek :

– Compte tenu des derniers événements, nous devrions
déployer la troupe le long du parcours, ne pensez-vous pas
que ce serait avisé, mon général ?

Le général gouverneur secoua la tête négativement :

– Vous n'y pensez pas ! *Dienst ist Dienst, Herr Major* !
La troupe est présentement en tenue de campagne, elle ne
peut donc pas se déployer en haie d'honneur… et puis cela
prendrait des heures pour qu'ils se changent, dit Potiorek
en reprenant sa place sur le strapontin.

Le protocole était explicite : une haie d'honneur pour le
passage d'un membre de la famille impériale et royale se
devait d'être en grande tenue. Or, les hommes étaient en
tenue de manœuvre.

Le lieutenant-colonel comte Harrach se posta debout sur
le marchepied, prêt à servir de bouclier. Il n'était pas le
seul à redouter une nouvelle tentative d'assassinat.

Franz Urban, le chauffeur, claqua la portière derrière le
général gouverneur et retourna à son volant.

Sur un signe du bourgmestre, le chauffeur de la voiture
de tête passa en première. Personne ne l'ayant prévenu du
changement de destination, il prit la direction du quai Appel.

Derrière, à une vingtaine de mètres, Franz Urban desserra le frein à main, passa sans à-coup la première, appuya sur la pédale d'accélérateur, et en avant toute vers de nouvelles aventures… Le fanion à l'aigle bicéphale s'agita au-dessus de la calandre du radiateur.

Se retenant fermement au pare-brise de la décapotable, le comte Harrach était perplexe : certes, il protégeait le côté gauche de l'archiduc, mais que faire si l'attaque venait du côté droit ?

Quand la Gräf und Stift s'engagea dans la ligne droite du quai Appel, Franz Urban passa la seconde ; le fanion se tendit. N'ayant pas été prévenu du changement d'itinéraire, Urban ne s'étonna pas lorsque la voiture de tête ralentit pour tourner à droite dans la Franz-Josefsstrasse au bout de laquelle se trouvait le Musée national.

Urban ralentit à son tour, rétrograda et s'engagea dans la Franz-Josefsstrasse, inquiet à la vue de tous ces gens endimanchés qui traînaient sur les trottoirs et aux terrasses des cafés.

— Mais que fais-tu ? s'écria le général gouverneur Potiorek. Arrête, ce n'est pas par là qu'il faut passer, il faut continuer tout droit sur le quai pour aller à l'hôpital.

Franz Urban freina, grommelant entre ses dents (Si on ne me dit rien, je ne peux pas deviner, moi !).

— Que se passe-t-il encore ? demanda François-Ferdinand.

***

Attablé à la terrasse du Simic, Gavrilo Princip buvait son troisième café turc quand la voiture de tête s'engagea dans la Franz-Josef et lui passa devant. Il reconnut à l'arrière le maire en fez et le chef de la police en haut-de-forme. Dopé d'une sérieuse dose d'adrénaline, Princip se leva et regarda le quai ensoleillé (Rien n'a été annulé, ils vont au musée…

si seulement Grabez avait eu la patience d'attendre !). Il avança sur le trottoir, sa main droite serrant la crosse du browning sous sa veste.

Soudain, la Gräf und Stift apparut. Comme dans un rêve éveillé, Princip la vit s'arrêter à moins de deux mètres de lui. Il vit le chauffeur se démener à passer la marche arrière, il vit le dos du comte Harrach sur le marchepied, il vit le fanion pendant faute de vent, il vit l'archiduc au shako emplumé, il vit la duchesse Sophie, il vit le général gouverneur Potiorek.

Comme à l'exercice, campé sur ses deux jambes, Princip tendit son bras armé vers François-Ferdinand, retint sa respiration, tira, visant la tête ; la balle atteignit la gorge, sectionna la veine jugulaire, termina son parcours en se fichant dans une vertèbre cervicale ; dans un même mouvement, Princip tira sur Potiorek.

Comprenant que son bien-aimé venait d'être blessé, la duchesse Sophie se pencha vers l'archiduc et reçut dans l'aine la balle destinée au général gouverneur : le projectile entra dans l'estomac, perfora une artère, ouvrit les vannes d'une hémorragie galopante.

Princip eut le temps d'avaler son cyanure, mais lorsqu'il voulut se tirer une balle dans la tête, un passant lui tordit le bras droit et le lui cassa net : il lâcha son arme. Un autre passant lui flanqua un coup de poing sur la nuque et un autre lui donna une sérieuse bourrade dans les côtes, tandis qu'un autre encore lui balançait un vicieux coup de pied dans les chevilles. Princip rendit intégralement le contenu de son estomac dévoyé par le cyanure périmé. Sans l'intervention des policiers, l'infortuné comploteur aurait été lynché sur le trottoir. Un photographe qui se trouvait là prit une photo de la scène.

Dans la Gräf und Stift, affaissée sur les genoux de son mari, la duchesse Sophie agonisait sans bruit.

— *Soferl, Soferl, stirb nicht !* répétait entre ses dents serrées François-Ferdinand, le dos paralysé, incapable de bouger.

— Avez-vous mal, Votre Altesse ? demanda niaisement le comte Harrach.

— Tenez bon, Votre Altesse, nous sommes bientôt arrivés au Konak, surenchérit Potiorek d'une voix ennuyée.

— Ce n'est rien, ce n'est rien… ce n'est rien… ce n'est rien… ce n'est…

Franz Urban arrêtait en douceur la limousine devant le palais du gouverneur lorsque François-Ferdinand expira, les yeux ouverts, Sophie sur ses genoux, morte deux minutes plus tôt. Il était 10 h 40 à toutes les bonnes montres. Trente-cinq minutes plus tard, grâce au télégraphe, la nouvelle déclenchait le branle-bas dans les rédactions et les chancelleries européennes.

***

Un tumulte de voix monta de la Schleissheimerstrasse et s'infiltra dans la chambre du troisième étage qui sentait bon l'huile de lin et l'essence de térébenthine.

Adolf fronça les sourcils (*Was ist passiert ?*). Les bruits s'amplifièrent, insolites un dimanche après-midi. Il se pencha par la fenêtre et vit dans la rue toutes sortes de gens qui agitaient les poings en vociférant.

Il se chaussa, rentra sa chemise dans son pantalon, enfila sa veste et sortit sans même se donner un coup de peigne. Il atteignait la neuvième marche menant au deuxième étage lorsque Frau Popp apparut sur le palier.

— Vous vous rendez compte, monsieur Adolf, on vient d'assassiner votre archiduc François-Ferdinand !

Le jeune homme connut un passage à vide.

— Où cela s'est-il passé, Frau Popp ?

La logeuse eut un geste vers la rue d'où venait le vacarme.

— Ah, ça, ils le disent pas…

Adolf dévala les escaliers et déboucha sur le trottoir lorsqu'une voix rauque se détacha des autres pour hurler vers le ciel vide de nuages : « S'ils veulent la guerre, ils l'auront ! »

Le cœur d'Adolf rata plusieurs battements.

Himmeltausendsakerment ! La guerre ! Mais contre qui ?

Pour l'éditeur, le principe est d'utiliser des papiers composés de fibres naturelles, renouvelables, recyclables et fabriquées à partir de bois issus de forêts qui adoptent un système d'aménagement durable.

En outre, l'éditeur attend de ses fournisseurs de papier qu'ils s'inscrivent dans une démarche de certification environnementale reconnue.

Cet ouvrage a été composé par
PCA à Rezé (Loire-Atlantique)

Impression réalisée par
CPI BRODARD ET TAUPIN
La Flèche

pour le compte des Éditions Stock
31, rue de Fleurus, 75006 Paris
en août 2010

Imprimé en France
Dépôt légal : août 2010
N° d'édition : 03 – N° d'impression : 59856
54-02-6792/3